Recent Theories of Narrative

当 代 世 界 学 术 名 著

当代叙事学

[美]华莱士·马丁（Wallace Martin）／著

伍晓明／译

中国人民大学出版社
·北京·

"当代世界学术名著"
出版说明

  中华民族历来有海纳百川的宽阔胸怀，她在创造灿烂文明的同时，不断吸纳整个人类文明的精华，滋养、壮大和发展自己。当前，全球化使得人类文明之间的相互交流和影响进一步加强，互动效应更为明显。以世界眼光和开放的视野，引介世界各国的优秀哲学社会科学的前沿成果，服务于我国的社会主义现代化建设，服务于我国的科教兴国战略，是新中国出版工作的优良传统，也是中国当代出版工作者的重要使命。

  中国人民大学出版社历来注重对国外哲学社会科学成果的译介工作，所出版的"经济科学译丛""工商管理经典译丛"等系列译丛受到社会广泛欢迎。这些译丛侧重于西方经典性教材；同时，我们又推出了这套"当代世界学术名著"系列，旨在迻译国外当代学术名著。所谓"当代"，一般指近几十年发表的著作；所谓"名著"，是指这些著作在该领域产生巨大影响并被各类文献反复引用，成为研究者的必读著作。我们希望经过不断的筛选和积累，使这套丛书成为当代的"汉译世界学术名著丛书"，成为读书人的精神殿堂。

  由于本套丛书所选著作距今时日较短，未经历史的充分淘洗，加之判断标准见仁见智，以及选择视野的局限，这项工作肯定难以尽如人意。我们期待着海内外学界积极参与推荐，并对我们的工作提出宝贵的意见和建议。我们深信，经过学界同人和出版者的共同努力，这套丛书必将日臻完善。

中国人民大学出版社

前　言

　　近年来文学批评中显而易见的对叙事理论的兴趣是人文学与社会科学中一个更广泛的运动——托马斯·库恩也许会称之为"范式改变"（paradigm change）——的组成部分。自19世纪以来，各种自然科学方法一直是其他学科进行合理化的模式。但在过去20年间，事实已经证明，对于理解社会和文化来说，这个模式有其不足之处。直到不久以前还统治着心理学的行为主义已经让位于对认识过程和有目的行为的探索。历史哲学家已经指出，叙述并非仅为用以代替可靠统计材料的泛泛印象，而是一种自成其理的理解过去的方法。生物学家、人类学家和社会学家已经得出了结论：在解释动物发展和社会个体之间的互动时，研究模仿行为的重要性并不亚于定量分析。在哲学中，基于意图、计划和目的这些概念而提出的"行为理论"已经表明其自身对话语分析和人工智能这些新兴学科的有用性。模仿（mimesis）与叙述，作为诸种为理解生活而必要的解释方式，已经从其仅为"虚构作品"（fiction）[①] 之诸

[①] 作为西方文学批评中的文类术语，"fiction"泛指以散文写成的具有虚构性的作品。此词虽然经常可以被译为"小说"，但其外延比在汉语中同样也被译为"小说"的"novel"一词要宽。鉴于本书作者的论述经常涉及此二者之不同，所以书中的"fiction"皆译为"虚构"或"虚构作品"，以区别于书中译为"小说"的"novel"。当后者在书中与短篇小说（short story）对举时，译者则以"长篇小说"这一译法来表明二者的区别。本书脚注均为译者注，以下不再一一注明。

方面这一边缘地位转而占据了其他学科的中心之处。

我们不必到学校去学习如何理解叙事在我们生活中所具有的重要性。世界的新闻以从这一或那一视点所讲的"故事"的形式来到我们面前。全球戏剧每日每时都在展开，并分裂为众多的故事线索。仅当这些故事线索从某一美国人的（或苏联人的，或尼日利亚人的）角度、某一民主派的（或共和派的，或君主派的，或马克思主义者的）角度或某一［基督教］新教徒的（或天主教徒的，或犹太教徒的，或穆斯林的）角度被理解时，它们才能被重新统合起来。在每一不同［视点］之后，都有一部历史，以及一个对于未来的希望。我们每人也都有一部个人的历史，即有关我们自己的生活的诸种叙事，而正是这些叙事使我们能够解释我们自己是什么，以及我们正在被引向何方。如果我们想从一个不同的视点来解释这个故事中的各种事件，从而修改这个故事，那么可能很多都会改变。此即何以叙事——当其被作为文学来研究时被认为是一种娱乐形式——被实现在报纸、传记和历史之中时，乃是一个战场。

相对于上述背景来看，我对叙事的讨论范围比较狭窄。我试图回顾过去20年间批评家们提出的有关文学叙事的各种理论①，间或涉及更早一些的理论和其他学科。但即使是这一被限定了的领域也还是难以在一本书中加以概括。正如西摩·查特曼在《故事与话语》（*Story and Discourse*）中特别提到的，"图书馆中有关特殊文类的研究汗牛充栋"，有关叙事理论的个别方面的研究也俯拾即是，但"英语著作中却只有少数几本通论叙事的专著"。日益增长的专题化源于以前的文学研究所揭示的各种问题的复杂性，以及对其他学科的分析方法的引进。当法文、德文和俄文［的理论著作］的英文翻译也被加入英美理论家的著作时，代替少数几本通论叙事的专著的唯一选择似乎就只是没有任何这样的通论叙事的专著。

然而查特曼还是产生了这样一本书，汇集了该书1978年出版之前15年间的结构主义研究成果。多瑞特·科恩的《透明的心智》，一本全

---

① 此书初版于1986年。

面研究叙事中的意识呈现的书，也于同年出版。此后我们又有了热拉·热奈特的《叙事话语》和弗朗兹·斯坦泽尔的《叙事理论》的译本……不过我现在已经缩小到了属于本书末尾的书目之中了。我自己的要把这一专题包括起来的尝试在两方面与上述作品有所不同：这一尝试纵览范围更加广阔的材料，并将这些材料并列出来，而非将它们纳入一个统合的理论之中。既然这种如此广泛的和非系统的处理方法的短处显而易见，那么它将需要某种辩解；但我首先将指出本书以下处理的是叙事理论的哪些领域。

"导论"始于对1960年以前流行的各种小说理论的阐述，并回顾它们在20世纪早期的先河，然后介绍将在以后各章中被讨论的诸批评家和诸思潮。第2和第3章涉及近来叙事理论的发展中的两个最为关键性的问题：［研究］视角的变化，这些变化源于对一般叙事的研究而非仅对小说本身的研究，也源于现实主义之开始被视为文学成规而不再是对生活的一种值得信赖的再现。后一论题将涉及今后几年内叙事理论中一个也许将被证明是最重要的发展：这一理论在历史研究、传记研究、自传研究和精神分析研究中的应用。第4章讨论结构主义者和其他人确认支配着叙事序列的诸种成规的诸种尝试，无论这些叙事序列是虚构的还是事实的。结构主义分析最有影响的提倡者——罗兰·巴尔特、热奈特和查特曼——将是第5章的主题。

处在故事与读者之间的是叙述者，他决定着讲什么和让人怎么看。视点，它被美国和德国批评家认为是叙述活动的规定性特点，在过去几年中也开始具有新的重要性，而近来对于这一题目的研究就是第6章之所论。在第7章中，视点将被作为从作者到读者——他们可能分享也可能并不分享同样的解释假定和解释成规——的叙事交流的一个方面来看待。这样，从第4章到第7章，我们就从抽象的、"语法的"叙事分析模式前进到基于成规与交流的叙事分析模式。第8章涉及的是戏拟（parody）或元小说（metafiction）① 这类叙事形式如何突破诸理论参考

---

① 亦译"元虚构"。关于此词的译法，参看译者在以后章节中的有关注释。

框架，然后我们就回到构成这整个研究领域的那些基本问题：虚构作品与叙事所具有的诸种特性。

讨论文学理论而不证明它们可以如何被运用是很困难的——如果不是一无用处的话，但是如果泛论它们如何应用于一大批作品，而某些读者对此可能又不熟悉，那么这种讨论就是无的放矢。作为一个不能尽如人愿的折中，我将所讨论的这些理论应用于一系列基于传统民间故事母题"失而复得的情人礼物"的故事，以及曼斯菲尔德的小说《幸福》（二者皆见于附录），并用于欧内斯特·海明威的《弗朗西斯·麦康伯的短促幸福生活》和《哈克贝利·芬历险记》。对于同样作品的反复分析将使我们有可能比较和评价各种理论。

通过附有注释的书目和散见于本书中的人物，我试图弥补两个缺陷，它们是在努力纵览一个巨大领域时产生的：对于所讨论的理论的不尽充分的概括，以及对于这些理论之间的差异的过分简略的论述。在叙事理论中，术语的大量繁殖并非源于粗率或者毫无必要地铸造新词以取代已经流行的术语。理论家们的目的以及由之而来的分析框架是不同的：它们不可调和，我们没有办法把他们的思想压缩成一套共同词汇而又不抹杀每一个的特定价值。在提供他们所使用的诸种术语的分栏对照表时，我有时把他们的术语移入一个共同的参考框架，但更经常的则是突出它们之间的不同。

为了尽力把握每位理论家的要点与基调，我会让他们互相针对自己的理论对手而说话；在有些情况下，我让他们事先评论某些他们写作时尚未存在的理论。我这样做的目的不是制造麻烦，而是刺激读者的好奇心，使他们转向我所讨论的文章与专著。以这样的非完整的方式来对待复杂的理论显然有不少缺陷。如若为这一方法辩解，我只能提出下列说法。

在每一理论之内，无论或显或隐，总是存在着来自另一理论视角的反对之声。一个理论家的思想是被另一理论家的思想引发的，他们两人在其上进行互动的竞技场就是存在于理论之间的虚拟空间，这一空间的全部即构成批评的语境。那种为某一理论提供全面准确阐述的方法有助于肯定该理论自身的统一以及其与其他理论的隔绝。这样一来，这种方法就重复了那种温和的尊重姿态或那种不予考虑的姿态，而批评家们就以这种姿态来避免争论，因为他们假定那是粗暴无礼的行为。但是，一种理论除了是通往对话途径上的必要一步，还能是什么呢？如果不是作为对他人的反对或对问题的回答，它又是为什么被创造出来的呢？我所希望把捉的感觉是作为一个整体的叙事理论，以及那些激发着它的活跃辩论并正在使之成为文学批评的令人最感兴趣的领域的问题。

在那些理想地说来至少也应加以简单论述但本书却没有提及的［理论］潮流中，有对主题与类型的研究，文体学，不可靠叙述，符号学，以及话语（discourse）与文本分析。这些研究的技术性太强，根本不适于简单的介绍。第4章中所介绍的细密的叙事结构分析其实也是如此。不过乔纳森·卡勒、罗伯特·斯科尔斯和查特曼的著作已经使广大读者可以接近这些理论了。有关叙事的最重要的近著之一、弗雷德里克·杰姆逊的《政治无意识：作为一种社会象征行为的叙事》，并不适于概括。我将我没有讨论的这一著作和威廉·道林的《杰姆逊、阿尔都塞、马克思：〈政治无意识〉导论》一道推荐给读者。

感谢多瑞特·科恩、安·哈莱曼、理查德·谢尔登，他们为我提供了一些对于此书十分重要的未发表材料。托利多大学给我的休假年为我提供了研究和写作的必要时间。托马斯·佩维尔和卢伯米尔·多列热对我请其评论手稿的部分章节的要求做出了诚恳的回应；在一项其中的错误可能会层出不穷的工作中，他们已经使我避免了一些。学生们通过自己提出的正确问题，也对本书目前所获得的明晰性有所贡献；我曾向他们中的一些人提出过种种问题，其中四人（尼古拉斯·康拉德、德博拉·雷斯尼克、约瑟夫·科思雷尔、约翰逊·恩瓦布维）所提供的答案我已用在本书之中。在我对叙事的了解上教给我的东西最多的是其思想构成本书实体的那些批评家。对他们我只能致以感谢，并为我之没有更加充分和准确地再现他们的思想而致以歉意。为康奈尔大学出版社评审此书的读者的评论已经使这本书比它本来可能的要好。凯·朔伊尔，我的责任编辑，以及帕特里夏·斯特林，对本书进行了一丝不苟的编辑工作。我也感谢克劳德·布雷蒙允许从其《民间故事形态》中复制那一见于本书图 4b 之中的图表。

  为了尽量减少文献引用的杂乱,我排除了脚注。本书中所涉及的资料来源可在书后的书目中发现,它们是根据书中章节划分的。

华莱士·马丁

托多利,俄亥俄

目 录

第1章 导论 1
　　小说理论种种：1945—1960 2
　　20世纪早期小说理论种种 7
　　叙事理论种种：弗莱，布思，法国结构主义 8
　　最近趋向种种 14

第2章 从小说到叙事 20
　　叙事类型种种 20
　　罗曼司-小说的起源：历史，心理学，生活故事 30
　　"小说"存在吗？ 34
　　小说作为反对话语 37
　　关于叙事类型的形式主义和符号学理论 40
　　总结 47

第3章 从现实主义到成规 51
　　现实主义的特点 51
　　视为成规的现实主义 58
　　历史中的叙事成规 68

自传与精神分析中的叙事 …………………………… 72
　　成规与现实 …………………………………………… 77
第 4 章　叙事结构：诸基本问题 …………………………… 79
　　"开放形式"及其先河 ………………………………… 81
　　生活、文学和神话中的结尾与开始 ………………… 84
　　叙事序列的结构分析 ………………………………… 90
　　结构分析的正用和滥用 ……………………………… 103
第 5 章　叙事结构：各种方法的比较 ……………………… 109
　　叙事理论种种 ………………………………………… 109
　　托马舍夫斯基与巴尔特理论中的功能的与主题的综合 …… 114
　　功能和母题 …………………………………………… 116
　　人物构成 ……………………………………………… 120
　　指示性标志，信息提供者，静态母题 ……………… 127
　　叙事的时间性 ………………………………………… 129
　　Syuzhet，主题，叙述 ………………………………… 132
第 6 章　视点面面观 ………………………………………… 137
　　英美文学批评中的视点 ……………………………… 140
　　叙述的语法 …………………………………………… 144
　　叙事表现的诸种结构：焦点 ………………………… 152
　　叙述的诸种语言与意识形态 ………………………… 156
第 7 章　从作者到读者：交流与解释 ……………………… 162
　　交流模式 ……………………………………………… 163
　　读者种种 ……………………………………………… 167
　　阅读 …………………………………………………… 174
第 8 章　参考框架：元虚构，虚构，叙事 ………………… 186
　　穿越理论边界：误读模式种种 ……………………… 188
　　反讽，戏拟，元虚构 ………………………………… 192
　　虚构是什么？ ………………………………………… 196
　　叙事是什么？ ………………………………………… 203

附录 ·· 207
　失而复得的情人礼物 ································ 207
　杰弗里·乔叟：水手的故事 ························ 209
　凯瑟琳·曼斯菲尔德：幸福 ······················· 215

参考书目 ·· 230
索引 ·· 271
汉英术语对照表 ····································· 280
译后记 ··· 285
再版后记 ·· 289
中国人民大学出版社再版后记 ··················· 291

第1章 导论

在过去 15 年间，叙事理论已经取代小说理论而成为文学研究所集中关注的一个论题。此二理论之间的不同并非仅为普遍性［的层次］之间的不同——如果是那样的话，那就好像是，在分析了叙述活动的一种之后，我们进而去研究叙述活动的其他种，然后再来描述［叙述活动的整个的］属。通过改变有关研究对象的定义，我们改变我们所见之物；而当我们依据不同的定义来绘制同一领域的地图时，结果也将各有不同，正如地形图、政治地图和人口地图之间各有不同一样。这些地图的每一张都凭借着对于现实的其他方面的不顾而揭示现实的某一方面。当然，文学批评中的共识比制图学中的更少。但二者之间的类比的确让人去注意下述事实，即各种文学理论是为了不同目的被创造的。因此当比较它们的时候，必须既要考虑它们的准确性，也要考虑它们的有用性。为了理解近来文学批评之向着对于叙事的兴趣的转移，先来看看各种较老的和较新的理论试图解决的都是哪些问题，也许是不无帮助的。

小说理论种种：1945—1960

小说现在已被承认为一种重要文类，一种欧美文化自浪漫主义时代以来的最有代表性的文学产品。但即使就在 30 年之前，它也还并没有获得这种承认和普遍接受。小说的地位低下的各种迹象至今仍然可以在学院的课程表中发现，其中的各门"文学"课程的历史顺序中并不包括散文叙事作品。第二次世界大战以后，小说批评家的目的和方法主要为下述愿望所支配：他们想在一个主张文学优劣应该基于形式分析的时代证明小说这一文类的重要性。只要关于小说的讨论仍然强调题材与内容，而无视当时在文学批评和美学中非常重要的形式问题，小说在文学研究中就仍然只会是一个不能登堂入室的文类。

通过集中其注意力于个别的诗篇，新批评家们已经表明，关于美学价值和意义的主张可以为细致的形式分析所支持。为小说争取传统上给予其他文类的尊重的方法之一是，证明它的技巧也像史诗、戏剧和诗歌的技巧一样微妙复杂，它的形式也像这些文类的形式一样意味深长。第二次世界大战以后，一些批评家开始一心致力于这项任务。在论文《作为发现的技巧》（"Technique as Discovery"）（Schorer，1947）中，马克·肖勒提出了一种不久就广为接受的有关小说的看法："现代批评家已经向我们证明，谈论内容本身根本就不是谈论艺术，而是谈论经验；仅仅当我们谈论已经被成就了的内容，谈论形式，谈论作为艺术作品的艺术作品的时候，我们才作为批评家说话。内容或经验，与那已经被成就了的内容或艺术，它们之间的不同在于技巧。因而，当我们谈论技巧时，我们几乎就是在谈论一切。……我们已经不再能把不接受这些普遍规则的诗歌批评视为用心严肃的批评，但对于小说来说，这一点尚未被建立起来。"肖勒的论文后来收入《现代小说形式》（O'Connor，1948）一书，一本与他自己的观点一致的论文集。在该书的第二版（O'Connor，1959）中，编者威廉·冯·奥康纳注意到，当该书初次发行时，"与那种已被用于诗歌的批评同属一类的小说批评还极为罕见",但"从那以后,这种小说批评就已经司空见惯了"。

肖勒及其大多数同时代人都轻视或批评被继承下来的那些有关技巧的词汇,因为它们只把小说当作情节、人物、背景和主题(这些术语也用于戏剧)的结合来对待。小说所特有的技巧则包括作者与叙述者的关系、叙述者与故事的关系,以及它们所提供的接近人物内心的诸种方式——有关"视点"的诸种问题。如果我们假定,作者试图成就客观的、真实的再现——没有硬行闯入的评论,因为那会由于人物刚被介绍就受到评判而把人物变成作者的傀儡,而且也由于那些使我们得以接近人物内心和事件的方式而让人觉得可信——那么对于视点的分析就成为理解小说的形式与内容如何融合的一个手段。但是形式并非仅仅是故事之如何被讲述的问题,它也可以包括从行动(action)中浮现出来的意象、隐喻和象征的结构,因此小说是可以用已经被成功地应用于诗歌的那些方法来研究的。约瑟夫·弗兰克的论文《现代文学中的空间形式》(Frank,1945)就是这类分析中一部很有影响的作品。他讨论了将在叙事理论中被证明十分重要的两个问题:对时间的处理(这既涉及再现问题,也涉及美学问题),以及小说与神话的诸种结构的关系。

对于视点、意象、象征的分析在关于"意识流"的各种讨论中汇合。劳伦斯·鲍林(Bowling,1950)把"意识流"定义为"一种叙述方法,作者试图借此而给出内心的直接引语——不仅是语言领域的而且是整个意识的直接引语"。罗伯特·汉弗雷的书(Humphrey,1954)和梅尔文·弗里德曼的书(Friedman,1955)分别描述了意识流的各种技巧并追溯了它们的历史;在《心理小说:1900—1950》(Edel,1955)中,莱昂·埃德尔在象征主义小说这一更广泛的语境中论述了如何把意识表现出来的问题。他说,象征主义小说要求我们"把散文小说当成诗那样"来读(Edel,1955,207页)。

理想地说,一种"小说理论"应该有助于我们理解一切小说,无论它们是什么时候写成的。但是文学理论很少能尽善尽美,它们的力量与局限都来自它们打算解决的实际问题。当试图证明小说也回报理论研究时，批评家们发现最近的小说为他们的论点提供了最佳例证。现代小说家们，从古斯塔夫·福楼拜和亨利·詹姆斯直到当代，已经讨论过被这些批评家所强调的技巧中的很多种了。因此，他们的作品提供了有关叙事的客观性、有关对视点的艺术操纵、有关使用象征或意象作为母题以及有关对意识的微妙再现的最好例证。

一种基于某一特定历史环境的批评原则，并着重于某一特定时期的文学的小说理论，是无法避免某些局限的。19世纪晚期以前，英美小说家并不关心他们的某些后继者所强调的形式上的精致，因此，任何基于这些技巧所做出的有关小说的描述都有可能导致对更早的小说做出片面的或偏颇的评价。强调小说之形式的某些战后批评家倾向于挑剔那些或是先于或是反对这一艺术传统的小说家所用的方法，另一些则把小说的发展描述为从各种随便的、漫不经心的方法向20世纪的对意识的完美呈现的演进。

第二次世界大战之后对于小说形式特征的强调在当时并非没有遇到挑战。哈里·莱文（Levin, 1963）提出，这种情况某种程度上是历史环境造成的：在20世纪30年代的大萧条期间，批评家们感到有必要把文学缩简为社会学；在战后时期，"[小说的]各种形式特性得到了充分注意，但其社会方面却再次遭到忽视"，而这可能标志着一种"在历史本身的压力之下的退却"。莱昂内尔·特里林（Trilling, 1948）说，专注于小说形式对于批评家和小说家都是一种危险："在当前这个时代，自觉地全神贯注于形式几乎肯定会使小说家，尤其是年轻小说家，受到局限。……形式让人想到完整与紧凑；解决仅被视为一切矛盾之被等同。尽管这样理解的形式有其明显的魅力，但它却不足以服务于现代经验。"

对于这些批评家来说，使小说区别于其他文类的是其内容和题材——对于生活的全部多样性的表现。事实上，正是由于脱离老套的形式和假想的情境，小说才获得了生命。因此，免受形式约束可被视为小说的规定性特征。从对于传统的传说（tale）的无署名的重复转向充满详尽细节的独创故事（story），这一过程说明了为什么小说通常被认为是一种"现实主义"文类。从这一角度看，小说技巧的多样性来源于经验本身的多样性。如果形式被认为就仅等同于文体的精致，那么，按照特里林的看法，我们就必须承认，"小说，正如很多人说过的那样，乃是最不'艺术的'文类"。但是形式也可以被设想得有所不同："当小说毫不关心自己的艺术效果时，当它被依据道德上的效果而决定时，或者当它就直截了当地报告它认为是客观事实的一切时，小说才开始实现自身的最佳艺术效果。" F. R. 利维斯（Leavis, 1948）同意特里林的看法。他说，英国传统的伟大小说家们的确关心形式，但那是在伦理意义上，而不是在美学意义上。例如，如果我们研究简·奥斯丁的《爱玛》的形式上的完美，"我们就发现自己却只能基于这一小说的诸种道德关注——它们表现着这位小说家对生活的独特兴趣——来欣赏它"。

当被设想为由诸种人类价值所形成的一种再现［生活的］文类时，小说吸引了范围广泛的评论。批评家可以将它视为个人在一个稳定社会结构中由于自己的境遇和阶级出身而遭遇的各种问题的记录，或者是他们在遭遇社会变化时所面对的那些问题的记录。小说可以起报告作用，使人们意识到文化和文学先前并不认为重要的各种人类状况。它可以记录人类经验，这些经验伏在历史学家们的那些不以个人为主的编年史之下，它们或许也解释着这些编年史。更一般地说，它可以被设想为这样一个领域，在这里幻想（以沿袭下来的各种信仰和意识形态、自尊自大、虚浮矫饰、浪漫欲望、占有欲望为其形式）与现实（潜伏在这些空中楼阁之下的各种社会与经济状况）相遇。如果"礼貌"（manners），即个人借以掩盖和实现其各种目标的各种社会习俗，是小说的一个焦点，那么金钱就是另一个不那么显而易见的焦点，因为它是自我与社会二者规定和混淆伦理价值与物质价值的场所。在这一批评传统中，对于那些被再现出来的真实以及道德问题的强调被联系于小说的教化目的：即使当小说不再说教的时候，它也还是可以被用来获取有关生活的知识。

多数英美批评家认为，小说起源于18世纪，而一种关于这一文类的全面理论应对小说何以出现于那一时代提供某种解释。专注于小说的各种技巧特征的批评家们论称，主观的视点与意识之记录在哲学、政治思想和社会开始强调个人的自律时变得十分重要。对于那些把小说设想为社会现实之刻画的人来说，它的出现标志着中产阶级作为历史创造力量的兴起。它的兴起结束了这样的时代：那时文学把贵族之外的一切人物都描绘成粗鲁的、滑稽的，或不值得认真看待的。欧文·豪与莱斯利·菲德勒同意菲利普·拉夫、莱文与特里林的意见，认为资产阶级及其物质占有欲构成小说的主要动因，从而驱使小说的人物和社会向着我们的现状而来。因此小说与对于各种社会和文化问题的诊断相关。瓦尔特·艾伦（Allen，1955）与伊恩·瓦特（Watt，1957）肯定下述观点，即作为对于社会、哲学和有关历史的概念中所发生的种种变化的反应，以现实主义为特征的小说兴起于18世纪。

前面我已说过，诸种有关小说的定义都隐含着某种评价方法和某一关于该文类的历史。依据技巧来定义时，小说被视为向着那在20世纪得到了实现的完美的演进。当被设想为人类经验的再现性的记录时，小说的历史和成就则被看得有所不同：伟大的小说家们是19世纪和20世纪早期的那些现实主义者，从简·奥斯丁和巴尔扎克到托马斯·曼。20世纪欧洲两位最重要的批评家乔治·卢卡契和艾里希·奥尔巴赫，就赞成这一观点。这一观点在50年代的美国批评家中极为流行。现实主义的鼓吹者们在20世纪小说中发现了一些衰落的迹象；在第二次世界大战后的十年间，为数不少的批评家提出，"小说的死亡"可能已经到来，而这或许是因为，曾为小说提供种种主题的那一阶级结构已被后工业资本主义的"大众社会"取代。对于那些相信小说是其时代的准确反映的人来说，描写荒诞古怪人物的"美国新哥特式"[①]小说和垮掉的一

---

① 哥特式小说（gothic novel），18世纪末至19世纪初英国流行的一种小说体裁，多以中世纪的古堡、寺院、暗门等来渲染恐怖气氛。这种小说形式对美国当代作家如詹姆斯·佩尔蒂（James Purdy，1914—2009）、约翰·霍克斯（John Hawkes，1925—1998）和库特·冯尼格（Kurt Vonnegut，1922—2007）等有很大影响。他们所创作的具有这种色彩的小说被称为"美国新哥特式"小说。

代①的小说只能被视为作者颓废的证据，或被读作文化溃解的寓言。

20世纪早期小说理论种种

对于战后各种小说理论——其中一组强调形式，另一组强调题材与内容——的这一有选择的回顾是极其简化的；本书书目所列的布拉福德·布斯与诺曼·弗里德曼的文章为那个时期的各种批评趋向提供了更为详尽的描述。不过我所讨论的观点都是流行的观点，而它们彼此之间的对立可以一直追溯到20世纪的开端。在20年代到30年代之间，珀尔·卢伯克与约瑟夫·华伦·比奇强调技巧在"精工细作的小说"之中的重要性，而E. M. 福斯特则提倡一种不那么形式主义的叙事方法。卢伯克与比奇延续了亨利·詹姆斯所建立的传统，后者关于视点的讨论是有关视点的最先和最好的讨论之一。但是，羡慕伊万·屠格涅夫的技巧驾驭能力的詹姆斯受到了H. G. 威尔斯的反对，身处狄更斯的传统之中的后者将小说视为"理解之载体，自我审视之工具，世风之展示与礼貌之交流，制造习俗之工厂，以及对法律、制度、社会教条和观念之批判"。

理论在历史的透视中最好理解。尽管有所不同，20世纪最初50年间的各种英美小说观却皆基于一组相当稳固的假定。在将形式与题材和内容对立起来的做法之下的是个一致同意的看法，即这些就是小说的基本构成要素。从某种意义上说，感兴趣于对意识的表现对立于认为小说

---

① 垮掉的一代（beat generation），或译"疲惫的一代"，是第二次世界大战之后由美国的一群松散地结合在一起的年轻诗人和作家开始的文学运动，其名称最早由作家杰克·克鲁亚克（Jack Kerouac, 1922—1969）于1948年前后提出，其主要作品多发表并流行于20世纪50年代，对于战后美国的文化和政治有影响。垮掉的一代的主要特点包括对标准的叙事价值的拒绝，灵性的追求，对美国和东方宗教的探索，对物质主义的拒绝，对人类状况的露骨描写，致幻药品的使用，以及性解放和性试验等。垮掉的一代的最有名的作品包括杰克·克鲁亚克的《在路上》（*On the Road*）、艾伦·金斯堡（Allen Ginsberg, 1926—1997）的《嚎叫》（*Howl*）和威廉·博罗斯（William S. Burroughs, 1914—1997）的《裸体午餐》（*Naked Lunch*）等。后两部作品由于内容"猥亵"而引起法庭的注意，但也为此类文学作品在美国出版的合法化进程做出了贡献。

应该表现社会现实的看法。但从某种更广泛的意义上说，这些立场皆基于一种人们公认的对立：主观性与客观性的对立。尽管有所不同，两种立场的拥护者却一致认为，准确的转录——无论是对心灵还是对世界的转录——是值得追求的。某些批评家试图避免或克服这些对立（这在上引肖勒与利维斯的话中十分明显），却一直得不到理论上可行的方法，直到卢卡契的批评著作被译成英语，弗雷德里克·杰姆逊又扩展了卢卡契的形式与内容的辩证观念的时候。

在一个其中既有一致也有不同的宽广框架中，这一时期的英美小说观念发生了重要的变化。在 20 世纪初，小说的定义以及由此定义而来的小说的历史仍然是争论的问题。一些批评家认为，自中世纪以来，散文叙事在其发展中就一直没有什么决定性的变化，另一些批评家则论称，小说是一个现实主义文类，与其前身显然有别，因为小说起源于约翰·班扬和（或者）丹尼尔·笛福，以及萨缪尔·理查森和亨利·菲尔丁。在有关小说的专著中，后一立场的拥护者会把关于"罗曼司"（romance）的讨论也包括在书中，以便证明此二者是如何地不同。一旦他们将小说等同于现实主义的观点获得普遍接受，关于罗曼司的讨论就被冷落了。在文学批评和大学课程中，散文叙事的巨大领域倾向于被窄化为长篇小说和短篇小说。一些重要美国作家，如霍桑和麦尔维尔，则很难被装进这一现实主义传统的紧身衣之中，这样他们就为前面讨论过的对于神话与象征结构的研究提供了一种推动力。批评中另一值得注意的变化是对于作为叙事的首要技术手段的视点的日益增长的专注。关于情节的讨论则几乎消失不见，尽管有 R.S. 克润与其他人的保持这种讨论的努力。情节这一概念本身是与各种传统的传说和流行虚构作品（popular fiction）所拥有的各种常备手段连在一起的，由于这些俗套是非现实主义的，现代小说家通常都躲避它们。

叙事理论种种：弗莱，布思，法国结构主义

对于这一批评传统的第一个值得注意的挑战通过将这些问题置于一

第1章 导论

个更广泛的历史与理论视角之中而重新界定了这些问题。在《批评的解剖》(1957)中,诺思罗普·弗莱反对将现实主义小说(novel)视为最好的或唯一的散文虚构作品(fiction)的倾向:"把散文虚构作品与小说等同起来的文学史家大为下述事实所窘,即世界设法在没有长篇小说的情况下过活的时间竟然很长;所以,直到文学史家在笛福那里得救以前,他的观点一直都是令人无法容忍地狭窄。……这种以小说为散文虚构作品之中心的观点显然是一种托勒密式的观点,如今它则过于复杂而不再可行,而某种更为相对化的和哥白尼式的观点必须取而代之。"(Frye,1957,303-304页)在他看来,小说只是"虚构"这个属之中的一个种。"Fiction"本来意味着某种做的东西而非某种假的东西。通过确认各种不同类型的虚构中所用的不同的成规,批评家将会——例如——避免根据适合于现实主义长篇小说的人物塑造方法来判断一部罗曼司(它包含程式化的或理想化的人物)。除了小说与罗曼司,弗莱又确定了虚构性的散文作品(fictional prose)的另外两种,即忏悔录(自传)与解剖(anatomy)(它"基于单一的思想样式"而提出"一种有关世界的幻想"),并指出这四种类型是互相混杂的,小说即经常与其他三种类型相结合。下章将详细论述弗莱的分类;现在我们只需说,他的书标志着从小说理论向叙事理论之过渡中的一个重要阶段。

在弗莱把一个更广的视角引入有关虚构作品的内容与成规的讨论之后不久,韦恩·布思就质疑了先前广为接受的那些有关叙事技巧的概念。他的著作《小说修辞学》①(Booth,1961)的第一部分就列举了这一传统的那些清规戒律,诸如"真正的小说必须是写实的","一切作者都应该客观",真正的艺术不应以其情感的和道德上的吸引力来迎合观众的口味,等等。并且论称,这些清规戒律基于一个有关虚构作品应该是什么和做什么的错误看法。总而言之,这些教条意味着,小说获得艺术价值的方式是将自身分离于诸种人类价值,从而就可以成为一个作为

---

① 《小说修辞学》是现行汉语译本的译法,读者已经熟悉,故本书译者此处从众。但在本书需要对fiction(虚构、虚构作品)和novel(小说、长篇小说)加以区分的理论语境中,应该译为《虚构作品之修辞学》或《虚构修辞学》。

纯粹再现而存在的自足客体。但小说无可避免地是一种"修辞"形式，即它必然包含着从隐含作者到读者群体之间的交流，而它用以保证效果的各种不同方法也不可能脱离语气、态度、隐含的评价，以及隐含作者、叙述者、人物和读者之间的各种不同程度的态度距离这些问题来理解。在其书之第二和第三部分中，布思论述了虚构作品中作者议论的运用（通常被认为是老式的、笨拙的插入）及其对立面，"非个人化的叙述"（impersonal narration）。他论称，现代小说斗士们所提倡的后者实际上是很难实现的，因为一个敏锐的读者总可以发现一些表明作者态度的迹象。当他们得不到有关作者对于他所描绘之事物的意见的任何线索时，读者和批评家就经常茫然无措，不知道故事意味着什么以及如何去评价它。弗莱拓展了虚构作品的边界，证明小说只是其诸部门之一；布思则将那些分离作为一种艺术的虚构作品于以语言传达意义的日常方法的界标除去了若干。

60年代期间，一些收集了自亨利·詹姆斯以来的叙事理论作品的选集陆续出版（见书目第1章第1节）；它们收入了一批选自我上文提到的书籍的论文和摘要。以下诸章将论述始于弗莱和布思的各派叙事理论；出自更早的文学批评的种种主题也会重新出现，但它们将经常出现于新的光线之下，因为在岁月流逝之中，文学批评讨论的基础已经转变。一个简略描述近来的理论——它在数量和复杂性两方面都使前几十年的理论相形见绌——骚动的尝试必将是片面的，但这一尝试能够引进以下诸章将被讨论的论题和批评家。

1960年以后发生的变化在很大程度上取决于两个因素。第一，叙事理论变成一个国际性的研究题目，而在此前的阶段中，批评家们一般都停留在他们自己的文学和学术传统的界线之内。第二，它变成一个跨学科的题目。我们通常假定，理性知识基于一组特定原则；当这些原则被应用于特定的研究题目时，它们就产生不同的理论和结构模式。这个假定对于60年代法国结构主义的发展及其所产生的叙事理论至关重要。结构主义批评家们把文学研究设想为"人的科学"（即我们会称为人文学与社会科学的那些学科）的一个分枝，他们使用人文学科中最科学的学科——语言学——作为发展理论的模式或范型,这些理论将把文学、人类学和社会学连在一起。一旦摆脱了这样一个观念,即只应该研究那些不真实的和受到高度尊重的故事(此即传统的文学领域),批评家们就认识到,人类学家、民俗学家、历史学家,甚至精神分析学家和神学家,无不以这种或那种方式关注着叙事。但是这些学科在目的与材料上的不同使人们很难发现它们是怎样互相联系的。

理论之依赖于被选供研究的材料和理论家的目标,这种情况在哪里也不像文学方法和人类学方法在处理叙事时的对比中表现得那么明显。人类学家碰到的不是原创的、写实的、印刷出来的故事,而是一大堆口头传说,其中许多彼此之间仅有细微的差别。这些口头传说经常包含不可思议的事件,而这些事件与它们在其中被讲述的那些社会的"现实"又没有任何明显的关系。几乎在所有的方面,人类学家必须回答的问题都与文学批评家提出的那些问题相反:不是"为什么这个故事是独特的",而是"它如何以及为何与其他故事如此相似";不是"这个(可确认的)作者的意思是什么",而是"当这一(无署名的)集体神话在某些场合被重述时,它发挥什么作用"。对于批评家来说,单独的作品是意义的所在地;而人类学家却至少也要处理一个传说的一系列变体。叙事与日常现实的关系在一种情况中是明显的,在另一种情况中则是隐晦的。视点、人物塑造、描写和文体这类对于文学批评家如此重要的特性在口头传说中几乎是不存在的。批评家的精密的解释方法对于人类学家则几乎毫无裨益。作为社会科学家,后者受到一种方法概念的约束。这种方法虽然不一定比文学研究中运用的方法更好,却更具有约束性。

在美国读者看来可能会很奇怪的法国结构主义叙事理论的很多特点都是由下述事实造成的,即它们是从人类学的方法和目的中获得灵感的。当然,在列维-斯特劳斯的《神话的结构研究》(Lévi-Strauss, 1955)出版之前就已经有了不少解释口头传说的尝试,但是他处理这一问题的方法却标志着他与前辈的臆断方法的明确决裂。列维-斯特劳斯并非仅仅以这篇论文吸引了文学批评家的注意。通过阐明结构语言学如何可以用为发展其他人类科学的模式,通过举例说明扑朔迷离的符号集合体如何可被系统地分析，以揭示某种无意识的文化内容，他创造了以一种新的方法来研究文学的可能性。

人类学家分析非西方文化的方法也可以用于我们自己的传统的神话、传说和民俗。文学批评家们很少屈尊去研究的那些流行的、公式化的叙事类型，如侦探小说、现代罗曼司、西部电影或小说、肥皂剧等，如果它们的无意识内容能够被发现的话，也许可以提供一些有关我们社会的有趣信息。为此，文学批评家可以把他自己的社会就像一个异域部落那样试加解释，因为我们生存在一大堆的成规（有关如何着装的种种规矩，菜谱，与体育运动相连的种种仪式，以及我们给马或猫或船起的种种名字，等等）之中，它们看上去似乎并不具有特定的"意义"，但其实却像很多被我们认为是"原始的"的活动一样奇怪。如果批评家的行当就是解释符号，那么我们的整个社会就都可以是批评家的文本。

罗兰·巴尔特，过去二十年来最有影响的叙事理论家，就从事了我上面刚刚提到的研究项目中的一些。他比自己的绝大多数同时代人更有能力扩展和改造人类学和结构语言学的方法，而使之适合于现代文学研究。另一些法国批评家，如克劳德·布雷蒙和 A. J. 格雷玛斯等，则将他们的叙事理论基于种种早先的传统，而仅仅偶尔将他们的理论用于现代作品。列维-斯特劳斯对于神话的叙事结构的解释大体上是一个包含四项的公式（a four-term formula），这一公式最多可以包括四种活动和两个人物；这是所分析的故事的类型（在他那里是较短的故事）如何决定了用以解释它们的理论结构的又一例子。格雷玛斯和布雷蒙对篇幅更长的传说感兴趣，所以他们就需要一种更灵活的理论。他们在俄国民俗学者符拉基米尔·普罗普的一本著作，即《民间故事的形态学》（Propp, 1928）中，发现了叙事分析的另一种模式。

在法国结构主义的发展中，普罗普是重要的诸俄国学者和批评家之一。虽然俄国形式主义者们的著作大部分是在 1914 年到 1930 年间问世的，但在 50 年代以前，他们以及受他们影响的那些人（普罗普和 M. M. 巴赫金）在西方还鲜为人知。他们的重要性尚未受到应有的普遍承认，部分是由于缺少译本。对于维克多·斯克洛夫斯基来说，关键的

第 1 章 导论

是这样一个问题，即建构一种真正全面的叙事理论，一种可以在法国结构主义者所碰到的鸿沟——传统文学的那些重复性的、公式化的结构与现代小说的那些原创性情节之间的鸿沟——之上架设桥梁的理论。他在对于文学结构的基本规律的探求中研究了全部的叙事类型，从玩笑和民间故事到劳伦斯·斯特恩的《特里斯特拉姆·山迪》[①] 和马克·吐温的《哈克贝利·芬》（完整书名为《哈克贝利·芬历险记》）。斯克洛夫斯基的名字在我们随后的文字中将会经常出现，因为他几乎讨论到了叙事理论的一切方面。

巴赫金也是一位同样重要的理论家。他反对小说研究中以牺牲社会的和政治的因素为代价而形式主义地强调文学技巧的做法，但他认为形式主义者是不容忽视的对手，并且充分利用了他们的洞见。这一形式主义者团体中的其他三位阐述叙事理论的成员——罗曼·雅克布逊、鲍里斯·艾钦鲍姆、鲍里斯·托马舍夫斯基——也影响了60年代的法国批评家。实际上，正是雅克布逊帮助列维-斯特劳斯认识到语言学的分析方法可以如何用于人类学之中。这样，俄国思想就从两个方向汇聚在法国批评之中。

最近的批评史是如此复杂，以至我们也只能利用各种叙事技巧来加以描述，例如刚才在讨论法国结构主义的当中对俄国形式主义者的插叙。在俄国形式主义者的文章的法文译本于1965年出版之后不久，结构主义者们就开始利用他们的洞见了。这些文章的译者茨维坦·托多洛夫是结构主义批评家中最系统、最全面的一个。他自己的关于叙事的论著表明俄国的和法国的理论是可以被综合在一起的；他也吸收了英美批评家的洞见，指出了他们与欧洲大陆的关注的联系。对于英美批评传统的这种认识在结构主义者中是不常见的，这部分地是因为这一传统对于

---

① 《特里斯特拉姆·山迪》的完整标题为《绅士特里斯特拉姆·山迪的生平与见解》（The Life and Opinions of Tristram Shandy, Gentleman），或译《山迪传》，是英国感伤主义小说家劳伦斯·斯特恩（Laurence Sterne，1713—1768）的成名作。他生于爱尔兰，就读于剑桥大学。1738年至1759年是约克郡的牧师。这部小说的第1、2卷发表于1759年，第3至6卷发表于1761年。当时多位作家攻击其为不道德的作品。斯特恩于1767年完成了小说的第9卷。

视点的注重与他们对于前现代的叙事作品的兴趣毫不相干。但是热拉·热奈特——他认为视点对于叙事结构或情节同样重要——是熟悉英语著作中的视点研究的。热奈特对于美国批评的影响在一本书中十分明显。这本书将这些结构主义者的研究成果用为一种全面的叙事理论的基础，这就是西摩·查特曼的《故事与话语》。

在我们这个简略的历史纵览中，结构主义批评家们的具体的理论和术语不如他们的基本假定来得重要。他们以下述论点，即所有故事都由成规和想象构成，取代传统的断言，即小说是生活的如实再现。在他们看来，小说只是叙事作品中一个相对晚出的类型。他们试图找出存在于神话、民间故事、科学小说、幻想作品、自传、侦探小说以及写实小说之下的各种成规，试图解释语言、社会和头脑如何有助于各种文学成规的形成——这些尝试所提出的问题多于他们所已经回答的。但这已证明是他们的批评的价值所在：他们的批评使人想到新的研究领域，并激励批评家去发展有关叙述的各种基本特征的各种可行理论。

最近趋向种种

自 1970 年以来，叙事理论的跨学科性和国际性在美国的文学批评中是显而易见的。法国结构主义者们的最重要的著作已有英文译本；乔纳森·卡勒、罗伯特·斯科尔斯等人已经发表了清晰概述结构主义思想的著作；其他学科的知识与文学研究的相关性也已获得应有的承认。英国、加拿大和美国的人类学家与民俗学家们已经沿着列维-斯特劳斯和普罗普提出的研究路线进行工作。在历史哲学中，美国学者早在结构主义者的注意力受到吸引之前就已开始将历史作为一种叙事模式来研究了。在叙事分析中应用新的心理学模式与精神分析学模式——这自1960 年以来就在法国的文学批评中十分重要——在这里和其他地方都变得很普遍。结构主义者们并不是这些发展的唯一的推动者：对于叙事成规的语言学研究早在结构主义之前很久就开始了。这些研究在过去几年中取得了重大的成果。同样地,社会学的和马克思主义的叙事分析也利用了结构主义,而它们的最引人注目的成果是在它们质疑结构主义时取得的。

简要地回顾一下目前叙事理论中的各种趋向将有助于引入以下诸章所考察的其他论题。这些趋向中最重要的是从被形式主义地界定的种种语言模式向种种交流模式的转移。语言学家和仿效他们的文学批评家们从我们有关一个名词和一句话(或一个人物和一个故事)是什么的知识开始;他们所寻求的是对于这类结构的具有科学上的严格性的描述。但是文学其实是无法与语言相比的。我们可以说一个句子是"符合语法的",因为我们知道说一个句子不符合语法意味着什么,而且我们还可以通过指出结构上和语义上的特征来阐明清楚的与含混的意义之间的不同。文学中则找不到这样明确的区别和系统的解释。故事是多种多样的,至于哪些最好却是众说纷纭,至于它们意味着什么则更是莫衷一是。因此,与其试图发现一切故事都基于其上的那些形式结构,批评家们也许最好是去试图确定一下我们为什么和怎么样就像我们平常所做的那样去读故事,即不问这些故事抽象地来看是什么,而是去确定我们阅读它们时所直觉地运用着的能力是什么。最近各种基于交流模式的批评理论可能会把文学作品当作一种把意义从隐含作者传达给读者的修辞形式来对待(韦恩·布思的方法),或者是对形成文学接受的那些文学的和文化的成规进行研究,就像结构主义者和符号学家所做的那样。"读者反应批评",一个被用于描述这类理论的术语,其意图主要就是想阐明所有文学类型的效果;我将仅仅讨论那些试图解释我们如何解释叙事的理论,而德国批评家沃尔夫冈·伊赛尔的理论是此中最重要的一个。

文学理论与叙事理论二者之中的另一个最近的趋向是对于解释问题的重新强调。感兴趣于分析叙事形式和技巧的结构主义者们认为,进行这类分析而事先并不确切地了解故事意味着什么是可能的。如果普遍一致的文学解释是讨论文学成规的先决条件之一的话,那么这种讨论就永远不会开始,因为一致是永远也不会实现的。那些认为解释是阅读的唯一目的的人则反对这种纯形式的文学结构分析。这些人可能会论称,这种分析无法告诉我们有关文学的任何有趣的或有用的东西；他们也许会指责结构主义者在文学批评中所犯下的基本罪行——将形式和内容分离。但这些都是陈旧论点，而且他们也避而不答下述指控，即解释仅仅是意见问题。对于形式分析的最重要的挑战来自那样一些解释者，他们论称，叙事作品打破一切可能赋予它以统一的形式和意义的代码和成规（J. 希利斯·米勒）；或者论称，形式和意义始终是相互联系在一起的，因而它们互相创造，互相毁坏（弗兰克·克默德）。

当批评家们为各种理论争辩的时候，创作者们却可以创作出改变作为这种争辩之根据的新文学作品。在 50 年代中间吸引了如此众多的美国与法国批评家注意的"（写实）小说的死亡"与叙事的再生是同时发生的。如果人们使用与现实主义相连的批评工具，那么法国的"新小说"（阿兰·罗伯-格里耶、娜塔丽·萨洛特[①]），60 年代以来美国虚构作品中被称为"奇幻小说"[②] 和"元小说"（metafiction）的那些作品（约翰·巴思、威廉·加斯、唐纳德·巴塞尔姆、理查德·布劳蒂根、

[①] 阿兰·罗伯-格里耶（Alain Robbe-Grillet，1922—2008），法国小说家，出生于法国西部城市布勒斯特，1944 年毕业于法国国立农艺学院，1953 年在午夜出版社出版首部小说《橡皮》（*Les Gommes*），此后成为全职作家。1961 年，他编写的电影剧本《去年在马里昂巴》（*L'Année Dernière à Marienbad*）由法国新浪潮导演亚伦·雷奈摄制成电影，并获得该年威尼斯电影节金狮奖。从 20 世纪 60 年代起，格里耶本人也曾创作并导演过数部电影，有《欧洲快车》《撒谎的人》《欲念浮动》《使人疯狂的噪音》等。他于 1963 年单独摄制的影片《不朽的女人》荣获路易·德吕克电影奖。2006 年的《格拉迪瓦找您》（*Gradiva*）是他生前拍摄的最后一部电影。娜塔丽·萨洛特（Nathalie Sarraute，1900—1999），生于俄国一个犹太资产阶级知识分子家庭，法国律师和小说家，其论文《怀疑的时代》与阿兰·罗伯-格里耶的《为了新小说》同为新小说派文学运动的主要宣言。她在 1932 年开始文学创作，代表作品有《向性》《陌生人肖像》《行星仪》《金果》《语言的应用》《童年》《天象馆》等。她的小说除了《童年》外几乎全是心理现代主义的作品。1999 年，99 岁高龄的娜塔丽·萨洛特在巴黎去世。至此，新小说派作为一个小说流派的文学创作活动基本结束，因而很多报刊称她的去世为"一个世纪的终结"。

[②] 奇幻小说：fabulation。这一术语因斯科尔斯在其《奇幻编造者》（*The Fabulators*）一书中的使用而流行（此书见于本书书目之 8.2）。此词被用以指一大批主要创作于 20 世纪的小说，其风格与魔幻现实主义相似，因而无法归入现实主义或传奇小说这些传统范畴。这些小说以各种不同的极端方式尝试各种题材、形式、风格、时间序列、日常生活与幻梦之混淆，模糊严肃与平凡、可怖与可笑、悲惨与滑稽之间的传统区别。奇幻主义（fabulism）在很大程度上与后现代主义相重合。例如，在"后现代主义"一词出现之前，约翰·巴思就被称为奇幻主义者（fabulist）。

罗伯特·库弗①），以及南美作家如豪尔赫·博尔赫斯、胡利奥·科塔萨尔、加夫列尔·加西亚·马尔克斯②等人的作品，就根本无法得到适当的讨论。把［来自］文学的影响作为叙事理论中的第三种趋向来提及也许有些奇怪，因为批评家理所当然地应该尝试去对写作中的创新做出解释。但上述小说家中确有一些人自己就写了一些尖锐的论文，以挑战那些对待小说的传统态度；他们的理论和创作对于法国和美国的批评都有影响。在约翰·巴思等人的虚构作品中，创新体现为那些起源于讲故事的叙事技巧的复活。

最近的虚构作品和叙事理论的独创性已经使人们的注意离开了那些以传统术语表达其洞见的学术和历史研究。但正如约翰·巴思的例子所表明的，显得很新的东西也许只是某种已被遗忘的东西，而关于希腊传奇（romances）、中世纪文学、17世纪和18世纪的散文叙事作品以及非西方传说的学术研究已经提供了有益于任何普遍的叙事理论的证据。对于20世纪以前的散文虚构作品的各种历史研究以及有关这些作品的批评论著的汇集已经证明，叙事理论并不像很多批评家先前所想的那样是一个最近以来的现象。学者们为理论家们含蓄地做出的结论提供了支持：对于叙事的研究不能被限制于一个时代或一个民族的文学。从古到今，故事从一个文化漫游到另一个文化；而自从印刷术问世以来，小说得到了极为广泛的翻译，以至几乎没有什么大小说家没有受过其外国前辈的影响。

以上对于20世纪叙事理论的历史勾勒是极其简化的。至于哪些批评家和趋向是最重要的，别人与我的估价也许会有分歧；下面的篇幅中含有对上述简要概括中未被提及的一些题目的论述。图1a可被当作一

---

① 约翰·巴思（John Barth，1930— ），美国小说家。威廉·加斯（William Gass，1924— ），美国小说家。唐纳德·巴塞尔姆（Donald Barthelme，1931—1989），美国小说家。理查德·布劳蒂根（Richard Brautigan，1933—1984），美国小说家，诗人。罗伯特·库弗（Robert Coover，1932— ），美国小说家。

② 豪尔赫·博尔赫斯（Jorge Borges，1899—1986），阿根廷作家。胡利奥·科塔萨尔（Julio Cortázar，1914—1984），阿根廷小说家和诗人。加夫列尔·加西亚·马尔克斯（Gabriel Garcia Márquez，1928—2014），哥伦比亚小说家。

个粗略的指南，以表明各种叙事理论的差异，以及批评家所看到的东西如何取决于他所运用的理论。早期法国结构主义者强调轴（1），偶尔也处理以轴（1）为其组成部分的整个纵轴（在这种情况下，叙事被视为一种可被加以形式分析的对于社会组织的记录）。社会学者和马克思主义批评家讨论轴（5）。三角形（2）是俄国形式主义者在其中为叙事研究做出最为重要的贡献的领域。视点批评为轴（3）所代表，读者反应批评为轴（4）所代表。我没有用数字标出这一图表的其他那些也被叙事理论家讨论的区域。对于图表中的某一向度的排他的强调导致这样一种理论的产生，这一理论可以而且将被诉诸另一向度的理论家质疑。"为了理解叙事，我们必须研究它们是怎样为读者所理解的。"轴（4）的鼓吹者说。"但读者是其社会文化背景的产物，这一背景在他们阅读时决定着他们看到什么。"（5）"社会变化着，而一部文学作品的全部意义就是它在历史中积累起来的意义的总和。""但各种文学传统的历史基本上是独立于政治史和社会史的。"每一阐明这一叙事局面的某一方面的陈述都因图中另一项的引入而被修正或彻底改变。

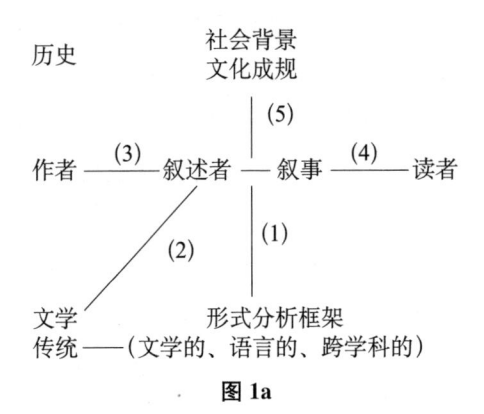

```
历史              社会背景
                  文化成规
                    │
                   (5)
作者 ──── 叙述者 ──── 叙事 ──(4)── 读者
         ╲          │
          (2)      (1)
           ╲        │
文学         形式分析框架
传统 ──── （文学的、语言的、跨学科的）
```

图 1a

这一图中还有一个方面值得提及。如果我们问及这些项是如何相互联系的，例如，叙事作品如何联系于文学传统，以及为什么读者对叙事作品有某些期待并倾向于以某些相似的方式解释作品，那么回答必定是，我们所分享的对于各种成规的理解在这些关系之中提供了无论哪一种可以有的稳定性。读者拥有关于故事的以及关于如何理解故事的丰富知识，尽管他们对"伟大"文学也许毫无经验。我们对于各种文学的和文化的成规的熟悉在这些成规遭到讽刺、颠倒和戏拟时——如在小说和电影中常有的情况那样——就变得显而易见：如果我们懂得这些讽刺、颠倒和戏拟，我们就认出了它们对规范的偏离。在文学经验中，对于各种成规性的期待的违反与对于它们的遵守同样重要，而且这种违反对于文学与生活的关系具有重要意义。这些题目是最后一章的主题。

现在应该已经很清楚了：为什么以下诸章采取了这样一种形式，即它们是有关叙事的性质的讨论或是一系列的辩论。关于这个题目，并没有可以为大多数致力于此者所一致接受的单一理论，而这些批评家之间的悬而未决的分歧既无法轻易定案，也不可能一笔勾销。理想地说，也许应该有一个无所不包的叙事理论，它将解释古往今来所讲过的一切故事：从古典史诗到科幻小说，以及将来将被创作的一切。但是，正如以上概括所表明的，不同的理论意在回答不同的问题，当新的叙事类型问世时，批评家们经常被迫去补充或修正他们的解释。与各门"逐渐进步的"科学不同，在文学研究中，旧的理论从未因为不如那些取代它们的理论而被成功地推翻。文学研究是一个积累性的学科，新的知识被补充进来，但那些沉睡已久的过时观念也随时都有可能被证明与新的批评关注或创作方法相关。文学理论只有在批评家们进行对话和论战时才会繁荣。对话与论战防止我们自满地假定我们已经理解了有关文学的一切。如果根据这样一个前提，即这些理论之中只能有一个理论是真正的，来判断近年来的种种叙事理论，那么这些理论很可能难孚众望。但是，如果根据它们对于特定叙事作品的深刻见解来判断的话，它们的多样性则是其长处——这就是我所希望阐明的。

第 2 章 从小说到叙事

叙事类型种种

当诺思罗普·弗莱试图在我们研究文学的方法中发现和创造某种秩序时，他发现批评词汇中并没有他所需要的那些概念上的区别。他在《批评的解剖》（1957）中写道："我们并没有一个表示以散文写成的虚构作品（a work of prose fiction）的词，于是'小说'（novel）一词就包办了一切，并因此而丧失了它作为一种文类名称所具有的唯一真实的意义。……虚构与非虚构之间的区别，那些关于被承认为不真实之事物的书与那些关于其他一切的书之间的区别——对于批评家来说，这些似乎就足以包罗万象了。"（Frye，1957，13-14页）这样一种很原始的分类方法造成的后果在入门性的文学教科书中是显而易见的。它们大多由三部分组成：（抒情）诗，戏剧，虚构（虚构这里意味着以散文写成的想象的叙事；以韵文写成的那些叙事则属于"诗"这一部门）。从某种意义上说，这三部分都被认为是创作出来的或虚构的，但诗经常好像

第 2 章 从小说到叙事

只是在描写实际经验,而排除散文叙事于这类经验之外的理由又并非不证自明的。

如果 50 年代的批评理论中可用于为叙事分类的字眼太少,那么当时的文学史中这类字眼又太多了。一部按年代编排的文学作品选集一般都收入小说问世以前的各种长篇叙事体裁的范例——史诗与罗曼司。短一点的叙事体裁,诸如幽默粗俗的韵文故事(fabliau)[①]、动物寓言、劝谕性故事(exemplum)[②]、基督教传说以及民间故事等等,则可以选自乔叟的《坎特伯雷故事集》的作品为代表。这个故事集像薄伽丘的《十日谈》和《一千零一夜》一样,利用一个"框架"来统一很多的短故事。有些叙事作品可能始终无法被分门别类。(斯宾塞的《仙后》到底是一本礼貌大全,一部罗曼司,一篇史诗,一个寓言,还是四者兼而有之呢?)至于其他一些叙事种类,如侦探故事、哥特小说以及科幻小说,则大多数选集都没有为之分门别类。而且,尽管所有这些名称在表明入选故事的种类时都不无用处,它们却都是历史的偶然产物:在很多方面都互相类似的叙事作品可能具有不同的名称,仅仅由于它们出现于不同的时代;而一个名称如"罗曼司"者却又可能包括三到四种不同类型的故事,但它们之间却几乎风马牛不相及。正是这条存在于没有理论的历史与无力解释文学史的、过分简单化的理论之间的鸿沟,弗莱在其叙事分类中试图填平。

有关各种叙事的名称之混乱所表明的一个问题是,区分这些叙事的标准始终是变化不定的。有时故事的内容决定其名称(如科幻小说或哥特式作品的情况),有时某一形式特征(韵文或散文,长篇或短篇)成为规定性特点;作品甚至可以基于它所产生的反应(谐谑的、严肃的)或它创造意义的方式(例如寓言和劝谕性故事)来分类。弗莱意识到这一问题,他的解决方法是,依据文学术语之含义的某一特定方面来重新定义这些术语。为了创造一个能为文学史赋予某种理论秩序的统一图

---

① Fabliau 是中世纪欧洲文学体裁,在 12 世纪和 13 世纪流行于法国,在 14 世纪流行于英国,其篇幅一般为 300~400 行,常描写中产阶级和下层人物并喜开下流玩笑和讲淫秽之事。

② Exemplum 是用以阐明一个教训的短篇叙事。此词最初指中世纪布道中使用的故事。

式，他根据其所描绘的世界和人物的性质（文学的题材）来对文学的"样式"（modes）进行分类。弗莱的图表（见图 2a）的优点之一是，打破了各种人为的障碍。这些障碍隔开韵文的和散文的、口头的和书写的以及短篇的和长篇的叙事，从而妨碍了对于它们所具有的共同之处的讨论。这一图表的另一长处是，它揭示了历史的进程与虚构作品之中的变化二者之间的普遍联系。从神话到反讽的进程大致相应于从中世纪以前的欧洲到 20 世纪的演进。同样的演进型式也可以在从荷马的史诗到罗马的讽刺作品的古典文学①中发现。也许社会和文学都是以循环的而非直线的型式变化的；如果是这样的话，那么近来小说的想象横溢的笔调可能就会（以不同方式）打开回归神话的通道。

样式	规定性特征	
神话	主人公（hero）本质上优于其他人和这些人的环境（神）	"通常……外在于各种标准的文学范畴"；《圣经》和史诗的某些部分是神话的
罗曼司	主人公程度上优于其他人和[主人公自己的]环境	部分古典的和欧洲早期的史诗；罗曼司；传说（legend），民间故事，märcher[童话]，民谣
高级模仿的②	[主人公]程度上优于其他人，但并不优于[他自己的]自然环境	"大部分史诗"，包括《仙后》《被解放的耶路撒冷》《失乐园》
低级模仿的	[主人公]既不优于其他人也不优于他们的环境	现实主义小说（大部分长篇小说和短篇小说）
反讽的	主角（protagonist）在力量上或智力上劣于我们自己	反讽性的长篇和短篇小说——《比利·巴德》，陀思妥耶夫斯基的《白痴》，乔伊斯的《都柏林人》

图 2a

---

① 指古希腊罗马文学。
② 高级模仿的（High mimetic）：弗莱在《批评的解剖》中说，这一表述中之"high"并非指价值意义上的"高级"（原书第 33 页，即本书边码）。所谓"高级模仿的"和"低级模仿的"指作品中作为主人公或主角的被模仿者相对于其他人而言的高或低。这一图表之第二栏中的方括号中语是为了意义上的明确而根据弗莱的原作补充进去的。

第 2 章　从小说到叙事

弗莱的历史理论比历史本身清晰多了。在弗莱的循环中，一旦某种叙事类型已被保存在书写之中，它以后就始终都可以被仿效，正如弗莱本人指出的那样；这样，口头史诗就成为文人史诗的模式，中世纪的罗曼司则在浪漫主义时代再生。弗莱的理论的一个新增的困难是，尽管这些分类很清楚，它们所确认的却是文学中的某些倾向，而不是叙事、戏剧和抒情诗的种类。史诗之诸种部分被分布于三种样式之中。不过这也许是无法避免的，因为各种口头叙事会在漫长的时代发展之中发生变化和得到扩展，吸收各种不同的材料，甚至书面作品也可能吸收作者所阅读之作品的各种不同片断。

当弗莱从文学史转向对文学种类的讨论时，他提出了一种更为经验性的分类方法。他根据作品呈现于听观者的方式，以三种更为精确地定义了的类别取代戏剧、诗歌和虚构（这显然是错误的分类，因为虚构性的诗体叙事在现代以前是很普遍的）这三个范畴。如果作品是在观众面前表演的，那就是戏剧；至于那些原本是说或唱给听众的作品，弗莱用了"epos"① 这个词；如果作品是为阅读而写的，他就称之为"虚构"（fiction）。对于那些对叙事感兴趣的人来说，这种分法的不利之处在于将口头传颂的故事和书写下来的故事一分为二了。不过这里可以用上那个把不同理论视如不同地图的比喻（见本书第 1 章）。通过忽略文学的某些方面，弗莱的文类理论鲜明地突出了其他方面。口头叙事传统与书面叙事传统之间的确存在着重要的差异。学者们已经详尽地研究了前者，但直到不久之前，他们都没有考虑到写作和印刷如何影响了那些由并不在孤独的读者面前的作者所"讲"的故事的生产。其次，通过将虚构定义为"某种为了自身的缘故而创造的东西"，而不是某种显得很真的假东西，弗莱就可以表明，长篇小说与短篇小说仅仅代表着虚构的一个种类，但同时也还存在着同样值得注意的其他种类。

根据他所谓的"基本呈现方式"（演的，讲的，写的）定义了文类之后，弗莱确认了虚构的四个种类。现在不是题材（他的样式理论的根

---

① 口头传诵的史诗，初期口传的叙事诗。

据），而是作者透视题材的角度，决定着这一分类。作者的目光可以指向外界或者指向内心，即外向的或内向的，从而或者产生一份有关世界的纪录，或者产生一种为想象所改变的现实的图景。主题也可以从个人的或从理智的角度来把握。①这两种两分法的组合就产生了图 2b 中的小说分类。

	外向的		内向的
个人的	小说（笛福，简·奥斯丁，詹姆斯）："描写个性（personality）"；明确定义的社会	小说＋罗曼司（普通的；也可以是反讽的——《吉姆爷》）	罗曼司（爱米丽·勃朗特，霍桑）；程式化的形象（英雄，恶棍）
	小说＋解剖（主题小说；《特里斯特拉姆·山迪》）	百科全书式作品（《圣经》，其他圣书，《芬尼根守灵》）	罗曼司＋忏悔录（德·昆西，其他的浪漫主义自传）
理智的	解剖②（拉伯雷，斯威夫特）："描写精神态度多于描写人物"；可以完全是幻想的或说教的，或者包含着"巨细无遗的学识"	解剖＋忏悔录（卡莱尔的《旧衣新裁》，克尔凯郭尔）	忏悔录（自传——圣奥古斯丁，卢梭）；选择经验以创造统一的结构

图 2b

弗莱说："散文虚构的各种形式是混合的，就像人的各种种族血统那样，而并不像两性那样可被分开。"在四种基本类型——小说、罗曼司、解剖、忏悔录——之间，是四种由基本类型混合而来的亚类型。由于图表的空间有限，有两种属于这一图表的亚类型没有出现：处于对角线上的解剖与罗曼司的结合（如《白鲸》），以及小说与忏悔录的结合

---

① 个人的：personal；理智的：intellectual。前者指与个人的感性和经验有关者，可以不具有什么普遍性，后者则指与超出感性经验的普遍思想有关者。二者相对。

② "解剖"（anatomy）是西方文学史上的一种文类。这类作品多为对于一个主题的详尽的分析和检查，著名者有罗伯特·伯顿（Robert Burton, 1577—1640）的《忧郁的解剖》（1621），罗莎蒙德·哈丁（Rosamund Harding）的《灵感的解剖》（1940）等。弗莱在此（即在其《批评的解剖》中）把"解剖"作为小说的一种，它以对于人类行为、态度和信仰的讽刺性的剖析为特征。

第2章 从小说到叙事

（虚构的自传，如笛福的《摩尔·弗兰德斯》）。图表的中心为弗莱称之为"第五种也是最完美的一种类型"者所占据，即百科全书式作品，它结合了一切类型。他并没有探究下述问题，即为何写作和阅读就应该产生这些文学类型，但他对发现于解剖和忏悔录中的各种理智型式的强调意味着，这些型式只在作者和读者能够以一种非连续的方式重复地参考一个书写下来的记录时才能被创作和理解。百科全书式作品也是如此。但是，由于小说和罗曼司与口头传统的密切关系，写作对于它们的影响就不那么明显了。

关于弗莱的分类方法，批评者们所提出的一个问题并非有关其种种缺陷，而是有关其成功之不可避免。就像参照冷/热之两分和干/湿之两分而被界定的中世纪科学的四大元素一样，弗莱根据两种两分法来界定的四种类型不可能不包括一切散文虚构，无论它们是作为"纯"类型还是作为中间型的混合物。事实上它们可以包括全部文学作品——因为文学作品必然地不是内向的就是外向的，不是个人的就是理智的——和很多并不被认为是文学的作品。进行了这样的分类以后，我们学到了什么呢？

如果我对弗莱的理解不错的话，则我们所学到的部分是我们一直知道的。他对小说和罗曼司的特点的描述接近那些传统的描述。但是，在我们对于二者之差异的意识之上，他添加了一个为作为独立文类的罗曼司所做的富有说服力的辩护：罗曼司自有一套如何［对人物］进行理想化的成规，因此它不应为其未能获致现实主义的可信性而横遭挑剔。通过为解剖和忏悔录命名，他把被忽视的文学领域引入我们有关散文的观念之内，从而能够让人洞悉那些包含着事实、想象和复杂思想的混合作品的根源和结构。他含蓄地使人注意了下述事实，即"叙事"是某种写作方式，而一部特定的散文作品如一部小说并不必从头到尾都是叙述；它也可以包含描写、阐述和以戏剧方式表达的对话。他的理论倾向于将有关小说之讨论的重心从根据固定标准做出估价转向对作品在构造与意义方面的差异进行更为灵活的评判。因此，对于他的理论的批评必须联系这一理论所引出的实践洞见来考虑。

弗莱在一个方面追随着他那个时代的批评传统：他视小说为一种在18世纪和19世纪中实现了其典型形式的写实文类。对于小说的性质与历史的一种不同看法见于罗伯特·斯科尔斯与罗伯特·凯洛格合著的《叙事的本质》(*The Nature of Narrative*)（1966）。他们接受弗莱关于西方文学已经两次经历了从神话到现实主义的循环演进的论点，并且采纳了他在命名叙事种类时所做的某些区分。但他们用一种统一的叙事理论和历史取代他（对散文虚构作品的样式与类型）的两种分类。对弗莱的历史样式的线性系列，他们代之以一个"树形结构"，这一结构始于史诗，然后分裂成不同的类型。从我们的视点来看，史诗本身就是神话、传说、历史、民间故事和家族谱系的复合物。但这些范畴都是后来的思想的产物，它们并不存在于尚无文字的文化之中。"史诗的讲述者在讲述一个传统的故事。让他如此去做的主要冲动既不是历史的，也不是创造的（creative），而是再创造的（re-creative）。他在重新讲述一个传统的故事，因此他所主要忠于的不是现实，不是真理，不是娱乐，而是 mythos 本身，即被保存在传统中的故事。"（Scholes，1966，12页）①随着时间的推移，这一"史诗综合体"中就分出两股水流：经验的（empirical）与虚构的（fictional）。而当社会发展出了各种更加专门的活动与话语时，这两股水流就又各自再度分化。这些单股的线索后来重新结合为各种新的文类，而其中之一就是小说。"小说并不像通常被坚称的那样是罗曼司的对立面，它是叙事文学中经验的成分与虚构的成分重新汇聚而成的产物。"（Scholes，1966，15页）

我以图表形式概括了斯科尔斯与凯洛格的理论（图2c）。表中列出了他们所给出的各种叙事种类的范例，它们大部分取自古典文学。毋庸赘言，这样化约地再现他们的论点不可能恰到好处。但正如讨论弗莱时的情况一样，我的简短讨论旨在激发对于他们的理论的兴趣，而不是要代替他们的理论。

---

① Mythos 指文学中的传统叙事主题或情节结构，用在此处指本书中所说的"被保存在传统中的故事"。此词亦有"神话"义。在亚里士多德的《诗学》中，此词指悲剧中的情节。

第 2 章　从小说到叙事

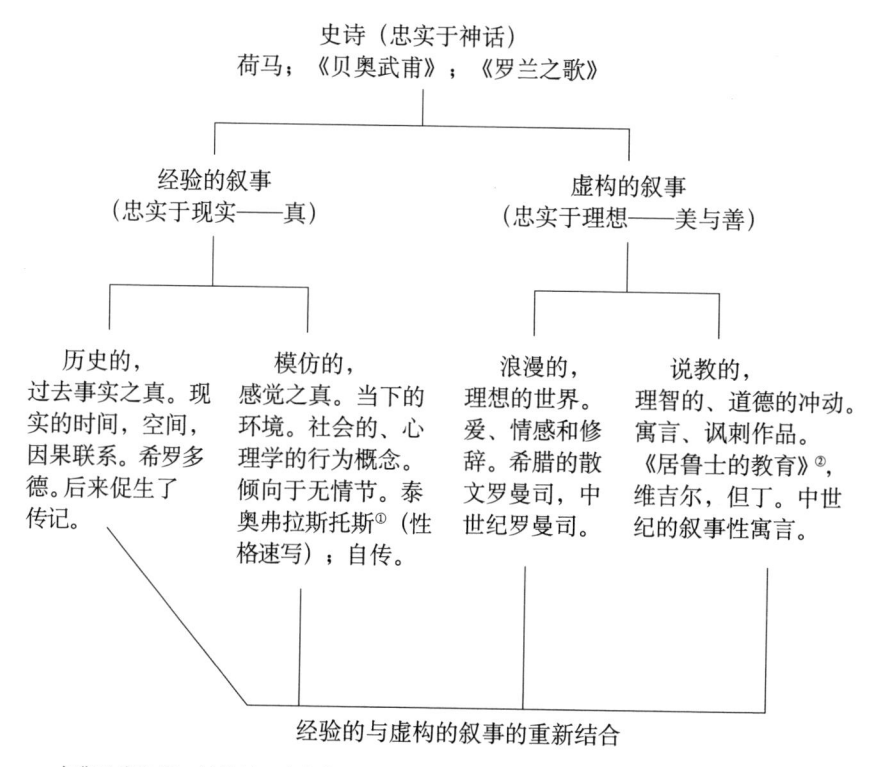

```
                    史诗（忠实于神话）
            荷马；《贝奥武甫》；《罗兰之歌》
            ┌───────────────────────┴───────────────────────┐
       经验的叙事                                    虚构的叙事
    （忠实于现实——真）                          （忠实于理想——美与善）
    ┌──────────┴──────────┐                  ┌──────────┴──────────┐
  历史的，           模仿的，              浪漫的，            说教的，
  过去事实之真。现     感觉之真。当下的       理想的世界。         理智的、道德的冲动。
  实的时间，空间，     环境。社会的、心       爱、情感和修         寓言、讽刺作品。
  因果联系。希罗多     理学的行为概念。       辞。希腊的散         《居鲁士的教育》②，
  德。后来促生了       倾向于无情节。泰       文罗曼司，中         维吉尔，但丁。中世
  传记。               奥弗拉斯托斯①（性     世纪罗曼司。         纪的叙事性寓言。
                       格速写）；自传。
```

经验的与虚构的叙事的重新结合

　　古典时代晚期：佩特罗尼乌斯③，《萨蒂利孔》；"流浪汉小说"，罗曼司的喜剧原型；阿普列乌斯④，《金驴》。"忏悔"因素可能出现在第一人称形式中。四种类型——历史、模仿、罗曼司、寓言——在中世纪后期开始重新结合，终于产生了小说。

图 2c

---

　　① 泰奥弗拉斯托斯（Theophrastus，约前372—约前287），古希腊逍遥派哲学家。
　　② 《居鲁士的教育》（*Cyropaedia*），希腊历史学家色诺芬（Xenophon，约前413—前350）写的一部劝世的历史小说。描述波斯国王居鲁士二世（Cyrus Ⅱ）的生平事业与波斯帝国的建立。
　　③ 佩特罗尼乌斯（Arbiter Petronius，？—66），古罗马作家，欧洲第一部小说《萨蒂利孔》(*Satyricon*)的作者。
　　④ 阿普列乌斯（Lucius Apuleius，约124—170以后），柏拉图派哲学家、修辞学家及作家。因著《金驴》（*Metamor Phoses*）一书而知名。

弗莱将历史和传记排除于他的"虚构"（fictions）行列，斯科尔斯与凯洛格则将它们恰当地包括在"叙事"种类之中。对于历来都被弗莱和其他一些人视为小说之规定性特征的社会现实主义，理论视角的这一转换产生了一种不同的解释。传统的解释是，罗曼司日益变得貌似更加真实可信和典型，其中写实的成分不断地增加，终于一个新类型在18世纪的英国诞生。斯科尔斯与凯洛格则认为，小说问世得更为突然，它是通过事实与虚构的横侧嫁接而产生的。他们的看法与欧洲大陆［学者］对小说史的描述是一致的；后者或将小说视为史诗的现代翻版，或者论称它起源于希腊的散文罗曼司，并再生于西班牙的流浪汉小说和《堂·吉诃德》。他们的理论的最不寻常之处是他们的这样一个主张，即小说是"不稳定的化合物"，是一个各种混合类型的游移地带，没有任何确定的本质。弗莱说过，小说与罗曼司经常结合，但对于斯科尔斯与凯洛格来说，除了作为一种混合，小说并不存在。这一结论近乎悖论："小说"的本质就是它没有任何本质的同一性。果真如此的话，那么支配小说发展的那一命令就会是，小说要变成其所不是者，意即，要与任何看上去好像一部标准的小说的东西都有所不同。我们将会遇到探讨这一观点的各种含义的批评家们。

在讨论各种口头叙事时，斯科尔斯与凯洛格总结了新近的各种学术成果，并且提出了进一步的研究方向。口传的韵文史诗，如《伊利亚特》或《贝奥武甫》等，具有不少共同特征。合于作品的格律与韵脚的那些词组成为定式，并被反复地使用。《伊利亚特》与《奥德修纪》有百分之九十左右是由这类定式组成的。当这些定式被合并为更大的单位时，它们允许一定的选择自由。在更高的结构层次上，一些词和短语小组被结合在成规化的行动模式（母题）里，例如"迎客"就是一个成规化的行动模式，它几次出现在《奥德修纪》之中。一个插曲系列的形式或者整部作品的形式经常基于下述原则：重复（例如，为了成功而必需的三次尝试）、平行（两个情节中的人物与事件相似或者相反）、趋中重复（第一个事件对应于最后一个，第二个对应于倒数第二个，等等）。这些结构层次有助于游吟诗人们创造诗行，讲述和连接各个事件，并将故事的整个过程牢记在心，同时又允许他们进行创造性的改变，以及提供一些新的材料来填补由遗忘而造成的空白。正如 S. G. 尼科尔斯与尤金·多尔夫曼所证明的，中世纪后期的史诗-罗曼司《熙德之歌》①与《罗兰之歌》②就是基于同样的一些表达各种母题即"故事素"（narremes）的基本短语以及这些母题所形成的一些序列而构型的。这一题目将在第四章中得到进一步的讨论。

　　随着写作的到来，叙事的性质发生了巨大的改变。正如斯科尔斯与凯洛格指出的，这一改变不是一个单独事件，而是一个延续数世纪之久的过程。当然，写作/阅读直到最近也没有完全取代口头传统；二者并行不悖，不断交流着材料和方法。然而，读写能力一经形成，写作的影响就会显示出来，而且写作无可避免地会改变一个社会所使用的那种话语："当口头韵文叙事随着现代意义上的读写能力的到来而衰落时……神话中的起着阐明作用的那一方面在寓言和论述性的哲学著作中得到发展。神话中的起着再现作用的那一方面则在历史和其他形式的经验性的叙事中得到发展。"（Scholes，1966，28 页）以前，只有定型的、公共的信息才能在传播中保留下来。那些没有被韵文结构或成规化的行动模式锁住的独特的事实和幻想就在口头重复的过程中白白地流失了。写作使细节得以保存。

　　斯科尔斯与凯洛格认为，写作对于叙事的影响之一就是创造了一个以前并不存在的新范畴——虚构（the fictional）。与说服、辩解、弄对事实这些世俗事务分开的虚构一旦存在，虚构的作者就不必尝试去创造一个新的故事。要求于那些创作了流传下来的最早的故事的人们的技巧是写作的技巧，而不是发明的技巧。虽然原创性和为作品署名终将至关重要，但第一批［故事］传抄者所面临的任务却有所不同。如果他们对故事进行"艺术"加工，这一艺术也是从口头技巧借鉴的艺术，即以诗歌的或演说的方式对语言加以组织。如果一位作者作为抄写者/学者而不是作为艺术家行事，他就可能为所抄录的材料加上"解释"，以便说

---

① 《熙德之歌》(*El Cid*) 是西班牙文学史上最古老的英雄史诗之一，约写于 1140 年。
② 《罗兰之歌》(*Chanson de Roland*) 是法国中世纪英雄史诗"武功歌"的代表作品。

明其晦涩不清之处，或为之补充其他信息来源。

　　回首看去，写作对于叙述活动的影响虽非直接，却似乎不可避免。按照斯科尔斯与凯洛格的看法，这些影响中之最显而易见者就是从传统的情节走向无情节，后者之流传依赖于写作。其次，还有一个对叙事加以解释或评论的倾向（这是抄写者所学到的一种技巧，不同于故事的歌唱者或讲述者的技巧；尤金·维纳弗在《罗曼司的兴起》第二章中描述了这一过程）。再次，正如弗莱注意到的，写作与私自默读的可能性在一个传统的环境——作品在这个环境中是背诵和表演出来的——之外把修辞艺术与某种在一个全新意义上被称为"散文"的东西分开了。纸页是一个场地，与各种不同的文化环境相联系的各种不同的谈论方式在此可以被并置。有些批评家认为这是小说所具有的那种"混合"性质的一个重要方面。最后，书写的"默语"可以成为叙事中的不被说出的思想的模式，这是它相对于其他文学形式的独特之处。圣奥古斯丁看到圣安布罗斯①不出声地阅读（在此之前这对他来说是无法想象的）时的震惊标志着一种易于为人所忽视的变化所具有的重要意义。一些批评家辩称，如果没有能够做到运用语言而又不将其说出，即阅读和写作，"为自己思想"这一概念是不可能广泛流行的。

罗曼司-小说的起源：历史，心理学，生活故事

　　弗莱的理论和斯科尔斯与凯洛格的理论表明，要明确地回答诸如"小说是什么"这样的问题是很困难的；但与此同时，它们也提供了对于各种叙事的有用洞见。如果我们采用依据属与种（类与亚类）来进行定义的经典方法，那么对于规定性特点的选择就决定着某一文学种类将在我们所创造的概念网格的何处出现。如果我们将长篇叙事设想为属，我们就会将小说与史诗和罗曼司归为一类。前两者以其更为写实而与后

---

① 圣安布罗斯（Saint Ambrose，约339—397），古代基督教拉丁教父。后来成为北非希波主教的圣奥古斯丁就是听了圣安布罗斯的传教而皈依基督教的。

第 2 章 从小说到叙事

者有别；史诗与小说则可以从历史的（古代对现代）、社会的（英雄的/贵族的对资产阶级的），也许还有哲学的（客观对主观）角度来加以区分，如德国批评家所已经指出的那样。如果我们断定小说本质上是一种形式的散文，我们就会将其与韵文的史诗和罗曼司对立。弗莱将小说确认为以散文写成的虚构作品的一类，所谓散文虚构作品中则有些并不是叙事。斯科尔斯与凯洛格从各种叙事（无论是写实的还是虚构的，韵文的还是散文的）开始，而以一个完全不同的分类结束。他们三人都承认，绝大多数作品都是他们赖以进行分类的那些抽象特征的"混合体"。

定义"虚构""小说""罗曼司"这类字眼时的不能达成一致可能会导致人们根本就反对那种想要对叙事种类进行区分的尝试。一个更富有建设性的结论可能是，定义，尤其是那些涉及人类活动的定义，能使我们在特定的语境中为了特定的目的而理解现象。人类在心理学、人类学、社会学和医学中被看得不同并不是由于未能确定我们本质上是什么，而是由于这些学科的兴趣不同。

关于小说起源的一些近著就典型地体现了那些可在对一种文学类型进行定义时被有效运用的不同学科兴趣。弗莱、斯科尔斯与凯洛格并没有详细解释特定文类的兴起。对于弗莱来说，从寡头统治的社会到无产阶级社会的发展，以及"置换"过程——在这一过程中，理想的、想象的故事逐渐变得貌似更加真实可信——就是理解文学变化的最小框架。对于斯科尔斯与凯洛格来说，哲学与技术起着同样的框架作用：叙事文类是随着现实与想象的分家而兴起的，这一分家又与写作的出现相连。但是，在将我们从一种"以小说为中心"的叙事观中解放出来的时候，他们并没有质疑第一章中所描述的那些有关小说的传统解释：研究社会和文化的历史学家们提供了一个简单的故事，讲的是宗教改革、经验哲学和个人主义如何造成新教工作伦理和中产阶级的兴起，从而促成小说的诞生。对历史学家们提供的这一叙事进行分析的学者和批评家们发现，这一叙事并不充分。小说并非仅仅简单地反映其他学科所解释的社会变化，小说还可以包含着有关这些变化如何产生的更有启示性的记录，甚至还有可能是社会结果的一个原因——就其构筑生活故事的方式成为我们为自己的生活赋予意义的方式这一点而言。

当罗曼司与长篇小说之间的区别被设想为对于经验的理想的/想象的描述与写实的/经验的描述之间的区别时，人们经常在心理学、哲学或弗莱和神话批评家们的原型论（archetypalism）中寻求有关这种区别的解释。勒内·吉拉德在《欺骗·欲望·小说》（1961）一书中将有关这两种文类的这些解释与有关小说兴起的历史描述融为一体。传统社会——包括宗教改革以前的欧洲的那些社会——的成员多以他们的文化所提供的角色模范（role model）为自己模仿的对象。超凡模范——宗教与神话的模范——的丧失导致了对书中男女主角［英雄］的模仿。堂·吉诃德模仿著名传奇骑士阿马迪斯·德·高尔①；包法利夫人模仿她所读过的书中的女主角们；司汤达《红与黑》中的于连·索瑞尔模仿一位历史英雄——拿破仑。我们自己也模仿我们所佩服的人。词组"角色模范"的正面意义上的流行用法表明，这种模仿现象是极其普遍的。选择一个榜样去模仿，而不是由社会群体将一个榜样强加于人——这一观念与从宗教社会向世俗社会的转变以及与之相应的可能榜样的多元化是联系在一起的。

吉拉德指出，文学比其他文献或学科更清晰地记录了这些转变。然而，选择一个模范而加以模仿的观念掩盖着一个危险的矛盾。选择的自由是个性的表现，但是模仿他人实际上却剥夺了我们的自我认同（self-identity）。我们的目标和欲望其实不是我们自己的，而是另一者的，即角色模范的。如果我们成功地实现它们，我们可能就会发现，它们并没有给予我们所想象的那种满足。挑出了我们自己的或我们所选择的目标的毛病，我们重新开始了对"自我"满足的虚幻追求。这一无法逃避的模式如果不是我们的现实生活的基础，那它至少是一切现代叙事作品的基础，因为它的死亡就是虚构与欲望的死亡。一般地说，罗曼司并没有表现出对于这一模式的自觉意识，尤其是当它描写一个自我实现的美满结局的时候。小说的冲动就是向那些能够认识这种浪漫幻想模式的人揭

---

① 阿马迪斯·德·高尔（Amadis de Gaul），是同名传奇作品中的主人公。该作品的最早版本于1508年以西班牙文写成。

第 2 章 从小说到叙事

示这一模式。

像吉拉德一样，马莎·罗伯特也认为理想与现实之间的张力是现代叙事作品的核心，但她在《小说的起源》（1971）一书中用以阐明这一张力的方法是更严格的意义上的精神分析。弗洛伊德的论文《创作者与白日梦》以及《家庭罗曼司》是她的理论基础。讲故事者们在被指责为沉溺于无稽奇想（这种指责在十七八世纪是很普遍的）之后，知道他们是咎由自取，于是就试图创作更为可信的故事。但结果并不是真实代替了虚构，而只是一个伪装得更为巧妙的虚构，"虚构作品创造的幻觉可以通过两种方式来实现：或者作者装得好像若无其事，这样作品就被说成是写实的、自然的或只是忠实于生活的；或者他可以强调这个好像，而这一好像其实始终都是他主要的隐秘动机，在这种情况下他的作品就被称为幻想、想象或主观之作。……因此就有两种小说：一种声称要从生活中取得素材，……另一种则相当坦率地承认自己仅仅是一组形象（figures）与形式。……在这两种之中，前者当然是更骗人的，因为它完全是在一心一意地掩饰它的各种花招"（Robert，1971，35 页）。

对于从神话故事到长篇小说的发展过程的这一阐述很类似于弗莱的"置换"论，但罗伯特把这一发展看成是儿童发展的各个阶段的重复。被迫与兄弟姐妹分享父母之爱的并且对其实远非完美的父母感到失望的前俄狄浦斯阶段的儿童，将自己想象为双亲乃是皇族的弃儿。但是这一产生于快乐原则的幻想为真实出身的发现所粉碎，这时孩子可能会感到自己就像一个微贱的私生子，必须与世界搏斗（现实原则）才能凭着自己的本事出人头地。在这出家庭罗曼司的第一阶段的影响下所写的种种故事全都一样，但第二阶段产生的种种故事却千差万别，充满了冲突与爱情、野心与不幸这些"真实"细节。这样，小说与 18 世纪中产阶级兴起的联系就既可被视为经济的也可被视为心理的渴望的结果。（归根结底，力求出人头地的真正原因又能是什么呢？）

英美批评家们倾向于将《鲁滨孙漂流记》视为第一部小说，欧洲大陆的批评家们则把这一地位给予《堂·吉诃德》。罗伯特的理论可以同时承认二者的代表性。从心理角度看，《鲁滨孙漂流记》是家庭罗曼司的明显表现（逃离父亲，最终获得社会成功）。这就是它始终是出色的儿童作品的原因。《堂·吉诃德》——这里一位沉湎于梦境的弃儿面对着众多铁石心肠的现实主义者——为我们展示的是心理冲突中的一个更加成熟的阶段。罗曼司与小说于是就并不显得互相对立，而是同一潜在冲动的表现。

"小说"存在吗？

这些解释尽管很有启发，却没有说明叙事作品与历史和文学因素影响叙事作品之发展的方式二者之间的区别。如果我们列出中世纪以来不同时期的各种叙事类型，我们会发现惊人的多样性和连续的变化。各种大部分取自民间传说的散文短篇故事的结集从一个国家传到另一国家，并且经常为传到欧洲的印度素材和阿拉伯素材所补充。随着印刷的出现，各种古老的诗体罗曼司在那些以短篇散文形式对它们进行的概括——这些概括广为流传——中获得再生。幽默笑话与逸事趣闻被连缀成篇，形成"滑稽列传"（jest biographies）；叙述流浪汉及其流浪的故事汇集在"流浪汉"（picaresque）小说之中，它们与混事实与虚构为一谈的罪犯列传（criminal biographies）关系密切（Chandler, 1907）。在文艺复兴时代，对希腊的散文体的罗曼司的翻译导致一种新式罗曼司在意大利、法国和英国的诞生（Wolff, 1912）。几乎每一种纪实性的叙事——历史、传记、自传、游记——都产生了一种以之命名的虚构翻版（Mylne, 1981, 32 - 40 页；Adams, 1983）。

这些作品的亚类型数不胜数——感伤小说、谤史（scandalous chronicle）、社会风俗小说、传记小说、历史小说、书信小说、寓言小说、田园小说以及东方小说；还有所谓 *roman à clef*（以虚构姓名所写的真人真事小说），*conte*（通常为哲理故事），以及后来的 *Bildungsroman*（一个青年男性或女性之成长，或教育小说）。毋庸赘言，这些"类型"经常混合。散文叙事作品的另一关键性特征是，每种值得注意的类型都引出一种对其素材和方法的戏拟（parody）。乔纳森·斯威夫特（像他的希腊前辈卢奇安①一样）讽刺了他那个时代的不可信的"真实航行"，菲尔丁讽刺地模拟了理查森的作品，斯特恩的《特里斯特拉姆·山迪》则粉碎了讲故事这一观念本身。②这些分类方式经久不衰，并且具有激起戏拟的倾向，而亲自去发现这一点的最好方式就是去检视一下一个药房③和小书店中所能找到的那些叙事作品（以后还要更多地讨论这一点）。

恰如理论家们禁不住想要在他们所研究的乱成一团的叙事作品中发现某种清晰的概念图式一样，历史学家们也倾向于把从罗曼司到小说的"进步"描述为比其本身更为有序的变化。断定叙事作品必居罗曼司或小说这两个范畴之一以后，我们就可以发现，十七八世纪的批评著作证实了我们的见解。在英国，威廉·康格里夫（Congreve，1691）、休·布莱尔（Blair，1762）、克拉拉·里夫（Reeve，1785）为这两个词所下的定义与我们所下的大致相同，但当时多数作者并非如此，而二者之间的普遍承认的区别是从 19 世纪开始的。在法国，人们试图把浪漫的 *roman*〔小说〕与写实的 *nouvelle*〔小说〕区别开来（Segrais，1656），但终归失败。在法语与德语这两种语言中，*roman* 这个词一直是我们或者归入小说或者归入罗曼司的一切长篇叙事作品的唯一名称。因此，在欧洲大陆批评家们仅仅看到一种叙事类型的地方，英美批评家们却试图阐明两种互相独立的叙事类型。（在 14 世纪的意大利，*novella* 一词意味着短的故事，例如《十日谈》中的那些故事；西班牙语中的 *novela*，法语中的 *nouvelle*，以及在 17 世纪的英国意味着短篇故事的"novel"即皆源于此词。我们英语中现在使用的"novella"一词，就像德语中的

---

① 卢奇安（Lucian，约 120—180），公元 2 世纪希腊修辞学家、讽刺作家，其以机智辛辣著称的作品对当时罗马帝国黄金时代的文学、哲学和文化生活的虚伪荒唐进行了巧妙而激烈的讽刺。

② 从斯威夫特开始的这些姓名（除卢奇安外）都是英国文学史上的著名作家。在最后提到的斯特恩的作品中，当时流行的认为小说需要讲一个完整故事的观念被有意破坏了。这部作品被一些现代形式主义者视为典型地体现了"文学性"的作品。

③ 药房（Drugstore）：在美国一个药房不仅出售药品，也卖化妆品和其他家用物品，包括饮料、小吃和书籍。

"*Novelle*"一样，指篇幅较短的小说。①)

我们那种总要找出叙事作品的有序"演进"的倾向本身就是叙事作品如何运作的明证：我们将一种模式强加于过去，这样我们就能讲一个有关过去的连贯统一的故事。正如晚近的学者们已经指出的那样，绝大多数的十七八世纪作者都或明或暗地否认他们在写小说或罗曼司。他们为自己的作品加上"历史""传记""回忆录"等等名称，以便将自己从小说或罗曼司的那些无聊的、空想的、未必然的、有时甚至不道德的方面开脱出来。"这并不是一部小说/罗曼司/故事"——这类说法经常以各类形式出现于前言之内。理查森说《克拉丽莎》并不是"一部轻浮的小说，也不是一部昙花一现的罗曼司"，而是"一部生活与社会风俗的历史"。他断言这一形式需要一个新名称，而这一断言为他的倾慕者狄德罗（Diderot，1761）和最为重要的叙事理论家之一的弗里德里希·封·布兰肯伯格（Blanckenburg，1774）所重复。菲尔丁将他的"作品的类型"定义为"有趣的罗曼司"，或"喜剧性的散文体叙事诗"；但包含这一定义的这部作品的标题却是《约瑟夫·安德鲁斯的各种冒险的历史》（1742），批评家们将它作为一种新型的历史或传记而提及。这样，文学史就提供了有利于某些理论家的悖论性结论的证据："小说"无法加以定义，因为其规定性的特征就是不像小说。

这一悖论的一个方面——作者们狡猾地或厚颜地试图将他们的作品冒充为是实有其事的——将在下一章中讨论。与此方面直接有关的是最近的一些小说理论，它们通过发展一些更为复杂的描述小说的模式来说明其不同寻常的地位。这些理论试图发现的不是小说是什么，而是它如何作为一种交流方式在特定的历史和文化环境中工作。

---

① 如本书作者所指出的，源于意大利语 novella 一词的英语单词"novel"现在专指汉语中所说的"长篇小说"，但在 17 世纪却意味着短篇的故事或短篇小说。英语又从意大利语中直接借来 novella 一词，用以指汉语中所说的"中篇小说"。

第 2 章 从小说到叙事

小说作为反对话语

那些将小说定义为一种悖论性的形式的理论中包含某种形象与背景之颠倒①：相对于各种文类所构成的系统而言，小说之不合常规被作为小说的正常存在方式而接受。结果，小说就被设想为一种"没有自然的或确定的存在"的实体，"它在不同时代的不同区域文化中出现并重新出现"，它不是一种具有连续历史的独立类型，而是一些"具有类似的家族特征"的作品的"前后相续"。这段引文出自瓦尔特·里德的《小说史》（Reed，1981，24、22、56页）。在里德看来，不同小说所共同分享的不是某些特点，而是一组关系——与其他文学作品的、与它们产生于其中的文化环境的以及与它们的读者的关系。当文化和文学变化时，小说也随之变化；但这样的一些重新调整让［文化和文学与小说之间的］这种总体排列方式原封不动，这种排列方式就像一个代数公式，其中可以代进不同的变量。

首先，相对于其他文学作品而言，小说是局外人，与其他文类和"诗学"（传统文学理论）所特有的那些规则相对立。当小说发展出自身的各种成规，而批评家们也开始将小说的各种规则编成法典时，小说家们却让自己通过戏拟，通过新形式的发明，或者通过吸收和混合当时的各种"纯"文类而与这一"［标准］小说"作对。根据里德的看法，"小说与文学传统的这种辩证关系必然造成不同规则的冲突，不同价值的对抗，以及使后来者有形式可循的法典化了的先例的普遍阙如"（Reed，1981，49页）。

其次，相对于社会和普遍认可的文化，小说采取反对立场。西班牙

---

① 形象与背景之颠倒：field-ground reversal。人组织其视觉时需要从背景中区别出形象。在视觉艺术中，形象与背景可被有意颠倒，从而产生特殊的视觉形象感受，例如当我们观看丹麦心理学家埃德加·鲁宾（Edgar Rubin）所画的人脸花瓶时，如果以画中白色为形象，花瓶就浮出，而如果以黑色为形象，相对而视的人脸就呈现。

的流浪汉小说使"文艺复兴时代的文学人文主义遭受第一次重大批判"（Reed，1981，13页）。各种官方文化标准经常是各种社会和政治关系在思想上的体现。通过描写那些在公认的价值体系中没有一席之地的人与环境，小说使这一价值体系受到潜在的怀疑。通过"在非文学性话语的'现实'世界之中而不在文学宇宙之内"肯定自身的地位——小说的"现实主义"即由此而来——小说使粗野的事实与各种传统的认识方式之间的差距昭然若揭。

最后，小说也是由它所创造的它与它的读者之间的问题性的关系来定义的。这里的读者不是倾听一位吟游诗人或观看一出戏剧的大众，而是"一个孤独的、无名的人物，浏览着无数的印刷出来的书页。……小说的存在理由就是被书籍印刷技术引入文学之中的意义之暧昧"（Reed，1981，25页）。正如里德指出的，小说家们意识到了这一事实，即他们并不向某一特定的社会阶层发言。他们中间有些人继续使用适合于某一群体的说话方式和态度，或者继续诱导读者对于"某种更深的权力、更高的理想或者更强的欲望满足"的忠诚，但这类作品会被里德归入罗曼司一类。那些认识到并没有一套适合于印刷书籍的社会和文学成规的小说家们为一个新的、没有确定社会地位的阶层创作作品。这一阶层日益强烈地意识到，"作为读者，他们缺乏与统治阶级的文学或与人民的文学的一致或认同"（Reed，1981，35页）。

里德的小说"历史"是一个"各种范例"的系列，这些范例互不相似，却共同证明了小说的反对立场怎样在各种社会和文学环境中始终如一。这样他就为那些传统的小说起源论提供了一个替代。那些传统理论被兰纳德·戴维斯分为进化论的（逐渐写实化的罗曼司转变为小说）、渗透论的（社会中的变化为文学所吸收，于是小说出现），以及汇合论的（不同的叙事类型联合在一起创造了一个新的文类）。存在于所有这些解释之下的是一组关于历史——它也像一个叙事——如何运作的明确假定。其中最明显的——这些在下一章将被进一步讨论——是：变化是连续的、逐渐的；原因直接先于结果（事件 q 的原因是 p，而不是更早的事件如 b 或 h）；一个事件的原因必须与其结果"相像"[①]；世界是由一些被明确定义了的实体组成的，如"小说""中产阶级""现实主义"，等等；这些实体可以像活物一样被生出或具有"起源"，然后再自然发展；最后，任何真正能够破坏这一可理解系列的新原因都不可能出现。

  这些假定来自物理和生物科学。里德和兰纳德·戴维斯（《事实性的虚构：英国小说起源》，*Factual Fictions：The Origins of English Novel*）认为，文化产品不是给定的实体，如原子和植物，而是被构成的结构，它们仅因人对其性质和地位所做的各种决定而存在。在他们看来，十七八世纪之末能提供一个清晰的小说定义并不是忽视了小说的本质特征的结果；相反，正是那个时代的各种互相冲突的意见才提供了唯一有效的语境和框架，我们只有在这一语境和框架之中才能理解所涉及的各种现象。对于戴维斯来说，就像对于乔治斯·梅和约翰·里奇蒂一样，那个时代的作者和读者发现自己卡在世俗的现实——事实领域——与宗教-政治的"现实"之间，它们的要求是互相冲突的。后者宣称恶行将在此生和来世受到惩罚。一部忠实于事实的叙事会被认为在伦理上是"假"的，如果它所表现的不道德、不合法的行为没有受到惩罚的话。相反，一个充满各种不可能之事与各种巧合的作品却有可能"忠实"于诗的正义：劝善惩恶。由于这样的环境，戴维斯论称，真的叙事与假的叙事之间并没有我们所设想的明晰区别。直至 18 世纪早期英国国会法案规定出关于新闻、诽谤和（引申而言的）历史事实真相的法律定义之前，新闻、报纸和小说一直是一大堆不分彼此的叙事材料。尽管许多人可能不同意戴维斯的有趣论点，他还是成功地证明了，我们所区分的真与假、事实与虚构、文学与非文学、道德与美学等范畴并不能被简单地强加于早期的叙事（参较纳尔逊的看法）。

[①] 就像作为原因的父母与作为结果的子女必须相像那样。

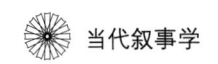

关于叙事类型的形式主义和符号学理论

在试图说明叙事是什么以及它们如何变化时，我以上所讨论的理论家们强调的是第一章中那个图表的不同方面。对于弗莱以及斯科尔斯和凯洛格来说，形成叙事的主要力量是现实和想象。外部世界中的各种变化导致题材的各种变化，但罗曼司中的想象人物们——原型的男女英雄及坏蛋——却引人注目地经久不变。马莎·罗伯特则会说，种种更基本的心理力量活跃在叙事之中；不是外部世界，而是童年心理发展，决定着什么故事被讲述。相反，梅、里奇蒂和戴维斯认为，小说是社会和政治力量的准确记录。里德的理论则更为复杂：它把文学传统视为第三势力，其重要性与现实和人的想象力不相上下，但在他看来与其说小说为这些传统所形成，不如说它逆它们而动。

斯科尔斯与凯洛格阐明了各种套语与情节母题如何成为口头〔叙事〕传统的创作因素，但这些因素显得是在保持文学形式的始终如一，而不是在促成文学形式的分化和改变。所有这些理论都仅仅赋予叙事所具有的各种形式因素以边缘性的地位，并求助于题材和内容、人和他的世界来说明文学。难道文学真的仅仅是现实的反映，并没有自身的规律，而必须向其他学科借来它的历史吗？

在写于1914年到1925年的论著中，维克多·斯克洛夫斯基不仅否定了这种看法，而且论称，叙事的所有方面，包括所处理的题材，都是"形式"因素。只有通过研究语言的和艺术的建构规律，才能理解它们。但他的意思并不是说，除了形式的创造，叙事没有任何其他功能。由于各种文学手段如此不同于通常的说话和认识方式，它们"除去"了现实的"熟悉性"①，或使其显得陌生，结果它们刷新了我们对于周围一

---

① "除去……熟悉性"：de-familiarizate。或译"陌生化"，但这样就会失去此词之中所包含的"熟悉"这个意思，并与随后出现的"陌生"（strange）一词相重复，而且不能呼应下句中的"熟悉"（familiar）一词。

切的感受。然而,一旦我们开始熟悉那些产生疏离效果的形式,它们就会丧失其震撼力,因为我们开始将它们视为种种公式。这时艺术家就必须将它们变形,从而再使我们耳目一新,而叙事作品的历史就是文学结构的几条基本规律的精致化、复杂化、简单化和颠倒化。

在口头叙事与书面叙事之间,其他理论家们看到断裂,斯克洛夫斯基却看到形式方面的连续。对于各种短篇的文学形式的重复和变化,一旦被移到情节这一层次上来进行,就变成情节之建构的各种特征。包含着阻碍人们认识真相的各种费解之事或各种虚假答案的双关语与谜语,被扩展来为神秘故事和侦探小说提供叙事结构。理论家们当然已经讨论过情节结构,但他们将之视为叙事所具有的一个形式因素,而不是对于叙事的历史发展的一种解释。当斯克洛夫斯基试图基于叙事所具有的各种形式而重写叙事作品的历史时,他面对着三个困难的问题:当叙事题材与社会之中的各种变化如此显而易见地连在一起时,如何形式地解释叙事题材的变化和连续?叙事作品中不断增加的现实主义难道不构成对于任何一种像他这样的理论的反证吗?如果不是从现实本身,新的素材与故事又能从何而来,并创造出他认为至关重要的"陌生化"呢?

斯克洛夫斯基论称,小说的现实主义是技巧的产物,而不是科学地观察现实的结果。通过叙事来刷新感受的第一阶段就是通过戏拟而让文学的各种成规得以暴露。通过摆明各种讲故事的花招,叙述者表明故事都是假货:与现实世界相比,故事人物是不可信的,事件是不可能的。于是后来的作者就被迫去创作更为可信的虚构。能够取代成规的不是照抄现实(例如,用录像记下某人一天的生活),而是各种掩盖得更好的技巧。每一文学手法都必须"事出有因"①,这就是说,在有意创作一个故事之始,作者必须为他或她所使用的各种技巧找到似乎合情合理的现实主义的解释。

创造可以置信的陌生化有三种主要方法。第一种是,为了对于非同

---

① "事出有因":motivated。此乃动词"motivate"的被动形式,这里指为叙事作品中所使用的创新的艺术手段或非同寻常的内容提供合情合理的动机,使它们显得"事出有因",从而增加虚构作品的现实感。

寻常的行动进行描写而找到各种似乎合情合理的原因。如果去为读者提供某种陌生的事情乃是技巧上的需要，那么最早期的那些长篇散文叙事的各种情节就好理解了。人们可以待在一个地方，就像在戏剧中所做的那样，但也可以到处活动。后一选择在叙事作品中是技术上可能的，怪不得作者们就把它派上了用场。除了从一地到另一地的单程旅行者，还有哪些人物能够从事于连续不断的旅行，从而让他们可以似乎合情合理地遭遇各种奇情异事呢？商人，那些寻找某个人或某件东西的人，那些逃避罪行、家庭或迫害的人，江湖艺人和骗子，居无定所的一贫如洗者。因此，为了这些延长的旅行而对人物类型所做的选择既是由某一世代的生活状况所决定的，也是被需要解释他们为什么在旅行——一个技巧上的要求——决定的。

居无定所的下层流浪者给了我们流浪汉小说；寻找某人或某物的那些人是希腊罗曼司中与家庭或家人分离的人，或者是圣杯传说中的英雄；去碰运气的商人或冒险家是水手辛巴德①，或鲁滨孙；试图返回家园或逃离逆境的旅行者是奥德修②、埃涅阿斯③、约瑟夫·安德鲁斯④，或哈克贝利·芬。团体旅行者可以逃离瘟疫或朝拜圣地，比如《十日谈》或《坎特伯雷故事》中的旅行者们。在后两例中，旅行并不是为了使某些非同寻常的事件"事出有因"而提供的，而是为了把一伙需要消磨时间的人聚在一起，这样他们就可以讲故事了。很多早期叙事作品由于吸收了不属于情节主线的故事而增长，这是一个从东方传到欧洲的技巧。

创造"事出有因"的陌生化的第二种方法是人物的选择。如果人物待在一个地方，那么变化就可以通过使他们在不同的社会领域和阶层中来往而实现。但这又导致一个新的技术问题：如何才能使这样的社会活动似乎合情合理呢？答案是把那些通常生活于不止一个社会领域中的人

---

① 水手辛巴德（Sindbad the sailor），《一千零一夜》中的人物。
② 奥德修（Odysseus），即尤利西斯（Ulysses），史诗《奥德修纪》（*Odyssey*）的主人公。
③ 埃涅阿斯（Aeneas），希腊传说人物，特洛伊国王的女婿。维吉尔的史诗《埃涅阿斯记》（*Aeneid*）描述了特洛伊城陷落后他的流浪经历。
④ 约瑟夫·安德鲁斯（Joseph Andrews），菲尔丁小说的主人公。

物——例如仆人或者背运的贵族——派上用场。或者，一个人物也可以从各个社会阶层中向上爬。当"人物"本身成为变化和兴趣之所在，一个丰富多彩的内心世界取代了各种冒险故事的丰富多彩的外部世界时，叙事作品的历史之中的一个重大转变就发生了。这一发展在教育小说中是显而易见的。在这类小说里，各种各样的磨难——在日常世界中成长和为自己找到一个位置的磨难——都在头脑和心灵之中。假使作者意在非常之事，就像在最早的叙事作品中那样，那么，照斯克洛夫斯基的说法，这样的人物就可能仅仅是一条"灰线"，起着把这些事件连在一起的作用。相反，如果作者想使日常世界陌生化，那么这一世界就必须落入非同寻常的眼中：这就有了利用局外人、非同寻常的或完全天真的人物、小丑、疯子（堂·吉诃德）或非西方文化中人作为观察者的倾向。这些人可以震动我们，因为他们证明，我们认为自然的东西实际上是成规性的或不合逻辑的。

使各种叙事作品和各种有关形式的新观念"事出有因"的第三个源泉是非虚构文学中对于社会现实的再现。正如前面已经说到的，作者们让故事"事出有因"的方法经常是把他们的故事说成回忆录、传记、历史、书信。斯克洛夫斯基通过将此表述为一条规律而让人们注意这种做法的普遍性："在艺术史中，遗产不是从父亲传到儿子，而是从叔父传到侄儿。"（Shklovsky, 1917）他的意思是，小说创新的源泉并不是先前小说的进化，而是对某些不起眼的或非文学性的作品的吸收。这一论点完全符合戴维斯的论点：小说并非由罗曼司"进化"而来，而与罪犯传记和报纸的出现关系密切。发表了的通信和各种书信写作指南当然是"书信体小说"的源泉，理查森的《帕米拉》就是这类作品的最著名的范例。

斯克洛夫斯基可能会同意里德的结论，即小说家们总是倾向于避开那些已经成为"小说"创作公式的技巧和成规。但他也许会争辩说，不是社会和文化抗议，而是陌生化，才是这一不断更新的原因。他关于叙事文类为什么无法定义的说明甚至比里德还要极端。由于言语材料不断来回穿越各种事实的/虚构的"文类"之间的界线，因此我们只能联系于一张铺开在特定历史阶段中的普遍"话语地图"才能确认这些语言材料［属于写实"文类"还是"虚构"文类］。某一时代的"非文学"写作在另一时代可能被定义为"文学"写作，一种新文类的出现可能会改变其他文类的内容或性质（Tynjanov，1927）。例如，在我们这个时代，当电影在写实方面超过小说时，小说就走向幻想，而当电影又接管了幻想时，小说家们就被赶回到了"事实"报道和罪犯传记（参较 Norman Mailer 和 Truman Capote 的看法）。

斯克洛夫斯基的理论颇有说服力，而且我发现它能产生一些对于小说的结构和历史的新的洞见。然而，认为叙事作品中的一切都是形式问题的论点似乎是"违反直觉的"。它可以成为一副有益于健康的药剂，纠正那些断言小说仅仅照抄现实的理论，但是它们二者都有缺陷。一旦形式、题材、内容（主题）互相分离，就很难阐明它们之间如何相互作用，以及它们如何被统一在不同的叙事类型之中。能否既说明叙事作品的发展的历史，而又不把它说成是社会发展的历史的反映，或仅仅是各种机灵的形式手段的前后相继呢？

俄国批评家 M. M. 巴赫金——他的著作发表于 1927 年到 1979 年之间（其中有些著作拖延很久才出版）——试图回答这一问题。他不仅没有拒绝斯克洛夫斯基和形式主义者们的理论，反而将他们的理论作为一种新理论的出发点，这一新理论改变了有关形式与内容的传统观念。斯克洛夫斯基的那些有关陌生化和"暴露"成规性的艺术手法的例子经常取自戏拟和讽刺作品。巴赫金会承认这类手法的重要性，并指出批评家们总是易于忽视各种"不严肃的"文类的重要性。但他会问，在戏拟作品中到底是什么被陌生化或暴露了呢？斯克洛夫斯基说，被暴露的是某一文学的或认识的成规的人为性——通过与现实的比较。但"现实"并不存在于戏拟作品之中，因此无法成为比较的基准；叙事作品所含有的仅仅是言语，而不是言语和事物。戏拟、反讽以及其他形式的幽默［的效果］并非源于言语与世界的比较，而是源于两套相互冲突的言语之间的抵牾。当一种语言和文学成规出现于另一种语言旁边时，我们就认识到语言和文学成规是华而不实的，虚情假意的，或怀有偏见的。斯克洛夫斯基说叙事作品使世界陌生化；巴赫金回答说，它使之陌生化的

第 2 章 从小说到叙事

是谈论世界的不同方式,其中每一种都装成自己是透明的。

从上述关于戏拟的性质的似乎相当专门的辩论中,可以得出重要结论。传统理论家们认为,叙述者用言语(文字)再现一幅(事实的或虚构的)"现实"的图画给听众。但是,当一个人物说话时,他的言语并不是什么别的东西的代替或再现。人物的语言就是人物,正如在他人眼中你和我所说的话就是你我一样。当我们,以及小说中的人物,对某人说话时,我们就意识到,形式、主题和内容三者是直接呈现的,而不是被"再现"的。这时,形式、主题与内容的分离就消失了。戏拟只是一个无所不包的现象的特殊例子:这一现象就是语言中的对比,它在任何一种包括不同职业、阶级、利益关系、意识形态、观点的人们在内的对话中都是显而易见的。

荷马以来的叙事作品的历史与文明的历史可以通过将二者皆设想为"诸种语言"的历史而被合为一体。(图 2c 将有助于理解对巴赫金理论的这一简化描述。)史诗,其所涉及的通常是年代上远离史诗吟唱者与其听众的事件,提供了一种统一的语言,它被一个统一的、具有等级秩序的社会的成员们使用着。当古希腊文化和语言与其他文化进行对话时,一个事实就变得显而易见,即不同的语言并不像不同的窗户,让我们由之看到同一个"现实";每一种语言都以一种特定的方式折射世界并为之着色,而这取决于该语言使用者的知识、利益和态度。这些差异对于罗马人尤其明显,因为他们的文化是双语的,而他们的帝国是多语的。而且,像希腊语这样的单一民族语言内部也必然发展出不同的"言语共同体",或不同的说话方式和思考方式。巴赫金将语言的这种内部分化称为"多音齐鸣"(heteroglossia)①。这些不同的话语在生活中(法庭语言,议会语言,贵族、商人和奴隶语言)和在文学中(严肃"高级"文类,滑稽"低级"文类,民间传说,等等)通常都是相互隔

---

① "多音齐鸣"与"单音独鸣"(monoglossia)相对。前者是"对话"的必要条件之一,后者则是对于话语权力的垄断,由此导致一个社会文化中只有一种声音的"独白"被听到。在巴赫金看来,小说是典型的"多音齐鸣"的文类。巴赫金的"复调小说"概念可与此相互发明。

离的。如果下一个宽泛的定义，那么"小说话语"就是任何一种突出了各个不同民族语言或言语共同体之间的对峙的言语、行为和写作。

以上所论的理论家们虽有少许不同之处，但都把他们对于叙事作品的描述基于各种超文学的范畴（强人对弱人，内向对外向，经验对虚构，现实对理想，等等）或各种纯文学的范畴（斯克洛夫斯基）之上。巴赫金的"话语"观念打破了这些区别。构成小说话语之特点的冲突可以来自（1）一部文学作品的语言与各种流行的文学风格或日常言语方式之间的隐含对比，以及（2）一部作品中不同人物的话语之间的或人物与作者的话语之间的明显对比。显然，除了叙事作品，其他很多作品也可以成为巴赫金称之为"小说的"的这种话语混合的范例。他自己的各篇有关小说之历史的论文将小说的起源追溯到滑稽的、讽刺的和戏拟性的戏剧和诗歌，以及苏格拉底对话和民间文学。在叙事作品本身的历史之中，"多音齐鸣"的一些最重要的类型包含作者和叙述者所使用的这样一些话语：它们相对于作品所呈现的人物的话语以及作品所面向的读者的话语而言是潜在地不同的。

根据巴赫金的看法，从古典阶段晚期的多语种的和多社会形态的世界中，两条文体发展线索出现于叙事作品之中。在见于某些希腊罗曼司的第一条之中，作者把一种单纯统一的文体强加在"多音齐鸣"的多种声音和来自不同文类的材料之上。这种意在统一不同语言和观点的文体也体现在中世纪的骑士罗曼司之中，后来则体现于历史小说和感伤小说（17世纪和18世纪）。第二条文体发展线索则让多音齐鸣中的相互竞争的语言——作者的、叙述者的和人物的语言——皆代表自己说话，而并不把它们融为一体以表现单一的信仰体系和社会立场。这可见于某些古典散文叙事作品（佩特罗尼乌斯）、拉伯雷和塞万提斯、"考验"与冒险小说（包括流浪汉小说和教育小说），以及讽刺的与戏拟的作品之中。傻瓜、小丑、无赖对于巴赫金如此重要并不仅仅是因为他们使现实陌生化，而且因为他们揭露了社会所认可的那些"语言"［所包含］的种种假定。第二条文体发展线索在这样一些作品中达到顶峰：这些作品允许人物说出与作者的观点相对立的话，但又在相互承认中把不同的观点连

在一起。(Bakhtin，1981，409页)

对于巴赫金理论的这一简略描述并没有顾到它的发展演变和复杂性。我也没有试图描述他的论文《小说中的诸种时间形式和时空安排的诸种形式》中出现的另一种叙事作品史。那里他试图证明，叙事作品可以依据它们的各种"时空安排"[①] 和各种因果观加以分类。例如，某些希腊罗曼司描写男女主人公落入情网，经历一系列令人难以置信的不幸和分离，终至团圆。他们的冒险可以在任何一个地方发生（空间因素）；涉及的时间长度也不是被如实表现的；偶然与命运，而不是可信的因果关系，支配着这一时空安排。全然不同的时空安排则是古典传记和自传的特点。这些最终都进入了小说。形式与内容在时空安排中融为一体。时空安排是一种统一的想象和表现一个世界的方式，而不是欲发现那个支配着现实的"真实"概念的某种比较成功或不太成功的尝试。

总 结

不应让巴赫金的理论的独创性掩盖他与以上所讨论的其他批评家们的共同之处。他的结论——叙事作品通常是类型的混合——是一个他与弗莱、斯科尔斯、凯洛格和里德（他承认自己受到巴赫金影响）共享的结论。德国浪漫主义小说家们，尤其是弗里德里希·施莱格尔，也强调小说的杂交性质。下述观念，即西方叙事作品有两条平行的演进线索，一条始于荷马，另一条始于中世纪，也是巴赫金与一些批评家们共享的观念。斯科尔斯和凯洛格、戴维斯、斯克洛夫斯基和巴赫金都让人注意到，非虚构作品可以如何被吸收到虚构的叙事之中，并改变其发展进

[①] 时空安排：chronotope。此书作者在此词之后加了一个括号："源于希腊语，时-空。"此词源于俄语"*хронотоп*"，这一俄语词本身则源于希腊语"χρόνος"（时）与"τόπος"（空），直译为"时空"。巴赫金在这篇写于1937年的论文中以此术语指不同的文学类型中所进行的使这些类型各具特殊的叙事性格的不同时空安排，例如史诗之中的时空安排就不同于英雄冒险故事或喜剧之中的时空安排，故在本书中统一译为"时空安排"，"安排"指叙事者在所叙之事中如何配置时间和空间因素。

程。虽然吉拉德、罗伯特、里德和戴维斯似乎都有一个共同的愿望,即把小说区别于其他叙事形式,但他们都拒绝无条件地去那么做。

尽管有所不同,这些理论家们在反对那些仍然广为接受的观点时却立场一致。他们认为,根本没有所谓"小说"这种东西,一种被设想为可有明确定义的、优于其他叙事类型的东西。总而言之,他们拒绝这样一些断言,即叙事作品仅仅是对于社会的和心理的现实的反映,而各种语言与文学传统在形构文学史时并没有任何独立的力量。他们中间有些人强调那可被称为"成规化的实践"者——一条处于文学与生活之间的某处或包括此二者的地带——之作为叙事起源的一种形成性因素的重要性。

叙事理论在被付诸使用时最为有趣。由于删除了前述那些理论的例证和具体分析——这是这些理论家用以支持自己理论的——我也许已经把他们的思想变成了毫无血肉的骨架。从另一方面说,这些批评家提及数以百计的叙事作品,其中许多鲜有人读,而一个对于我们并不熟悉的故事的分析也实在无法向我们证明某一理论的合理性。批评家们自然而然地挑选那些能够支持自己论点的例证,因此即便我们已经读了有关的作品并发现它提供了有利于该批评家的例证,这一例证也并不一定就可以代表一般叙事作品。(哪一故事是真正"典型的"?)

如果一种理论的确有所贡献,那么我们就应该能够将其运用于我们所知道的那些叙事作品,并借此而发现我们和别人先前没有注意到的东西。作为一部可以用来检验叙事理论的作品,我选了《哈克贝利·芬历险记》(简称《哈克贝利·芬》)。有关叙事类型的讨论与理解这部美国现实主义的杰作确实有关吗?熟悉这部小说的人可以自己为自己回答这个问题,而我在比较批评家们以前关于马克·吐温小说所说过的与以上所讨论的各种理论时,将仅仅提及那些让我感到重要的问题。

弗莱会把我们导向这样的结论:《哈克贝利·芬》既是一部"低级模仿的"(现实主义的)也是一部"反讽的"作品,它不是一部纯粹的小说,它含有原型的罗曼司成分(追求、死亡、再生)和解剖这一文类的痕迹。对于斯科尔斯和凯洛格来说,这部小说基本上是历史的、模仿的、罗曼司的以及说教的成分的混合,而非对于 19 世纪美国的纯粹经验的反映。用吉拉德的话来说，哈克其人应被视为一个无法在自己的社会中发现任何高尚的角色榜样的人物；从这一前提中可以引出一些有意思的结论。罗伯特视小说为心理发展之反映的理论可以同时阐明这部书的结构和它对年轻读者的魅力。里德找不到比这更好的例子来证明小说是反对话语；事实上，他的书中就专有一章论述吐温的《阿瑟王宫中的一位康涅狄格州的美国佬》。被梅、里奇蒂、戴维斯认为是18世纪小说之特征的经验"真理"与道德"真理"之间的紧张在吐温的作品和吐温的生涯中也显而易见，就像他们之前的批评家们已经指出的那样。

斯克洛夫斯基的陌生化理论与吐温的论文《如何写短篇小说》中提出的看法极其相似，值得加以比较。哈克是典型的"天真"人物，他对他的世界的成规和借口的不理解将这些成规和借口陌生化了。这部小说经常被归入"流浪汉小说"一类，而斯克洛夫斯基则可以说明吐温的各种技巧上的问题和解决（尤其是第十六章结尾的解决）是如何为该体裁带来新东西的。欲视该小说为写实小说的批评家们发现自己很难掩饰对吐温在首尾两章中讽刺地模仿其他小说所感到的不满。斯克洛夫斯基一定会认为，相对于吐温所处时代的文学语境而言，对于各种小说手段的此种暴露是颇有代表性的，或许也是很重要的。在美国，就像在其他地方一样，现实主义小说的诞生包含着对于老一套成规的揭露和将非文学的或非经典的文类（如志异故事之类）嫁接到小说之上。

吐温插入这本书开头的一个说明（"企图在〔这个故事〕之中找到某种教训的人将被驱逐；企图在其中找到某种情节的人将被枪决"①）提示着他会赞同斯克洛夫斯基的思想，即文学是形式的变形，而不是表述一个意义或获致美学统一的方式。但吐温的另一说明则与他复制各种方言时的"无微不至"的细心有关，这一说明可以成为对这部小说进行巴赫金式分析的出发点。小说呈现的不仅是美国的种种景色和各个社会阶级，也是美国的种种语言——穷白人的、黑人的、流氓和骗子的、宗

---

① 这是马克·吐温戏称自己奉某将军命而以布告（notice）的口吻置于书前者，表现了作者以及本书特有的幽默风格。或认为此未指名道姓的将军乃马克·吐温的朋友，即美国第十八任总统和美国南北战争时期的北军将领格兰特（Ulysses S. Grant，1822—1885）。

教复兴运动者的、伪君子的、一本正经者的——每一种都充满其自身所具有的兴趣和价值观念，但当它们被并列放置时，每一种都被暴露为片面的。我们就在其良心所说的那些话中听到哈克的"良心"之假；揭示这些语言上的抑扬顿挫需要耐心的分析。很难再找到比这更好的多音齐鸣的例子了。

　　为了评价对于《哈克贝利·芬》的这些批评反应的独创性和有效性，就必须进一步发挥它们，并将它们与以前有关这部小说的评论加以对比，例如，与诺顿批评选集和其他类似选集中的评论对比。在讨论一个故事如何被创作或它意味着什么的时候，对于一种文类的单纯确认当然并不会让我们前进多少；这最初的一步仅仅有助于让我们相对于历史过程中积累起来的大量叙事而调整我们自己对于特殊的感觉。正如杰姆逊所说，各种文类范畴都是"临时的、试验性的构造物，它们是为某一特定的文本场合而设计的，当［对于该文本的］分析完成自己的工作以后，它们就像众多脚手架那样被抛弃了。……文类批评就借此而恢复它的自由，并为各种试验实体之被创造性地建构而开辟新的空间"，因此文类批评是诸种假设性的观看方式，可以揭示叙事艺术的未被注意的一些方面。(Jameson，1981，145页)

　　对于文类分类所具有的那种［与我们生活的］相关性的一个表面的然而却可以提供信息的评估可以在药房或超级市场中做出。本章所提及的绝大多数叙事种类到19世纪开始时就都已存在。根据大多数平装小说封面上的简略的情节描述，人们就能够估计出，当今所写的流行作品中还有多少是落入传统范畴之中的（历史小说、冒险小说、罗曼司/爱情小说、侦探小说，等等）。传统的学术研究和各种晚近的理论有助于我们看出大部分小说其实是如何的成规化。从一个百年或十年到下一百年或十年，发生了显而易见的变化的是虚构作品的各种材料——那些被社会的、政治的、技术的种种变化席卷到前台的人物的场景、事件、生涯和物质环境。成规和现实在形成叙事作品过程中所具有的相对重要性是下一章的主题。

第3章　从现实主义到成规

现实主义的特点

无论如何为小说下定义，小说都占据着一个相对于其他叙事种类和我们自己的经验而言的特殊地位。当批评家们把小说的特点描述为不同文类之混合时，他们告诉我们的并不是小说是什么，而是小说不是什么。由于小说无法通过文字定义而被确定，很多人就论称，它本质上是与经验和现实连在一起的。这就是为什么"小说"和"现实主义"经常被人们，尤其是被第一章里所讨论的那些批评家，作为可以互相代替的词对待。但是，说小说如实地呈现生活到底意味着什么呢？又一次，我们陷入了定义问题，而且面对着一个悖论。长篇和短篇小说一般都作为"虚构"而区别于其他文学种类，然而它们所具有的区别性的特点却是它们的忠实于现实。

就其最不复杂的但也许是最重要的意义而论，我认为"现实主义"指某种阅读经验。如果我们（无论是否有意识地）相信一个故事是很有可能已经发生了的,那么我们就是被以某种特定的方式吸引到故事之中了。在讨论过"现实主义"一词的这一意义之后,我将概括批评家们就该词的另外两种意义所说过的东西:作为一个时代概念的"现实主义",典型地体现于 19 世纪的艺术和文学之中,以及作为一个更具普遍性的术语的"现实主义",指对于世界的真实反映,无论作品是何时创作的。对一个非常复杂的问题的这一简略论述将成为介绍形式主义和结构主义理论的导言,这些理论发现了存在于现实主义再现之下的种种成规。本章的第三、四节有关于下述问题:那些我们认为是有关事实的叙事或是真实的叙事(例如历史)是否也基于文学成规?发现那些在我们看来似乎是真实的叙事其实也是高度成规化的以后,有些批评家得出结论:关于现实的一切再现都同样是人为的。本章将结束于对这一问题的简短讨论。

在其成为理论分析的对象之前,我们阅读时之认为什么是真实的取决于直觉的分辨和态度。有些人对侦探小说上瘾,有些人对科幻小说上瘾。这样的个人偏爱并不是对于质量或价值的判断;这些个人偏爱最终只涉及一个简单的问题,即我们是否要把我们的意识借给某种特殊的阅读经验去用。那些喜欢可被确认的类型(如罗曼司/爱情小说和西部小说)的人并不为这些作品内含的种种成规所扰;其实他们经常会对这类作品的偏离成规感到不满。就阅读而言,"现实主义"显示为这样一个广阔的叙事领域,这里没有任何可被辨认的成规,这里文学技巧无影无踪,每一件事都像它在生活中那样发生。当我们在侦探小说中碰到用烂了的场景或老一套的角色时,我们很可能会失望,但通常都会恢复我们的心理平衡,并继续读下去。但一部写实作品中的陈腐情节的出现却具有不同的后果。它会粉碎我们的不仅仅是借给故事的,而且是已经给予了故事的信任,我们很可能会觉得作者并不是简单地犯了一个错误,而是背叛了我们的信任。在那些最好的现实主义叙事中,我们为自己意识到的真实所震动:我们根本想象不到我们翻开下一页时会出现什么样的真相大白,但当它出现后,我们就意识到这是必然的——它抓住了我们历来就了解的,不论是如何朦胧地了解的,经验的真相。

第3章 从现实主义到成规

现实主义传统中的作家深知读者是如何看重可信性的。我已经引过理查森的话,即他肯定《克拉丽莎》(1748)不是罗曼司或小说,而是"历史"。他对沃伯顿主教①为他这部作品所写的前言很不满意,因为在此前言中这个故事被指为虚构。"我所能希望的是让一种真实的气氛得到保持,尽管我并不想让人们把这些信件都当成真实的……从而避免伤害人们通常阅读虚构作品时所怀有的那种历史上的信念,尽管我们知道它是虚构"(致沃伯顿函,1748年4月19日)。②法国学者和小说家狄德罗,当时一位伟大的怀疑论者,也被理查森小说的逼真所慑服。他讲过他如何几次开始阅读《克拉丽莎》,以便研究理查森的技巧,却从未成功,因为他总是变得陷身于作品之中而无力自拔,从而丧失了批评意识。亨利·詹姆斯坚信小说家必须"视自己为历史学家,视自己的叙事为历史。……作为各种虚构事件的叙述者他并不在任何一处;而为了给他的尝试中嵌进一条逻辑的支柱,他就必须讲述那些被假定为真实的事件"(James,1883,248页)。詹姆斯和理查森不仅是作为作者而且也是作为读者说话的。如果说小说与其他类型的叙事有所不同,那就是小说从根本上即与读者从故事中获得的那种实在之感或真实或"现实主义"紧密相连。我们以一种既真心实意又虚情假意的态度既相信它,同时又并不相信它。

在小说中和生活中,关于什么是可信的,什么是不可信的,在不同的人那里和不同时代中是不同的。然而,尽管有所不同——这种不同有助于说明为什么难于发现一个普遍可以接受的有关现实主义的定义——人们的态度中仍有规律可循,而信念就建立在态度之上。这些态度大致可以分为三种:轻信(credulity),相信(credence),怀疑(skepticism)。当我们轻信时,我们让自己服从于一个故事的表面的真实,而并不对其虚构性有丝毫怀疑或批评意识。处在一种冷静客观的心情之中

---

① 沃伯顿主教(Bishop Warburton,1698—1779),编辑过莎士比亚和蒲柏的著作。
② 《克拉丽莎》是一部书信体小说,由女主人公克拉丽莎与其他有关人物的通信构成,所以理查森说他虽然并不希望人们将小说里的信件当真,却希望让他的整个故事显得真实可信。

时，我们可以发现某个故事应该得到相信或是可信的（这在我的字典中被恰当地定义为"值得相信或信赖"）；当我们倾向于要去检验它时，它听起来是真的。作为怀疑的读者，我们会发现我们对待各种人类幻觉的那种毫不留情的态度在众多写实小说中被肯定。无论是对朋友还是对虚构人物，怀疑论者的口号都是："现实一点！"他/她责备轻信的读者多愁善感，后者则回答说，怀疑论者只知道每种东西的费用却不知道任何事物的价值。这三种读者或态度轮流存在于我们自身之内，即使只是在读同一本书时也是如此。

称小说为写实的并不等于说我们把小说作为现实来体验；这一说法意味着小说的确按照生活的面貌描写它，而不是像其他叙事作品那样成规化地表现它。但在文学中也像在其他领域内一样，抽象术语如"现实主义"和"成规"等的公认的文字定义会在人们将这些术语用于具体例子的时候发生崩溃。很多批评家论称，如果想让"现实主义"一词有意义，那就应该把它定义为一个典型地体现于19世纪小说中的文学概念。

勒内·韦勒克和乔治·贝克尔分析了作为时代概念的现实主义，他们的有用分析可以成为我的讨论的基础。他们一致认为，对普通的或典型的题材的选择是现实主义的最重要的原则。但正如他们所指出的，"有代表性的"题材这一观念本身是被困难地平衡于两极之间的。与抽象相对的现实是具体的、个别的、独特的；就这一意义而言，现实主义与使用俗套人物〔的方法〕是对立的。在小说中，对于其他人物的那些普遍接受的价值标准和行为，那被特殊化了的个人经常提供一个反讽的透视角度。这一意义上的现实主义对于有关生活的那些沿袭的假定进行了一种"系统的暗中损毁和非神秘化，一种还圣为俗的'解码'"（Jameson，1981，152页；亦见 Levine，1981）。另一方面，现实的东西又是普通的而不是独一无二的或非典型的东西，因此就有人论称，现实主义必须与特殊保持一定距离。一个古老的哲学争论就潜伏在任何现实主义定义的表面之下，而文学批评中的战斗一直就发生在特殊和一般的拥护者之间。乔治·卢卡契则是这样一类批评家中最重要的代表人物，他们论称，这两个概念融合于"典型"（type）之中，而典型就是体现着"个别与普遍的不可分割的统一"的人物。

第二,现实主义以"客观"为特点,而客观也是一个有各种不同定义的词。从某一方面说,客观是一切主观或武断的对立面:作者不应让个人态度介入故事的再现。从积极方面设想,客观可以意味着作者应该不仅抑制他或她自己的个性,而且抑制叙述的声音。不是去把发生了什么告诉读者,而是允许读者通过戏剧式呈现(如对话)直接体验它。韦恩·布思讨论过客观这一观念的危险的含混之处。我在第一章中已经指出过这一点。卢卡契说,这种意义上的客观会沦为对于一些事实的没有控制的和不加区别的描写,而这些事实却缺少我们所体验到的那种"现实的"生活形态(见他的论文《叙述或描写?》)。当作者想暴露人物——这些人物的行为以那些沿袭的社会成规和文学成规为模式——的幻想时,反讽和戏拟是有用的。但纯粹的反讽,就像对现实事件的不偏不倚的、文献式的记录一样,也并非卢卡契意义上的"客观"。

第三,现实主义包含一种有关自然因果关系的理论,这种理论在相对于其反面——浪漫主义的虚构作品的机遇、命运和天命——时最容易界定。从积极意义上说,自然因果关系意味着必须全面呈现影响生活的所有因素。正如奥尔巴赫所说,它表现个人"被嵌置于一个政治的、社会的、经济的总体现实之内,而这一现实是具体的和不断演变的"。但"现实主义的"因果关系也是一个能以各种不同方式加以解释的概念。许多生活事件缺少清晰可辨的原因,而我们的对于理解的狂热却引导我们去编造种种其实根本不可能的解释。一些现实主义者专门描写生活所具有的复杂的无常性和人类的那种执迷不悟的确信,即以为生活的复杂的无常性是可以把握的。处在相反一极上的则是这样一种作者:他们刻画那些被卷入了他们无法控制的事件之中的个人的命运。在这类情况中,因果关系无情地和令人相信地运行着,但现实主义的很多拥护者却发现这种作品并不令人满意。

马歇尔·布朗对作为时代概念的"现实主义"做了一个精辟的考察。他指出,批评家们赋予因果关系这一概念的各种意义可与德国哲学家黑格尔所讨论的三种现实观一一对应起来。在第一阶段中,人与物似乎都是不能通过考察其原因和结果而被理解的无规律性的特殊。它相应于这样一类叙事作品：在这类作品中，具体景况得到生动的描绘，但生活作为一个整体而言却似乎是不可理解的和不可控制的。在第二阶段中，"现实"呈现为相互联系的因果链条，一切都被织入一个必然的过程之中。照布朗看来，体现这一阶段的叙事作品包括"有关阶级冲突的现实主义，这里的主角同时是历史演变的代理者和主要受害者"。但是，在一定距离以外看来显得必然如此的东西对于那些亲身经历它的人来说也许是偶然的，因为因果关系与人类愿望之间的冲突是无法解释或忽视的。黑格尔的第三阶段的现实是这样的：在此，外部的与内部的、普遍的与个别的融为一体，虽然在"有关典型人物的现实主义"（realism of types）中这种对立面的结合也许并不被人物自身充分理解。我们看到的在一个人物的内部起作用的那些力量被加到我们在自然和社会中发现的那些力量之上。布朗认为这三种依次相连的因果现实主义是从"有关细节的喜剧现实主义走向有关因果力量的悲剧现实主义和有关各种典型命运（typological destinies）的闹剧现实主义"。

　　韦勒克和贝克尔认为，除了典型题材之选择、客观性和对于因果性的强调，现实主义还以对待世界的某种特定态度为其特征。在贝克尔看来，这种特定态度是在哲学上致力于一种科学的人类与社会观，一种与唯心主义和各种传统宗教观点相对立的观点。但在韦勒克看来，"说教成分隐含或掩盖在"这一致力之中。说现实主义是客观的，然后又补充说它采取某种特定的哲学或伦理立场，这似乎自相矛盾，但这一矛盾是可以解释的。隐含在许多现实主义小说中的社会批评可以叫做说教：这些小说仅从一个视点呈现生活，而其他视点〔其实〕也是可能的。但是信奉某种观点的现实主义者坚信，只有这一视点才是真实的，其他视点则如果不是虚假的，至少也是严重歪曲的。〔在他们看来，〕如果我们想理解19世纪的真相，我们应该研究的就不是那些贵族、唯美主义者和各种民族主义历史，而是各种社会变化和成百上千万人的生活，他们为了对付工业化的压力而大批从乡村迁往城市。对于一个卢卡契这样的批评家来说，真正的现实主义叙事作品并不从文学传统中借取形式，而是

第 3 章 从现实主义到成规

从历史变化过程中找回形式；现实主义虚构作品中的情节和人物为我们展示历史中实际发生的一切。

如果现实主义叙事作品因为真实而被认为优于其他叙事作品，而如果现实主义又是一个指称 19 世纪（或许 18 世纪）以来所写的那些作品的时代概念，那么人们就可以问：为什么这一时代以前的作者就无力于讲述真实呢？现实主义的拥护者们大概会回答说，那些更早时代的文学也是真实的，意即它们也描绘那些产生了它们的社会。正如莱文所说的："史诗、罗曼司和小说分别是生活所具有的三种相继的状态和风格的代表：战争的、宫廷的、商业的。"封建贵族的各种信仰、成规和生活被表现在罗曼司里。但是这个统治阶级的各种"真实"并不是我们社会的真实。前一"真实"包含着某种社会的和文学的层级化，在此之中普通人被认为是应以"低级"风格来刻画的可笑人物。现实主义是那在我们的时代对于我们而言具有真实性者。

一个始于有关作为文学术语的现实主义的讨论必然结束于一个有关历史、文学和现实的辩论。绝大多数把现实主义与 19 世纪小说等同起来的批评家同时也认为，资本主义在那一时代中正在改变各种社会和阶级关系。难怪在现实主义的小说中我们就发现了"个体之间的相互碰撞，因果性与偶然性之间的冲突，私人意向或个人理解与超乎个人的意义之间的争战"——就像布朗指出的那样。他阐明了有关现实主义之定义的很多两难之处。他指出，自 19 世纪中叶以来，作家和批评家们对于现实主义一词的使用并不表明他们突然发现了"现实"是什么。相反，这是不确定或不安的某种迹象，表明某种有关现实之性质的默契已经消失。对于现实主义的讨论始于我们不再自信我们对于现实的理解之时。(Levine，1981，19 - 20 页) 意见的不同是必然的结果。

为了确认现实主义为某种历史现象，就必须将其区别于另一时代的文学。布朗将 19 世纪的那种基于冲突和各种风格上的对立的现实主义区别于强调"真实"(truth)一词的 18 世纪的那种更加统一的生活和文学。伊恩·瓦特和另一些人则认为，18 世纪的各种社会的和意识形态的冲突促生了现实主义，而先于这一现实主义的是一个相对而言更加同质的文学与文化。伊丽莎白·厄玛尔斯论称，统一所在之处乃是先于现实主义的中世纪。M. M. 巴赫金，正如我们所看到的，将统一定位于史诗之中，而史诗所指涉的则是一个它写定以前的时代。杰姆逊把此种统一投射到理想的未来，那时社会阶级将会消失。在每一种情况中，我们都发现，有关现实主义叙事的阐释本身就是一个叙事，讲的是世界如何从一个统一的过去来到了一个分裂的现在，并且也许正走向一个统一的未来。我们也许可以像奥尔巴赫所做的那样做出如下结论，即现实主义出现于任何一个这样的时代，此时所有类型的人物都可以被认真对待而不为阶级或文体所隔离，此时生活的所有方面都得到再现。这一非历史的现实主义概念显然与前一章的批评讨论相一致，这些讨论认为小说（以及其他类型的叙事作品）的特点就是混合。但是，对于那些形式主义者和结构主义者来说，尽管这些让步拓宽了因而也稀释了现实主义的定义，但它们仍然是不够的。绝大多数形式主义者和结构主义者根本就否认"现实主义"可以根据它刻画现实的真实程度来定义。

视为成规的现实主义

19 世纪中叶以来现实主义叙事作品所具有的压倒优势使某些小说家（霍桑、罗伯特·路易斯·斯蒂文森、弗吉尼亚·伍尔芙等）感到，他们必须为他们之使用其他〔叙事〕方式做出解释或进行辩护。一旦我们承认现实主义如实描写生活，我们就不仅是在描述而且是在评价现实主义。与此相对，其他类型的叙事就必须提供其他东西，如幻想、愿望的象征满足、依照成规进行的假戏真做①，这些都可能是令人愉快的，却只能以虚假为代价。针对这种含蓄的指责所做出的那种遵循传统的辩

---

① 幻想：fantasy，指人们欲其存在或发生但其实极不可能存在或发生之事。愿望的象征满足：wish-fulfillment，此词在精神分析中指以梦或幻想等为形式的那些经常是无意识的欲望或冲动的象征性的或替代性的满足。依照成规进行的假戏真做：conventional make-believe，亦即依照某些成规或惯例进行假扮他人或假装处在不同的、通常都是更好的情况之中的活动，如孩子们玩看病游戏装医生治好他们的身患绝症的小兄弟之类。

第3章 从现实主义到成规

护是，罗曼司与非同寻常者（the extraordinary）使我们得以接近常识范围以外的真理。正如晚近一位批评家所说的："伟大的小说超凡脱俗，毫不关注平庸的命运。"（Guerard，1976，14页）那些被批评为将现实主义与罗曼司混合起来的19世纪小说家就经常有意识地这么做，正如埃德温·艾格纳（Edwin Eigner）指出的：他们要引导读者超越现实主义描写中内含的经验主义的和唯物主义的假定而走向哲学唯心主义的真理。

向现实主义者的主张进行挑战的第二种方式，一种更具有论战力量的方式，是论证现实主义也只不过是诸种成规之一种而已。用以定义现实主义的那些肯定性的字眼是其对立面的隐含否定：现实主义不是选择性的，不是理想化的，不是想象出来的，不是主观的，不是依赖于命运或偶然事件的，不是程式化的——简言之，不是成规化的。承认现实主义有任何可辨认的文学性质或语言性质上的特点都是承认现实主义也基于成规，这就破坏了现实主义的那一自诩，即直接呈现现实而不经任何中介。

在晚近的叙事理论中，对于现实主义的这第二种挑战是由俄国形式主义者们发起的。他们让人注意了下述事实，即这个词的意义在文学史中一直在连续不断地漂移着。罗曼·雅克布逊在一篇发表于1921年的论文中指出，为了获得承认，每一代新作家都倾向于断言其前辈的作品是未必尽然的、矫揉造作的、程式化的、不忠于生活的。在我们的英语文学传统中，一些伊丽莎白时代的叙事者也这样指责过那些罗曼司作家；复辟时代的那些"现代"作者则说古人们没有如实地表现生活；18世纪和19世纪的小说家们也同样将他们的故事的"真实性"对立于他们的前辈的成规性。正如雅克布逊提出的而为厄内斯特·冈布里奇后来所证实的，同样的为了现实主义的再现而进行的战斗也发生于视觉艺术之中：那些创新的画家先是震惊公众，然后就被视为"忠于生活"而获得接受，再后则会遇到后起之秀的挑战，这些人说他们的现实主义也只是一种成规。诺思罗普·弗莱说，如果我们制作一张从中世纪到现代的叙事作品名单，"那么事情就很清楚了：每一作品相对于其后继者而言都是'浪漫的'（romantic），相对于其先辈而言则都是'写实的'"

(Frye，1957，49页)。他所提供的名单是经过取舍的，因为人们可以论称，这一历史性的连续发展绝不是整齐划一的，但这一名单大体而言还是可信的。

现实主义这一概念（以及与之意义相近的"逼真"[verisimilitude]一词，即法语的"vraisemblance"，或者"真实"[truth]一词）的内涵的此种几乎连续不断的漂移似乎在19世纪停了下来。①根据雅克布逊的看法，文学语境中"现实主义"一词的出现导致了该词之意义的结晶。现在很多人将它与体现那个世纪之特征的各种文学技巧联系在一起。雅克布逊确定了本书前面已经提到过那些文学技巧之中的两个：把那些对于故事的发展来说无关紧要的报道性细节包括进来，以及行动的"事出有因"，这涉及从自然因果的角度来为行动做出解释。他以下述例子阐明前者："如果一本18世纪的冒险小说的主人公遭遇一个路人，那么这个路人对于主人公的或至少是对于情节的重要性很可能会被视为理所当然。但在果戈理或托尔斯泰或陀思妥耶夫斯基那里，让主人公首先遭遇一位无关紧要的并且（从故事的角度来看是）多余的路人，让他们的随之而来的交谈与故事无关，却成了一种义务。"（Jakobson，1921，44页）对于基本的文学成规——它规定每件事情都应该是有意义的——的这一背离导致一种新成规的建立：把日常生活所特有的那些无意义的或偶然的细节包括进来成为表明故事"真正地发生过"的证据。

"事出有因"（motivation）是任何一种现实主义叙事的基本特征。当一部电影或小说中的某一方面让我们迷惑不解，不知道为什么某个人物会以那么一种方式行动时，我们经常试图想象出一个解释：也许她之所以没有试行他法是因为她感到处境毫无希望，或许她是为其他问题所分心。当我们提供这些失落的环节时，我们正是在做作者在创作故事时所做的同样的事情。我们从作家们的笔记或序言中得知，作家们经常开

---

① 在汉语中一般译为"现实主义"的"realism"既是文学艺术理论术语也是哲学概念。作为后者，此词有时也被译为"实在论"。英语中与此词意义相近的"verisimilitude"源于法语"vraisemblance"，此词则源于拉丁语"*vērī similitūdo*"或"*vērisimilitūdo*"，其本义为"*vērī*＝vrai＝very-"即"真-"与"*similitūdo*＝emblance＝similitude"即"相似"相合而成。汉语中译为"真实"或"真相"或"真理"的英语"truth"则是表示这些意义的基本之词。

第 3 章　从现实主义到成规

始于某件打动他们的逸闻或场面，然后就创造出一张复杂的人物和环境之网，它将使这一场面"事出有因"，或推动它走向揭示一切的结局。①在他们的笔记中，我们发现他们为如何才能"事出有因"而痛苦。问题始终如一：我怎样才能使之看似合情合理？

托尔斯泰决定创造一个人物，他将死于一场战斗。然而，即使他的生存仅仅是为了死去，这个人物也必须先被创造出来，并且被赋予一些使他有趣的特征。于是，托尔斯泰就让他卓越。"事出有因"要求这样的人物必须被牢固地织入作为整体的小说纹理之中，正如托尔斯泰在一封信中所指出的："由于很难去描写一个与小说毫无关系的人物，我决定使这个卓越的年轻人成为老保尔康斯基②（一个在这场战斗之后的章节中十分重要的人物）的儿子。"于是这个生来仅仅是为了死去的傀儡就获得了自己的生命。战争的确造成无意义的死亡，但是，如果这些死亡仅仅再次证明战争的恐怖，如果卷入其中的人物激起了我们的好奇心却不能使之满足，那么这些死亡就是双重的无意义。"他开始使我感兴趣，"托尔斯泰写道："一个角色在这部小说未来的进程中等待着他，而且我很可怜他，因此就没有让他死而只让他受了重伤。"这一人物的幸存导致小说中发生一些托尔斯泰原先未曾计划的事件，这些事件本身又需要加以更进一步的解释。这一事出有因的过程维克多·斯克洛夫斯基和鲍里斯·托马舍夫斯基曾在 20 年代做过出色的描述，它与弗莱所谓的"移置"③相类似。但是，在弗莱对于创作的描述中，作者是从一个传统的、原型的情节（例如那些可在神话与罗曼司中发现的情节）开始，然后将其"移置"出梦幻式的非现实之境，使之从一个现实主义的视点看来合情合理。（Frye，1957，134－140 页）

事出有因的过程在本书附录的三篇故事中得到很好的说明。最短的

---

① 使一个场面或情节或事件"事出有因"就是赋予它一个动力或动机（motivation 的本义），这一动力将推动场面、情节、事件发展，直至终局。
② 保尔康斯基（Bolkonsky），《战争与和平》中的人物。
③ 移置（displacement），这一术语在本书中有时也译为"置换"，指叙事文学发展过程中，作者不断用看起来更为现实的东西"置换"传统情节中已经显得不可信的东西，或将传统情节"移置"到更为现实的背景之中。

一篇是北卡罗来纳的一位民间故事搜集者记录的，讲的是一位邻人向一位妻子提出性要求，妻子向他要钱作为同意的条件。这位邻居向她丈夫借了钱给她，然后告诉丈夫说他已经把借的钱还给妻子了，于是她只好承认邻居是还了钱，并把钱还给丈夫。在薄伽丘所写的这个故事中，我们有着证明故事之真实的细节：我们知道这些人物的姓名和他们的职业，例如，丈夫是一位富商。但是，那样的话妻子为什么又需要钱呢？为什么她不能从丈夫那里得到钱呢？假定中世纪商人的妻子会处在仆人们的眼皮底下，一个陌生人又如何才能够私下接近她以完成这一交易呢？杰弗里·乔叟的同题故事在使妻子的行为更可理解的同时回答了上述所有问题，而且他为自己提出了一个更为复杂的"事出有因"任务：他把另一个男人安排成了一个僧侣。

放在一起来看，雅克布逊所描述的19世纪现实主义的这两大特点似乎背道而驰。要把"非本质性的细节"包括进来就必须排除以前叙事作品中的种种原因一结果关系：那曾经是很重要的与陌生人的遭遇必须降低为一种偶然。但"事出有因"却是这一过程的反面：它要求必须把先前不重要的或未被注意的细节编入因果链条之中。总之，现实主义叙事的发展是从鲍里斯·托马舍夫斯基（Tomashevsky，1925）所谓的艺术上和结构上的事出有因（人物A遇到B是因为作者要利用一个传统的模型并创造一个作为结果而发生的场面）到现实主义的事出有因（A之遇见B并没有任何特殊原因，或是由于先前发生的某事）的转变。故事并不是被向着它的未来拖去，而是被它的过去推着向前。在其中任何一种情况中，偶然与因果，无法解释的事件与不可避免的命运，都必须被平衡起来。现实主义中的这种并列有时被描述为"做出剪影"。（Brown，1981）

就"现实主义的"（realistic）这个词在19世纪中的意义或其习惯意义而言，没有什么文献比报纸更不"现实主义"了。报纸记录普通事实和轰动事件仅仅是因为它们发生过，报纸并未试图使它们"事出有因"："列车出轨事件中四人死亡，二十四人受伤"；"福特的前伙伴被指责为自相矛盾"（一件谋杀案审判）；"试图从火中救出两只宠物的妇女

第3章　从现实主义到成规

死亡"。如何发生的？为什么发生？文学作家可以通过把这些不可理解的事件嵌入环境之网而使它们现实起来。（霍桑的短篇小说《韦克菲尔德》就在例示事出有因的过程之同时表明了一位作家能利用报纸描写的一件奇事做出什么。）

　　结构主义批评家们已经指出，现实主义的事出有因和非本质性的细节只是为叙事提供可信性的那些成规之中的两种。乔纳森·卡勒在《结构主义诗学》（Culler，1975，134-160页）中全面考察了结构主义者们在文学中所确认的各种不同的逼真和"自然化"。① 在下列阐述中，我借助了他对这些成规的分类，但为了强调这一分类与现实主义的关联而对之做了轻微改动。对于虚构作品的可信性非常重要的材料中首要的也是最基本的一种就只是"现实事物"（the real），即这样的材料：它们"无须任何理由为之辩解，因为它们似乎直接得自于世界的结构。我们说人有头脑和身体，人思想、想象、记忆、痛苦……但并不必引证哲学论点来为这些话语作出任何辩解"（Culler，1975，140页）。所有构成自然之一部分的事实和过程（烟是燃烧的迹象；笑一旦开始，我们就知道它最后要结束）都可以进入叙事，成为其不可约简的事实性的组成部分。同样，众所周知的特定事物（美国洛杉矶，101号大道，烟雾）也无法被作为虚构而一笔勾销。一部渗透了这些细节——它们并不总是雅克布逊意义上的"非本质的"细节——的叙事作品宣布着它对于现实的忠诚。

　　卡勒所说的第二个范畴是"文化 vraisemblance［逼真］"②，他将此定义为"一系列的文化成见或公认知识……它们并不享有与第一类成分相同的特权地位，因为文化本身就承认它们都是些通过概括特殊而形成的一般③"。扩展一下他的概念，我将让它包括两个亚类。第一个由构成

---

　　① 自然化：naturalization，指使那些本来是人为的东西显得是自然的，从而让人忽视人为事物的人为性。结构主义者对于现实主义的主要指责之一就是它的"自然化"：现实主义把社会描写成似乎本来就是它所描写的样子，从而把人为的社会现象"自然化"了。

　　② Vraisemblance：法语，真实性，逼真性；可能性。在本书中，我们保留作者不加翻译而直接使用的这些英语之外的词，并在必要时于随后的方括号中注明相应的汉语词义。

　　③ 通过概括特殊而形成的一般：generalizations，此词有"一般化，普通化，归纳，概论，概括"等义，我们此处的译法是解释性的。

我们社会交往世界的全部惯例组成。罗兰·巴尔特称它们为"诸种行动序列";在研究人工智能的工作中利用了心理学和哲学的罗杰·尚克和罗伯特·埃布尔森称它们为"脚本"(script)和"计划"。我们都知道包含在成千上万种不同活动中的事件序列——下餐馆,去旅行,煎鸡蛋,问候朋友,看电影。这些序列是因果必然行为和社会成规行为的混合,它们形成一个有关现实的巨大信息库,一个作者只要提及其中的一两种就能让人想到它们。在尚克所谓的"执行脚本"(instrumental scripts)中,诸种行动是被规定的。"情势脚本"(situational scripts)(如去影院看电影)经常包括种种选择和偶然事件,"个人脚本"(personal scripts)和"计划"虽然起源于对各种目标和实现这些目标的各种方式的共同认识,却容许范围更为广阔的不同行动过程。

为了理解无数种的人类行为,我们还依赖另一种公认知识:一个存储着各种文化成见、俗语常言、道德箴言和心理经验的货仓,按照卡勒的说法,我们承认这些都是可能出错的通过概括特殊而形成的一般。它们的最粗糙的形式表现为种种偏见:对于种族、宗教、国籍和性别的种种偏见。当我们想要理解的特征是个人选择的产物时,例如服饰、发型、风度,我们会假定我们所要推测的意义是有意为之的。生活或小说中的特定行为片断引导我们想象出某个使这些行为的原因或理由得以说明的脚本或计划。尽管我们那种不由自主地要对人及其行为分门别类的倾向经常导致错误的判断,却几乎没有什么别的方法可以取而代之;我们只能这样来解释它们。作家们经常激起我们的由概括特殊而得出一般的倾向,为的只是好反驳这种倾向。

正如卡勒和热拉·热奈特已经指出的那样,"文化逼真"在18世纪和19世纪早期被用来检验一个叙事是否真实:如果人物符合当时那些普遍接受的类型和准则,读者就感到它是可信的。各种俗语和成见反映着共同的文化态度,从而就提供了表明作者在如实再现这个世界的证据。本书附录的乔叟的故事表明,这些保证叙事的可信性的方法在14世纪就使用了。这个故事包含的格言有如下诸条:如果丈夫们有喜欢奢侈的妻子,他们最好还是为她们付账,不然别人就会乘虚而入;妻子一

第3章 从现实主义到成规

点都不该说丈夫的坏话；通过做生意来让自己发财的希望不大；金钱之于商人犹如犁头之于农夫。上演在这一故事之中的大量的习惯性活动和成规性脚本（访问朋友；互致信任；祝愿某人一路平安；旁敲侧击，脸色羞红，过分友好的拥抱）既肯定了读者对于所述之事的真实性的信任，同时也提供了一个让我们发挥自己全都掌握的各种解释技巧的机会。

卡勒的自然化的第三层次是由各种文类所具有的各种成规所创造的自然化。乍看起来，现实主义叙事似乎是力避这类成规的。虽然现实主义叙事可以是喜剧性的或悲剧性的，但它们很少一味沉浸于这类情感效果的制造，也很少依赖那些传统上产生这类效果的人物和情境。但我们对于现实主义的自然性的印象部分地是下述事实的结果：我们从开始阅读起就已习惯于它了。对于我们来说是自然的对于另一时代或文化的人来说则可能会显得是成规性的。一听说摩西怎样被留在了一个篮子里，哈克·芬就"急得直冒汗，急着要弄清楚一切有关他的事"；但一听到"摩西是死了很久很久的了"，他就没了兴趣，"因为我对死了的人是根本没有兴趣的"。① 那么对那些从未存在过的人有兴趣不是就更傻了吗？为什么一首无韵诗中对于理查二世②的并不准确的描述就不如一篇关于某个想象人物的散文叙事"真实"呢？

种种特定的虚构技巧属于现实主义的最重要的成规之列。有些批评家抱怨说，让一个向读者说话的作者或一个承认人物是想象出来的作者在场是非现实主义的（亨利·詹姆斯称此为"可怕的罪行"）。他们宁愿作者在作品中无影无踪。但是，怎样求助于真理或事实才能确定哪一套成规更"真实"呢？是承认某人在讲的是一个虚构故事，还是掩盖这一

---

① 见《哈克贝利·芬历险记》第一章：将哈克收养为子的寡妇道格拉斯给哈克讲《圣经·旧约·出埃及记》中之事："吃过晚饭，她就拿出她那本书来，给我讲摩西和蒲草箱的故事。我急得直冒汗，急着要弄清楚一切有关他的事。不过，她隔了一会儿才点明摩西是死了很久很久的了。这样，我就不再为他操什么心了，因为我对死了的人是根本没有兴趣的。"

② 理查二世（Richard the Second），英国国王，生于1367年，卒于约1400年，1377年至1399年在位。他是一些戏剧和小说中的主要人物，其中以莎士比亚的戏剧《理查二世》最为有名，但其中对理查二世的刻画被有些批评家认为虽然出色但并不准确。不知此处文中所言之无韵诗是否即指此作。

事实？我们必须准备承认的是，我们感到最舒服的那些成规不仅不对一个故事的可信性构成破坏，反而恰恰是使故事自然化并因而使之可信的东西。

虚构性和进入人物的意识是现实主义叙事赖以建立的两项基本成规。此外还有其他一些具有语言性质的成规（例如，过去时态的和人称代词的各种特殊用法，这些用法模糊了作者与读者之间、过去与现在之间的界线），我们将在以后的一章中讨论。除了叙事作品共享的这些成规以外，还有一群不断变化的惯例，它们在一个时代中会被认为是现实主义的，在另一个时代中则会被认为是非现实主义的。参照另外一种自然化，这些惯例是极易确认的。

第四层次是"成规性的自然而然者"（the conventionally natural）。通过让人注意其他叙事作品中所使用的手法并暴露其人为性，作家为自己清出一个空间。在此，脱离成规将被视为真实性的标志。下述观念，即如果一个故事形象地阐明一句格言，那它就值得讲，以及那个与此观念结盟的假定，即故事应该描写那些典型的而非独特的人物（文化逼真的标准），都是后来的现实主义者所攻击的明显目标。这一层次上的自然化的典型程序是将一个事件与通常发生在小说中的那些事件加以对照（"你可能认为接下来将发生 X，但 X 并未发生；那种事只会发生在书本里"），或是让一个人物评论说，某事看来很可疑，很像是虚构作品中的事。哈克贝利·芬是这样开始他的故事的：他说他出现在一本"马克·吐温先生所写的"书里，这书大体是真实的，但也包含"某些夸张"。像塞万提斯一样，吐温也通过将这一人物与他曾经出现于其中的以前的书加以并置的方法而使他的人物自然化了。对比于文学风格的恰当得体，哈克的方言和糟糕的拼音使他的话语显得真实可信。乔叟使用了最有效的现实主义手法之一：通过将他的故事说成由一些真实人物叙述出来的虚构，他把这些人物自然化了，而有关故事之意义的各种问题就可以被重新表述为有关讲故事者的性质和动机的各种问题。

我们经常发现现实主义小说中的人物依靠他们所读之书中的种种成规来解释世界。汤姆·索亚试图重新创造他在塞万提斯和大仲马书中所发现的想象中的骑士气概；包法利夫人试图过爱情小说中所描写的那种生活。一旦受到现实的检验，这些成规化的世界就崩溃了，于是我们被带回到吐温和福楼拜所创造的自然化的现实之中。正如卡勒所指出的，一位作家并不一定就以这样一些对比使他自己的想象世界也不可置信；在表现出对于种种成规的某种自觉意识之同时，他或她也许会创造一个更加广阔的可信幻景。

正如以上最后一例所表明的，对种种文学成规的暴露泛滥成为对支配着个人与集体行为的种种成规性的道德和信仰的质疑。《哈克贝利·芬》的头两页从哈克的"非文明化"的视角揭露了着装规则、良好礼貌、饮食礼仪和宗教信仰的人为性；第三页（我读的版本中）则展现了他从未怀疑的各种迷信和民间信仰，尽管它们是毫无道理的。在自然化的第二层次上，这些描写是文化逼真的简明百科全书：每一细节都使人想到吐温时代所特有的并且残存到我们这个时代的那全套的反复上演的脚本和信仰。通过求助于第四层次，吐温表明这一整套东西也像描写它们和破坏它们的叙事一样，是一种成规性的建构。

我们通常都可以为作者对于种种文学成规的戏拟找到某种理由：作者揭露人为的东西以便使用更自然的东西取而代之。同样，对社会惯例的愚蠢有害之处的暴露通常都伴随着某种揭示，即事情可以怎样地不如此。然而，根据卡勒的看法，还有第五层次的自然化，在此不同的文体和视点并未融为一体，而是存而不论，没有任何标志指明什么文体和视点是可取的。他名此层次为"戏拟和反讽"。然而他又说，在很多情况中后一字眼并不恰当；作者并不明确地指示读者如何做出反应，于是我们就被迫拿出一张"反讽"标签，仅仅是作为使文本得以理解的一种手段。① 将这类文本认作现实主义的会显得奇怪，因为它们不仅破坏了在不同成规之间所做的选择，而且破坏了成规与现实之间的明确区别。在某种意义上，它们把我们转回到自然化的第一层次——现实事物，因为

---

① "反讽"：irony。如果读者将作品理解为反讽，那就意味着读者已经对作者的态度做出了确定的理解：当作者说"是"的时候，其实意味着"否"。但有时我们并不真正知道作者是否在反讽。他很可能只是在将不同的视点并置，而并未做出任何选择。

它们表明，不管是事实还是行动，如果离开一个理解和评价它们的头脑，就是没有意义的。（参较巴尔特《现实效果》，Barthes，1968）与此同时，它们也揭示了现实主义的最重要的成规：我们假定生活有意义，同时却又承认意义产生于人的各种视点。生活中和文学中的选择并不是在种种成规性的惯例与真理或现实之间的选择，而是在使意义成为可能的各种不同的成规性的惯例之间的选择。

历史中的叙事成规

有些人觉得，形式主义者和结构主义者们试图揭穿现实主义是因为他们自己是相对论者、怀疑论者，或闭门造车的理想主义者。我认为这个结论同时低估和高估了他们的严肃性。在这两个运动的早期阶段，的确存在着论战倾向，因为当事者试图以种种新奇的主张来震动那些因循守旧的教授和批评家。这当然成功了。但是在后来的著作中，以及在晚近的符号学中，被提出的那些严肃主张是，文学中并不存在可与成规对立起来的现实；而且，社会现实必然包括一些被共同理解的有关行为和解释的规律，而它们不可避免地都是成规性的。为了检验这些主张，让我们最好联系另一术语，即非虚构作品，来思考一下事实与虚构、生活与文学、真实与想象、自然与成规之间的传统对立。正如柏拉图和亚里士多德以来的批评家们一直主张的那样，文学的"真理"或"现实"并不是在与生活而是在与其他话语方式如哲学和历史相对比时才最容易被判断。历史属于我们这一讨论范围是因为，直到该学科最近转向种种计量方法之前，历史一直是以叙事形式写的。那么它究竟在哪些方面相似于和不同于现实主义的虚构作品呢？承认现实事件和想象事件之间有着巨大的差异，就是将历史区别于虚构的唯一特征吗？历史学家们的那些意在确定事件之间的真正联系的叙事方法真的在本质上就不同于小说家们的那些叙事方法吗？

直到 18 世纪末，历史一直都被认为是广义的"文学"的一部分，与种种虚构形式一起分享着古典修辞学的遗产。正是由此遗产中,历史学汲取了组织和呈现其题材的方法(Gossman,1978)。虽然用以区别事实与虚构的标准已经改变,这一区别本身的重要性却从未遭到怀疑,而且虚构通常都是谩骂的对象。但是,事件是否发生过这个问题可以被分离于叙事活动本身这一问题,即分离于从因果方面和时间方面将各个事件联系起来的种种方式。一个叙事的结构是否以任何一种方式依赖于它所讲述的事件的真实性呢?亚里士多德说虚构的故事比历史更哲学或更科学,因为它是关于真理的:它处理那些通常发生的而非实际发生的事情,后者经常不能根据那些普遍的规律加以解释。当然,现代历史学家始终试图为所发生者找到某种解释,而虚构的作者们却自文艺复兴以来就故意将那些无法解释的事实或非本质性的细节包括进来,从而使他们的"现实主义"得到印证(Davis,1969,192-198、215-216页)。

在为了呈现毫无修饰的真理而摒弃华词丽句之后(Nelson,1973,40-41页),历史学家们从19世纪开始加大了他们与纯文学之间的距离,做法是竭力仿效各种科学的方法。然而历史仍然艰难地栖居于人文学科与社会科学之间。在20世纪40年代期间,对于历史的种种科学自负的质疑带来了有关其理论地位的热烈讨论。在美国和英国,辩论是由卡尔·亨普尔触发的。他论称,历史解释与科学解释原则上并无不同,而作为一门"科学",历史并没有什么知识可以提供。在法国,"编年史"派则坚信叙事性的历史仅仅是从这一或那一意识形态的角度对社会和政治变迁所做的详尽记录。这些批判促使历史哲学家们重新检查存在于历史叙事之下的那些假定。这里我将仅仅指出这一辩论所揭示的虚构叙述与历史叙述之间的某些重要的相似之处,而不试图去概括这一辩论(Von,1971,10-23页;Ricoeur,1983,91-120页;White,1973,1984)。

就其起源而论,历史的叙事和虚构的叙事似乎全然不同。小说家可以自由拒绝那些沿袭下来的情节,而从詹姆斯所谓的某一"胚芽",即某个场面或人物开始,它们可被添上任何可以想象的东西。而历史学家则或者始于一个充分饱和的时间系列,其每一瞬间都包含多得利用不了的事件，而又没有一个事件是可被改变的；或者始于——如果所研究的时代没有多少记录留存下来——证据的缺乏和一个不能以推测来填补空白的禁令。尽管有上述种种不同，两种叙述者却都面对同样的问题：阐明一个时间系列的开始的一个局面怎样导致该时间系列的终端的一个不同的局面。确认这样一个系列之是否可能本身就有赖于下列先决条件，就像阿瑟·丹托和海登·怀特所阐明的那样：（1）所牵涉的事件必须全都与某一主体有关，如一个人、一个地区或一个国家；（2）这些事件也必须联系于人所关心的某种问题而被统一起来；（3）这一关心将解释这一时间系列何以必须始于和终于它所始于和终于之处。

给定这些条件，历史学家和小说家的任务就开始显得类似起来。这里所说的"一个主体""人的关心"和"种种因果关系"是卡勒归入"现实事物"和"文化逼真"范畴的那些东西的种种方面。下述观念，即认为历史可以（而且其实是必须）被打碎成一些有头有尾的时间单元，似乎是平凡的真理，直到有人指出，时间和物理科学并没有这样的边界；自然对于文化所谓的帝国的兴衰是无动于衷的。丹托和怀特所确认的叙事成规并不是对于历史学家和小说家的约束。没有这些成规，面对一大堆纯粹事实，历史学家就会无从下手。知道什么对人有意义，历史学家就有了一个主体；对于人的思想、感情、欲望和它们的令人难以置信的无数表现形式以及作为它们的中介的社会结构有所了解，历史学家就能形成一个假设，以解释某事何以如此发生。这一假设决定着哪些事实将受到审视，以及它们将如何被联系起来。经常严重依赖纪实文献的小说家们也采取同样的程序。路易斯·明克（Mink，1978）说，我们现在并没有什么标准，甚至哪怕只是一些建议，来判断虚构叙事中的事件联系如何不同于历史中的事件联系。

但是肯定有人会回答说，事实与虚构之间确实存在着明确的差异。确实存在，但历史哲学家已将其缩小。依据一条普遍接受的哲学原理，他们指出，一个事实或事件之所以如此而非如彼只是因为其"处在某种描述之下"，而任何现象都可以用各种不同的方式来描述，并因而进入不同的解释假设之内。一个有关什么统一了一段特定历史的初步假定就决定着这段历史将包括什么。而时间界线的改变将改变事件之间的联系，因为不同的时间界线构成不同的题材和主题的统一。（Danto，1965，167页）报纸上说，三人死于一次车祸，两人死于一场骚乱，大约一万人在另一大陆上每月挨饿。尽管这些事件的时间相近，却不能被放在一个历史之内。必须将它们按照主题分开，并将它们联系于特定的解释模式，这样它们才能被历史地理解。（进行医检者会对死因作出不同于警察或政治史学家的解释。）仅仅去衡量一下这类故事在报纸上所占的版面和位置，并将它们对应于地域、民族和政治同盟，我们就可以相当程度地揭示那些创造了历史意义的不同利益关系。

在历史中，海登·怀特说，是尾巴摇狗；是叙述活动的种种成规决定着一个处在描述之下的事件是否"事实"。明克将这种透视角度的变化描述如下："我们不再相信仅仅存在着一个包容一切人类事件的故事。相反，我们相信有很多故事，不仅是有关不同事件的不同故事，甚至是有关同一事件的不同故事"（Mink，1978，140页）。在《元历史》（*Metahistory*）中，怀特论称，历史著作往往体现出人们所熟悉的那些文学情节（喜剧的、悲剧的、传奇的、讽刺的），而它们所获致的统一最终也基于种种美学的或伦理的关注。历史与很多现实主义虚构也共享着某些语言成规：叙述者从不用自己的声音说话，而仅仅记录事件，从而给读者这样的印象，即形成了这一被讲出的故事的不是任何主观判断或具体个人。

最后，叙述活动还有一个至关重要的特征，它同时是语言的、时间的和认识论的。叙事是关于过去的。被讲述的最早事件仅仅由于后来的事件才具有自身的意义，并成为后事的前因。绝大多数科学都包含预言，而叙事则包含"后向预言"（retrodiction）。是时间系列的结尾——事情最终演变成了什么——决定着是哪一事件开始了它：我们正是因为结尾才知道它是开始。如果一次偶然相遇或一个周密计划毫无结果，那它就不是一个开始，无论在小说中还是在现实中。因此历史、小说、传记都基于一种逆向的因果关系。知道一个结果，我们在时间中回溯它的原因；这一结果就是那使我们去寻找原因的"原因"（它们又是我们寻找的"结果")。每一现在都充满原因和开始,但我们不可能立即就认识到;在某一结尾处我们将会说,"现在我懂了"。而"如果未来是开放的,过去就不可能被最终封闭起来"(Danto,1965,196页)。那一有关过去的各种原因的历史在某种历史描述的结尾被其所描述的事态封住,当我们寻求后来所发生的事件的原因时,这一历史将被重新打开。而且未来的历史也像过去的历史一样,必将基于一个根深蒂固的假定。这一假定是一切叙事的基础,并将叙事区别于自然科学。我们假定(因为我们知道),人类行动可以改变本有可能实现的预言的结果。这一结论(涉及"各种边界条件"这一概念)是分析哲学家们可以接受的一个结论。(von Wright,1971,64-68页)

给定了作为叙事的诸种形式的历史和小说所共享的这些成规,只要我们乐于去承认,各种成规性的实践不仅并不将我们分离于现实,而且还创造它,那可能就无须为小说的"现实主义"去进行争论了。

自传与精神分析中的叙事

现实主义小说在处理大量人物和长时间跨度时像历史,在集中于一个主人公时接近传记和自传。有关一个生命的故事比有关一个民族、一个国家或一个阶级的故事少一点玄想成分,因为后三者都是假设的实体(利科称它们为"准人物",因为历史学家假定它们本身有种种意图,它们的行动则有成败)。我们在自传中发现有关两个因果关系领域之间的联系的第一手证据,而这些因果关系是历史学家必须推断而小说家们必须想象的:外界与内心,行动与意图。个人的统一既非假设的亦非虚构的。关于叙事的本质,自传又向我们揭示了什么呢?回答这一问题,我依靠乔治斯·古斯道夫和罗伊·帕斯卡尔,他们确定了这一文类的基本特征,随后的批评家们则更详尽地论述了这些特征。

自传作者们与其他人一样容易出错。他们经常在最佳可能光线中把自己呈现出来,因而掩盖某些事实,认识不了他人所具有的重要意义,

第3章 从现实主义到成规

并且忘记传记作者们可以证明是很重要的那些小事件。这些缺点当然值得研究，但它们并不是自传的规定性特点，因为我们都在写作和交谈中表现出对于自己的同样偏袒。令人更感兴趣的是自传的那些源于其基本创作条件的成分：一个人从现在的视角来描写过去的经验对于个人的意义。这种文类的这一定义使它有别于回忆录（memoir）（通常是有关引起过公共兴趣的事件的记录，如一位政治家的生涯等）、忆旧（reminiscence）（私人关系与回忆的记录，不着重于自我）和日记（在这里面经验的直接记录并未被后来的反省改变）。

自传通常是一个有关某个生命如何成为其过去所曾是者或某一自我如何成为其现在所是者的故事。回首过去，作者发现一些事件具有当时不曾料到的后果，另一些事件则是在作者写作之际思考它们时才显示出它所具有的意义。即使是那些最少自我反思的自传作者们也记录自我从童年到青年到壮年的种种变化。那些更彻底的看法之改变，如某种改宗经验（圣奥古斯丁）或政治信念的改变（阿瑟·科伊斯特勒）[①]，当它们在回顾之中被观看时，甚至可以全盘改变这些事件的意义。在某些事例中，自传作者并未打算去描写一个他或她已经知道的自我，而是去探索一个尽管有所变化，却从一开始就一直隐含着的自我，它等待着一次将会在现在的"我"中把过去的一切都汇聚起来的自我认出/承认（recognition）。

因此，自传中有两个变量，它们使自传不能将作者的一生表现为一幅无所改变的图画。在回顾之中观看时，各种事件的意义都可能会改变；描写事件的自我在经历这些事件之后也可能已经改变。我们倾向于

[①] 圣奥古斯丁早年信奉摩尼教，后又受到普罗提诺的新柏拉图主义的影响。公元386年接受洗礼，改宗基督教，著名自传作品为《忏悔录》。阿瑟·科伊斯特勒（Arthur Koestler，1905—1983），匈牙利出生的英国小说家、哲学家。1931年加入德国共产党，后因对斯大林主义的理想破灭而于1938年退党。1940年出版反极权主义的小说《正午的黑暗》（*Darkness at Noon*），赢得国际声誉。晚年患帕金森病及白血病。1983年与妻子一起在伦敦家中自杀。他生前发表了不少自传性作品，主要者为《蓝色之箭：自传第一部，1905—1931》（*Arrow in the Blue：The First Volume of An Autobiography*，1905—1931）和《隐形书写：自传第二部，1932—1940》（*The Invisible Writing：The Second Volume of An Autobiography*，1932—1940）。

认为"真实"是不受变化影响的知识；这就是数学和科学自柏拉图以来就在与其他类型的知识的关系中占有特权地位的原因之一。自传体现出叙事活动的种种基本特征，正是这些特征使其被结合于历史和虚构并被分离于科学。在叙事中，真实是依赖时间的。正如利科所说（Ricoeur，1983，52 - 87页），无论故事是真是假，构成一个故事都必须有三个时间阶段。第一是开始阶段，这时人们发觉自己置身于某种他们试图改变或仅仅想要理解的处境之中。这是"预构"（prefiguration）阶段：由于我们知道种种社会实践与人类好恶，因而我们能够预见下一步会发生什么，并且能够计划进行介入——如果那样做似乎明智的话——从而影响结局。第二时间阶段是行动阶段，或"成构"（figuration）阶段：我们尝试随着事件的展开而行动或理解。最后，是"重构"（refiguration）阶段：我们回顾已经发生的事，追溯导致这一结局的诸种线索，探寻计划为何没有成功，种种外力是怎样介入的，或者成功的行动如何导致了出乎意料的结果。

创造叙事所必需的这三个时间阶段带来了这样一种可能性，即事件在回顾之中被观看时其意义可能改变。再者，从一个角度看来似乎是成功之事从其他角度来看也许是失败的，这也是不证自明的。最后，在某一"自我"中，信念的改变可以作为后来认识的一种结果而发生，或作为一种彻底改变了人生发展模式的改宗经验而发生。既然自传是我们有关这类改变的知识的主要来源之一，那么产生这种文类的各种历史条件就很值得加以研究。

正如热奈特和卡勒注意到的那样，在18世纪中，如果小说中的人物的思想感情符合他们在生活中的地位（年龄、性别、阶级），就被认为是"现实的"。种种古怪的心理反应在那个时代可以被归因于种种外在于自我的力量，这些力量教会可能会试图进行被除；它们也可以被归因于种种无常的冲动，这些冲动应该服从于基督教的纪律。那些无法由自我利益、道德准则或基于种种固定类型而得出的种种一般之论来解释的冲动的来源是什么呢？如果我们承认这些冲动的存在，却又不把它们归因于暂时掌握了自我的神灵或魔鬼而归因于自我本身，那么自我就成

第3章 从现实主义到成规

为导致这些问题的根源，而不是一个可被种种异己力量交错穿插的场地。

在18世纪末和19世纪初，自传、自传体的小说、现实主义、现代历史一起出现。过去与现在之间的关系不再为循环论和永恒规律所解释，而是由导向某一不确定未来的特定事件序列来说明了。同样，个人也获得了特殊的自我——不是一个固定的、抽象的同一体，如笛卡儿和洛克确信人们所具有的那种，而是种种感觉、思想、意图的变动不居的集合，这种集合或者根本没有可以确认的中心（如休谟1738年论证的那样），或者仅仅在自我形成过程中才获得一个中心。在18世纪末，雷斯蒂夫·德·拉·布雷东尼说小说缺乏逼真感，因为小说所描绘的人物不常经历他从自己的经验中了解到的那种突然的、矛盾的感情变化。(Pascal，1960，54页；亦见Spacks，1976)从那以后，小说家们开始越来越多地记录心理生活的各种不同的时刻，从而把人物送上通向自我发现的小路。像雅克布逊和早期结构主义者们那样做出结论说，这些变化只是变化中的文学现实主义的各种成规的结果，就是低估这些变化的重要性。

如果我的"自我"是独特的，那么就无法根据种种社会的或宗教的规范而充分地理解它；如果它应该经历发展（而不是仅仅被训练去合乎种种伦理模型），那它就既为我提供了自我实现的可能性，但也给我加上了一副责任的重担。如果我在构成一个能够应付身边环境的自我的过程中有麻烦，那我可以寻求一位心理学家或精神病医生的帮助。

精神分析可以被称为这样一种艺术：它从人们那里诱出自传，并且通过对那些被忽略的插曲的发现和对于种种联系的澄清而帮助改写它们，这样病人就可以接受作为结果而形成的故事并且舒舒服服地与之共存。(Schafer，1981)两项有关叙事的精神分析结论具有普遍意义。第一项与历史哲学家们提出的论点一致，即一个事件的意义可能完全取决于后来发生的事件。说一个事件在发生的时候是无意义而且无结果的，这可能是对的，说这一事件以后却变得非常重要，这可能也是对的。如果上述这样的说法并不自相矛盾，那么它们就使"事实"成为依赖于时间者。这种时间依赖的一个例子就是那种由早期性经验导致的内疚,尽管这些经验是发生在个人对于性尚且一无所知之际(因此也就不意味着任何事情),但在后来的认识之光中,这些小事受到重新解释,它们变得令人如此痛苦,以致受到压抑。(Laplanche,1970,38-42页)第二项结论是第一项的扩展:病人生活中的某一关键经验——精神分析者也许需要做出极大努力才能成功地诱其讲出这一经验——甚至可能从未发生;但这并不改变其重要性。由于一切叙事所具有的那种回顾性以及自我与其故事的不可分性,这一事件是理解所必需的假定,无论事件本身是事实还是虚构。(Brooks,1984;Laplanche,1970,31-47页;Culler,1981)

不能基于下述假定,即作者和读者是那类特殊的已经学会了如何对付自身问题的神经病人,而把从精神分析抽出的结论简单地转移到批评上来。但是,自传的分析者们和批评家们提出的有关自我叙述的论点是理论性的,并且具有普遍可用性。如果我们退而承认,现在的"我"可以不同于以前的"我",以前的经验现在具有不同于它们原来发生时所具有的意义,我们就默认了存在于我们自身之中的一个分裂,一个做出行动的自我与一个进行反应、判断、建构的自我的分裂。这一分裂所导致的那些两难困境经常表现在虚构作品之中。曼斯菲尔德的《幸福》(见附录)就表现了一个具有潜在改变力量的欲望是如何受挫,以致使自我陷于混乱的。在《弗朗西斯·麦康伯的短促幸福生活》中,海明威描写了一次决定性的意识转变,它把一位在中年还没有度过青春期的人变成了一位成熟男性。现代小说叙事的一个独特之处就是作者可以同时采取自传作者的和精神分析者的立场,从而既能深入人物内心以表现他们的思想感情,又能走到人物之外以表现他们是如何被他人看待的。

结束写作之时,自传者就被构成了,而且以他们自己的方式成为可以理解的了。无论动机是自我辩解,是对于某一改宗经验的解释,还是自我知识(发现自己是什么),其结果都必然是一个可理解的叙事。我们可以总结说,这样构成的"我"是一个虚构,但我们必须承认它是作为事实而存在的。无论如何,近来那些论述历史和自传的作家们已经使我们注意到各种叙事成规在那些最纪实的文类中的重要性，而我们已经不再能够谈论现实和现实主义而不去考虑当世界被付诸言语文字之时是怎样被改变和创造的。

成规与现实

在强调现实主义所具有的成规性质时，最近一些理论家的意思似乎是，没有理由认为一种虚构叙事比另一种更写实，因为我们没有能使我们判断各种不同成规的准确性的绝对标准。同样，既然历史和传记总是从这一或那一意识形态角度被叙述的，那么就可以争论说，被它们表现为现实的其实是对于现实的某种武断的（成规性的）看法。描述了这些理论之后，我想提一下对于它们所提供的关于叙事与现实之关系的证据的某些不同解释。

尽管现实主义的种种成规的确代代发生变化，但这不一定使下述结论变得有理，即"现实主义"完全是一个相对的术语。当一套文学成规与另一套相比较时，显然没有什么基准能让人来断定哪一套"更真实"。但是读者并非仅仅通过将一部文学作品与其他文学作品相比较来判定一部作品是否忠于生活。这就是为什么戴维·洛奇把现实主义定义为"对经验的某种方式的再现，这种再现方式接近于同一文化中非文学文本对于类似经验的描写"（Lodge，1977，25页）。非虚构性的写作记录和建立了如何以语言描述经验的种种标准。不可否认，用于描述现实的各种话语也发生变化——部分是因为社会现实和社会关系发生变化。但是这些变化本身并非仅仅是"成规性的"，如果"成规性"是用来意味着这些变化是随意的因此也是不可解释的话。如果我们将这些变化视为一种"共识"（consensus）的产物，它们就会变得更好理解。

伊丽莎白·厄玛尔斯声称，19世纪小说的现实主义起因于它承认任何单一观点都不足以表现现实。那一时代的小说家们经常利用全知全能的叙述者，这种叙述者允许我们从不同的视点来看事件。认识到每一人物都声称自己独占真理（人们可以说这些人物使用了各种不同的"现实主义成规"），作者就去刻画所有不同的人物。这一方法的潜在假定是，现实只有通过共识才能被了解，而所谓共识是指时间的流逝所揭示的不同观点的表达和调和。

正如我前面指出的那样，很多批评家认为在19世纪中建立起来的那些现实主义成规自那时以来尚无多少改变，尽管他们发现了这些成规在以前各个时代中的演化的证据。从一位如雅克布逊这样的形式主义者的角度看，这一概念的这种凝滞不变不仅是不可解释的，而且是与他的文学变化理论相对立的。如果洛奇和厄玛尔斯是正确的，那么现实主义的种种规定性特征就应该在社会结构和话语中，而不是在文学成规中寻找。归根结底，是读者决定着什么是或不是现实主义的，而读者的态度则是他们所体验的种种现实的产物。

那些信奉文学和历史从来也不是任何其他东西而仅仅是成规化的形式、与现实毫无本质性关系的批评家，并没有被这一论点说服。这样的批评家会反驳说："你已经指出现实主义并不仅仅是一种文学成规，但这样做就使你的论点暴露出一个更深刻的弱点。因为你已经被迫去承认现实主义是一种社会成规。社会和意识形态都在变。现在在列宁格勒被认为是真实的东西，当它仍名为彼得格勒时，也许就会被认为是荒谬的。"来自人类学、物理学和哲学的各种例证都可以被引用来加强这一立场。

在此，这一讨论就进入了批评理论与哲学之间的无人地带，很多人就在这里进行了这一探讨。成规论者们前些年似乎是这一争论的胜方，但现在似乎正在节节败退。书目中所列的希拉里·帕特曼、梅纳希姆·布林克尔、内尔森·古德曼等人的文章很好地介绍了最近有关这一题目的种种讨论。马克思主义批评家们则对那些在文学中只看到成规的批评意识形态进行了尖锐的批判。留下这一题目给读者的好奇心，我在下一章将转向本章中所提出的一个问题：叙事的时间进程决定其结构的诸种方式。

第 4 章　叙事结构：诸基本问题

　　如果支撑着虚构叙事作品的那些结构与组织着历史、传记、新闻故事以及我们在自己生活中的榜样意识的那些结构是一致的，那么这些结构是如何形成的这一问题就会令人产生新的兴趣。指称叙事结构的文学术语当然是"情节"，而批评传统关于它所告诉我们的大多来自亚里士多德的《诗学》。我们知道情节由时间上的连续和因果关系这二者结合而成。正如 E. M. 福斯特所说："'国王死了，然后王后也死了'是故事。'国王死了，然后王后也因悲伤而死了'是情节。"我们也知道情节是统一的，从一个稳定的开始经过一系列的错综复杂而在结尾达于另一个平衡点。在从德国批评家古斯塔夫·弗赖塔格那里派生出来的对于情节的那一最具成规性的呈现中，一个"标准的"情节被刻画为一个颠倒的字母"V"，或更准确地说，是被刻画为颠倒了的字母"V"的一个变体：

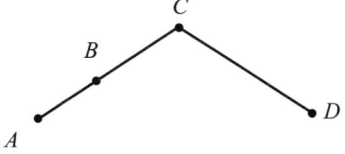

```
              C
         B   / \
          \ /   \
           •     \
          /       \
         •         •
         A          D
```

在这一图示中 AB 代表展示部分，B 代表冲突的引进，BC 代表"上升活动"、复杂化，或者冲突的发展，C 代表高潮或情节的转折，CD 代表结局或冲突的解决。尽管没有理由将这一图式视为绝对的必然，但就像很多其他成规一样，它之成为成规是因为很多人多少年来在反复摸索之中已经知道了它的行之有效；人们不应该抛弃它，因此……这不可能持续很久；这可能永远持续下去。

尽管令人满意，这一情节概念却有一个严重缺点：它并不描述绝大多数情节。以上引文取自约翰·巴思的《迷失在游乐室》，这一短篇小说本身就是对这种标准描述的戏拟，正如引文最后一句话所暗示的那样。①很少有无论是怎样长度的叙事体现了亚里士多德在一些戏剧中发现的那种严丝合缝的统一。他已经注意到史诗比戏剧包含着更多的不同穿插（incident），并退而承认叙事即因此而达到了"巨大和庄严"以及"效果的宏伟"。但他最终还是偏爱戏剧，因为戏剧符合他的统一情节的概念。同样，埃德加·爱伦·坡也论称短篇故事是完美的叙事形式，因为它能让人坐下一次读完，所以达到了长篇叙事所不能传达的"效果或印象的统一"。20世纪之初，大部分批评家都承认，亚里士多德及其追随者们所提倡的整齐的情节结构无法被强加给那个叫做长篇小说的松弛臃肿的怪物。所以，尽管对于叙事结构的讨论仍与短篇小说有关，但这一讨论却逐渐衰落。

为了对于这一题目的兴趣的复活，我们应该感激民俗学家和人类学家，尤其是符拉基米尔·普罗普和克劳德·列维-斯特劳斯。他们从对短篇故事的精密分析中所获得的成果是如此惊人，以至激励文学批评家们从事了一项更有雄心的任务，即发现长篇叙事中的结构原则。然而，现在已经很清楚，对于叙述活动的形式分析所包含的种种困难远大于那些试图发现支承语句结构的种种原则的语言学家们所面临的困难。

在综述过去二十年间产生的各种叙事结构理论之前，我将指出为什么一些批评家认为这项工作是毫无意义的。在这一争论中保持中间立场的批评家们在种种叙事模式与我们设想生活、时间和历史中的开始与结尾的种种方式之间看到了明显的联系。接在对于这些立场的讨论之后的将是本章的心脏（或者，根据不同的看法，本章的骨骼）：对于一些从形式着手的叙事分析方法的描述。

根据看待叙事的方式，现代叙事理论分成三组，即视叙事为事件序

---

① 以上所引的约翰·巴思的最后一句话同时陈述了两件相反的事："这不可能持续很久；这可能永远持续下去。"（This can't go on much longer; it can go on forever.）

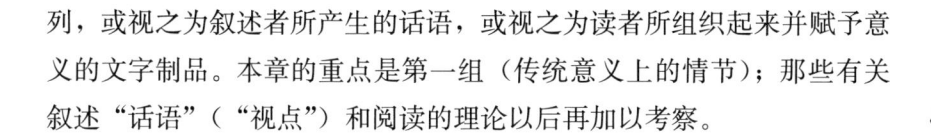

列,或视之为叙述者所产生的话语,或视之为读者所组织起来并赋予意义的文字制品。本章的重点是第一组(传统意义上的情节);那些有关叙述"话语"("视点")和阅读的理论以后再加以考察。

"开放形式"及其先河

着手探寻叙事结构的原则之前,我们应该考虑那些证明这一事业徒劳无益的证点,无论它们是严肃的还是讽刺的。尽管通俗虚构作品仍旧是公式化的,长篇和短篇小说一个世纪以来却一直都日益倾向于不仅背离传统公式,而且嘲弄传统公式。但是,似乎没有什么希望在作品中发现这样一组基本的结构原则,它们能够明确地驳倒我们寻求规律的热情。有些批评家论称,现代作者的尝试是要去创造一个与读者群体所共享的秩序相对立的独特的、个人的想象秩序。艾伦·弗里德曼和一些人在现代小说对于"开放形式"的兴趣中发现了对于集体秩序和个人秩序的同时拒绝。开放形式预防了叙事的封闭以及随之而来的意义的确定。最极端的现代叙事甚至可能拒绝将可理解性作为一种让自身作为客体而存在的手段:现代叙事变成了文本,一个不透明的文字集合,不指涉任何其他世界,无论是现实的还是想象的。这种叙事作品就是巴尔特所描述的"可写的"文本,它对立于过去的那些"可读的"叙事。

为了说明传统情节的消失,这些批评家创作了一个历史叙事,它始于种种稳定的社会和文学成规,中经一个冲突和危机阶段,而终于某种永恒的开放或解决的阙如。除了它的结尾,这是一个传统的情节;它所证明的即使不是它所挑战的那些成规的不可逃避性,至少也是这些成规所具有的力量。

对于这些有关情节的传统想法的彻底抛弃甚至也会拒绝这一历史图式,并尝试证明批评家们在叙事中发现的情节与意义的统一从来也没有真正成为叙事的特点。这一观点的某种证据可以在传统小说中找到。瓦尔特·司各特爵士的《老朽》(1816)的叙述者想让他的故事无尾可结；而当一个读者强迫他提供一个结尾时，他就说那些主人公最后"确实长寿多福，儿女满堂"。如果作者能够轻而易举地——通过死亡、结婚、回家、发财或破产、发现自己的父母、逃避欺骗等等——织成[或者，如亚里士多德会说的，拆散①]一个故事，那么结尾所提供的统一就似乎只是一种技巧上的花招而已。而既然作者似乎能够任意改变结尾而不改变导向结尾的那些事件（狄更斯的《远大前程》是众多例子中之最著名者），那么下述这一观念，即叙述需要在结构上将开头和结尾整合起来，就似乎至多也只是一个可疑的观念。那些发现了从封闭结尾走向开放结尾这一历史进程的人之所以能够有此发现，只是因为他们根本无视德国浪漫派作家们的绝妙的混乱小说，斯特恩的《特里斯特拉姆·山迪》、散漫的中世纪叙事中的各种错综复杂的交织缠绕（Vinaver，1971），以及那些东方史诗和故事集中的迷宫结构。

如欲反对亚里士多德的主张，即情节从头开始，人们可以引用另一位古代权威贺拉斯，他说史诗应该从 *medias res* 开始，即从事情中间开始。很多叙述者都遵循这一教诲，在开始一个故事之后才提供有关人物和先前情况的细节。尽管叙事似乎显然应该在主要冲突一完就结束，但这样的结尾除了在短篇和中篇小说中外却很罕见。长篇小说往往枝蔓丛生，并且经常随意地结束。

正如斯克洛夫斯基所指出的，由一个接一个的插曲构成的流浪汉小说和冒险小说本质上就是漫无止境的。最常用以结束它们的技巧就是改变时间尺度：最后一章是一个概括了许多年的尾声，提供了人物后来的历史。这样的尾声可以似乎缺少严格意义上的终止：它不是让故事终止并系紧所有松散的头绪，而是让故事流入未来。但是这样的结尾方式另有目的：它们将小说——它被阅读时是与生活相分离的——重新嫁接到真实的历史时间之上，从而把小说及其读者与我们的世界结合在一起。

---

① 织成：knit up；拆散：unravel。此两词字面上相对。前者指作者以种种故事线索编织成一个完整故事，后者由"拆散"而引申为"阐明"或"解决"。亚里士多德以此指解开错综复杂的线索而找出故事的最终头绪。

第4章 叙事结构：诸基本问题

人类学家们研究的很多故事都以同样的方式结束：它们发生于史前时代或神话时代，而结束于"人们"——我们自己和我们的普通世界——的到来。(Kermode, 1978; Torgovnick, 1981) 但是小说中的终止，无论是以尾声的方式还是以其他方式，很少是确定到不能在下一部包含同样人物的小说中被重新打开的（这样联系在一起的系列小说被称为 *roman fleuve*①）。

19世纪后期这种向"开放"结尾的转移可以被解释为一种技巧创新，产生于要打破成规以保证新效果这一连续不断的文学动力。斯克洛夫斯基确认了短篇小说中用以避免传统终止的某些方法，例如，以一段（对于天空、气候、季节的）描述或一句老生常谈来结束一个故事。他称这些方法为"消极"结尾或"零度"结尾方式，并且说，它们之所以有效力恰恰是因为它们与更早以前的故事引导我们去期待的那些"向内弯曲的"(inflected)结尾方式形成对比。

J. 希利斯·米勒(Miller, 1978)论称，我们之无力界定开始和结尾并非只是一个通过构筑一种更好的理论就能迎刃而解的形式问题："没有任何叙事能够将其开始或结尾显示出来。叙事总是开始并结束于中间，以外在于其本身的某些前后部分作为其先决条件。"我们用以描述情节的词语本身就未能避免矛盾：同时使用"系紧"(tying up)和"拆散/解决"(unraveling)来描述结尾并非只是某种用词上的偶然的不严格，而是语言和思想中某种内在的无法决定的表现。D. A. 米勒提出了观察这一问题的一种较少悲观意味的方式。"可被叙述者"是某种"失衡，某种悬而不决，某种普遍的不足，一个特定的叙事就由此中出现"；"不可被叙述者"则是"小说在开始以前就假定的并应被小说在结尾恢复的那种沉寂"。这两个词并非对称地相反，因为一个最后的静态平衡将并不仅仅是欲望的实现，或稳定的生活，或完全的知识；这一最后的静态平衡也蕴含着，可被叙述者以及所有那些走向未来的冲动，都是对于总体僵硬状态的任性的背离。因此，

---

① *Roman fleuve*，法语，小说术语，指一系列独立成篇的小说，它们由于有某些共同的人物而相互联系。

只有首先拒绝那一推动着叙述前冲的动力，叙述者才能真正结束。欲望与满足的辩证活动永远停不下来，即使传统小说家也不能让它停下来，所以那些认识到这一点的人（D. A. 米勒的例子是司汤达和安德烈·纪德）拒绝终止。

生活、文学和神话中的结尾与开始

面对这些争论，我们可以让一步承认它们有一半是对的。但我们也无须做出更多让步了，因为一切证明开始和结尾不存在的证据都以我们对于这两个词的意义及其使用方式的某种认识为先决条件。D. A. 米勒说，如果没有什么终止要去逃避，逃避终止的尝试就会是不可能的；与终止对立就是承认乃至重新肯定其存在。J. 希利斯·米勒则在对其主张所做的另一解释（Miller, 1974）中论称，我们关于叙事和历史的概念都依赖于一套共享的有关因果性、统一性、起源和结尾的假定，它们是西方思想所特有的。他指出，现实主义小说中的人物像我们大家一样，通常都会按照这些假定行动。如果小说家试图表明这些假定是如何地靠不住，读者就经常会不得要领，而将传统的开始、结尾、目标、结果等概念强加给那些本会暗中破坏这些概念的文本。

那些背离这一传统的尝试——创造结尾开放的叙事的尝试——吸引了那些通过说明这些叙事所具有的隐藏的统一而将它们复原并将它们自然化的批评家的注意。正如保尔·瓦莱里所说："没有任何晦涩难懂的话语、任何离奇古怪的故事或者任何支离破碎的说法不可以被赋予意义。"即使某位哲学家成功地说服全世界相信所有关于开始和结尾的话和思想都是欺人之谈，这一欺骗的起源、普遍性及其活动方式也仍然有待于解释。因此，现在是综观批评家们如何阐明人类喜欢构造有结构的叙事这种倾向的时候了。

这样一次综观的最佳出发点就是弗朗克·克默德的《结尾的意义》，

第 4 章 叙事结构：诸基本问题

这本书同时探讨了对于种种传统叙事模式的坚持和怀疑。在我们的文化中，这类模式中最包罗万象和最重要者当然无过于《圣经》，它在一个统一的神定计划中囊括了全部时间，从开始直到预示世界末日的结尾。19 世纪的科学粉碎了人们对于这个故事的确信，然而，正如克默德所指出的，根据结尾来解释开始的思维方式一直牢牢存在于我们关于历史、生活和虚构作品的观念之内。

为什么我们将钟表的均匀地间开的滴滴声（这些滴滴声本身也是强加于某种连续之物的某种秩序）分解为滴答声？克默德引用一项心理学研究结果指出，我们不可避免地倾向于创造这类模式，这样我们就得以把握"滴"声与"答"声的间距，同时却失去了对于随后的间距（"答"声到下一"滴"声）的把握。无论天生还是习得，这种倾向都似乎牢牢存在于行为和思想的所有层次之中。为了在时间之中理解事物的意义，我们有一大批普通词语——计划、失败、决定、完成、成功、原因、机会、偶然事件（这张单子可以无穷无尽地开下去），它们是不可能从语言中被一笔勾销的；正如 J. 希利斯·米勒所说，它们使一个由关于开始与结尾之关系的种种假定所构成的网络成为必需。

克默德的例子揭示了时间和叙事的一些基本特征。作为一道未分化的连续事件之流，时间甚至并不存在。要使各个事件成为"连续的"，就必须在这条流之外安放某个将使我们能够比较这些事件的概念。单词"滴"就产生了一个这样的概念：两声滴是抽象地相同的，而我们之能够创造出时间向着一个方向流去的观念，仅仅是因为这些滴滴声所具有的（非时间性的）同一性被重复了。然而，这一无差异的重复导致了一种返回其出发点的时间——钟表上的一个圆圈或地球运转中的一次循环。为了赋予时间以一种直线进程，我们就必须有对于同样事物的有差异的重复。"滴"与"答"就产生了这样一种有差异的重复：声音中出现的一个差异表明某种东西已经改变了（单词"滴"与"吭"放在一起就不行)。①

但是,已经改变的到底是什么呢?正如克默德所暗示的,在上述情况中,所谓改变只不过是人强加于世界的改变,一种思维和感受方式而已。福斯特的例子与我们的经验更加接近。在"国王死了,然后王后也因悲伤而死了"这个故事中,改变并非只是想象出来的;由于种种原因与结果,世界的状态发生了某种变化,这种改变把时间转变为叙事或情节。在时间性和因果性之上,如果想使我们这份为叙事所必需的条件的清单完整的话,我们还必须添加第三个因素。正如历史哲学家们所指出的(见第3章第3节"历史中的叙事成规"),在一个有头有尾的情节中,决定事件与原因是否相配的是人的兴趣。对于化学和动物学来说,"悲伤"不是一个原因;对于我们的社会来说,与平民百姓之死相对的国王与王后之死也已经不再像从前那样是一个让人不可能不感兴趣的题目了。因此,叙事所具有的种种形状就是某些普遍的文化假定和价值标准——那些我们认为是重要的、平凡的、幸运的、悲惨的、善的、恶的事物,以及那些推动着由此及彼的运动的事物——的实例。

克默德和其他一些人追溯了基督教时间观念之如何仍然活在我们对于历史阶段、危机以及文明之兴衰的思考之中。宗教和家庭中的父权在凭借神权统治的国王的世代沿袭之中有其镜像。原子战争是启示录中描写的世界末日的俗世替代。当西方世界丧失了它对于《圣经》的生命、死亡和再生情节的信仰之时,它找到了上帝和神定计划的尘世替代:帝国与民族成为献身的对象;或者,处于历史终点的天堂被从人的角度构想为一个无阶级的社会。从一代到下一代的家族承继的连续性可以充当神学的时间概念的尘世翻版;它结构了众多19世纪小说的情节。(Tobin,1978)

在承认这些社会地认可的构想时间的方式之时,爱德华·赛义德论称,小说——关于某个独一无二的人物的"独创的"(original)故

---

① "滴-答"两词是"tick-tock"两词的翻译。前一组汉语词有相同的声母,是汉语中的双声词,后一组英语词有相同的前后辅音,故此两组词皆可以在自身之内形成某种有差异的重复(元音虽然不同,辅音却相同),而"滴"(tick)与"咣"(gong)两词之间无论辅音还是元音皆不相同,其间只有差异,没有同一,故不能形成有差异的重复。

第4章 叙事结构：诸基本问题

事——的兴起与新的时间和自我观念有关。他将"起源"（origins）与小说的"开始"（beginnings）相对；前者意味着集体的、宗教地认可的时间观，后者标志着个人的、俗世的生涯或故事的起点。作者们僭取权威与造物主竞争。但到头来他们可能选择承认或被迫承认自己所创造的是一些幻象，承认社会的关于起源、生育、衰亡、终结的看法才是真实的看法。或者，为了肯定他们的个性，他们可能会将自己隔绝于生生不息的生命事业，从而使他们的人物和他们自己陷于文本性的自我创造（texual self-creation）这一境地之中，此种文本性的自我创造是一种独身的、不育的存在。但赛义德在《开始》一书中对叙事如何脱离传统模式的阐述为其下述强调所平衡：尽管人们想方设法逃离传统模式，这些模式却历久弥坚。

也许我们感受到的、统一了开始与结尾的那种循环回归之感来自自然——日复一日、季复一季、年复一年，它们为人类的死亡与再生概念提供了一种模型。诺思罗普·弗莱视文学的各种主要叙事类型或各种"神话"为季节圆周上的一些片断的弧线：春天是喜剧，夏天是罗曼司，秋天是悲剧，冬天是反讽或讽刺。下述观念，即绝大多数叙事都是少数基本的、普遍的情节的变体，是弗莱与其他三本书的作者们共同享有的观念。这三本书与他的《批评的解剖》（1957）是大约同时出版的。在随后的十年中，很多美国批评家都尝试表明这些"原型的"神话形成了现代叙事的基部结构。对于这一理论的简要描述将显示出，为什么这一理论当初证明是有用的，为什么随后一代的批评家们又拒绝了它。

在《千面英雄》（Campbell，1949）中，约瑟夫·坎贝尔论称，取自众多不同文化的那些神话、民间故事，甚至于梦，都显示出同样的基本型式，他名此型式为"单元神话"①。坎贝尔所强调的这些叙事事件的普遍性早就引起过以前学者们的注意（F. M. 康福德，杰西·L. 韦

---

① 单元神话：monomyth，或译"单一神话"。作为著名的乔伊斯研究专家，坎贝尔从乔伊斯的小说《芬尼根守灵夜》（*Finnegans Wake*，1939）借来此词，用以指可在不同文化的众多神话中发现的具有原型意义的单个英雄的历程。在叙事学与比较神话学中，因坎贝尔而变得流行起来的此词经常被用以指所谓神话素（mytheme）或元神话（metamyth）。

斯颇，当然，詹姆斯·弗雷泽在其《金枝》中也注意到了这一点）。对于这个他以图表的形式将其表现为一个从"出发"到"返回"的圆圈的故事，他的概括是这样的：

> 从其日常所居的茅棚或城堡出发的神话英雄，被引诱到、挟持到或是自愿地走到冒险活动的入口。在那里他碰到一个幽灵般的存在，守卫着这一通道。这位英雄可以击败这个势力，或者设法赢得其欢心，从而活着走入这个黑暗王国。……他也可能被对手杀死，降入冥世（肢解，上十字架）。越过这一入口之后，这位英雄开始了在一个充满了各种陌生的而又奇怪地熟悉的力量的世界中的旅程，其中某些力量严重地威胁着他（考验），某些则给他提供神奇的帮助（助手）。在抵达这一圆形神界的中心低点后，他经历一次最大的磨难，并得到报偿。这一胜利可能被表现为这位英雄与这一世界的女神-母亲的性结合（神圣的婚姻）。……最后的任务是返回……。这位英雄从这一恐怖王国重新升入尘世（返回，复活）。他所带来的恩惠让世界得到恢复（万应灵药）。（Campbell, 1949, 245-246页）

洛德·拉格伦在《英雄》（初版于1936年，又于1956年与坎贝尔的书同时重印）一书中重构出一个稍有不同的"典型"神话。坎贝尔是一位幻想家，而拉格伦则从事于通过表明很多所谓的历史事实从起源上说其实只是来自传统者而揭示它们的真相。甚至就在晚近的历史中，人们都能发现，一些颇为寻常的事件已经在口头传播的过程中被改造成原型故事；这类改变又提供了进一步的证据，表明存在着一些塑造我们对于经验的感知的叙事模式，无论它们是先天的还是习得的。拉格伦所描述的普遍情节——他像坎贝尔一样，既在西方文化也在东方文化中发现了它——必有一位皇族血统的、在非常环境中孕育的英雄，他被认为是某位神的儿子。为了逃避谋杀他于诞生之时的企图，他被养父母在另一国度养大。然后，像坎贝尔的英雄一样，他踏上征途（在这里是走向一块土地，他最终将在那里成为国王）。在搏斗中战胜某位国王、巨人或毒龙之后，他娶了一位公主（坎贝尔的女神-母亲的替代）。两个故事版

第4章 叙事结构：诸基本问题

本都含有逃跑或离去。但在此处两个版本就分道扬镳了：拉格伦的结尾是悲剧而非胜利。(Raglan，1963，174-75页)坎贝尔的故事好像一个神话故事，拉格伦的故事则像是俄狄浦斯故事的复述，但他们在其他叙事中发现的大量类似是惊人的。关于他们二人的理论的某些最佳证据，除了阅读他们的著作之外，还可以通过下述方法来搜集：坐下来自问还有哪些我们所知道的叙事也符合这些模式。(星球大战？《哈克贝利·芬》？四福音书和摩西故事？超人？)

在普罗普的《民间故事的形态学》(1928年出版；首部英译本1958年出版)中，这一模式的无所不在性被惊人地证实了。仔细分析了一百个故事之后，普罗普得出结论说，这些故事皆由三十一种"功能"① 组成。为了强调他的描述与拉格伦和坎贝尔的描述的种种相似之处，我跳过了前七种功能（因为它们用普罗普的话说是"故事的预备部分"），并忽略了其余二十四种之中的四种：

> 坏蛋给家庭中的一员造成伤害，或家庭中的一员不是缺少某物就是渴望得到某物。不幸或缺少真相大白；英雄受到请求或得到命令；他获准前往或他受到派遣。寻求［复仇或缺少之物］者同意［英雄所欲采取的］对应手段或决定对应手段。英雄离家。英雄受到考验、盘问或袭击，等等，这些为他接受某种神力或助手做了准备。英雄对未来的施主的行为做出反应。英雄学会使用神力。……英雄与坏蛋直接交手。英雄受辱。坏蛋被击败。起初的不幸或缺少被消除。英雄归去。英雄受到追逐。英雄从追逐中获救。未被认出的英雄抵家或到达另一国度。……一项困难任务被建议给英雄。任务被完成。英雄被认出。……坏蛋受到惩罚。英雄结婚并登上王位。(Propp，1928，30-63页。省略号表示被略去的那些功能。)

这一情节结束于结婚；在前两个情节中，结婚则发生于中间左右。值得注意的是，三种形式都各含有两次重大考验或冲突，而不是像我们

---

① 功能：function，指故事中下述那些也许可被称为情节单元的行动在故事序列中所起的作用。作者在第92页上对于普罗普的这一概念做了一些解释。

根据对于情节统一的种种直观设想所可能期待的那样只有一次。这一基本故事是如此普遍，而且也几乎不可能是通过迁徙或口头传播而分布到地球上各个遥远角落的（无论迁徙本身还是口头传播本身都不足以说明这一故事的持续存在）——给定了这两点，人们就能够理解那种想要看一看现代叙事是否也可被解释为种种古老神话的现实主义翻版或"置换"（弗莱的术语）的欲望了。

我在本书中用来作为例子的两篇现代小说，海明威的《弗朗西斯·麦康伯的短促幸福生活》和凯瑟琳·曼斯菲尔德的《幸福》，尽管不是出于这一目的而选择的，却很可以不无道理地纳入这一单元神话的模式之中。两篇小说都包含现代男主人公和女主人公所成功经受的考验，以及因此而达到的新的自觉。神话故事中的"另一王国"变成了现代非洲，或变成了一个神奇的花园。猎手罗伯特·威尔森（在海明威小说中）和朋友珀尔（在《幸福》中）是"引导"这些主人公"入门"的"助手"形象。主人公们所受的考验包括猎猛兽或性竞争，而非与传统的坏蛋对抗。你们也许能够发现比我所提到的这些更加准确的对应。对于普遍的叙事模式的确认似乎不仅可以告诉我们有关文学的情况，而且可以告诉我们有关心智的本质和/或有关文化所具有的诸种普遍特征的情况。

叙事序列的结构分析

试图在世界上所有故事中找到具有深层意义的单一情节的做法尽管对于不少人都有吸引力，却为那些寻求一种对于叙事结构的严格分析的人所否弃。从某一神话传说或从单元神话开始，又缺少任何特定的标准以最终判定其他故事是否"真"是它的翻版，这样人们通常都能发现他们所寻求的那些相似之处。决定这种方法成功与否的唯一条件是批评家的才气的大小。巴巴拉·赫恩斯坦·史密斯让人们注意到，一些研究已经将数以百计的故事确认为灰姑娘故事的变体，并提到一位批评家，他

第4章 叙事结构：诸基本问题

认为狄更斯的全部小说"基本上"都是灰姑娘的翻版。其他一些人则主张灰姑娘其实只是一个有关"性心理发展"的深层故事或"一个基督教救赎寓言"的表层显现。结构主义批评家们对于这些结论的反对并不是说它们错了，而只是说没有任何方法能决定它们是对了还是错了——这就意味着它们永远都可以被提出来，却没有希望得到确定的结果。类似的批评也可以针对其他形式的原型的、象征的和精神分析的解释。

在原始神话中追寻情节结构的起源不同于对情节本身的研究，正像知道一个词在拉丁语或梵语中的原始意义不等于了解它的现行意义。亚里士多德——他生活在季节神话是文化的组成部分的时代——说，情节叙述人的行动，而这些行动的种种基本特性就成为其情节分析的要素。[①] 结构主义和符号学批评家们（如果不是亚里士多德的追随者）也是亚里士多德的继承人。他们不满于对叙事结构的类比性说明或比喻性解释。说喜剧像春天或说一部19世纪小说像父母与子女，就等于没有回答这一问题：为什么这些东西彼此相似，它们包含着哪些概念关系？

美国批评倾向于追随弗莱和坎贝尔的批评路线，法国批评则追随了普罗普提出的方法。尽管他们的结论有着表面上的相似，普罗普的方法与弗莱和坎贝尔的方法实际上却截然不同。他所热望的，正如他的标题中"形态学"一词所表明的那样，是科学的精确。避开他们那种对于主题和意义的无远弗届的搜寻，普罗普试图对一组有限的故事资料的表层即这些故事中实际发生着什么做出描述和分类，并且试图如果不是消除也是减少那些可能扭曲他对抽象形式之搜寻的主观解释。从法国结构主义者们的观点来看，比他所获取的成果更有价值的是他对理论和方法的讨论，它们既成为一种新型的叙事分析的出发点，同时又为这一分析确立了某些界限。

普罗普的前人们依据故事的题材（"具有奇幻内容的故事，日常生活故事，动物故事"）或主题（"有关那些遭受不公正迫害的人，有关英雄—傻瓜，有关三兄弟"）提出了很多不同的故事分类。一眼看去就可

---

① 参见亚里士多德《诗学》（罗念生译，北京：人民文学出版社，1982）第20页："情节是行动的模仿。"

发现，这些分类违背了基本的分类原则，因为它们不以明确的概念区别为基础。然而，文学分析中的一丝不苟的精确又究竟目的何在呢？他那个时代的批评家们——如今也还有很多这样的批评家——说："我们如何分离各种基本要素，我们如何将一个故事归类，我们是否根据母题和主题去研究它，这些又有什么关系呢？"普罗普以一个类比来回答这样的批评家们，这个类比将证明对于法国结构主义者们是非常重要的："是否能够去谈论一种语言的生命而对各种词类一无所知，即对根据其变化规则而被排列起来的某些词组一无所知呢？一种活语言是一个具体的事实——语法则是其抽象的基础。这些基础存在于众多生活现象之下，科学应该注意的正是它们。不研究这些抽象的基础，就无法说明任何一种具体的事实。"（Propp, 1928, 15页）

故事的最明显的要素是人物或行动者，以此为基础，人们能够提出无数种分类——关于狼、狐狸、鸟的故事；关于孤儿、女儿、国王、女巫的故事，等等（从逻辑的观点看，这份名单的不一致之处应该是显而易见的）。但是，根据这些"具体事实"对故事进行的分类却模糊了我们在比较这些故事时直觉地意识到的结构的相似之处。我已将两个我们认为具有"同样情节"的故事收入附录之中：一位已婚妇女以要钱来回答一个男人的性要求；这个男人向妇女的丈夫借钱，再把钱给妻子，以换取她的同意，然后又告诉丈夫，他妻子已经收到了还款。在这个故事的不同变体中，这个男人是一个德国人，一个邻居，一个修道士，或一个金匠。尽管一种使用像"外国人"和"牧师"这类范畴的分类可能会揭示很多有关特定时代和地方的社会态度的情况，但这种分类却会掩盖普罗普想要确认的结构上的相似之处。我们承认这些故事有"同样情节"，但我们这样说从概念角度来看究竟意味着什么呢？

普罗普对于这一问题的解决，一个在语言和文学研究中有着深远影响的解决，是将功能和上下文——也就是说，将要素之间的关系，而非要素自身——确定为叙述活动的基本单位。一个语言学上的例子将会使这一区别变得清楚。单独给出"bit"一词，人们就无法确定它的意义，也无法知道它究竟是名词还是动词抑或是形容词。然而，一旦置入语句

第 4 章　叙事结构：诸基本问题

之中，它的众多可能的意义就被它在上下文中所发挥的功能具体化并确定了。（狗 bit［咬］人。演员演 bit［小］角色。八个 bits［一角二分半］构成一块钱或一个二进制字节。①)

　　同样，说一个故事是关于修道士的，或是关于一个与未婚或已婚妇女发生性关系的修道士的，可能经常会使那些不是研究宗教史或流行偏见而是研究叙事结构的人误入歧途。从普罗普的视点来看，修道士就像单词"bit"一样，仅当被放进一个有序结构——一句话或一个叙事——之内时才获得意义。功能决定意义。这意味着，首先，动词或动作在结构上比名词或人物更重要。用他的例子来表示，就是：在"沙皇给英雄一只鹰""老人给苏森科一匹马"以及"公主给伊万一枚戒指"这三句话中，"给"这一动作对于叙事分析来说比里面涉及的人物或事物更为重要。其次，这意味着，即使这一抽象结构（A 给 C 以 B）也不是具有单一意义的单位或母题，因为"给"的功能及随之而生的意义将取决于它的上下文——它在作为整体的故事中所服务的目的。在我们举以为例的故事中，在丈夫给男人钱和男人给妻子钱之间，显然存在着功能上的区别。

　　普罗普之确定"功能"为故事的基本单位这一做法的重要性在他的理论与坎贝尔和拉格伦的理论的对比中变得十分清楚。为了确定不同故事具有同样情节这一说法的意义，他们三人都假定"同样情节"的意思就是"处于同样次序之中的同样基本事件"。但我们这种对于规律性的追寻始终都有导致我们歪曲证据的危险。这当然是在人文学科和社会科学中运用科学方法的绝大多数尝试所具有的那种纠缠不去的缺陷。分析者着手搜求将能说明各种不同现象的单一形式。找到这样一个稍加引申就能解释很多实例的形式之后，分析者或者是抛弃那些与之不符的实例，或者是说实例而不是他所做的解释有毛病。这样，我们得到的就不是解释实际存在着的事物的理论，而是批评家们强加于这些事物的理论，它们以被证据违背的各种"标准"的形式出现。

----

①　在这些例句中，具有多种词性和意义的单词"bit"分别发挥着不同功能或作用：（1）动词过去式；（2）形容词；（3）名词。其意义也因这些语句而具体化并获得规定。

93

通过仅仅列出各个故事所共有的那些事件，并抛掉其他事件，坎贝尔和拉格伦才成功发现了不同故事中的相同情节。除了重复之外，他们并没有提出有关如何选择被列事件的任何其他标准。显然，通过略去所有那些使诸故事有所不同的特征，我们就能够使诸故事显得比它们事实上更相似。普罗普则在两个方面更加严格，他为"功能"所下的定义为确认叙事单位提供了明确的基础，他列出了出现于他所研究的故事之中的每一个这样的叙事单位。他发现了三十一种功能，它们总是以同样的次序出现，尽管并非所有功能都出现于每一故事之中。

但是，如果我们可以批评坎贝尔和拉格伦借抹去独特事件而创造了单一情节，那么也许就可以责备普罗普对于独特事件的包括。即使他发现某一事件仅仅出现于他所研究的一百个故事中的两三个，他也能简单地把这一事件纳入他的主情节之中；该事件之不存在于其他故事之中则为他的规则所说明。当我们读他的功能序列时，这一序列似乎不是在讲一个而是在讲两到三个故事。我引用的第一个功能（在他的表中是第八个）是坏蛋造成伤害或者一位家庭成员缺少或渴望某种东西。第八和第九功能包含着二者择一的发展道路和不同类型的"英雄"，这是在第八功能之中所发生的分裂的结果。普罗普本来也许可以通过下述决定来解决这一问题，即他并不是在处理一种类型的故事，而是在处理两种或三种类型的故事（Liberman，1984，xxxi 页；亦见阿波书中 [Apo，1980] 对此问题的讨论）。但这样一种决定他知道是非科学的；分析者必须尽力解释所有证据，而不是仅仅将它们分门别类，从而隔离那些难以处理的实例。

批评了这三位理论家之后，我必须承认，他们为任何叙事结构分析都提供了一个有用的而且也许是不可规避的出发点。既然当被问到时我们都能扼要讲述小说或电影中发生了什么，或者能在某一故事的不同变体中认出同样的情节（尽管巴巴拉·赫恩斯坦·史密斯警告我们对此小心），那么我们就有很好的理由猜想，一个情节就像一句话，有一个我们直觉地把握的结构。正如在其他的分析性的研究中一样，我们必须来来回回地工作于理论与实践之间，一边学习一边改变我们的方法。普罗

第 4 章 叙事结构：诸基本问题

普的理论的能产性在一些沿着他的道路前进的人的著作中得到证明。法国批评家克劳德·布雷蒙与 A. -J. 格雷玛斯就是那些利用普罗普所洞察者作为更有包容力的诸种理论的基础的人之中的两位。但我将不去概述他们的方法和成就（它们已经得到卡勒、斯科尔斯、布德尼雅科耶维奇和亨德里克斯的出色分析），而是来讨论一些可以在概念上做出的选择，对于那些认为叙事的基本形式应在叙事的行动序列中被发现的人来说，这些选择是可以得到的。

像句子一样，故事似乎也具有结构；我们通常都根据以前的经验知道这一或那一故事是否完整。如果一位语言学家使用普罗普、坎贝尔和拉格伦的方法，他/她首先会把语句分门别类，把看上去相似的放在一起，然后在每一组语句中寻找相同的词类顺序。这样可能就会产生各种不同的分类（例如所有句子都是主动句或被动句，都是简单句、复合句或复杂句，都是陈述句、疑问句、祈使句，等等）。另一派语言学家很可能会论称这一方法是错误的，因为我们寻找的是支承所有语句的单一结构。而这样做的方法之一将会是尝试创造一个规则系列，一个能够产生任何一种我们认为合乎语法的和完整的语序的规则系列。一个反对这两种方法的批评家可以论称，语音和语法形式本身并不创造语句，语句之存在仅仅是为了传达意义。一种充分的语法应该说明为什么一些不同的字词串联能够具有相同的意义，从而表明不同的表层结构如何可以产生于单一的深层结构，以及为什么单一的句子能够有不同的意思。这第二和第三种解决语句结构问题的方法已经成为情节分析的模式。

将普罗普所描述的行动序列与薄伽丘和乔叟的小说（见附录）加以比较就表明，普罗普的方案受到一组"特定故事资料"的限制：这一方案并不适用于其他类型的故事（Bremond，1982；Verrier Bremond，1984）。与其尝试在众多故事中寻找单一序列，理论家们也可以创造一个能以各种方式加以具体化的抽象结构，并将不同的描述指派给不同的故事，这正如语言学家在处理不同类型的语句时之所为。叙事的分析者像语言学家一样，有时也使用一些可以清楚地表现出一种理论的直观模型，并且通过类比而建议这一理论可以被如何发挥（Stewart）。他们以两种"树形结构"来表现语句和故事。一种从顶部向下叉开,首先分裂成一些主要单位(例如,"名词短语"和"动词短语",或者"事件""连接""事件"),然后再分裂成构成这些抽象单位的特定字词或小事件。杰拉德·普林斯就是使用了这种图解的人之一。他把"最小故事"定义为由下述成分所构成者:一种事态,随之而来的是一个行动,这一行动又造成另一种事态,该事态是前一事态的反面。使用这种模型的其他一些人把"插曲"(episode)作为故事的基本单位,他们将此基本单位分解为"事件"与"对应行动"或者"事出有因"与"反应",这些又产生一些更小的单位,直至其中所包含的诸语词和诸行动的具体序列(Colby,1973;Rummelhart,1975)。

利用树形结构来描述各种故事类型的另一方法是去利用普罗普的理论中某种看似缺陷的东西,并将其转化为理论上的好处。普罗普发现他研究的故事的主要行动始于伤害或缺乏(渴望某种东西)。既然如此,那为什么不进一步承认,故事的每一点上都存在着二者择一的可能性呢——既然这些可能性确实存在,并在创造悬念中发挥重要作用?然后我们就可以将故事刻画为某一穿过各种可能选择的特定道路之成为现实。人物可以试图从伤害中恢复过来或接受伤害,寻求报复或不寻求报复,等等。在每一点上都有两种可能:人物行动或不行动,成功或失败(Bremond,1973)。在我们以之为例的故事中,一个男人向一位已婚妇女提出猥亵要求,她可以拒绝也可以接受;她以要钱的方式提出一个反要求,他可以决定不给她钱,或决定给她钱;如果是后者,他可能试图借钱,并且成功借到或者未能借到,等等。不同的情节类型产生于在这一由各种可能性组成的迷宫中所做的不同选择(这个女人拒绝一次,拒绝两次……;这个男人或这个女人诉诸欺骗——这个男人某天夜里装成她不在的丈夫,或者这个妻子让另一个女人在她的房间里进行这一秘密约会)。

这种树形结构的一个变体是这样一个图解,此图当各种事件发生之时就分叉,而当后来的事件完成了由先前事件打开的各个链条时,这些链条就汇合了。图4a就给出了这样的分析的一个粗略的例子,其中所

第 4 章　叙事结构：诸基本问题

分析的是我们的核心故事①。

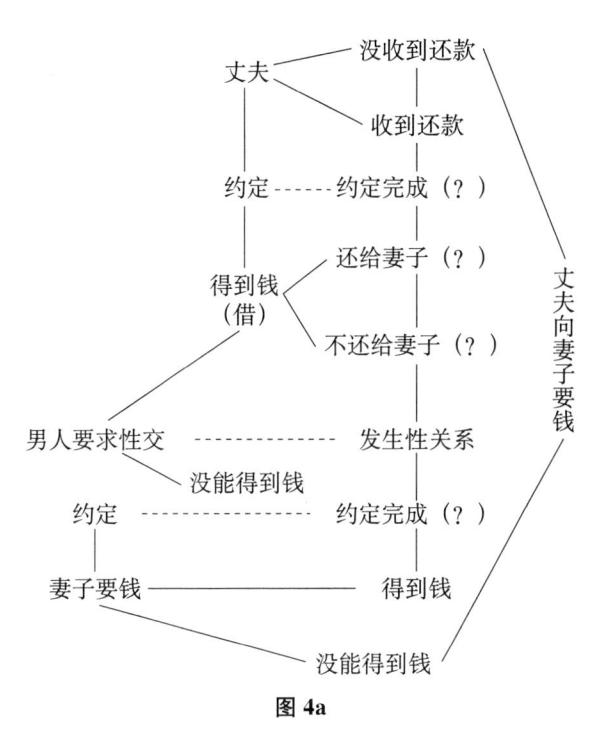

```
             丈夫 ┬── 没收到还款
                  └── 收到还款
             │
         约定 ------ 约定完成（？）
             │
                  ┌── 还给妻子（？）
         得到钱 ──┤                              丈
         （借）   └── 不还给妻子（？）            夫
             │                                    向
                                                  妻
   男人要求性交 ------------ 发生性关系           子
             └── 没能得到钱                      要
             │                                    钱
         约定 ---------------- 约定完成（？）
             │
         妻子要钱 ──────────── 得到钱
                              └── 没能得到钱
```

图 4a

　　应该很明显，这一表现（一张树形的"流程图"）是普罗普的线性序列的精致化。它提供了那些显然相互有关的事件——例如他的序列中的"出发"和"返回"（本图是"约定"和"约定完成"）——之间的联系线索。表现这些联系使情节主线与从属序列之间的关系更为明显。整个情节开始于一个初始问题并结束于该问题的解决。

　　其他两种表现多重情节线索的方法也应在这里提及。普罗普使用了做平行的水平线的传统方法，每一条线代表一个行动序列。只要一个序列正在故事中被呈现出来，一条线就继续，当故事转向另一序列时，该线就停止。列维-斯特劳斯（Lévi-Strauss，1955）更进一步：当他在同一故事的不同部分发现结构上似乎平行的行动序列时，他就把后来那

---

① 指附录中的第一篇故事："失而复得的情人礼物"。

97

些序列置于第一个之下,以考察它们在结构上的各种相似之处。在我们的核心故事的乔叟变体中,"丈夫借钱—还钱"就会被置于"修道士借钱—还钱"之下(Martin 与 Conrad, 1981)。

当情节在十分宽泛的意义上被设想为从伤害或缺乏向一种令人满意的状态,或从令人满意的状态向一种不令人满意的状态发展时(照亚里士多德的说法,是从坏运向好运或从好运向坏运发展时;现代理论家使用了不同的术语),我们刚才构造的"流程图"就可以压缩为一张"回路图"——一个矩形,一个圆,或者一个菱形(Stewart)。图 4b 就显示了这样的四个例子,其中一种取自语言学。这些图解中有一种是以线性方式先分叉后闭合。其余三种则返回各自的出发点,这样就不仅表现了时间过程,而且表现了概念或主题上的统一。

三种模式——树形结构、流程图以及回路图——解决了与普罗普的方法相联系的若干问题。它们使描述几乎任何叙事都成为可能,而且并不鼓励批评家们去在实际上不同的情节中寻找单一的模式。但是,当批评家们创造种种使我们能够描述任何故事的理论时,我们就碰到另一个问题。正如前面诸例所示,让我们能够将叙事的各个组成部分贴上标签的方法和术语是多种多样的。我们可以用事件、功能、插曲、母题、状态、核心、行动等词(这些词和其他一些都被使用过)来描述境况和发生了什么;我们可以为各种人物创造一些可以有助于防止我们对人物做主观判断的抽象术语(行为者、主体、对象、助手)。但是,在这样做了之后,在对故事做出了巨细无遗的描述或图解之后,我们究竟成就了什么呢?

在任何一种以各种抽象的术语形成的序列来代替故事的各种具体活动的方法中,所缺少的都是对于各种活动如何环环相扣以创造出一个情节以及形式模型如何联系于故事内容的解释。普罗普及其继承者们被指责为无视内容,仅顾形式(因此列维-斯特劳斯 1960 年贬义地使用了"形式主义的"一词),但这一批评并非完全公正。普罗普的功能(如伤害等)和行为者(如坏蛋等)确有语义内容;继早期著作对于形式的强调之后,他和其他人都已经表明故事中的事件次序可以被联系于一个更

第4章 叙事结构：诸基本问题

深层的神话理论（Propp，1946）。在分析现实主义叙事而不是口头传说和神话时，理论家们发现，成规性的社会行为模式提供了一个组织情节的时间过程的意义模式。

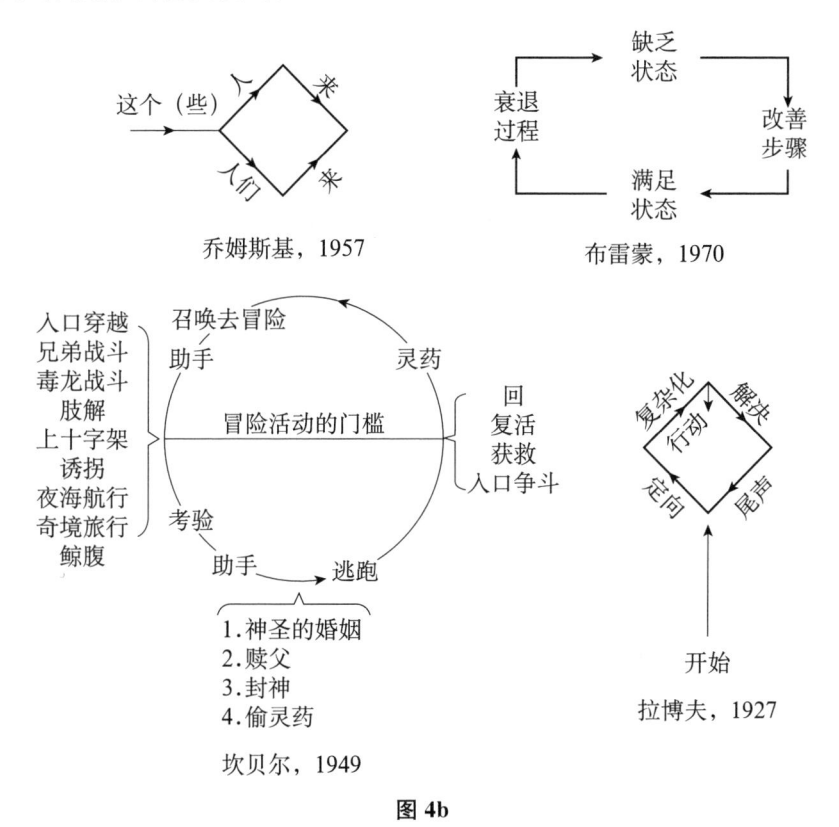

图 4b

（图示包含：乔姆斯基，1957；布雷蒙，1970；坎贝尔，1949；拉博夫，1927）

注：这些图是从文中所提到的著作（见本书所列书目）中经原出版者允许复制下来的。

正如普罗普及其继承者们所注意到的，故事中的各种活动之间的某些联系具有几乎是逻辑性的次序。出发就意味着返回，许诺或约定就意味着完成它们的意向，而实现某种目标的欲望则产生如此行事的尝试。在表层上，很多叙事都沿着巴尔特、卡勒或尚克所描述的行动序列或"脚本"的线索行进（见本书第3章中"视为成规的现实主义"一节）。乔叟的那个故事（见附录）的一多半是一个基于"留客过夜"和"早晨起床吃早饭"这些成规性序列的时间进展；曼斯菲尔德的《幸福》（亦见附录）是一个关于请客吃饭的故事（备饭，迎客，吃饭，饭后闲谈，道别），在此之中每个插曲都按照一种社交的客套而展开。有些批评家认为，叙事可以被当作行动哲学（philosophy of action）和话语分析（discourse analysis）这些更加广阔的场地之中的一个特殊领域而得到最佳研究（van Dijk，1975）。一般地说，一部叙事作品愈写实，就愈加紧密地依附于各种社会惯例所提供的那一按照事情顺序而进行结构的方式（sequential structuring）。

这些企图说明叙事的"表层结构"——行动序列或句子层面[①]——的尝试表明，普罗普的模式可通过求助于符号学或各种应用学科而被改进。处理这个问题的一个截然不同的方法（在我的名单上是第三个，也是最后一个方法）是假定，各种各样的表层故事结构都是由更小的一组"深层结构"产生的，这些深层结构可以作为一个时间序列而被方式不同地具体化。这就是列维-斯特劳斯的方法（Lévi-Strauss，1955）。这一方法有时被比于诺姆·乔姆斯基的"转换生成语法"。列维-斯特劳斯假定存在着一个抽象结构，或一个等式，其中各个变项是各种普遍的文化对立（例如，生/死，天/地）和在这些对立项之间进行中介的计算符号。依据文化及其环境的类型，这些变项在文化神话的表层结构中将具有不同的价值。

这些深层结构在某种意义上是无时间性的；它们产生人类行为的各种准则和规律，而正是这些准则和规律推动我们从开始向结尾——坎贝尔、克默德和其他人所描述的开始和结尾——运动。在一种平衡状态——让我们假定一个所有欲望皆被满足的好运世界——中，时间和变化几乎是不存在的。（这就是为什么卡尔·马克思说，历史，或许还有叙事，将终结于一个无阶级的社会之中。）叙述活动始于世界失去和谐之时，或有必要说明世界的起源和结构之时。它结束于造成这一开始的

[①] 句子层面：syntagmatic dimension，或译"横（向）组合层面"，结构主义语言学和符号学术语，指被排成前后相继的序列以表示特定意义的各个符号或词语之间的关系的层面。例如，普罗普的诸功能在一个故事中的前后相继的关系就是这一故事的句子层面。这一表述在此与"行动序列"同义。

第4章 叙事结构：诸基本问题

需要或欲望获得相应满足之际。

通过其自身的各种成规和法律，社会维持着人类的各种交往活动——如达成协议或契约、交流信息、克服障碍而实现目标等——的程序框架。单个的目标，如渴望发生性关系，在叙事中可以通过各种不同方式来实现。一些理论家认为叙事深层结构是一套基本的功能和行为者，例如，"发送者—交流、订约或转移—接收（受）者"，"主体—竞争或对抗—对手/对象"（Greimas，1971）。为了说明这些模型如何被具体化，理论家必须发展一套可以解释无时间性的深层结构与时间性的表层结构之间的关系的规则或转换方式。

尽管时间连续和因果关系在叙事序列中是一些必要的链环，但它们本身却不足以说明任何可能证明会吸引我们的情节，如亚里士多德指出的那样。即使在科学中，也有两种因果关系——可然的（the probable）和必然的（the necessary）。必然性（我们可能会称之为"命运"，如果我们不理解它的话）与纯粹的机遇（chance）或偶然（accident）相对，可然与不可然（the improbable）相对。凭借这些关系也许能说明一种科学研究的"情节"，却说明不了一个叙事的情节。亚里士多德认为，好坏人物或好坏命运这些概念在让人感兴趣的情节中是必需的，而这类价值判断与各种社会规则——禁止与责任——连在一起。

这一为情节构造所必需的各种链环的初步名单有助于阐明普罗普的功能（"禁止""伤害""坏蛋被击败"）名单及其他一些晚近的叙事结构理论。卢伯米尔·多列热建议，利用模态逻辑（modal logics）来分析叙事结构也许是最好的途径，尤其是真势模态（可能性、不可能性、必然性）[①]、义务模态（允许、禁止、责任）、价值模态（善、恶、无善无恶）以及认知模态（有知、无知、相信）。可能还需要为这些"叙事模态"增加其他的项，以及对有关与计划和目标相联系的欲望的某种阐释。其结果将会是一种有关"诸种可能世界"——事情在各种真实的和

[①] 真势模态：alethic modality，与下述义务模态（或道义模态）、价值模态和认知模态同属模态逻辑（modal logic）。模态逻辑有时也被称作内涵逻辑，是处理用模态语词如"可能""或许""可以""一定""必然"等来对一个句子加以限定的逻辑。

想象的情况中如何发生——的理论。

在尝试将对于叙事序列的描述与一个伏在这些描述之下的人类行动的结构对应起来之时，分析者拥有一种可以检验理论是否恰当充分的手段。前面所举的语言学例子使这一点很清楚：为了确定单词"bit"在一个句子中的形式地位，我们需要理解它的意义，反之亦然。但与语言学家不同，叙事分析者发现要避开循环推理是很难的。对于"bit"在各种不同上下文中的意思人们有普遍的一致意见，但在对于故事的解释上人们却没有什么一致意见。一旦我们断定某个故事体现着某一特定行动或主题，我们就会相当自然地以某种特定方式来解释事件（即故事的表层），尽管别的读者可能会对主题因而也对行动有不同的理解。

一些理论家宣称他们并不解释而仅仅描述他们所分析的故事中的行动，并为这些活动命名。但即使只是为一种行动赋予一个名称在某种意义上也是解释这一行动。对于薄伽丘的那个故事的某种形式分析将该故事描述如下：男人渴望与那个人的妻子发生性关系，而她要求他付钱；他隐瞒了自己的行为，而她以为自己已经得到了钱；但随后真相大白——他没有付钱。然而，产生了这一分析的那种形式方法也包含着某些术语，它们会允许我们把这个故事描述成妻子逾矩犯规并因其行为而受到惩罚的故事。（Todorov，1969）情况几乎总是，甚至那些最科学的批评家们在一个故事中所"发现"的模式也是一个他们的解释从一开始就放入故事之中的模式。

其他分析者们相信深层叙事结构其实是意义模式而非行动模式，并尝试通过对解释过程以及深层与表层结构的关系做出严格的形式限制而避免主观性。这一方法的提倡者经常把主题说成是等式，其中包含着像"a"和"非a"这样的逻辑项：已婚，未婚；付钱，未付钱；等等。这一方法的最著名的提倡者是列维-斯特劳斯和格雷玛斯。

避免在探究情节与主题的关系时陷于循环或主观的第三种方法是，假定每位有经验的读者都是胜任的解释者，他/她收集有关一个叙事的所有可以得到的解释，并尝试发现这些解释的共同之处。也许一个行动序列可以被对应于一个单独的但非常普遍的深层主题结构，一个分叉出一些特定的解释的结构。或者，人们也可以假定一个故事就像一句意义含混的话，有两个或更多的独立的深层结构，取决于人们如何解释它。处理这一问题的另一种方法也值得提及。亚里士多德分析情节时借重了现代理论家会称为"叙事模态"的东西——可能性、偶然性、有知（认出/承认）或无知、好与坏。他试图将这些与情感反应而不是与主题或意义对应起来，关于后二者的意见在他的时代一如在我们的时代一样变化不定，而前者在某一戏剧演出的全体观众中则相对一致。这一方法在研究那些显然是喜剧性的和悲剧性的叙事时可能会证明是有用的，但独处一室的读者们所体验的感情的种类却多到使这一方法不能被普遍运用。

结构分析的正用和滥用

讨论了基于语言学模式的三种分析方法之后，怀着说服你们相信能够从中学到一些东西的希望，我应该结束这个流于表面的综述了。很多着迷于叙述活动（narration）的人发现这一题目整个令人厌倦。当克默德、弗莱、赛义德和米勒讨论我们的开始和结尾感如何被更为普遍的有关生活、社会和宇宙的概念形成时，他们的著作中显然有着对人类重要的东西。但对绝大多数小说读者来说，一种对于解剖故事以便将其缩简为公式的热爱如果不是完全莫名其妙的，至少也是非常陌生的。

另有一些人，就像普罗普一样，认为我们可以在叙事结构问题上做出真正的发现，其重要性将可与那些运用科学方法于语言研究所获得的成果相比。在回答下述指责，即他们把故事和意义缩简为公式时，他们说这样做是为了确认那些能使故事和生活具有意义的成规。与其基于科学与人文学之间的某种范畴区别而拒绝这一主张，我认为我们应该允许理论家们陈述他们的理由，看看他们能否告诉我们什么既科学又有趣的东西。

我所讨论的各个理论大部分是为了解释口头传说（或者，在亚里士多德的情况中，是为了解释基于一小群故事的戏剧）而被发展起来的。对取自某一特定社会的各个故事所做的比较表明，尽管细节有所不同，但情节结构却经常相似，并且可以被压缩成一系列母题，如第 2 章中指出的那样。在回答是什么构成一个母题这一问题时，普罗普说，是"一个功能，无论谁或什么来发挥这一功能"。他的那些结论对于很多研究口头文学的人来说已经证明是很有用的，但被用于书面叙事时，它们就成问题了。

　　随着写作的出现，作者们就能够保存那些在口头讲述中失去了的或易于受到改动的行动和细节所具有的种种不同之处了。我们可以在我们举以为例的传说中看到写作如何影响了故事讲述。那些留传下来的口头版本都很简短。薄伽丘的版本稍微长一点，而且更为具体。乔叟的版本如此充满细节，以至人们有理由问，是否还能说这个版本与早先那些版本有"同样的情节"。当作者们给那些传统素材添加各种新的转折并尝试创作出从未讲过的故事时，假定所有故事都具有同一基本结构就更加没有道理了。

　　当他们尝试通过假定来自不同文化的故事都具有相同结构而使普罗普的成果普遍化时，理论家们遇到了来自他们自己阵营内部的反对。包括斯克洛夫斯基、坎贝尔和列维-斯特劳斯这些人在内的一派认为，通过研究叙事，我们既可以对人类心智的社会条件也可以对人类心智本身有所了解。另一派坚持，叙事的意义在不同的文化和环境中是不同的。人类学家德尔·海姆斯和克默德（Kermode，1969）讨论过一个契努克①印第安人故事，对于那些对该故事所包含的文化和社会习俗一无所知的人来说，这个故事是完全没法理解的。在为口头传说录制磁带时，人类学者们有时觉得已经完了，于是开始收拾设备，却被告知后面还有很多；我们自己的凭直觉而来的关于结尾的感觉就只有这么多。在有些文化中，由于讲故事的环境不同，一个故事可能具有不同的意义。坐在安乐椅上的理论家们应由这些例子得出的教训是，文学史和人类学也像

---

　　① 契努克（Chinook），哥伦比亚河口北岸的印第安人。

第4章 叙事结构：诸基本问题

那些抽象术语和公式一样，有同等权利成为文学科学的组成部分。

从尝试表明一切故事所具有的共同之处是什么的做法中，我们应该得到的另一个教训是，这些尝试在获得成功之时也经常混淆各种区别，因而不可能从理论上阐明各个故事如何且为何不同。如果理论家放弃对各种叙事共相的寻找，并试着指出不同的情节如何联系于不同的意义，那么他/她就碰到另一组问题。自然语言中的语法与意义之间的关系是相当清楚的。知道一句话的意义，我们就能够说明其语法结构，反之亦然。乔姆斯基和一些人就能够确认含混语句（即一个说法但不止一个内容）的结构，因为他们理解那些非含混句的结构。但是，在吸引着文学批评家们的注意的种种故事里面，含混却是常规而非例外。这就是为什么在有关它们应该如何解释的问题上，会有如此众多的分歧。理想地说，对于叙事的结构分析应该能够说明，单个的表层结构（事件序列）可以如何被联系于就像有关该故事的种种解释一样多的深层结构。叙事的分析者们倾向于忽略各种表面含混，并将一个结构描述分配给那些具有不止一种意义的故事。

举个例子可能有助于阐明这一点。为了表明叙事中的开始和结尾受种种社会惯例之支配，一些批评家假定，约定必须或被完成或被打破，结果一定是有得或有失（对象的转手，获取或保持，等等）。如图4a所示，我们的故事就违反了这一假定。这个男人还丈夫钱了吗？还了——但在某种意义上又没有还。他付给那个妻子钱了吗？如果她把钱还给她丈夫，那么回答就是没有，最终是没有。如果我们说那个男人是有所得而一无所失的话，那么是否就能说那个女人是有所失而一无所得呢？在性关系当中，得与失完全取决于当事人的态度和动机，这一点却没有几个理论家曾在其公式中加以阐释。如果我们想在我们的叙事方程式中坚持严格的收支平衡原则，我们也许就可以得出结论（我的一个学生就这么做了）说，没有金钱补偿的性交的可能性表明了"性的过剩"；用经济学的术语说，如果供给不受限制，价格就会下跌。

这个故事的原始版本的解释者之一就是乔叟本人，他改变了它的结尾，从而给理论家制造了新的问题。在他的版本中，那位商人在一个极其微妙——也许是极不微妙——的时刻向妻子问到那笔钱。过去，他并没有把她要的钱都给她，现在，她也没有把他长时间离家后所渴望的全部满足都给他。出于恼怒，他问她是否收到了那修道士还来的钱。收到了，她答道，但我并不知道那是还回的借款。我把它花在衣服上了。所以现在我该你的，但"我只要在床上还你"。理论家现在所面对的问题就是：她的还钱的建议可以接受吗，还是我们必须以一个因违约而造成的损失来指责这位丈夫呢？

那些试图表明叙事结构受种种社会惯例和成规之支配的做法让我觉得，情节是不可能在某一社会的各种规则之内被解释的，因为这些情节就是关于那些规则的。在这个故事的乔叟版本中，告诉我们夫妻（在借债和还债这类事情上）是"一体"的法律和道德规定与事实发生冲突：婚姻传统上就是两个人的约定好了的同意，其中包括性与金钱的交换。而任何涉及丈夫、妻子和修士之间的交换的得或失都必须与该故事的更大的经济框架联系在一起来考虑。作为借了钱和做了一趟生意的结果，那位商人获利颇丰，而他将以此抵消在妻子那里受到的损失。形式分析带着我们超过形式主义而进入乔叟时代的经济史。这条思想线索导致这样的假设，即每个有意思的故事都是对于那些有关日常生活的"中规中矩的叙事"的意义暧昧的偏离。但在叙事理论、话话分析和符号学对我们通常如何描写过去的活动做出更全面的解说之前，维持这样一个假设是很困难的。

不依赖于我对之吹毛求疵的这些分析方法，我对我所讨论的这些理论的批评（批评家是怎样热情并且轻而易举地就证明其他人是错误的啊！）是根本不可能的。因为，在理论家们发展出用以将各个事件标识出来和相互联系起来的精密工具之前，我们甚至连准确地提出故事是否在形式上互相接近这一问题都不可能。我们要求于一种理论的，正如哲学家卡尔·波普尔所指出的，不必是它一定要真实，而是它必须可被证伪。提出一种可被证伪的文学理论是对于头脑混乱的一个胜利：当我们看清一个理论的种种错误时，这一理论就包含着如何发现我们所寻求的真理的线索。正如培根所说："真理更容易产生于错误而非混乱之中。"

第4章 叙事结构：诸基本问题

为了理解形式主义和结构主义的叙事理论，就必须学习和尝试去运用它们。普罗普和列维-斯特劳斯不仅创造了这类理论之中的最有影响者，而且互相评论了对方的工作（Propp，1966）；他们为任何对叙事理论的这一分支有兴趣的人都提供了最佳的出发点。（那些勇敢进入这一领域的冒险者要小心：列维-斯特劳斯将会被误解，就像已经被很多评论者误解那样，如果不知道在对列维-斯特劳斯的著名公式的复制之中，"－1"应该被放在线的上方的话；这不是一个减法式，而是一个指数，并且与一个被称为克莱因群的数学图形有关。①）

对于那些说这种类型的分析从来都是失败的人，结构主义的回答是，不充分的或化约性的理论的替代并不是不要任何理论，而是一些更好的理论。在这一领域内，集中而深入的研究才开始了仅仅二十年之久，而近来的批评家们已经克服了我所讨论的这些理论的某些局限。这类局限之一是，这些理论往往把叙事化约为静态的、无时间性的深层结构，这样就不能说明那些紧张场面——那些使我们想要发现接下来会发生什么的紧张场面所具有的种种张力和这些场面中的种种逆转。在一次简单然而富于启发性的集合论的运用中，俄国批评家 O.G. 里夫金娜和 I.I. 里夫金证明，一个故事中的各种关系和角色，随着故事本身由偏离一个稳定局面到再回到一个稳定局面，是可以发生变化的。另一位批评家约翰·霍洛韦在对此问题所做的一种不同解决中使用了集合论。在他对《十日谈》所做的讨论中，他提出，当我们在一个故事中前进时，每个新场面都被解释为对于至此为止的整个序列的一个修正（一个诸集合的集合），它又导致有关结局的期待受到修正。通过从读者的视点来说明结构，霍洛韦说明了叙事发展所具有的动态因素，并且表明意义是某种我们制造出来的东西，而不是我们试图获得的一种产品。

对于一种严格的叙事理论的这种追寻必定结而不束。有些人辩称，根本就不该进行这一追寻。因为被追寻物并不存在：叙事既不基于也不能被化约为理论结构。另一些人则继续追寻。如果他们确切地知道他们

---

① 克莱因（Felix Klein，1849—1925），德国数学家。

将要发现的被追寻物的模样，他们的任务可能会轻松一些。但是，当然，这将首先取决于他们是如何想象它的。如果能从这一没有结局的故事中引出什么教训的话，那就是，各种理论就像创造和运用它们的人们一样具有启发性、误导性、化约性或构造性。

第5章　叙事结构：各种方法的比较

叙事理论种种

　　上章基于这样一个假定：有一个名为情节的骨架，无论被以文字还是以影视形象赋予血肉，它始终保持不变。亚里士多德的假定就是这样：无论表现媒介（印刷、戏剧演出）或方式（直接引述、概括）怎样变化，故事的本质都能始终如一。情节分析是叙事理论的比较解剖学：它向我们展示了相似的故事所共有的结构特征。也许，我们研究这种骨架是因为这就是口头传说被印刷成书时所留下的一切。失去的是讲故事人与听众之间的复杂的相互影响，这一点人类学家们近来才刚刚开始着手探寻。我们所了解的活的生物——通过书写创造出来和传播开来的叙事作品——是被保存在纸面上的，它们需要一种不同的研究，即这样一种研究：它能够表明它们的运动如何产生于我们阅读它们的方式。

　　描述某些现代叙事理论之前，我想先讨论两个问题，它们自古典时代起就使批评家们分成不同派别,而且导向不同的叙事分析。第一个是,我们能否重构出一个基本的事件系列,相对于它,一个叙事可被说成是其"表现"?俄国形式主义者将故事的原材料(即 fabula[①])与用以传达它们的方法(即 syuzhet[②])加以区别。材料在小说制造中是抽象的"常数",所用的语言和技巧则是可变的。这种区分有一些明显的理由。不假定一个可以用各种方式来表现的稳定的"什么",我们就不可能讨论故事讲述的"如何"。

借助于形式主义者,法国结构主义者区别了"故事"和"话语"。他们以各种方式界定这些术语(见图 5a)。对于热拉·热奈特来说,"故事"由处于时间先后顺序之中的那些尚未形诸语言的材料组成,因而它对应于形式主义的"fabula"的定义。热奈特的"话语"包括作者添加到故事上去的所有特征,尤其是时间序列的改变、人物意识的呈示以及叙述者与故事的关系和与读者的关系。近乎同样的区分也被西摩·查特曼用在他的《故事与话语》之中。

这些术语的好处之一是,它们在确认和描述某些叙述技巧时有用。但是,通过区分 fabula 与 syuzhet、故事与话语所获得的这种概念上的清晰性,却是花费了某种代价才得到的:这种区分意味着,叙述者所讲的实际上是一个按照时间先后顺序发生的故事,即一个这样的故事,读者将尝试在正确的时间次序中对之加以重构,而各种叙述成分则是对于一个事先就已经存在的简单故事的偏离。这样做的结果是产生了一种有力的解剖叙事的方法,但这种方法并没有对叙述者如何将材料结构性地重新整合为一些更大的行动和主题单位给予足够的注意。这就是为什么有些理论家坚决认为,没有任何原则上的或事实上的理由去重构书写出来的叙事由之偏离的一个假定按照时间先后顺序发生的"故事"。(Smith,1980)

---

① Fabula,一般译作"故事",俄国形式主义者以此词指实际发生的事件。

② Syuzhet,即俄文 Сюжéт,现在一般译作"情节"(plot),但根据本书作者的看法,将 Сюжéт 译为英语的 plot 是不对的,因此他在本章及本书其他一些地方都径用 Сюжéт (syuzhet)而不用 plot。详后。

第5章 叙事结构：各种方法的比较

叙述的诸方面：形式主义和结构主义的术语

Fabula/syuzhet：这是一对被译为"寓言"（fable）或"故事"（story）/"主题"（subject）或"情节"（plot）的俄国形式主义者的术语。对于故事线索的二手描写传达 fabula（前文学的材料）。Syuzhet——讲出或写出的叙事——这一概念则将文学文本的诸程序、诸种手段和诸种主题性的强调都纳入自身之内。在托马舍夫斯基那里，这些术语紧密对应于热奈特的"故事"和"话语"（见下文）。更详细的描述见托多洛夫（Todorov，1973）。

Histoire/discours：在法语中，histoire 同时意味着"故事"和"历史"。本维尼斯特指出，法语的过去时动词有两个系统——其一用于 *histoire*（过去事件的书面叙述），另一用于话语（discourse）（有说者和听者在场的口头表达）。但回忆录、书信和戏剧这类书面形式也使用话语的时态系统。英语的过去时并没有这种区别，尽管小说叙述通常都使用特殊的时态形式（见本书第 6 章）。如下列诸条所示，法国批评家们在一些重要的方面改动了本维尼斯特的区分。在最一般的意义上，一切叙事都是话语，因为它们都是向着听众或读者说的。布思把叙事交流的这个方面称作"小说的修辞"。在受到限定的意义上，话语仅由那些特意说给读者的话（有关行动的评论、解释和判断）构成。既然那些既非"场景"（戏剧呈现）亦非"概括"（通常意义上的叙事）的语句迄今为止都还没有名称，因此在狭义上使用"话语"一词去称呼它们显然是有好处的。亦见 Scholes，1982，111-112 页。

Histoire/récit/narration：故事/叙事/叙述［活动］（Genette，1972）①。"故事"由时间和因果秩序之中的那些尚未形诸语言的事件构成。"叙事"是写下来的话，热奈特也称此为"叙事话语"。"叙述［活动］"包括说者/作者（叙事的"声音"）与听者/读者的关系。在他的术语中，叙述者在前语言的故事材料中所做的一切改变都是"话语"的方面。

故事/话语：对于查特曼来说，"故事"包括事件、人物、背景，以及对于它们的安排（对热奈特来说，安排是"话语"的一个方面）。查特曼的"话语"是"内容［所发生者］借以被传达的手段"。从他的观点来看，虽然电影、故事、芭蕾舞各自使用不同的"媒介"，它们却都使用这一意义上的"话语"（表达方式）。

图 5a

分开理论家们的第二个基本争论点与第一个有关，意即它也涉及有关叙事的"本质"的种种假定。正如以上对于亚里士多德的评论中所表明的，抽象概念如 syuzhet 和故事等似乎意味着，同样的活动可以被不同的媒介来表现。这在某种意义上显然也是对的，但当这一看法被理论家磨出锋刃时，它就导向了颇成问题的解剖。指出人物可以用不同的方

---

① 故事（法语 *histoire*，英语 story）在这个特定意义上是一种理论抽象，指未经任何特定视点和表述歪曲的"客观"事件结构，我们可以假定这一结构在理论上是存在的。但是任何一个诉诸语言的，亦即被表述出来的"故事"都没有这样的客观地位。这样被表述出来的故事谓之"叙事"（法语 *récti*，英语 narrative，即所叙之事）。"叙述"则指讲故事这一行为或活动本身（法语 *narration*，英语 narrating）。

式——视觉的或语言的——加以表现,指出他们所说的可以被表演出来/被直接引用("场景"或"模仿"[mimesis])或被叙述者用不同的话转述出来("概括"或"叙述"[diegesis]——"mimesis"和"diegesis"都是柏拉图和亚里士多德所用的词)——指出这些即使不是根本性的也是很有用的。尽管做法有所变化,但实质保持不变。然而当人们假定戏剧表现由于其更接近现实而优于叙述时,这一区分就变得由于偏见而有欠公平了。以戏剧和电影为标准的理论家的结论是,叙述者必须添加那些本身并不受人欢迎的描写和解释以弥补没有具体的、可见的呈现这一不足。20世纪一些批评家早已论称,叙述应该通过以场景代替概括并且掩盖叙述者的存在痕迹而尽可能地"戏剧化"(参见本书第1章)。

如果我们假定叙事是标准,而戏剧是偏离,我们对于二者的关系以及孰优孰劣就会有不同的看法。尽管戏剧可以经济地呈现场景和行动,它却不能概括,因而也不能把不值得演出的那些时间融合在自身之内,因此它的结构是起伏不平时断时续的。一出戏或一部电影不像一本书那样能被随意拿起或放下。为了幕间休息的暂停是强加给我们的,而且,由于人的注意力的限度,演出很少能够把我们的兴趣保持到三小时以上。叙事所具有的区别性特征——进入人物的思想感情,如布兰肯伯格1774年所注意到的——在戏剧之中就根本找不到,除非把它硬插进去。更有甚者,戏剧一般都被束缚于时钟和日历的按部就班的进程中,而叙事则可以处理人的时间现实,因而可以在过去与现在相关时翻阅一下对于过去的记忆,并且想象将来。诚然,叙述活动被迫进入一个绝对的过去,在这里每一件事都已然发生,戏剧或电影则可以自称(只要我们接受这种说法)它发生于我们的"现在"。但这只是对于一种媒介所丧失者的小小补偿:这种媒介能够向我们展示一切,却不能为我们讲述任何东西。戏剧作者是不在场的,这样我们就被留下来根据一个幻觉来推想意义;相反,叙述者却可以做出直接向我们说话这一负责的选择。

当然,事实上,这些线条是模糊不清的:剧作家可以使用一个叙述

第5章 叙事结构：各种方法的比较

者（如在《玻璃动物园》[①]中那样）或者面向观众发言（古典戏剧中的parabasis[②]）；独白是表达内心想法的公认成规；闪回或连串的梦也并非罕见。有些人认为模仿因其具体的细节和直接性而可取；另一些则喜欢读剧本来代替看演出，因为这样就不会被演员相貌或导演才气所导入表演之中的偶然细节分心。但是，叙事与戏剧的各种基本差别仍然是重要的，而我对二者所做的不无偏见的比较则旨在恢复一种几乎一直被对于戏剧的偏爱所打破的平衡。也许它们看上去更为相似，因为当我们比较它们时（例如，当我们讨论一部电影和它所根据的小说之间的关系时），我们把戏剧变成叙事。对于叙述活动所特有的那些特征的强调导向这样的结论，即叙事与戏剧不是"本质上相同的"。这就是巴尔特的观点（Barthes，1966，121页）；查特曼则接受亚里士多德对于它们所具有的相似之处的强调。

叙事学家们根据自己对这两个问题的看法发展出四种不同的理论。（1）叙事的基本结构是否应在情节中寻找？如果理论家们认为是，那么其理论将与前一章中所讨论的那些理论相像。（2）叙事的各种方法是否通过下述做法而得到最好的理解，即先将［故事中］所发生者重构为一个按照时间顺序做出的解释，然后再去确定叙述者是如何改变它的？那些会做出肯定回答的人解释［作者］在时间上对于故事线索所做的重新安排，以及视点的各种变化如何以各种方式控制我们对行动的认识。这就是热奈特和一些俄国形式主义者的方法。（3）那些认为叙事与戏剧电影基本相似，差别只在于表现方法的理论家，通常都从对行动、人物和背景的讨论开始；然后他们就将视点和叙述话语视为在叙述中将上述成分传达给读者的各种技术手段。查特曼和施勒密斯·里蒙-凯南使用这种组织方法来将各种传统理论与形式主义和结构主义整合起来。（4）一些理论家仅仅讨论那些为叙述所

[①] 《玻璃动物园》(*The Glass Menagerie*)，田纳西·威廉斯（Tennesse Williams，1911—1983）的成名作，1944年首演。

[②] Parabais，希腊语，意为"走到一边，走上前来"。这是希腊旧喜剧中的一种演出形式。在一出戏的结尾，合唱队揭掉面具走到前台直接向观众说话，内容是剧作者对于宗教或政治主题的个人看法。

特有的成分——视点、与读者相关的叙述者的话语,等等。他们将是下一章的主题。

除了第一组之外,这些理论都是分析性的:它们处理的是叙述的各个部分、各种成分或各种方法。为了把本章的术语量压缩到最小限度,我已将其概括在一系列图表之中。这些术语的工具价值相当于模型、地图或坐标:它们的作用是集中注意力,并使某些不然就不会被注意并不会被命名的现象成为可见的。我将不去表明这些术语如何被热奈特、查特曼和里蒙-凯南付诸使用,而是去阐明它们在托马舍夫斯基(Tomashevsky, 1925)和巴尔特(Barthes, 1966)的"综合"理论中的用法。这两位批评家都表明了各种叙事元素如何在各种等级性的集合中互相适应,其中每一元素都作为一个更大单位的部分而起作用,这些更大的单位又作为与整体相连的部分而起作用。查特曼(Chatman, 1969)和卡勒(Culler, 1975)曾将巴尔特的方法用于詹姆斯·乔伊斯的短篇小说《伊芙琳》,斯科尔斯也曾用同一小说来示范托多洛夫、热奈特和后期巴尔特的方法。我将出于同样的目的而利用曼斯菲尔德的《幸福》,但我的兴趣主要不在于进行详细的分析(人们有空时可以进行这一会有令人兴趣盎然的结果的分析),而在于表明术语如何运用,以及别的理论家们对这一方法能贡献些什么。

托马舍夫斯基与巴尔特理论中的功能的与主题的综合

如第4章所表明的,为各种叙事元素命名和分类有很多方法,最终取决于分析者的假定和目的。如果目标是揭示故事的总体结构,那么故事的部分将依其与这一假定整体的关系而被命名,而这一整体将制约着对于各个部分的确定。不过这显然是循环推论的一个实例,这种推论总是产生同样的"有关阅读的叙事":分析者在开始阅读之前就知道那个整体应该是什么样子了,所以这一将一个元素接着一个元素纳入一个模型的过程与其说是一次发现的航程,倒不如说是沿着事先计划好的路线

第 5 章　叙事结构：各种方法的比较

重走一遭。每一理论家都处在与俄狄浦斯相同的位置上：他出发去发现一个真相，但给定他的背景和假定，观众（读者）知道这一真相其实已经为他安排好了。

我们无法逃避这一支配着阅读的命运，但我们至少能够试图保持对于这一命运的自觉，并试图理解阅读所包含的过程和目的。除了那些最形式主义的批评家，阅读的目标对于所有其他人来说都是去体验和理解。假定我们事先并不知道其意义——假定我们并不属于那样一些人，他们拿起一本书就想，"我不知道这位作者又将如何伪装那个单元神话"——那么我们在阅读过程中就将会不断重新调整我们对于部分和整体的解释，并认识到它们是相互依存的。正如卡勒所说，如果一种研究叙事结构的方法"打算达到哪怕是起码的适当性，那么它就必须把阅读过程也考虑在内……从而提供某种解释，说明情节是如何由读者碰到的行动和事件所构筑的。……读者必须把情节组织为从一种状态向另一状态的推移，而且这种推移或运动必须具有这样的性质，即作为对于主题的表现而发挥作用"（Culler，1975，219-222 页）。尽管也没有逃避循环性，这种方法却是一种自觉地进入循环的方法。

在将叙述的基本单位"母题"定义为"主题材料的最小粒子"时，托马舍夫斯基强调部分与整体之间的相互联系。一个元素之是否被确认为一个元素决定于它为之服务的目的，就像在普罗普的"功能"观念中那样；"母题"与"功能"这两个概念则是互补的，就像巴尔特在其《叙事结构分析导论》（亦见多列热）中所提示的那样。正如图 5b 所显示的，托马舍夫斯基和巴尔特是这样来构筑他们的理论的，即先把各个最小单位拼合在一些分子结构之中，然后再在更高层次上将这些结构整合起来。别的理论为各个叙事元素——行动、人物、描写等等——提供固定的定义。而托马舍夫斯基的母题和巴尔特的功能，在我们能够确定它们如何与其他元素互相作用之前，却是无法定义的。这一差别易于示范而难于描述；所以，与其吃力地解说图 5b，我不如假定你们可以迅速地熟悉其总体结构以及这些术语的定义。以下几页假定读者已经有了关于它们的知识。（如果好奇心或厌倦感至此还没有带领你们去阅读附录中的《幸福》，那么你们现在可以去读它了。）

功能和母题

回到家里，为了准备家庭晚宴，贝莎·杨在餐室里摆好水果，然后就上楼去育儿室。奶妈正在那里喂宝宝。她决定自己来喂，因此就得罪了奶妈；不久，她被叫去接电话。以上这些"功能"（functions）构成一个巴尔特所说的"序列"（sequence），这样的序列开始并结束于一些"内核"（nucleus）或"核心"（kernel），即一些互相蕴含的功能（开始喂宝宝—停止喂宝宝）。有些功能，如转身面对炉火，在序列中是可有可无的（"卫星"）。与这两类行动相应，还有两种静态元素或"指示性标志"（indices）：那些使场面具体化的"信息提供者"（informant）[①]（例如，"宝宝穿一件白绒布的长裙"），以及那些"本来意义上的指示性标志"（indices proper），即种种需要译解的性格特征和思想（例如，"她的幸福感"）。

叙事结构的方面	用以描述叙事结构的方面的词		
	托马舍夫斯基（1925）	巴尔特（1966）	查特曼（1978）
叙述的基本单位	母题——"主题材料的最小微粒"	功能性单位（参看普罗普）	叙事陈述
单位的诸种类别		功能（连接故事表层的诸行动）和标志（整合在主题层中的诸静态元素）	过程陈述（事件）和静态陈述（存在者）

[①] 信息提供者（informant），指作品中那些提供特定信息的单位或成分。

第5章 叙事结构：各种方法的比较

续前表

叙事结构的方面	用以描述叙事结构的方面的词		
	托马舍夫斯基（1925）	巴尔特（1966）	查特曼（1978）
单位的诸种亚类	关联母题：在讲述中不可省略；动态的（改变局势）或静态的	基本功能——核心（内核）*——互相关联的行动，它们开始或结束不确定状态 标志：需要译解的性格特征、思想、气氛	行动（由施动者产生的） 事件 人物（人物结合特征与存在者） 背景
	自由母题：可被省略（对于情节发展不是基本的）	功能性催化者（卫星）*： 可有可无的活动，用以填补各基本功能之间的叙事空间 信息提供者：确定背景、时间的较小标志	
行动层次上的综合	局面序列——人物之间的冲突	核心及与之相连的卫星构成一个从开始（选择）到结尾（结果）的序列	核心和卫星
更高层次上的综合	人物，"聚扰母题的通常手段"	行动——特定局面中诸性格角色的集合体（参见格雷玛斯）	亚里士多德、弗莱、普罗普和其他人描述的叙事宏观结构：种种行动类型——式样、主题
进一步的综合	syuzhet 主题	"叙述"层，这一层次"在叙事交流中"重新综合"功能和行动"**	

* "核心"（kernel）和"内核"（nucleus）都是巴尔特的 *noyau* 这一法语词的翻译；"催化者"（catalyzer）和"卫星"（satellite）是他的 *catalyse* 的翻译。

** 在巴尔特的"叙述"层之上是"话语"层。他说："叙事分析止于话语——由此就需要向另一种符号学转移了。"这种符号学涉及读者和社会条件。

图 5b

在这一理论中，叙事的组成部分并不是通过诉诸一张列出了各个被固定了的定义的清单来标示的；每一部分都可以用不同的方式来命名，取决于所强调的关系是什么。诸功能把一个故事在从开始至结尾的时间

_117

线上连起来。而它们被集合在其中的诸序列又可以成为更高一层的各个序列中的诸功能。《幸福》可以用图 5c 中的图表来表示。

"喂宝宝"是一个序列,社会惯常活动为之提供了一张标签。作为这样一个序列,它包含一些核心。在随后一个更高层次上,"备饭"是一个序列,喂宝宝则是一个卫星,即一个可以省略而又并不打破因果连续性的功能。我已经表明"迎客"序列和"客厅/咖啡"序列可以怎样被打散为一些功能,而每一样的功能又都可以作为一个微型序列而再加以分解,直到句子和词组这一层次。

在这一理论中,一个层次上的("对于故事的随后发展有直接影响的")核心在另一个更高的层次上成为催化者或卫星。这一理论的这种灵活性必然要导致这样一个问题,即我们如何确定什么是能引出重要结果的东西。看一眼《幸福》中的各个场景的序列,我们可能会得出这样的结论:"尽管它们构成一个故事,但这些功能中却没有几个对于故事的发展是重要的。贝莎不必摆水果、喂宝宝,或者重摆客厅里的坐垫(厨师、奶妈、女仆做这些基本的幕后工作,她只是加以最后润色);当然,她必须回家,换衣服,但在此之后,事件就按成规性的社交次序展开,其中几乎没有什么涉及需要人们做出选择的"不确定性",此种"不确定性"被巴尔特联系于那些基本功能。如果不是简单地说每一功能都在一种意义上是核心,而在另一种意义上是卫星,我们就必须转向高于行动分析的综合层以理解叙事结构。(巴尔特把他的理论用于伊恩·弗莱明的詹姆斯·邦德系列小说《金手指》。在这部小说中,行动是首要的。我则有意挑选了另一种小说,以检验这一理论的灵活性。)

这里,托马舍夫斯基的研究方法是极其有用的,因为它不是依据一个而是依据两个原则来对行动或母题加以分类:与 fabula(什么发生了)有关,还是与 syuzhet(故事所"关于"者;将此词译为"情节"[plot] 会导致误解①)有关。在复述 fabula 时,一些母题是根本性

---

① 故事所"关于"者,即故事之欲表达者,或其主旨。如本书举以为例的曼斯菲尔德的短篇小说《幸福》就"表现了一个具有潜在改变力量的欲望是如何受挫,以使自我陷于混乱的"(本书作者语,见本书第 76 页)。

第5章　叙事结构：各种方法的比较

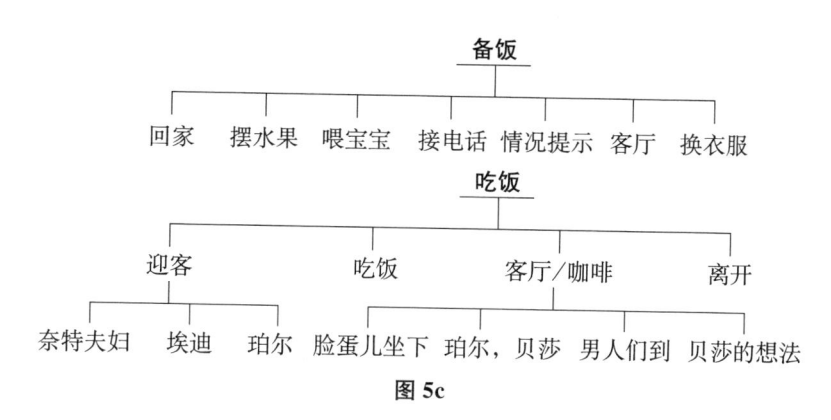

```
                            备饭
        ┌──────┬──────┬──────┼──────┬──────┬──────┐
       回家   摆水果  喂宝宝  接电话  情况提示  客厅  换衣服
                            吃饭
        ┌──────────┬──────────┬──────────┬──────────┐
       迎客        吃饭      客厅/咖啡      离开
    ┌────┬────┐              ┌────┬────┐         │
  奈特夫妇 埃迪 珀尔        脸蛋儿坐下 珀尔，贝莎 男人们到 贝莎的想法
```

图 5c

的：为了不使故事变得不可理解，我们不可能不提到贝莎的回家、她饭前的活动、客人的到达和最后的离去。但相对于 syuzhet 而言，这些寻常事件具有一种不同等级的重要性，在 syuzhet 中，如托马舍夫斯基所说，"静态母题"——那些无助于行动发展者——"很有可能会占优势"。

对于情节的传统说明把情节描述为从一种事态向另一种不同事态的推移；每一变化都在一个被从头到尾连在一起的系列中造成一个新局面。没有这样一种连续的进展，就没有办法将各个核心与那些重要程度较小的卫星加以区分。但我们确实无法在纯由一些静态母题——成规性的行动序列（喂宝宝、换衣服）和一些无后果的行动（那些并不造成局面的改变或并不影响理解的行动，即使这些行动旨在催生它们）——组成的现代小说中进行这种区分。约翰·霍洛韦称这些静态母题为"恒等元素"（identity elements）——它们就像是以一作为乘数的数学演算——或"稠密元素"（density elements），因为它们建立起围绕诸特定形象和概念集合起来的复合联系（Holloway，53-73页）。根据他和托马舍夫斯基所说的，我们可以得出结论说，尽管巴尔特的卫星从行动序列的角度看可能是非根本性的，但它们在叙事组织的下一个等级层次上却可能是必不可少的。这个层次就是人物的层次。

116

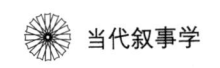

人物构成

  分析性与综合性的叙事理论之间的差别在它们描述人物概念的方法中变得显而易见。在上一世纪（19世纪），绝大部分论述小说的教科书和专题论文一直是在一系列分别题为情节、人物、背景和视点的章节之中来讨论小说的。这样它们就暗示着，这些就是叙事的"零件"（parts），就像引擎、底盘、车轮是汽车的零件一样。在《小说的艺术》（James，1888）中，亨利·詹姆斯强烈抨击了这种方法："人们经常将这些东西说得就好像是具有某种相互毁灭的不同性，而不是每时每刻都互相融为一体，并作为一个总的表达努力的紧密相连的组成部分（parts）。我无法想象存在于一系列板块之中的结构。……人物不是事件的决定又是什么呢？事件不是人物的说明又是什么呢？"在这一点上，我发现普罗普、托马舍夫斯基、巴尔特与詹姆斯完全一致：功能与人物不可分离，因为它们始终处在互相依存的关系之中，一个决定着另一个。

  在口头传说中，正如我们已经看见的，一个修士可以取代一个商人，而不造成结构的重大改变。但在像《幸福》这类现代叙事作品中，这一平衡似乎被颠倒过来了：我们也许想要改变故事中的一个行动序列，但在这样做时我们会试图保持从行动中构筑出来的贝莎的性格[①]。在这两例情况中，关键都在于，行动与人物是沿着阅读和叙事发展的时间线索被"建筑"起来的。当托马舍夫斯基说"人物是一条导线，它使理清母题的乱团成为可能，并允许它们被归类和整理"（Tomashevsky，1925，88页）时，当巴尔特说（Barthes，1966），作为诸独立板块的诸序列在"更高的（人物的）行动层上"获得综合时，他们承认，在现代

[①] 这里的"性格"是 character 一词的中译，而本章中的"人物"一词也是 character。Character 的这两个意义之间存在着有趣的联系：在小说中，一个"人物"不是别的，而仅仅就是他（她）的"性格"。

第 5 章 叙事结构：各种方法的比较

叙事作品中，人物压倒行动。他们针对传统的人物概念的论辩最好被理解为对于下述观念的反对，即虚构作品必然指涉作者动手写作之前就存在的某个人或"故事"；或者，作为写作的结果，世界居民户口中增加了某个幽灵一样的人物，具有人的全部性质，除了肉体存在之外。

行动、信息、个人特征这三股绳被编织在一起，形成了人物之线。"喂宝宝"在与先于和后于它（准备饭厅、布置客厅）的序列的关系上是一个卫星，它填上了一个时间先后顺序的空白，但打断了一条因果的链条。然而，这三件事都是读者构筑贝莎［这个人物］的阶段；每一个都以"幸福感"的一再发生为标志，而她和读者都在试图将这种幸福感有机地整合到她的体验和主题之中。她的家庭满足感（"……她什么都有了。她年纪还轻，……她有个可爱的小宝宝。他们用不着为钱操心。"）被悬在莫名其妙的幸福感，在暮色中看见猫时引发的稀奇的寒战以及她那种爱上漂亮女人的脾性之间。因此，随着故事向前发展，她的性格，就像"哈里跟她彼此相亲相爱，一如既往"这句话一样，在回顾中被重新解释了。正如天空澄明之时群星闪烁一样，母题引导我们去想象构成一个可辨认出来的性格星座的那些线条，但是每一新的母题都能导致人物画面的大幅度的改绘，正如有关我们自以为十分了解的人的一件新事实就能够使我们对此人另眼相看一样。

一旦人物被放回故事线索之中（而不是被从这里抽走），情节与人物的不可分割性就变得很清楚了，正如亚里士多德和托马舍夫斯基所指出的那样。在亚里士多德看来，情节结构的关键要素是（涉及不知与知的）发现和（意图或局面的）逆转。[①]对于托马舍夫斯基来说，这些（发现和逆转）是"动态母题"，它们形成一个叙事局面与下一个之间的绞合链。如果把一个事件，例如发现，从关于行动的描述中抽走，放在"人物"或"视点"（因为"发现"这一活动本身涉及意识的内在性，而不是外部世界）这样的标题之下来讨论，叙事运动的过程就会被误解。甚至那些先前把人物化简为"行动者"，并仅仅将其定义为它们所执行

---

① 参阅亚里士多德《诗学》（罗念生译，北京：人民文学出版社，1982）第十一章，第33-36页。

的功能的副产品的理论家,也已经开始承认,对于理解叙事结构来说,作为独立实体的人物被赋予的无知和知识是至关重要的。(Greimas 与 Courtès,1976)

代替被詹姆斯称为"人物小说与事件小说这一老式划分"者,现代理论家提供了一个可变方程式(下面这个方程式来自热奈特):$A×C=K$①(行动乘人物等于一个常数)。对行动或情节的强调——例如在侦探小说之中——常使作家没有为人物的复杂性留下余地或需要。如果复杂人物参与了日常事件,或者假如这些事件被一个远离我们自己的意识(小丑、狂人、天真汉、来自另一文化的访问者)感受到,日常事件就会变得有趣。一个故事中的发现和逆转可以发生在外部世界之中,也可以是内心事件(例如贝莎对一种新欲望的发现和随之而来的意图的逆转);在某些小说中,则是读者将经历这种发现,作为由阅读创造出来的叙事的一个结果。(O'Grady,1965;Honeywell,1968;Josipovici,1981)

同样,根据人物是静态的还是能够变化的而将人物区分为"扁形的"和"圆形的"这一做法,也可以让位于一个更有伸缩力的概念:人物与虚构世界的相互作用。由于其简单性,哈克·芬可以被公平地称为扁形人物。他在这部小说的短短两段中所表现的一度良心痛苦,受到那些认为圆形的、"深刻的"人物更好的人们的重视,这些人经常毫不掩饰他们对他的性格的未能发展所感到的失望。但是,如果我们不透过哈克的无是无非的透明目光来看的话,他所置身的世界中的偏见、暴力、轻信、顺从甚至人性,就都会是不可见的。他的无是无非的目光剥去了"文明"的成规惯例,从而揭示了我们文明化的读者不然就会视而不见的一切。如果哈克是圆形人物,那么美国文学将得到一个稍微有趣一点的人物,却会失去一个世界。对于那些不能提供新观点的扁形人物来说,使他们有趣的经常正是他们与其置身于内的那一现实的复杂的、不可避免的联系。

---

① 这里 A 代表行动(action),C 代表人物(character),K 代表常数(constant)。

第 5 章 叙事结构：各种方法的比较

托马舍夫斯基在讨论"事出有因"问题（见第 3 章中"视为成规的现实主义"一节）时强调行动与人物的互相依赖性。作者必须同时创造二者。因为，一旦我们认为二者像一辆没有套好的因此作者无法赶动的驴车，故事就不会轻易获得我们的信任。《幸福》的结尾处有一个二者相互作用的完美实例。当时埃迪·华伦在其他客人离去时与贝莎待在一起（这是这位诗人的健忘的一个迹象：他忘了他也应该走）。他要指给贝莎看一首诗，里面有一句"为什么老是吃番茄汤？"——这进一步证明他缺乏社交美德，因为贝莎也给他们上了番茄汤。但与此同时，这也揭示了她是多么墨守成规。贝莎穿过房间去找书，结果却看见丈夫与珀尔在一起，这是这篇小说的最后启示。托马舍夫斯基会提问说：到底是埃迪的性格使他在其他客人走后还恋恋不舍呢，还是由于作者需要把贝莎与她丈夫和珀尔分开，因此才导致了埃迪的性格的创造呢？或者，如詹姆斯所说："人物不是事件的决定又是什么呢？事件不是人物的说明又是什么呢？"如果事出有因是成功的，我们就会发现这些问题是无法回答的。

在使人物成为叙事的有机组成部分时，托马舍夫斯基和巴尔特几乎做过了头，因为他们似乎是在暗示，一个人物不是别的，而仅仅是由一个姓名松散地聚拢在一起的文字碎片（面貌、思想、言语、感情）。尽管他们没有提出过这种观点，他们却推动了这一看法的传播。对于细致的、写实的人物描写的反对在 20 世纪早期小说家们的作品中是十分明显的。时至 60 年代，美国小说已经被奇形怪状的、公式化的和元小说中的家伙们挤满，这些东西与我们所了解的人们没有多少相似之处。法国新小说派的以及德国的和意大利的小说家们的理论与实践都表明，这股反现实主义的浪潮是国际性的。断言人物只是文字集合、与叙事作品中的其他文字元素处于同等地位的结构主义理论，最适于解释当时所写的这种创新小说。但正如巴尔特和托马斯·多彻蒂已经证明的那样，这类理论也可以被回顾性地用于更早时期的叙事作品。但是，在他们对于现实主义的强烈反对中，他们既没有充分地阐明小说与现实的关系，也没有解释读者对于现实主义小说的体验。因此，现在似乎有必要简略地讨论一下更晚近的人物理论。

从叙事作品是文字构造这一事实中，批评理论家们已经引申出两点论战性的结论。既然语言与世界的关系是成规性的，而诸种成规则各不相同，一些人就说，没有任何理由认为一种人物表现比另一种更写实。认为一切表现（事实的或虚构的）都是成规性的这一看法随之带来了一个有价值的见解：我们必须允许每一成规都有其自身的参考框架。对于陀思妥耶夫斯基、亨利·詹姆斯和威廉·加斯的小说人物的比较本身并不能引导我们得出结论说，某一个比另一个更忠实于生活本身，或者说，它们每一个都不如一部传记真实。同样，人们也不能说，一幅标明海拔高度的地图就比一幅标示人口分布的地图更真实。然而，在其各自的成规之中，一幅地图或一篇文字表现可以是真实的或虚假的。一旦它们被对照于它们所表示的实际（纽约地区有多少人口？派克峰的高度如何？），我们就的确可以说其中某一幅比另一幅有更多或更少的信息性与有用性。这就是马丁·普赖斯在其有关人物的出色讨论中所提出的论点。（Price，1983，17-19页）

对这一论点做出让步的第二组理论家承认，事实描述可能是真实的表现，但他们指出，小说人物是纯粹的想象构造，与现实根本无关。然而，当我们考虑到我们汇集有关某个活人的知识的方式时，事实与虚构之间的差别就被缩小了。虚构作品有点像闲话。我听到一些关于某个我不太熟悉的人的特征和行为的传说。我把这些说法与我个人的片断观察拼凑在一起。从所有这些片断中，我形成一个整体形象：她是哪种人？小说中的人物或事实中的人的性格都是推测性构造。[①] 我常常不能把它们完完全全地想象出来；它们既非扁形的亦非圆形的，而是一些三维的多边体，有着某些无法确定的地方。事实和小说的终极参照都是我们的经验，而声称我对哈克·芬比对隔壁邻居或多或少地更加理解，这与经验是完全相符的。因此，我们的下述感觉，即小说人物不可思议地与实际人物相似，不应被无视或被嘲弄，这种感觉是叙述的关键特征之一，

---

① 这里的"人物"和"性格"皆为 character。

第5章 叙事结构：各种方法的比较

因此必须加以阐释。

形式主义者和结构主义者们是从以前的理论家手中继承到"人物"这一范畴的。像其前辈一样，他们视人物为静态的叙事元素，它们相对于动态的、不断展开的情节过程。查特曼和里蒙-凯南试图从这一局限中把人物概念解放出来，但是他们进行这种解放的方法需要由重新定义了人物概念的那些更激进的理论加以补充。如果像结构主义者所论称的，［小说］人物或［现实］个人不是具有某一本质的固定实体的话，那么这可能是因为，自我和世界对我们来说仅仅是作为一项计划、一个生成过程而存在的。从这个观点来看，语言与实在之间的任何一一对应的累积都不可能表明什么是实在的。人类的现实是从过去向未来的投射，而正是这一过程在个人内心的演出及其在叙事中的复现，为二者赋予了真实感。

人物当然能够是静态的。他们可以经历故事中不断变化的环境而并不去适应它们，成功地达到或未能达到确定的目标（脱贫，结婚，获得他人羡慕，发财，幸福地生活）。然而，无论其行动如何栩栩如生，包含这类人物的叙事作品都没有表现"深度感，以及从表层自我向深层自我的运动"，而这如普赖斯所说，"是小说的最典型的结构"（Price, 1983, xiv 页）。多彻蒂称之为"静态的"的人物类型是"这样一种人物，其存在完全在该小说中得到解释：这个人物仅仅是整体情节或布局的一个功能，根本不可能走出小说的界限"。而"动态"人物"则相反，它是这样一种人物，它能够不在文本之中；这个人物的存在原因不仅仅是它为完成情节布局所必需，他或她也'活动'在其他一些领域，而不是仅在我们正在阅读的领域之内"（Docherty, 1983, 224 页）。

结构主义者很少留意后一类型的人物，因为他们觉得，这样的人物必须以某种宗教的或唯心主义的自我概念为前提。有关人物深度的其他三种解释已经吸引了更晚近的批评家们。其中一种来自精神分析学，主要是来自雅克·拉康对于弗洛伊德的重新解读。趋向明确目标（婚姻的、性的、自我的）以及一旦目标实现就会感到满足的那种冲动就是拉康所谓的需要（need）。仅为使这类冲动得到满足而存在的人物在一些类型的小说中是很普遍的。其要求超出需要的人物则受拉康所谓的欲望(desire)支配,而且"[这样的人物]似乎仅仅当它有所欲求的时候才真实,意即,仅仅当它被拖延或投射到未来之中时才真实、实际或真正存在。……需要渴望的是一种静止的和自我中心的状态,欲望追求的则是一种动态或主体性的状态"(Docherty,1983,225、228页)。

无论什么时候,只要可定义目标的实现似乎不像我们原先所想象的那么令人满意,只要我们发现我们所要的东西难于说明,或者我们出于无论什么原因而发问"我是谁?",我们就会体验到这一意义上的欲望的深度和力量。那一将需要与欲望在小说和生活中分开的距离引导拉康探究了其他两种距离:无意识和意识之间的距离,以及经验自我与我们用以谈及自己和说明我们是什么的语言"我"(它似乎是统一的)之间的距离。通过便利我们对人物的心理生活的参与,小说家让我们体验和评价欲望的活动。这种欲望活动,如彼得·布鲁克斯所说,可被视为"叙事的发端,它推动对叙事的阅读并为此阅读赋予能量,并且激活那一组合各个部分以理解作品整体意义的游戏"(Brooks,1984,48页)。

精神分析学所深入探究的欲望,从哲学的角度来看,可以被解释为我们置身于时间的必然产物。人物与情节就像自我与世界一样,从其在一条路上所处的位置获得其当前的意义,这条路聚起所有的过去并将之投向未来。对于人物是静态实体的确信只能产生于阅读结束之后,这时叙事已经切断了它们通往未来的可能性,于是它们可以被固定在回想之中。(在这个意义上,每一叙事都以死亡告终,就像每一生命都以死亡告终一样。这是瓦尔特·本雅明在《讲故事者》中提出的观点。)关于人物的深度和动力的第三种解释吸收了精神分析和哲学的解释,并将它们锚定在历史之中。人们对未来的欲望和计划是在特定的历史环境中实现的。为了理解现实主义的人物描绘,我们必须研究它所描写的具体现实,以及推动社会走向新的未来的力量。这一观点在弗雷德里克·杰姆逊的《政治无意识》中得到最为充分的研究。

因而,人物并不仅仅是种种属性的汇集,我们所感觉到的它们的完整性也不是一个基于有关灵魂或精神的错误假定的幻觉。它们可能会保持不变，可能会逐渐变化，可能会经历一次脱胎换骨（如弗朗西斯·麦康伯），或者没能在叙事界限之内实现自我规定（如贝莎·杨的情况）；它们虽与行动（action）结合在一起，如巴尔特和托马舍夫斯基所说的那样，却并未消解在行动之中。

指示性标志，信息提供者，静态母题

同样的结合过程也发生在所有那些传统上被称为背景或描写的文本细节之中。对于托马舍夫斯基来说，这些是静态的母题。巴尔特称它们为信息提供者或指示性标志。传统上对于描写的讨论都强调描写在如下方面的重要作用：为行动确立可信的时空，为作者提供奠定基调（"一个黑暗的风雨之夜"）和为对象赋予主题或象征意义的机会。（Bland，1961；Liddell，1947；Hoffman，1978）在《幸福》中，所有这些作用都很明显。但是，由于把描写与行动和人物的发展过程相分离，这种处理方法就意味着，描写是文本的一个固定元素，其作用只是提供感情色彩或装饰，因此只有次要意义。传统上在叙述与描写之间所做的区分则加强了二者之间的人为界限。

热奈特对于这种区分提出了疑问。其他批评家们也已指出，当他们仔细观察叙事作品时，这种区分是很难站住脚的："谈论某一对象的描写是很容易的，但是，一旦面对一段给定的段落，人们就经常无法在这些简单的标签（如描写、叙述等）之间做出选择。"（Kittay，1981，225页）当托尔斯泰描写一场战斗，或者哈克描写一场雷雨时，我们到底应该把这些段落称为描写，还是称为行动（actions）呢？"行动"和"叙述"往往仅被用来指对于人所做的事的描述；其他类型的变化可以被称为事件。但是，如果一个事件可被定义为从一种事态到另一种事态的推移，那么它就必然要求有对这两种事态或其中一种的静态描写，当人们意识到这一点的时候，活生生的/变化的与无生命的/静止的之间的对立就变得模糊不清了。（Klaus，1982）而且，内心变化也可以用蕴含着动态的动词来表示，而这一变化可能并不包含外在变化。当贝莎与珀尔一起观看梨树时——"两个人都被天上那个光环慑住了……大家两心相照，都是从另外一个世界来的人儿，不知到这个世界来干什么好。大家心头都蕴藏着这种幸福的宝火……"——我们可能会发现，很难把这一段塞到"描写"这一档中去，但是这一段传统上正是被放在这里面的，因为什么也没有真正"发生"。考虑到叙述与描写的相互渗透，它们二者都可以被认为是"话语的功能"，其中每一个都有可能在特定的语段之内占据统治地位。(Sternberg，1981)

巴尔特让人们注意指示性标志在功能上的重要性：指示性标志不同于事实的记录，指示性标志提出问题，这些问题推动我们在文本中前进。为故事配置背景的信息提供者看起来可能是任何故事中都无法避免的累赘，但它们的作用不止于此。1910年左右的英国社会和文化并非仅仅是《幸福》的背景，它们在很大程度上创造了这些人物。而且，无论我们认为某些文本细节是信息提供者还是指示性标志，它们都可以把一篇叙事与文学传统联系起来，如托马舍夫斯基所指出的那样（这类联系现在被称为"互文性"）。例如，《幸福》中的梨树是从H.D.（希尔达·杜利特尔）的一首著名的诗里移植来的，而曼斯菲尔德小说中那只"拖着个肚子悄悄穿过草地"的"猫"几年以后将重现于T.S.艾略特的《荒原》中，成为一只"老鼠"，"拖着黏滑的肚皮悄悄地爬行在堤岸上"。

当我们在文本的等级安排中上升一个层次后，一个原先被分类为自由的/关联的或被分类为指示性标志/信息提供者的描写性细节的类别就可以被变改。育儿室里生了火，贝莎在客厅里也生了火（信息提供者：其时为春季，而且故事发生于住宅集中供热时代之前）。但是贝莎的胸中也燃烧着火——"她简直连气都不敢透一下，生怕一透气会把火苗扇得更旺"（指示性标志），这样那些信息提供者就被送入了主题的轨道，在这里它们变成了指示性标志。做出这种连接就是假定文本是作者偶然和有意创造出来的。有时我们可能会怀疑，文本中某些奇怪的联系到底

第 5 章　叙事结构：各种方法的比较

是不是计划好的。（我们是否应该将"她疲倦得无力把自己拖上楼去"①
["she was so tired she could not drag herself upstairs"]与那只"拖着
个肚子"[dragging its belly]的"猫"联系起来呢？）但是，在讨论最
后的综合层次——主题与叙述——之前，我想先回顾一下叙事设计的另
一个方面。

叙事的时间性

为托马舍夫斯基所提及而为哈罗德·温里克（Weinrich，1964）和
热奈特（Genette，1972）所详加论述的时间安排被概括在图 5d 之中。

在每一处有概括而不是有场景的地方，叙述者都显然在控制着故
事的时间安排，正如菲尔丁在《汤姆·琼斯》中所指出的："一旦任
何异乎寻常的场面露了头……我们就将不惜笔墨地将它尽量向我们的
读者展示；但是，如果逝去的大量岁月没有产生任何值得注意之事，
我们也不怕在我们的历史中出现空白。"一些章节，他说，将仅仅容
纳一天，而其他章节呢，则可以容纳多年。（Ⅱ，ⅰ页）省略时间的诸
种成规和技巧各不相同。乔叟的故事包括的时间大约是两星期；而它
的一多半篇幅只与一个早晨有关。他的省略方法是明显的、公式化
的："这里我按下不讲，且让他们去吃喝玩耍，有一两天的工夫。"在
《幸福》中，时间似乎开始于下午，并且不间断地持续了一个晚上。
但是，为了研究叙事的艺术，人们就必须对于这种表面上的连续性详
加考察。例如，先画出一条时间线，然后试着准确地指出什么时候发
生了什么，以及阅读时间如何匹配于时钟时间。曼斯菲尔德经常凭借
其语句的连续性而使读者的注意滑过一段时间空白，例如，她通过让

124

125

---

① 此处没有采用附录中《幸福》的优美流畅但较为自由的译文。在附录第 219 页，相应
的句子译为"这会儿她觉得困极了，连上楼去换衣服也动不了"。这一翻译没有译出对于理解
此处的分析不可或缺的"drag"（拖）一词。以下《幸福》引文处理情况与此处类似，不再一
一说明。

_129

我们暂时进入贝莎的内心而把贝莎和珀尔从门厅一下子转到第一道菜上。

时间的压缩,例如概括和省略,必然含有持续(duration)①。另一个重要的范畴是次序(闪回或闪前,后者发生于作者提前讲述后来发生的事之时,或者人物想象未来之时,例如贝莎在一个关键时刻所做的那样)。当我们进入一个人物的记忆时,次序安排可能变得更为复杂,因为对前一阶段的回忆可能会引发对更早阶段的回忆,而在回忆中对叙事"现在"的涉及则将成为闪前。(Genette,1972)在海明威的小说中,掩饰时间间断的现代技巧体现在一段省略和闪回之中。在那个下午,弗朗西斯提到他面对狮子时的胆怯,猎手威尔森回答说:"谁都会被他[看见]的第一只狮子吓着的。一切都过去了。"另起一段后,文本继续着:"那天晚上,他吃过饭,靠着火边来了一杯苏打威士忌后就上了床。但是当弗朗西斯·麦康伯躺在他的行军床上,望着上面的蚊帐杆,耳中听着夜的声音时,一切并没有都过去。"随后几行写到他前一天夜里听到的声音——那只狮子的吼声。"一切都过去了……一切并没有都过去"是这一段的文字铰链,而夜的声音提供了一个联想性过渡,使时间后推二十四小时,闪回到猎狮的一幕。被回忆的时间长度,即其"持续",大约是两小时,但是这段回忆几乎占了小说篇幅的三分之一。

热奈特的第三个范畴是频率——一件事情被讲述的次数。其中特别令人感兴趣的是"反复出现者"(the iterative)——对于一个反复发生的事件的一次性描述。这种现象之所以令人感兴趣,是因为当它被命名以后,它在叙事中被频繁使用的情况就变得引人注目了,而且这还让人们注意到传统范畴——场景、概括、描写、展示(exposition)——区分中的一个弱点。在现代小说中,展示经常溶解在回想之中——这样就让我们无从确定其界线——或者完全是被一个人物记住的。展示也可以通过对反复发生的某种事件作一次性描述的方法而溶入场景和概括之

---

① 指所叙述的事件的时间长度,相对于叙述所用的时间长度或篇幅。

第 5 章　叙事结构：各种方法的比较

中。在《幸福》中，一句有关贝莎与她丈夫的性关系的话——"他俩那么经常地谈论这事"——是对反复发生的某种事件的概括（作者讲到过去反复发生的事），也是展示（这一段描写了一种事态），而且可能还是场景（"那么经常"似乎是贝莎的想法，而不是叙述者的；下一章将讨论这种含混不清）。

叙述的种种成分

场景（scene）、显示（showing）、模仿（mimesis）：人物言行的直接呈现，经常被称为"戏剧化的"。放在引号中的思想活动——内心独白——在这一意义上是场景。

概括（summary）、讲诉（telling）、叙述（diegesis）：叙述者用自己的话描述所发生的一切（或讲述人物想到和感觉到的一切，但不用引号）。最狭义的叙述（narration）等于概括或讲诉。

视点（point of view）：这个术语泛指叙述者与故事的关系的所有方面。视点包括距离（distance）（细节和意识描写的详略，密切还是疏远）、透视角度（perspetive）或焦点（focus）（我们透过谁的眼睛来看——视觉的角度），以及法国人所谓的声音（voice）（叙述者的身份与位置）。

叙事的时间性：时间先后顺序，被叙述的时间，阅读时间

持续（duration）：在场景（见以上所述）中，被描写的时间段与阅读时间大致相等；详细的描写可能会使阅读的时间长于事件的时间（伸长）。在概括中，阅读时间可能大大短于实在时间（如"一年过去了"）。某些时间段可能会被漏掉（省略）；从某种意义上说，在议论或描写段落中，被叙述的时间停止了。叙述者用现在时所做的一般性总结（例如"生活是艰难的"）被说成是处于格言的现在（the gnomic present）之中。在叙事的某一截面内被讲述的时间段的长度是叙事的广度（extant）或幅度（amplitude）。

次序（order）：叙述者/人物可以描写过去（闪回、倒叙）或未来的事件（人物可以猜测未来的事件——预感、预期；叙述者可以知道它们——闪前、预叙）。被回忆或被预见的事件可能距叙事的"现在"几分钟或几年（距离与所及范围中的变化）。这些事件可能处在整个叙事的时间段之内（内部的倒叙或预叙），或者处在它之外（外部的倒叙或预叙，如当叙述者讲述一件发生于故事开始以前的事情时）。插曲可以是也可以不是主要故事线索的组成部分（由同一者叙述或由不同者叙述的 [homo-或 hetero-diegetic]），也可以给主线填进某些先前漏掉的东西（补足性倒叙）。

频率（frequency）：一个事件可以被描写一次（单次叙述）或数次（重复叙述）。反复发生的同样事件可以被描写一次（表示经常和反复发生之事 [iterative]——例如"他每天看见她"）。如果基本相同的各个事件每次发生时都被描写，那它们就是恒等元素或稠密元素（见雷洛韦）。

图 5d

请考虑一下《哈克贝利·芬》的头两段。回来和寡妇道格拉斯住在一起之后，哈克说："好啦，老一套又开始了。寡妇一打晚饭铃，你就得来。上桌后你不能马上就吃……"看来哈克似乎是在描述一件反复发生的事（"老一套"），但随后的某些细节显然有关于一个单独的事件，

在这一段的结尾我们得出结论:这是对哈克回来后与寡妇在一起的第一个晚上的描写。我们这里所得到的是"单一性"场面之内对于反复发生事件的概括(Genette,1972,118-120页)。

这一段是展示吗?当然是,既然它对哈克与寡妇在一起的生活做了一般性的描述。是概括吗?对的,因为它有选择地讲述了重复发生在吃饭时间与睡觉时间之间的事。是场景吗?毫无疑问,因为某些行动和言语仅仅发生了一次。一个多世纪以来,作家们一直在反驳批评家们的这些范畴,例如马克·吐温这里所做的这样;也一直在抱怨这些范畴,例如亨利·詹姆斯所做的那样。但是对于传统范畴的不当之处,我们一直没有拿出令人信服的、分析性的解释,直到热奈特才标明了每一件东西,从而将传统范畴推到了一个亚里士多德式的极端境地。批评就是一场为给那些从未被人注意到的东西命名而进行的斗争。

Syuzhet,主题,叙述

诸功能被集合在诸序列中,诸序列本身又可以形成更大的单位;人物是一个更高的组织层次,因为它既被序列规定,也把序列集合在一起;一篇作为整体的叙事则可以被设想为一个单独的 syuzhet 或(巴尔特意义上的)行动。对于这一行动来说,序列和人物是其组成部分。正是在这一抽象层次上,人物体现为下述一些典型环境中的"角色":争夺(主人公/对手),追寻(主体/对象;施予者/接受者;帮助者/反对者),私通(已婚双方,第三者),成长或转变(无能力的年轻人变为成熟的、有能力的成人)。

行动、情节或 fabula 都被认为是叙事的动态(巴尔特称此为"分布的")方面,它推动叙事在因果秩序和时间先后顺序中向前发展。人物和背景这类元素则被认为是静态的:它们以叠加的方式累积成整体(这就是为什么巴尔特称它们为"综合的"),因为它们似乎一开始就在场,只是因为语言所造成的必然的拖延,才使它们遍布于阅读时间之中,而

第5章 叙事结构：各种方法的比较

不是使它们立即呈现出来——而这在电影中是可能的。同样，"主题"也被认为是一个静态特征，因为它也是一个不发生变化的实体，尽管它是被逐渐发现的。

与托马舍夫斯基的母题概念保持一致的晚近批评家们提出了不同的观点来代替上述观点。这个新观点强调读者在创造意义活动中的作用——集合母题、评价人物、寻找因果关系。这一观点的某些方面我们在讨论人物和描写时已经提到了。用到主题上，这一观点认为，读者同时以两种形式综合故事材料。一种是预期，主要涉及行动（或情节）而不是主题：给定到此为止的事件演变轨迹，那么结局可能会怎样，谜（问题、指示性标志）将如何被解释？但是，像雅努斯①一样，读者始终既在瞻前也在顾后，所谓顾后就是根据每一点新信息去积极地重新结构过去。这就是卡勒（Culler, 1981）所说的"双重阅读"。关于因果性的假定促生对于未来的推测；与此同时，现在的事实回过头来又促生新因果链条的建构。这样汇集起来的过去产生主题，而当故事不再有未来的时候，我们就终于完完全全地把握了主题。我们顺向解读事件（开头将促生结尾），逆向解读意义（结尾一旦被知晓，就促使我们去确认其开头）。

这样，主题——在时间中逆向建构起来的意义——看来也像情节一样成为一个动态元素。卡勒称此为"叙事的伦理层面和指涉层面"。坡在评论霍桑的《讲了两次的故事》时说，作家应该从主题或效果开始。"如果他聪明的话，他就不会让思想去适应事件，而是首先精细地设想出应该获得的某种独特的或单一的效果，尔后虚构出某些事件……它们可以让他最好地实现这一预想的效果。"因而，应该是结尾促生先于结尾的一切，而不是相反。

格雷玛斯以普罗普称之为考验的一个行动序列来阐明叙事的"双重逻辑"。这一序列是：对抗……胜利……对象转手。作为一个因果系列，这三个阶段顶多是或然性的。但如果逆向解读，它们就形成一个逻辑系

---

① 雅努斯（Janus），罗马神话中守卫门户之神，有前后两副面孔。

列：对象的转手蕴含胜利，胜利蕴含对抗。（Greimas，1971，803-804页）当亚里士多德说，在一出好的悲剧中，"事件是出人意料的，然而又是其他事件的必然后果"时，他举例说明了这两种观点的矛盾。他的例子是：弥堤斯参加一个节庆时，一座雕像倒下来砸死了他（在指涉范围内，这是一个偶然事件）。这座雕像是弥堤斯杀死的一个人的雕像（伦理层面的逻辑，在时间中逆向读出的）。①

在其前向运动中，《弗朗西斯·麦康伯的短促幸福生活》表明麦康伯是个胆小鬼；作为结果，他的妻子与人私通；在他随之而起的暴怒中，他忘掉了他对死的恐惧，从而成为一个男子汉，支配了他的妻子，她随后偶然地打死了他。像在弥堤斯的情况中一样，我们在这一偶然事件中寻找意义。为使这一偶然事件成为可能，弗朗西斯必须靠近一只猛扑过来的动物，因此就必须使他勇敢。像猎手威尔森一样，读者在寻找进一步的意义时可能会逆向推理。因为玛戈特不会屈从于一位霸道的丈夫，弗朗西斯就必须死。在试图将此偶然事件有机地纳入主题——它将在此被说明——之时，我们为玛戈特赋予了一个无意识企图。如此，这一结尾就能够满足亚里士多德的双重逻辑的要求——出乎意料，但回过头来看时又不可避免。

从贝莎偶然发现她丈夫的不忠开始来逆向解读《幸福》在这里是不可能进行的，因为太复杂了。但是这一解读可以包括这样一种可能性，即既然她对于丈夫的性欲的觉醒部分是她与珀尔在一起的体验的产物，她丈夫与珀尔的私通关系就可能是她的性欲诞生的先决条件。第2章中讨论的吉拉德的欲望理论，有助于解释这些关系。与此同时，考虑到贝莎将结尾场景［埃迪跟在珀尔后面］与"黑猫跟着灰猫"连在一起的那个联想，我们必须自问，我们对于小说主题的解读，以及她自己对于主题的解读，是否弄错了——就她的幸福感被视为促生性欲望这一点而言。我将把乔叟故事的重构工作——从作为原因的结尾到作为结果的开始——留给读者的聪明才智。

---

① 参阅亚里士多德《诗学》（罗念生译，北京：人民文学出版社，1982）第32页。弥堤斯（Mitys）据罗注大概是公元前4世纪初叶的人。但据罗译《诗学》，是弥堤斯的雕像倒下来砸死了那个杀他的凶手。

第 5 章　叙事结构：各种方法的比较

逆向回顾过程同时发生于叙事和读者之中，这一点在故事材料的时间重组中是很明显的。补充有关过去的事实的段落经常被称为"展示"或"迟来的展示"。批评家们建议说，作家必须在让故事开始之前给我们一些信息，或者停止这么做，直到我们需要更多地了解人物之时。记忆的闪回，如果不是展示性的，也许可以被解释为一种手段，用以使我们的人物画面圆满。但是，如卡勒所暗示的，展示的最重要的用处是在过去之中寻找意义的起源。过去本身是由大量的信息组成的。没有这些信息我们也完全能行，也许还更好——尼采就这样认为。只不过在过去中含有我们为了解现在所必须知道的一切。过去只有在这样的时候才与我们有关：这时，一件可能会使我们想到一个新的未来，同时也暗示着一个新的过去——一个导致这一时刻的过去——的事情发生了。因此，很多叙事对于建构过去比对于向未来推进更大胆，它们通过插入有关更早时间的展示性段落而逆向建筑叙事。在《幸福》与《弗朗西斯·麦康伯的短促幸福生活》中，情节中的每一步前进都展开一片更宽广的相关的过去。从叙事的"现在"起，这两篇小说不是向一个方向，而是向两个方向伸展。而这一双向运动之所以可能仅仅是因为，在使用过去时的、已经写好的叙事中，阅读的现在时刻是不可挽回的过去。

这种关于主题的看法通向第 3 章中有关历史和精神分析性的叙事的讨论，并且通向这样一种可能性：在对理解——这也是某种形式的盲目无知——的追求之中，我们回到过去之中去寻求或猜测原因。但是这种看法也让我们注意到叙事者纺织故事之线的方式：他们让故事显现为一条连续不断的线索，而不是一系列互相重合的母题。这就是"叙述"层。"不可能有没有叙事者的叙事。"巴尔特说，并且补上一句，"这一说法也许平淡无奇，却尚未得到什么发挥。"他与托马舍夫斯基都没有深入论述这一问题，部分是因为他们并不同情下述传统观点，即或将叙事者等同于作者（把意义追溯到一个传记之上），或将叙事者当作一个必要的累赘，应在任何可能之时被隐藏在读者的视线之外。本维尼斯特所定义的叙事话语——叙事者对读者的直接发言——自 20 世纪之初起一直被作为技术上的笨拙的同义语。但韦恩·布思在《小说修辞学》

(Booth，1961）中为作者议论所做的大胆辩护使这一题目的讨论得以复活。自 1966 年即巴尔特的论文发表的那一年以来，视点（或"焦点"[focus] 与"声音"[voice]）已经得到了比叙事技巧的任何其他方面都更为详尽的论述。即使对于这一题目做一个浅尝辄止的回顾，也需要单写一章。

第 6 章　视点面面观

至此，我一直是这样来讨论叙述的，即似乎是叙述为一个故事添加了描写、人物的内心看法以及对时间的重新安排，而故事不然的话是可以被戏剧式地呈现出来的。虽然这种方法在对付传统的传说时可能是够用的，因为这些传说在口头文化中是同时被叙述和表演出来的，但在用于书面叙事作品时却被证明有所不足。20 世纪的伟大小说所改编成的电影没有给人留下什么深刻印象。而基于小说的某些影片的成功则是由于下述事实，即自 20 世纪 30 年代以来小说家们就已经懂得，对于他们来说，赚钱的最佳方式就是把书改编成电影。因此，他们之中很多人下笔之时心里就想着电影剧本，精心地按照写电影剧本的方式来构筑情节。

下述这一观念，即无论讲述故事的方式有何变化，故事本身都可以保持不变，显然为某些小说家所肯定。简·奥斯丁将《理智与情感》从书信体改为一部第三人称小说；陀思妥耶夫斯基的《罪与罚》和弗朗茨·卡夫卡的《城堡》的早期稿本都是用第一人称写成的，然后才改成第三人称。但是，从另一方面说，如果他们认为视点无关紧要的话，他们就不会进行这样辛苦的改写了。（Cohn，1978，171 页）在很多情况中，如果视点被改变，一个故事就会变得面目全非甚至无影无踪。曼斯菲尔德的《幸福》不可能作为一个由她丈夫讲的故事而存在，因为从他的角度来看，那个晚上根本就没有什么重要的事情发生；如果《哈克贝利·芬》不是由哈克而是由马克·吐温讲述的，那它就不会比《汤姆·索亚》有趣多少。叙事视点并不是作为一种传送情节给读者的附属物后加上去的，相反，在绝大多数现代叙事作品中，正是叙事视点创造了兴趣、冲突、悬念乃至情节本身。

小说家们当然久已承认叙事方法的压倒一切的重要性。理查森曾经说，书信体小说的优点，除了"新奇"之外，就是，与叙述相反，书信使用现在时，从而在读者心中造成一种直接介入感和期待感。此外，正如安娜·巴鲍尔德 1804 年提到的，"它使整个作品动起来，因为所有的人物都用第一人称说话"。她承认传统的叙述自有其他优点：通过进入人物的内心，作者可以"揭示行为的隐秘根源。……他可以或者简明扼要，或者长篇大论，视故事的不同部分的需要而定"。由于知晓一切，他可以揭示不为任何人物所知之事，并对情节做出评论。但是这样的叙述也可能会变得冗长得令人厌倦："因此所有优秀作者都尽量将戏剧性的东西"——那种我们都会称之为场景而非概括的东西——"投入他们的叙事之中"。她将回忆录——"此中冒险活动的主体讲他自己的故事"——确定为第三种表现方法，说它的优点就是"有更大的真实感"，并且比作者虚构的小说更能揭示人物的内心。但是，在这种形式中，"主人公不能说的，作者也不能讲"，因而就限制了它的揭示范围和兴趣。而且，在回忆录和自传中，戏剧呈现的可能性也受到限制，因为一个人不可能记住多年以前的谈话。如果所描写的事件发生在遥远的过去，那么它们的呈现可能就会缺乏直接性和悬念。（Barbauld，1804，258-260 页）

虽然作家们自巴鲍尔德的时代以来已经发现了一些新的叙述方法，但她的概念区分仍然存在于当代批评之中。首先，是语法上的人称或声音①：谁写的？除试验性的虚构作品外，叙述者或者是讲一个关于他人

---

① 声音（voice）：在一部作品中，透过一切虚构的声音，我们可以感受到一个总的声音，一个隐含在一切声音之后的声音，它使读者想到一个作者——一个隐含作者——的存在。参见下文的图 6a。

的故事（用第三人称谈及所有人物，例如《弗朗西斯·麦康伯的短促幸福生活》），或者是讲一个他自己或她自己也包含在内的故事（例如《哈克贝利·芬》）。其次，有不同的话语类型：叙述、戏剧式呈现（放在引号中的对话或独白）以及经常被称为"议论"（叙述者可能插入的展示、解释、评判以及离题的话）的收容性范畴。进入意识［的方式或程度］是第三个分类基础。叙述者可以进入很多人的内心（他或她是无所不知的，是全知的——海明威的小说就是一个例子）或仅仅进入一人的内心之中（例如《幸福》），当然他也可以选择让故事待在外部世界之中。时间和时态也是分析所不可缺少的轴线。书信、日记、对话、独白（无论说出的还是未说出的）可以使用现在时；叙述总是使用过去时；同时，我们将会看到，还有一些叙事语句结合了这两个系统。有一个叙事特征巴鲍尔德并没有明确提及，这一特征在视点这个术语中经常被混同于其他特征，而它可以被视角（perspective）和焦点这两个词更精确地指明：谁看见的？从什么位置上？但是，即便在当前的批评中，这一属于感知的范畴也没有被清楚地区别于意识的进入。

　　巴鲍尔德的方法的优点之一是，她并没有试图做出包罗万象的逻辑分类。从她当时所能得到的小说出发，她提出了两个问题：对于作家来说，每一种方法的好处和责任是什么？它们能给读者创造什么效果？她在 19 世纪之初所做的回答揭示了作者叙述与第一人称形式之间的差距。前者能够创造一个多变的虚构世界，但缺乏真实性，后者自称是真实的，并因此而达到了对于心理细节的可信表现，却是通过将自身局限于回忆录或自传的形式而做到这一点的。19 世纪小说家们的伟大成就将消除这一差距。

　　我们已经看到，依照题材和内容来描述"现实主义"的特点有多种方法。然而，如果我们不能把一篇叙事体验为生活的真正表现的话，那么作者为保证其准确性而花费的全部心血都将付诸东流。从叙事理论的角度来看，想要成为现实主义者的人面临的问题既包括内容也包括形式。所需要的是一种方法，能把第三人称叙述的方便之处与第一人称所保证的真实性结合起来。我们对他人的理解必然涉及共通的判断形式

（叙述者的责任）；但我们自己的体验，就像他人的体验一样，必然是片面的和主观的。19世纪小说家们不仅发展了新的叙事方法，而且发展了新的语言用法，一种只要在文学之外就是"不合乎语法的"用法，而我们现在将这种用法体验为叙事的真实性的可靠标记。他们是通过结合上述所列的各种叙事方法而做到这一点的。叙述者与人物之间的以及外在看法与内在看法之间的障碍消解了——正如过去与现在之间的障碍也消解了一样。这一例子表明，技巧不单单是叙述的辅助方面，或作者用以传达意义的一个必要的累赘，相反，是方法创造了意义的可能性。而这就是为什么当前有关叙事的最激烈的争论都涉及视点。

英美文学批评中的视点

亨利·詹姆斯和德国小说家、批评家弗里德里希·施皮尔海根（Spielhagen，1883）是第一批详细讨论视点问题的作家中的两个。1932年，约瑟夫·沃伦·比奇抱怨说，技巧研究"被批评家们大大忽视，结果不仅是小说批评中混乱丛生，……而且我们甚至没有用以描述小说技巧的大致准确的和普遍理解的有效术语"（Beach，1932，3-4页）。然而，三十年之后，视点成了叙事方法中最常讨论的方面。（参见第1章中"小说理论种种：1945—1960"一节）

批评家们最感兴趣的是小说家们克服作者叙述和第一人称叙述各自所具有的局限的方式。詹姆斯指出了很多人认为是最佳的克服手段。作者叙述者（一个不在行动中扮演任何角色的叙述者）讲故事，但并不纵情于评论或代词"我"的使用；读者从未被提醒去注意，作者创作的实际上是一个虚构的故事。而且，叙述者假定自己只能进入一个人物的内心，这样就复制了我们在第一人称小说中所见的那种真实性的一个方面：在第一人称小说里面，就像在生活中一样，我们并不知道他人心中所发生的一切。这种"有限视点"常常既含有心理上

第 6 章 视点面面观

的也含有视觉上的限制：叙述者表现的仅仅是这个人物所看到的，好像他是通过这个人物的眼睛看的，或者是作为"不可见的目击者"站在他身边。像珀西·卢伯克指出的那样，詹姆斯和其他一些也使用这一方法的小说家常常走到他们的主人公的一侧，以便能够戏剧式地描写对话。

这一方法的拥护者和巴鲍尔德一致认为戏剧式呈现（场景）优于叙述（概括），因为后者总是提醒人们注意叙述者的在场。使用现在时的对话具有直接性，这种直接性理查森是通过让人物写信而获得的。现在让我们总结一下：第三人称有限视点通过限制叙述者对"我"字的使用而逃避语法人称的范畴；至于在话语类型方面，这一视点消除了议论，并于可能时以戏剧呈现代替叙述；它假装只进入一个人物的内心，并经常使用这个人物的视觉角度。（我们将发现，英国和美国的批评家们未能注意到这种形式中"时间"和"时态"的重要性。）既然"作者并不提及自己的第三人称有限视点"作为术语颇嫌笨重，我们就可以接受斯坦泽尔的建议，称其为"形象叙述"（figural narration），以相对于"作者叙述"（authorial narration）（见图 6a）①。曼斯菲尔德的《幸福》在技巧上是这一方法的完美实例。

对于戏剧式直接性的强调表明，形象叙述也有某些局限性。表现行动时，叙述者能够相当容易地用现在时对话来代替过去时概括；但是，当传达思想和感情时，怎样才能实现同样的转换呢？因为思想感情是不说出口的，所以它们必须被叙述出来，并因此而是过去时的。一种选择是，运用戏剧独白——这是 18 世纪小说家借自戏剧的方法。在独白中，根据成规，人物用完整的语句表达他们的思想。但是"成规"意味着人

---

① 斯坦泽尔（F. K. Stanzel）在《叙事理论》（A Theory of Narrative）一书中区别了三种叙述情况：第一人称叙述、作者叙述和形象叙述。在第一种情况中，叙述者与其他人物存在于同一世界（叙述者为一人物）。在第二种情况中，叙述者与人物分属于不同的世界。在第三种情况中，是小说中的某一人物在感受和思索他（她）置身的世界，但这一人物又不像第一人称叙述者那样说话，于是就造成了一种无人"叙述"，故事直接呈现的印象。也许可以说，在第三种情况中，原本属于一人的"看"和"讲"被一分为二了："看"者不讲，于是似乎无人在讲（叙述）。

_141

为，它会破坏现实主义者致力于创造的魅力：真实性。对于这个问题似乎只有一种可行的解决办法：对意识做戏剧式呈现就必须转向第一人称叙述。小说史肯定了这个技巧方面的结论。19世纪末20世纪初特有的形象叙述摇摆于两种统治势力之间：先于它的较不戏剧式的作者叙述，以及后于它的日益大量使用的第一人称形式（或者被用于小说的一些片断之中，如詹姆斯·乔伊斯和威廉·福克纳小说中的情况那样，或者被用于整部作品之中）。这种"向内转"的小说的内心独白和意识流技巧并非20世纪的创造。举个例子："注意——南方的绅士们——教堂墓地——向冷酷的死亡呼唤——看见一头牛在一座坟上吃草——灵魂的转生——谁知道这头牛是不是一直在吃我一位祖先的灵魂——让我忧郁和沉思了十五分钟；——有人在种卷心菜——他怎么能种得这么直——逮鼹鼠的方法……"（摘自华盛顿·欧文《杂烩》①，1807）。通俗流行的罗曼司在高度主观体验成为高雅小说家的中心关注之前就探究过它们。这些技巧的历史虽尚待撰写，但它们在最近小说中的运用却已经得到详尽的讨论。（Melvin Friedman，1955；Humphrey，1954；Cohn，1978）

到了1960年，大多数英美批评家用以讨论视点的理论架构已经充分形成，而且这一架构至今仍然存在于文学入门教科书中（见诺曼·弗里德曼［Norman Friedman，1955］对于这一传统的综述）。但在过去二十年间，这个理论的每一方面都受到了挑战。争论焦点从语法成规的解释到故事传达意义的方式，从应该怎样确定视点的特征到叙事与现实的关系。自1978年以来，已有六本专论这一题目的书出版，它们代表着四种民族［国家］传统。与其怀着一个对于发现有关视点的真理的希望而将这些争论一笔带过，我将不如强调这些争论，因为视点问题是这样一个领域：在此，每一种坚定不屈的理论都揭示了其他理论未能注意到的某种东西。

---

① 《杂烩》（*Salmagundi*）是华盛顿·欧文早期编辑的一份杂志的名称。

第 6 章 视点面面观

有关各种叙述者之编目

术语	意义及同义词
作者(author)/作家（writer）隐含作者	在一篇叙事中使用代词"我"的作者（author）经常似乎不同于作家（writer）——可以在书的封皮上加以描述的那个人。即使在那些没有提及作者"我"的虚构作品中，我们也可以基于讲述的风格和方式形成一个有关作者（author）的概念。大多数批评家接受韦恩·布思的提议，即无论明显还是隐晦，我们都应该称这个人为"隐含作者"（implied author）。
作者叙述	称自己为"我"的隐含作者讲述一个他在其中并不出现的虚构故事，尽管故事中可能隐含着他本人的有关人物的知识。使用表示"同"与"不同"（homo-，hetero-）和"外"与"内"（extra-，intra-）的希腊语前缀，热奈特称作者小说为 extradiegetic［从外部来叙述的］和 heterodiegetic［由不同者来叙述的］——因为它有一个外在的叙述者，不同于人物。
第三人称叙述	作者用第三人称谈及所有人物。这一类型可以包括作者叙述，但一般是指其中根本不提那一进行写作的"我"的虚构作品。在后一意义上，它也被称为"形象叙述"（斯坦泽尔），"Er-Erzählung"［德语：他-叙述］。
第一人称叙述	叙述者-作家也是该故事中的人物，他可以讲自己的故事（作为主人公之"我"，热奈特称"extradiegetic①-homodiegetic"［从外部来叙述的-由同一者来叙述的］）或别人的故事（作为目击者之"我"，或德语所谓"Ich-Erzählung"［我-叙述］）。
隐含作者对叙述者	如果是一位作者叙述者在讲故事，那么隐含作者与叙述者之间就没有明显区别。在第三人称叙述/形象叙述中，既然写作的"我"根本就不被提到，那么就没有区别隐含作者与叙述者的语言学方法。在第一人称小说中，叙述者一般都明显不同于进行写作的那个人。一些批评家声称，他们可以识别第一人称叙述者背后的隐含作者，尽管并没有使二者区别开来的语言标志。
被嵌入的叙述	故事中的人物所讲的故事是"被嵌入"的。一些批评家称此为"叙述之上的叙述"（metanarration）或"叙述之下的叙述"（hyponarration）。
声音	追随热奈特，一些批评家以"声音"来指叙述行为本身——这是一种包含着一个讲者和一位听者的局面。在更狭窄的定义中，"声音"回答"谁在说"这一问题。在美国批评中，"声音"经常指一位作者的诸作品所具有的诸种独特性质。

图 6a

---

① 这里的"extradiegetic"当指以第一人称形式来讲别人的故事。以第一人称讲别人的故事也是从外部来叙述，因为讲故事的"我"在所讲的故事之外。

143

为了赋予我对这些争论的描述以某种秩序形态，我把我的论述分成三大部分：（1）叙述的语言学特征——语法人称、时态、话语类型；（2）有关叙事中的表现结构（the structures of representation）的晚近诸理论——叙述者与人物之间以及人物互相之间的空间关系和知觉关系；（3）从作为文化现象的语言这一角度来研究视点的批评家们。将叙事作为一种特殊的语言运用而进行的分析产生一种形式的分类；当我们从中距离之处把叙事作为表现来看时，其他问题就变得重要起来；当我们从外部——这是我们作为读者和社会成员所占据的位置——来看叙事时，视点就需要用另一种不同的方法来论述。这三个范畴大致相当于鲍里斯·乌斯本斯基所讨论的三个层面：措辞的（phraseological），时空的，意识形态的。

叙述的语法

给定了场景（戏剧式的，现在时）与概括（叙述的，过去时）之间的区分，叙述者似乎就必须在这二者之间来回穿梭；而［人物的］意识的内容呢，如果不以独白表现出来的话，似乎就必须由叙述者来传达，以过去时概括人物的所思所感。但是情况并非如此，仔细观察叙述语言就可以证明。

考虑一下海明威那篇小说开头的话："It was now lunch time and they were all sitting…"（"［当时的］现在正是午饭时间，他们大家都坐在……"）这里有什么不对头。这句话不合乎语法。人们可以说"was then"，但不能说"was now"，因为"now"指现在，即我说或写的这一时刻。小说中充满这类反常的副词用法和其他各种奇怪的时间与时态的组合。下面是引自《幸福》第二页上的一个例子："This, of course, in her present mood, was so incredibly beautiful."（"在她目前［present］的心情中，这真是［was］说不出的美妙。"）人们可以说："This…present…is"或"That…past…was"，却不能在普通话语中把

第 6 章 视点面面观

二者混在一起。① 考虑到这类句子的奇怪性，它们的使用所受到的忽视可说是惊人的。一位老式的语法学家会告诉我们说，在所谓"历史现在时"② 中，也存在着类似的时间混合。这类"历史现在时"在古典语言中被用以将过去的活动带进讲述的"现在"。但是我们所需要的不仅仅是为这类语言反常现象命名。我们应该弄清：它们到底出现于什么上下文之中？它们到底意味着什么？

"这里""现在""这""那里"和"今天"这类的词是所谓指示词。它们的意义决定于说话者在时空中的位置。通过排除一切自我提及之语，叙述者切断了指示词与一个可确认的说话者的正常联系。这样它们（指示词）就被自由地吸附到人物的此时此地上来。海明威的"现在"用于威尔森和麦康伯夫妇，而不是他自己。当然，叙事始终留在过去时之中，而这似乎是一个不可逾越的障碍，使任何试图将故事带入阅读的现在时间之中的做法不可能更进一步。但是作家们已经发现了一种限制——如果不是消除——过去与现在分叉的方法。海明威的开始句的后半部分可以说明他们是怎样做到这一点的："It was now lunch time and they were all sitting under the double green fly of the tent pretending that nothing had happened."（"［当时的］现在是午饭时间，他们大家都坐在帐篷的绿色夹帘下面，装得好像什么都未曾发生过一样。"）过去完成时"had happened"表示一个发生在过去的某个特定时间之前的动作。通过前后一致地使用带有指示词的过去时或过去进行时，并用过去完成时述及时间中更早发生的事情（例如，"today she was feeling the same thing she had felt yesterday"［今天她正在感到她昨天所曾感到的同样事情］③），作家可以给人造成这种印象，即过去时表示的是现在，

---

① 这一段所讨论的是英语（及其他类似的西方语言）中时间副词与动词时态的关系。一般来说，二者应该一致，即表示现在（或过去、将来）的时间副词应用于现在（或过去、将来）时态，等等，但小说里却经常存在二者不一致的现象。

② 历史现在时（historical present）：指用现在时态叙述历史或过去事件，以求其较为生动。

③ 这里的英语句子中使用过去进行时和过去完成时来表明其中说到的"今天"是过去的某一天，"昨天"则是此某一天之前的一天。换言之，这是在用过去进行时来表示一个过去的"现在"，用过去完成时来表示此"过去之现在"之前的事。

而过去完成时则发挥着通常由过去时所担任的功能。这样，整个时态系统就在时间中被前移了。

凯特·汉堡1957年首次分析的小说叙述的这些特征，有助于弥合过去与现在、叙述者与人物之间的差距。但是在精神状态的表现方面，这一差距似乎依然存在。精神状态可以被描写出来（"贝莎·杨生平第一遭想要她丈夫"），可以用间接引语转述（"贝莎想，她想要她丈夫"），或者以直接引语引用（"贝莎想，'我想要我丈夫'"）。① 叙述者的过去时态的概括与人物的现在时态的内心独白之间的距离并未被间接引语沟通，间接引语仅仅以兼容两极的方式保存了这个对立。场景或概括，过去或现在——直到1970年，知名批评家们还一直在假定，这些就是叙述者在表现意识状态时所仅有的选择。然而，早在1897年，一位名叫阿道夫·托布勒的语文学家就写过一篇文章，论述他在小说中所发现的直接引语与间接引语的独特的混合。而在那时，正如罗伊·帕斯卡尔在《双重声音》中指出的，小说家们使用这种方法已近一世纪之久。

这种"不合乎语法"的混合在《幸福》中俯拾即是。哈里在电话中说他将晚回来一会儿后，贝莎显然想告诉他什么事情："'哦，哈里！''嗯？'她要说什么？没什么可说的。"最后两句话的说者或思想者是谁？它们不可能是贝莎心中的思想，因为她会用"我"和现在时。它们也不是间接引语（"她不知道她要说什么"），因为那种形式要求有一个从句，并且是不能采取问句形式的。但是，问"她要说什么？"的当然也不是叙述者。因为如果是叙述者的话，那就意味着，要么是读者正在被要求回答这一问题，要么就是叙述者暂停叙述而自问"现在让我看看，贝莎心里想说的到底是什么"，然后又自答"哦，对了，现在我想出来了，她确实没什么可说的"。因此这些句子既非叙述者的话语（概括）亦非人物的话语（场景）。但是，比任何这类语言上或逻辑上的难解之谜更让人吃惊的是这样一个事实：它们一点也没有打扰我们。我们知道这些

---

① 英语语法中，间接引语指被叙述者转述出来的人物之语，直接引语指叙述者直接引用的人物之语。二者的形式区别是，前者不加引号，而后者加引号。

想法是贝莎的,并且没有被这种第一/第三人称含混不清的现象扰乱;我们假定这里的话在语言形式上接近她正在想的东西。由于我们作为文学读者的能力,我们理解这一段话而根本意识不到它赖以为基础的那些成规,正如很多批评家不久以前所做的那样。

我现在所讨论的这种叙述方法有各种各样的名称。它被法国人称为 style indirect libre(自由间接文体),他们最先对它详加研究。英语作者经常跟在他们后面,将其名之为自由间接文体或自由间接话语(free indirect style or discourse)。查尔斯·巴利说,他称它"间接"是因为他认为它派生自间接引语,称它"自由"是因为它可以自由结合;他认为它是一种"文体"而不是一种语法形式是因为,它必然要大幅度地偏离标准用法,而且,依他之见,它仅仅发生于写作之中。德国人则名之为 erlebte Rede,即被体验到的言语,因为他们的传统中最先研究它的批评家们认为,它的使用意味着叙述者实际已经体验到人物所体验的,但又没有在这种形式中留下自己在场的任何痕迹。(Pascal,1977)然而,对于俄国批评家巴赫金来说,这种形式是"双声话语"(a dual-voiced discourse),它始终是叙述者与人物的混合或融合。其他名称还有"再现出来的话语"(represented discourse)(Doležel,1973),"再现出来的言语和思想"(represented speech and thought)(Banfield,1982),"替代性叙述"(Hernadi,1971)。在仅仅用于思想时则有"被叙述出来的独白"(Cohn,1966)。在不同语言中它并非始终具有同样的形式,这部分地是因为它们的结构不同。例如,在东欧语言中,它通常是言语的代替物,而在日耳曼和拉丁系语言中,它几乎仅仅被用以表达未说出口的思想。(Vološinov,1930,126-127页)尽管有这些不同,它似乎仍是一个普遍的现象——例如,它也出现于日语和汉语之中。这种现象主要地,如果不是唯一地,与文学联系在一起。

在英语中,再现出来的言语和思想使用第三人称叙述所特有的时态转换——过去时表示现在时,过去完成时表示过去时。它也利用情态动词的系统转换。在海明威的小说中,当猎手威尔森认定他与麦康伯夫妇的友好关系已经结束时,他想到了这一结束的后果:"He would see them through the safari on a very formal basis,... Then he could read a book with his meals."("他将非常合乎礼仪地照顾他们完成这场远征狩猎,……往后他就能读着书吃饭了。")我们知道他正在想的是类似"I will see them through... Then I can read a book."(我将照顾他们完成……往后我就能读着书……)。除了用"would"代替"will"和用"could"代替"can"之外,我们发现"should"代替了"shall","might"代替了"may";第三人称当然地代替了第一人称;而"这里"和"这时"这些词则指示人物的空间和时间。在再现出来的言语和思想中,感叹语和问句是可接受的,不完全句也是可接受的。所用的语言似乎经常适于人物(的身份),但在某些情况中,所用的语言也许会保持叙述者的文体。

对于理论家来说,我所开列的那些为再现出来的言语和思想所特有的形式特征并不十分精确。但是这里是文学批评中的这样一块领域:理论在此超越了实践。在有关这一题目的成千上万页的著作中,只有几百页英语著作关心它在叙事作品上的运用。(见麦克黑尔[McHale,1978]对发表于1957年至1977年间的有关这一题目的五十多种论著的综述)。读过一篇论述其主要特征和用法的论文(科恩[Cohn,1966]、赫尔纳迪和比克顿[Bickerton,1967]的各篇论文是其中最出色的)之后,任何读者都能回到小说上来,发现批评家们也许迄今尚未注意到的一些结构方面。理论家们将这一现象孤立起来,以便能够细察它,读者则在其自然产地,即在一部长篇或短篇小说中,发现这一现象。在小说中,语句和段落流过叙述地带、再现出来的言语和思想地带和独白地带的那种方式使人常常无法指明在什么地方一个地带结束而另一个开始。为了方便参考,我列出了叙述者使我们得以进入人物意识的主要语法形式(见图6b),但是这些并不是全部。《幸福》始于作者的叙述。到了第四段中,一句放在引号中的独白使我们能够推论出,我们先前一直是在跟随着贝莎内心中的言语。我们是如何以及从哪里离开作者叙述而进入她的内心的呢?这个问题可以回

第 6 章 视点面面观

答得迅速而武断，但由于理论家们尚未确认使这种特殊过渡成为可能的语法方法，要把这一问题回答得令人信服却需要耐心（沃洛希诺夫的书［Vološinov，1930］137-178页提供了某些线索）。

一种文学理论的检验标准是其有效性，而帕斯卡尔和科恩的书已经表明，通过研究再现出来的言语和思想，我们可以增加我们对于叙事艺术的了解。考虑到自理查森和巴鲍尔德的时代以来就一直流行的对戏剧式直接性的偏爱（正因为如此，甚至亚里士多德也相信叙事诗人应该尽量少叙述），我们现在可以看到，那些直觉地欣赏戏剧式直接性的批评家，当其试图用场景/概括这一两分法来解释它时，不仅碰到了障碍，而且误入歧途。在一个更普遍的层次上，我们可以论称，小说叙述的语法特征并非只是偶然使用的技巧，而是小说叙述的规定性特点。（Hamburger，1957）海明威小说的头三个词（"it was now" "［当时的］现在是"）就把我们移出真实世界的时空，而使我们进入一个被我们恰如其分地称为"虚构"（fiction，也即小说）的此时此地。而在真实世界中，这些词总是从与某一存在者的关系中获得意义。尽管新闻记者和历史学家有时也利用这种转换（Bronzwaer，1971），但他们很可能是借自文学的，而只有在文学这个领域中，这种转换才是寻常之事。

在那些主张虚构语言与事实语言之间存在根本差别的论点之上，班菲尔德又加了一个论点。她说，与普通语言的或话语的句子不同，小说中的句子不是用于交流的，交流始终以说者/写者和听者/读者为先决条件。她的论点（基于仔细的语法分析）产生这样的结论：严格地说，小说中无人叙述，无人向我们讲述某些东西。"她要说什么？"这样的句子将人称代词与这一或那一说话者的通常联系分开了。这样意识和自我就从"我"这里被切开了，而作为读者的我们就被允许去体验我们在此世上本来无法体验到的某些东西，即与我们自己的身体和声音相脱离的主观状态（subjectivity）。班菲尔德的意思是，小说在 17 世纪的兴起可以与构想自我的种种新的方式联系起来。

_149

表现意识的各种方法
根据科恩（Cohn，1978）104-105 页

	表现思想的方式	举例
第一人称	讲述过去（第一人称，过去时），通常以日记或自传形式［出现］；说给某人听的（skaz，戏剧独白）；写给某人看的（书信体小说）；或者向一个读者说的。直接话语。	As I approached the house, I wondered if I was late. （当我走近这所房子时，我不知道我是不是来晚了。）
	* 表现现在意识："内心独白"（第一人称，现在时），它或是自言自语，或是内心活动的记录。直接话语。	That's the house. I wonder if I am late. （就是这所房子了。我不知道我是不是来晚了。）
第三人称	** 心理叙述：叙述者描写人物内心活动的内容（第三人称，过去时）。间接话语。	Mary approached the house. She wondered if she was late. （玛丽走近这所房子。她不知道她是不是来晚了。）
	* 加引号的独白：由叙述者加引号的"内心独白"（叙事——第三人称，过去时；人物的思想——第一人称，现在时）。直接话语。***	Mary approached the house. "Am I Late?" She thought. "Should I tell them why I was delayed?"（玛丽走近这所房子。"我来晚了吗？"她想，"我应该告诉他们我为什么来晚了吗？"）
	* 再现的言语和思想，或被叙述的独白，第三人称（叙述和思想都用第三人称，过去时）。	Mary approached the house. Was she late? Should she tell them why She was delayed? （玛丽走近这所房子。她来晚了吗？她应该告诉他们她为什么来晚了吗？）

　　* 这三种类型有时被称为"意识流"。
　　** 无意识思想和感情只能以心理叙述［的形式］表现，因为从定义上说，一个人物不可能意识到无意识。对于一个人物的思想活动的叙述性概括一般被认为是过时的技巧，但有一些 20 世纪的作者还是使用它，因为它允许他们去探索精神分析学为叙述开辟的那片领域。对于精神过程的叙述性描写也可以利用种种隐喻（"心理类似"）和现在时（作为造成戏剧式直接性的一种手段）。见科恩的书（Cohn，1978）41-57 页。
　　*** 乔伊斯和其他一些作者隐匿代词、引号和某些动词，以混淆叙述者的话语与人物的话语之间的界线。（"马车驶开了。乳白色的天空衬着房子。暗得要融化了。可能晚了吧。恭顺的姿态足以道歉了。形式吞下了质料。进入门廊光线之中。'斯蒂芬，我们以为你已经忘了！'"［译按：语出乔伊斯《一个年轻艺术家的画像》］）

图 6b

　　从本维尼斯特那里获得支持的汉堡和班菲尔德的立场（参见图 5a）对于叙述的其他方面有重大影响。一些批评家试图根据下述假定对第三

第6章 视点面面观

人称叙事作品的"可靠性"进行分类：日记或书信所包含的就是人物实际所写下的东西；引号里的对话是人物所说的话的准确性略小的索引；隐含作者对于对话的概括或对于人物想法的描述则可以是不完全准确的。如果汉堡是对的，那么第三人称叙述所创造的虚构世界就与任何可靠性问题都毫无关系。引语比起叙述者的概括来既非更可靠亦非更不可靠，因为这些"不可说的语句"根本就不涉及任何现实。因此也就不可能有什么相对于现实而言的对错。

一旦被推向逻辑的极端，这一理论就会导致一个引起争议的结论。目击或参与他们自己所描写的行动的第一人称叙述者们并不使用时态转换、指示词移置和进入他人内心等第三人称形式所特有的方法。如果这些就是我们借以识别一篇叙事是否为虚构（fiction）的标志，而如果第一人称叙述者——不像第三人称叙述者那样——又可能会误认或说谎的话（我们可以通过对比他们所陈述的事实与他们所做出的解释来确定这一点），那么到底在什么意义上，第一人称叙述才能被称为"虚构"（fiction）呢？汉堡的回答是毫不含糊的：第一人称叙事不是虚构。既然在这种形式中，写作的"我"使用日常语言的成规并对某人发言，那么其话语就隐含地声明了自己是关于现实世界的；确实，正如巴鲍尔德所提到的，这就是其真实性的基础。因此，汉堡说，第一人称虚构叙事其实是"伪装了的现实陈述"。

在这里，语言学的逻辑似乎导致了不为经验所证实的结论。班菲尔德指出，一些第一人称叙事作品在讲述过去经验时使用第三人称叙述中的无时间性的"这时"，这标志着叙述的我与另一个在过去中的"我"的分离。正如科恩已经证明的，第一人称叙事作品有时也使用自由间接体（被叙述出来的独白）。至少，在这些方面，第一人称形式使用了汉堡所谓的"虚构"的成规。含有向一位听者说话的讲故事人的故事（俄语称之为 skaz；欧·亨利的《理发》和吐温的《加里维拉县的著名跳蛙》采用了这种形式）可以被认为是"戏剧式"小说，类似于演剧。

把第一人称和第三人称叙事作品绝对分开是与我们的直觉相违的。然而，这种分离确有一个好处，它让人注意下述事实，即二者之间存在着确定无疑的差别,尽管这种分离(主要是法国理论家做出的)已经导致了不必要的混乱。我们无法对第三人称叙述者的可靠性提出疑问,因为他们是把他们创造的人物和环境安放在可疑或可信的范围之外的。(Martínez-Bonati,1960,21-42页;Glowiński,1973)。从另一方面看,任何第一人称叙事都可能被证明是不可靠的,因为它源自一个面向某人说话或写作的自我。而话语的条件就是这样:正是说实话的可能性创造了误解、误认和说谎的可能性。

叙事表现的诸种结构:焦点

通过对时间和时态进行严格的分析,汉堡和班菲尔德纠正了先前有关视点的阐释中的一个错误。他们也为下述形式主义论点提供了支持:小说叙述绝对不同于非文学的语言用法,因为小说叙述不是为传达信息给读者而创造的。通过将有关再现出来的言语和思想的分析引入美国批评,赫尔纳迪、帕斯卡尔,最主要是科恩,已经说明,现代叙事不是由两类话语(模仿与叙述,呈示与讲说)而是由三类话语构成的。对于叙事技巧的理解来说,第三类至关重要。

尽管由于他们之间的差别,这些批评家可能会反对被归为一类,但他们的确都强调叙事语言的重要性,对此很多人是反对的。反对者中最志趣相投的一批人可能会接受他们所说的不少东西,但又试图通过考察他们没有讨论到的那些叙述方面而超越他们。在承认语言标志——正是这些标志告诉我们,我们所读的是小说——的重要性,承认这些用以表达意识状态的微妙技巧的重要性之时,我们也知道,这些并不是包含在讲故事活动中的语言的唯一用处。绝大多数小说带领我们进进出出的乃是作为一个更全面的布局的组成部分的人物的内心。如果我们看不到内在的思想如何被联系于行动和互动,我们就会误解种种视点技巧的目的,而这些技巧几乎经常是被孤立起来考虑的。

叙述者可能会通过某些语句的时间与时态使他们的作品与现实分

第6章 视点面面观

离,但是也有其他语句,它们缺少这些表明虚构性的标志,它们直截了当地使用话语和交流的语言。每一个不可能被定位在时间和空间中的叙述者都创造一个包含人物的世界,对于这些人物来说,这个世界就是他们的现实。为了理解视点的功能上的重要性,我们必须扩展其意义范围,使之不仅包括人物与叙述者的关系,而且包括人物之间的关系。每个人物都能够像叙述者所做的那样,提供一个透视行动的角度。

在语法人称和进入意识被视为视点的规定性特征时,关于这一题目的传统阐释忽视了一个关键性的区别。"进入意识"有两层含义,一个第三人称叙述者可以看进人物的内心,也可以通过其内心来看。在第一种情况中,叙述者是观看者,人物的内心被观看。在第二种情况中,人物是观看者,世界被观看;在这一情况中,叙述者似乎已经把看的功能委托给人物,这就好像是一个含有"我注意到……然后我意识到"这类措辞的第一人称故事被以第三人称改写了("她注意到……然后她意识到")。

"叙述的焦点"(谁写的?)与"人物的焦点"(谁看的?)之间的区别由克林斯·布鲁克斯和罗伯特·佩恩·沃伦于1943年首次提出。热奈特在1972年更充分地发展了它。它对于恰当地解释全知叙述是至为重要的,较早一些的批评家则往往漠视甚至怀疑全知叙述。詹姆斯及其后继者发现这种叙述方式是冗长的和散漫的,因为它缺少形象叙述所具有的明显的(也是更单纯的)统一性。虽然他们也许能够解释一个像《幸福》这样的故事的优点,但是却解释不了《弗朗西斯·麦康伯的短促幸福生活》的优点,这篇小说漫无逻辑地从一个焦点或透视角度跳到另一个。

在海明威小说的开头,我们通过叙述者的眼睛看到场景。在开篇的对话之后,叙述者回到时间中,让我们的视线进入麦康伯夫妇的帐篷内部。然后我们又被带回小说开始的场面,而在威尔森的一句话之后,我们发现下述语句:"麦康伯夫人飞快地看了威尔森一眼。"然后,几行之后,"她同时看着这两个男人,好像从未见过他们一样。其中的一个——威尔森,白人猎手,她知道自己以前的确没见过"。然后就描写他——透过她的眼睛所看到的他。叙述的"声音"保持不变,但对这个场面的"聚焦"(focalization)却从叙述者转到人物。对某些批评家来说,这一段在技巧方面似乎很笨拙。他们是这样推论的,海明威想要描写威尔森,但又知道叙述者的描写是过时的,而且是非戏剧式的。因此他设法让玛格丽特看威尔森。但这是一个不可能实现的伎俩,因为她已经知道威尔森的相貌了。意识到这一点,海明威为了使这一不可能合理化,就说她似乎从未见过他。全知叙述中充满这类花招,而这些正是其短处的标志。

　　这种批评是由于未能理解基于焦点的表现系统。海明威的小说是其丰富的方法的一次令人眼花缭乱的展览。它包括全景、特写、拉开(威尔森和弗朗西斯乘汽车离开营地时看到的玛格丽特)、推近("野牛越来越大,直到他能看见一头巨大的公牛,灰颜色,没有毛,皮上布满疮痂,脖子就是肩膀的一部分")。这类在托尔斯泰小说中也能发现的焦点的多样性让我觉得,也许叙事作品是电影的各种视觉表现方法的来源,而不是相反。海明威甚至把那只狮子也用为一个聚焦者:"狮子仍然站着,威风凛凛、冷漠地看着这边的目标,它的眼睛只看到这目标的侧影,圆鼓鼓的像头大犀牛。"麦康伯那把他与汽车的侧影分开的致命一步(忘记打开他枪上保险的后果)是小说中的第一个转折点;这一步使狮子看见了他,并在他开枪之前移动了,而这一偶然事件依赖于这一场面的视觉上的准确逼真。

　　考虑到海明威在呈现种种视觉角度时表现出来的仔细,麦康伯夫人对威尔森的描写就值得重加考虑。威尔森看上去像是小学晚会中扮演圣诞老人角色的合适人选;相反,弗朗西斯则具有一位电视英雄的身体特征。[①]玛格丽特在威尔森面对狮子表现出他的勇气之前从未"真正地"看见他,因为她也像我们大部分人一样,经常以貌取人。当她被引导从对她来说是新的视点去比较这两个男人时,她就必须重新形成她对视觉符号与内在意义之间的关系的看法。

[①] 此言前者相貌滑稽,后者英俊。

第6章 视点面面观

在热奈特（Genette，1972）使焦点成为批评兴趣的主题之后，米基·巴尔对他的理论大纲进行了改进（Bal，1977），皮埃尔·维图则提议对这一概念加以进一步精炼（Vitoux，1982）。它已经被其他很多在理论上倾向于结构主义或符号学的批评家们接受。俄国批评家鲍里斯·乌斯本斯基在《结构的诗学》（Uspensky，1970）中以不那么形式化的但同样具有启发性的方式讨论了同一问题。尽管所用的词各有不同，但包含在聚焦研究中的两个基本概念始终是聚焦者（观看者）和被聚焦者（被观看者）。如果一个故事包含不止一个聚焦者的话，那么，从一个聚焦者到另一个的转移就成为叙事结构的一个方面。除了记录外部世界之外，一个聚焦者也能够自我感知（例如，麦伯康"扣动扳机……直到他觉得他的手指要断"）。再者，他（她）还能够反思，即思考所看到的，或决定一个行动方法。在作为观看者、自我观看者和自我反思者时，一个聚焦者可以自由地选择掩盖或揭示意识的内容。这一选择在文学中也像在生活中一样至关重要，但是这并不改变下述事实，在小说中，一个谈论另一人物的人与一个想着同样的东西但保持沉默的人一样，都是聚焦者。这样，聚焦这一概念就提供了在有关叙事结构的描述中重新综合意识与对话的一种方法。

至于海明威的小说，我们几乎无须指出，在许多段落中，聚焦者就是叙述者。除此之外，还有各种显然不同的聚焦方式。我们知道的威尔森是观看者和自我反思者，弗朗西斯是更小范围内的观看者和自我观看者（也有短短几段自我反思），而玛格丽特则仅仅作为一个观看者。我们知道威尔森对他所想的说得不多，弗朗西斯则说得过多；而我们所知道的玛格丽特的思想则几乎仅仅限于她所说出来的。一般来说，我们的同情是被那些我们了解其思想的人唤起的。大部分读者在知道了弗朗西斯在猎狮子过程中所想到的和感到的之后，往往会认为叙述者对于"胆小鬼"弗朗西斯的刻画是过分的。但是这样的同情却不可能为玛格丽特而存在；她的思想必须保留在笔墨之外，以便保持那个谜一样的结尾。这篇小说中出现了一个泄露天机的全知痕迹，超出了第三人称叙述者对于他人内心的非自然的进入：对一个人物并没有想到的东西做了评论。

_155_

当聚焦没有被作为视点定义中的独立范畴来对待时,"全知叙述"这一概念变成了某种堆放场,各种不同的叙事技巧都被归到这一名目之下。一个叙述者可以"同"一个或几个人物一起"看",并展示他们所看到的,就好像他是从他们的肩头看过去的一样。从一个立场到另一个立场的转移并不意味着通常意义上的全知(进入意识),但是我们没有其他词来称呼这一技巧。即使叙述者似乎已经穿越了内心世界与外部世界之间的界线,使用了例如"她注意到"或"他吃惊地看到"这类的说法,我们也没有坚实可靠的证据来表明这种穿越已经发生,因为我们大家在注意到他人的反应之后,也都会做出有关他人在想些什么的推论,而并不自称已进入了他们的内心。

第一人称叙述者受制于现实世界中的认识条件,而第三人称形式中的叙述者从理论上说可以知道每一件事情(但他们有可能将自己限制于局部的认识)。二者之间的绝对区别在实践中被破坏了。乌斯本斯基将《战争与和平》的第三人称叙述者的特点描写为"一个敏锐聪明的人,有着他自己的好恶,他自己的人生经验,并且像一切人一样受着内在的认识能力的局限"(Uspensky,1970,109-110 页)。在很多场合中他只是一个老练的观察者,一个其认识与智慧值得我们信赖的人。他可能会使用诸如"这间屋子里的人似乎认出了他"或者"她似乎被他所说的吓了一跳"这样的说法。在这种情况下他遵守着声称自己一直在场的第一人称叙述者所受的那些限制。在其他时候,他则进入人物的思想之中。我们应该拿这些对于我们的范畴的违反怎么办呢?至少,我们必须承认,叙事中的诸种表现结构不可能被化简为一种语言本体论(linguistic ontology),而"焦点"必须与叙述者的语法人称和进入意识一起被当作视点的独立成分。

叙述的诸种语言与意识形态

理论家们使用清晰的概念来确定不然就会过目不入的现象。但是清晰的获得始终是有代价的。当我们集中于叙事方法的特定方面时,作为一个整体的叙述活动的意义就变得模糊不清了。在试图指出为什么传统的、语法的、结构主义-符号学的理论是理解视点所不可或缺的之后,我想从俄国批评家沃洛希诺夫和巴赫金的角度指出它们的局限性。

尽管各有不同,我所讨论的这些理论却都是分析性的:它们都开始于一些两分组(叙述者或人物,第一人称或第三人称叙述,聚焦者-主体或被聚焦者-对象),并结束于分类。但在阅读中,我们所意识到的主要不是这些区分,而是从这些被分开者的相互作用中所产生的效果。乌斯本斯基讨论了这个问题。(Uspensky,1970,101-129页)但是,即使当他在视点的特征表中添上"意识形态"这一项之后,似乎还是缺少了某种东西。我们并不是将叙事体验为种种范畴的纲要,而是把它体验为总体的运动。这一运动的各个组成部分的特征也许最好用最普通意义上的"视点"①——构成一个人对待世界之立场的一组态度、见解和个人关注——一词来描述。包含但又超越了种种范畴的这一〔运动的〕总体不是体现在语言(作为一个可从理论上被研究的抽象统一体)中,而是体现在"种种语言"之中,通过这些语言,不同的视点(观点)得到表现。

我们都能熟练地区分构成我们的社会生活的各种不同的语言。"在现实生活中,"巴赫金说,"我们极其敏感地在他人日常话语中所说的与我们有关的一切中捕捉哪怕是最细微的语调变化和最短暂的声音中断。"(Bakhtin,1929,201页)在报纸的社论版上,我们发现互相论战的政治专栏作家们的种种不同语言,以及致编辑的种种信件的种种不同语言。一种局势或一个事件被以极其不同的语言和文体描述着。"散文作家面对着已经由社会意识铺设在对象中的无数道路"(Bakhtin,1934—1935,278页)。言词,以及它们所蕴含的价值标准和态度,与我们认为是独立于言词的事物其实是不可分的;言词就在事物之中,在我们始终是从这一或那一视点来体验的事物之中。成为个体的过程基本上是这样一个过程:学会一种我们自己的语言;不再盲目重复我们与之一起长

---

① "视点"(point of view)在叙事理论之外通常被译为"观点",即对于世界的"看法"。

大的那些词语；从各种有用的话语中选择指事名物的方式（因为只有通过使用成规，我们才能进行语言交流），但是却将这些方式与我们自己的意向结合起来，以便用我们自己的声音说话。

日常世界的互相对抗的语言被用于思想和态度的传达。这些语言在各自的界线内互相向对方说话，而这些界线就像是报纸上划分栏目的栏目线，它们分开了相互对立的话语，不允许相互越界到对方境内。每一话语就在界线之内宣布自己的真理。而小说的目的，在巴赫金看来，就是表现这些不同和差异，以使它们彰明昭显，并允许它们相互作用。他所关注的语言的那些特征不是文体的或语法的，而是"字词的生命中的那样一些方面……这些方面超越……语言学所具有的诸种边界"（Bakhtin，1929，181页）。

例如，当批评家们讨论海明威的文体时，他们经常让人注意它的始终如一的单纯和明晰。从纯粹的语言学观点来看，他们是对的，但是，透过巴赫金的眼睛来看，《弗朗西斯·麦康伯的短促幸福生活》是各种相互竞争的语言的战场或狂欢节。我们从小说中发现社交专栏文章的尖利口吻和陈词滥调："They were adding more than a spice of *adventure* to their much envied and ever-enduring *romance* by a *Safari* in what *was* know as Darkest Africa...."（"他们正在用他们在所谓'最黑的非洲'进行的远行打猎，来给他们那令人十分艳羡的经久不衰的风流情史加上一点超过冒险风味的东西……"）有一段对弗朗西斯作为上流社会代表的描写，其中的话本来是应该在他的俱乐部说的，只是叙述者的声音重复了［这段话中的］一个短语，就像是让唱片上出现了一道划痕，以打击他的自大感："He knew...about dusk-shooting, about fishing, trout, salmon, and big sea, about sex in books, many books, too many books, about all court games...."（"他知道……打野鸭、钓鱼、钓鳟鱼、鲑鱼、大海鱼，知道书里的、好多书里的、太多的书里的性描写，知道一切场地球类……"）①

---

① 被重复的短语是"many books"（好多书）。重复这一短语时叙述者加上了"too"（太多），好像这一单词在第一次时不慎被跳过去了。但这一重复意在讥讽。

第6章 视点面面观

因为语言与我们借以生存的不同道德规范之间存在着极为重要的联系，所以某些思想观念只能以外语来表达。为了表达猎手的责任感，威尔森求助于斯瓦希利语 shauri；为了称呼他与麦康伯夫妇之间的社会关系，他不得不去翻译一个法语的说法（"法国人把这叫做什么来着？敬而远之［Distinguished consideration］"）。在这篇小说的中心，我们发现，威尔森的全部存在，"他赖以活着的东西"，是一段话——一段莎士比亚的话。他引用并遵循着这段话，但又对它做着粗暴的亵渎（"真他妈的好。看看我还记不记得。哦，真他妈的好"），这种情况同时表明了他对豪言壮语的难为情，以及他与这样一个社会阶级的认同：这一阶级以一句话一声咒骂来"证明"它的话语的"真诚"。在《哈克贝利·芬》中——这部小说可被看作是对于一切试图掩饰语言差异（实际上是意识形态差异）的做法的系统攻击，来自莎士比亚的引语则服务于另一种目的。

迥然不同的语言之间的这种竞争被巴赫金称为多音齐鸣（heteroglossia）。海明威的叙述者有一种文体，但这种文体突出而非掩盖了语言上的差异。"表现他人的言语并为之提供框架的作者之语创造了一个透视他人之语的角度；作者之语分开光与影，为他人之语创造必要的环境和条件；最后，作者之语渗入他人之语内部，带进去作者之语自有的音调和措辞，为该人之语创造了一个对话性背景。"（Bakhtin，1934—1935，358页）对于巴赫金来说，对话绝不仅仅是说话者的轮换。在生活中一如在文学中那样，对话的本质特征最清楚地显露于意见分歧之时，这时表达方式也像争论的问题一样，成为明显的争论对象。他人的言语深深切入和渗透我们自己的语言，而我们则将这些言语作为嘲弄或反驳回敬过去。在海明威的小说中，玛格丽特申斥弗朗西斯说："'你得规矩点。'我规矩点？你倒会说。我规矩点。'对。你规矩点。''干吗你不试着规矩点？'"玛格丽特在以长辈自居（我们对孩子们说"规矩点"），弗朗西斯则以下述做法消灭她那自封的权威：用她的那种对待孩子的口气点出他发怒的原因——她的不忠。"规矩"（behave），这个在语言学家眼中具有稳定意义的词，在小说的上下文中以一种出乎意料的

149

方式获得了生命，而小说本身就是语言的那一被变为可见的生命。

另一种类型的对话出现于一些叙述段落之中。戏拟是其最明显的形式之一。在这种形式中，作者在叙述者的语言旁边放上另一种语言，从而突出叙述者语言的特点，海明威对于社交专栏［语言］的使用就是这样。巴赫金坚信，严格区分不同文体是集权文化的特点，这一文化标出了被认可的语言与任何与之不同的话语之间的界线。至少近两个世纪以来，西方社会很少生出这样一种主导语言，而这正是代行职权的叙述者们取有权威的作者们而代之的原因之一。前者并不对人物进行语言上和评价方面的控制，而允许人物说各自的语言。再现出来的言语和思想——在此之中人们经常很难知道人物的话何处结束，叙述者的话何时开始——对于巴赫金来说正是各种不同类型的话语如何相互作用的好例子（Vološinov，1930，20-21页）。叙述者的文体也许会渗入人物思想的中心，从而给这些思想染上一丝反讽的色彩；相反，通过某种文体上的传染，叙述者似乎也经常掇拾人物的话。（Cohn，1978，32-33页）在曼斯菲尔德的小说中，叙述者的话语似乎受了贝莎的话语的感染，这缩小了二者之间的距离。某些明确无误的区别，例如第一人称和第三人称叙述者之间的区别，经常不如不同类型话语之间的距离来得重要，因为后者能够抹却语法所创造的边界。

巴赫金坚持认为，单凭语言学是不可能确认这些边界的。经常是，某种措辞，或者仅仅是某个声调或变音，就使我们留意到视点的转换或混合。"There was no man smell carried toward him."（"没有人的气味吹向他［它，即狮子］。"）——这句话是第三人称叙述，但这一感觉却似乎来自那只狮子。不同语言和透视角度的相互作用创造了"双声话语"，这使我们意识到其中每一语言或透视角度所具有的那些突出方面。

巴赫金理论的深远意义清楚地体现于他的下述定义之中：小说是一种"杂交"形式，它是"一个艺术地组织起来的系统，目的在于使不同的语言相互接触"（Bakhtin，1934—1935，361页）。当小说被设想为生活的模仿或再现（传统的看法）时，小说首先被剥掉的就是其语言，它被放在一边，以供在"文体"的题目之下进行讨论；随后，人物和叙述

第6章 视点面面观

者又被互相分离（每一个都是独一无二的、个人性的主体），并被一一纳入聚焦者-主体或被聚焦者-对象、叙述者的话语或人物的话语、内在于或外在于内心等范畴。巴赫金视诸人物和叙述为一些"语言带"，它们可能会共享一些社会态度和信仰；另一方面，他又在一个人物或一个叙述声音的内部发现了忠诚的分裂，这种分裂产生于与他人语言的真正的相互作用。这个似乎由种种性质相异的语言形成的团块并不是"主体"遭遇"对象"的偶然副产品，而是社会生活的脉搏，由此我们汲取一些指事称物的方式，而正是它们将我们造就为个体，并且构成我们的世界观。"由此来看，一个人的意识形态生成过程就是选择性地吸收他人言语的过程。"（Bakhtin，1934—1935，341页）例如威尔森就吸收了莎士比亚的话。

"意识形态"这个词在我们的日常语言和学术语言中似乎一直是个外国的闯入者。它的本来领域是政治理论，在这里它有时指隐蔽的动机，有时指那些我们意识不到的、导致错误意识的因素。巴赫金用它指"一种特定的观看世界的方式，一种力求得到社会意义的方式"。在这一意义上，它与"视点"[观点]一词的通常意义相近。他为那些更为技术性的分析所补充的是对于下述问题的自觉意识，即内容不仅渗透小说的形式，而且构成它；而在任何关于叙事的讨论中，语言都具有中心地位。

至此，还有一个透视叙述活动这一场景的角度我尚避而未谈。这就是[读者]个人的透视角度，这一个人在这一场景中从不露面，但对于这一场景的存在却一如作者那样举足轻重：读者，或者毋宁说读者们，就像批评家一样，各以极其不同的方式来看叙述活动这一场景。

第7章　从作者到读者：交流与解释

根据巴赫金的看法，如果我们仔细地听，那么我们可以在叙事作品中听到两种对话——除了引号里的那些对话以外。通过设定在叙述中的语调①，作者可以与人物进行隐含的对话，或同情他们，或给他们所说的话加上一丝反讽的泛音；而通过戏拟与文体模仿②，作者也可以间接地评论其他的作者和约定俗成的语言用法。我们能认出这些效果是因为我们很知道语言在文学中以及在生活中是怎样被运用的。我们的语言知识与书页上的文字之间的相互作用还产生其他对话。尽管我们并不回答作者，但我们通常都觉得他（她）是在向我们说话，而我们则通过提出和回答（即使是无意识的）有关我们所读到的东西的问题而使一个故事获得生命。那些谈论叙事作品或研究它们的人都对文学的总体对话语境有所贡献，在这里，语言的生产使价值的创造——通过理解力所做的工作及其所产生的快乐——成为必需。

一旦读者也进入叙述这一场景之中，我们就不禁要从一个新的透视

---

① 此指叙述者在叙述时可以使用不同的口气来说话，从而显示叙述者对于其所述之人之事的不同态度。
② 文体模仿：stylistic imitation，指叙述者有意模仿某种文体。

第 7 章 从作者到读者：交流与解释

角度来看叙述。为了体验再现的言语和思想的效果，我们不必先认识它的语法特征，正如为了运用语言，我们无须一定要研究音素一样。叙事技巧本身毕竟不是目的，而是实现某些效果的手段。不联系一篇叙事做什么，我们就无法知道它是什么，而且，尽管读者和作者的目的各有不同，但这些目的都与价值和意义问题密不可分。

这就是韦恩·布思在《小说修辞学》（Booth，1961）中所坚持的观点。与那些强调文学所具有的形式特征并持守最好的小说应该意义隐晦这一信条的流行批评观点针锋相对，布思论称，小说是交流形式的一种。他这么说并非意味着作家应该尽力证明一个论点，他也并不把交流设想为局限于命题意义的传达活动。在流行文学中一如在经典文学中一样重要的感情反应，是作者所激发的东西的一部分，而它与价值标准和态度是不可分的。他所攻击的目标之一是自命高雅的唯美主义，它视感情卷入为对于艺术纯洁的污染。在他看来，由于批评家们彻底清除了小说中由一位可辨认的叙述者或作者放入的价值标准、感情、明确的意义，乃至人性因素，他们已经误解了小说的目的。在对于价值标准和意识形态的重视方面，布思与巴赫金有某种共同之处。后者的某些思想布思现在会将之作为对自己早期立场的修正而接受。（Booth，1984）

交流模式

代替视点理论家们的各种分类，布思和其他一些人用一个线性的交流模式解释小说：隐含作者——他可以不同于叙述者——将有关人物和事件的信息提供给读者。语言学家们用类似的图式讨论非叙事性交流：说者传达信息给听者。当然，小说的情况可能比日常交谈的情况复杂得多，因为在小说中，一个信息的左右可以安置不少人物（如图 7a 所示）。但是，通过将读者作为叙事局面的本质特征包括进来，通过将文学意义这一概念确定于叙述者与读者之间，这一模式提出了理解我们阅读时所发生之情况的诸种新的方式。

在现实主义小说领域之内，对话体现着语言在日常生活中的功能。一个词意味着什么不仅取决于其定义，而且取决于它怎样被运用；说者的意图及其与听者的关系是我们不由自主地要加以考虑的众多因素之二。为了理解海明威小说中以玛格丽特说"I won't leave you and you'll behave yourself"而开始的那一段文字，我们就必须依赖我们的不言而喻的知识：我们知道他们这样说话时是在试图干什么。她的话可以被解释为预言（我知道你以后会规矩点的），或许诺（如果你规矩点，我就不离开你），或威胁（如果你不规矩点，我就离开你），或命令（你必须规矩点！）。① 弗朗西斯将它解释为命令，而她随后也将它作为命令加以重复。但是，发布命令必须以说话者有权发布命令为前提，而这篇小说写作之际，妻子们已经不再依老例对丈夫们行使这种权威了（虽然"妻管严"当时还是一个定型的喜剧人物）。弗朗西斯对于这一命令尤其恼火，因为，如前所述，这种命令是母亲给孩子们的。

言语-行为理论家们研究语言使用中的这样一些层面，即当我们说一句话时，我们在说话这一行为本身中做了什么，我们通过说话又做了什么。理查德·奥曼和玛丽·路易丝·普拉特已经阐明，文学作品与普通言语行为有许多相似之处；苏珊·兰塞尔则在其《叙述行为》一书中融合言语-行为理论与视点批评，以对作者与读者之间的交流做出全面的阐释。

语言学家和符号学家们给交流分析（他们的术语是"语用学"）补充了一些其他方面。在说者/信息/听者轴的上方和下方，雅克布逊列出了三个要素，它们在任何言语事件中都是重要的。信息的成功传达需要某种有关"语境"的知识，亦即要知道说者指的是什么；需要某种开启、关闭和检验交流通道（"接触"[contact]）的手段；还需要一种确定言语旨在如何发挥作用的方法（所使用的"代码"的问题）。② 当弗朗西斯说"我规矩点？你倒会说"的时候，他是在评论那个代码［他妻子

---

① 玛格丽特话中的"will"一词是含义复杂的助动词。它既可以表示单纯的将来，也可以表示愿、要或务必、必须、应该的意思。

② 亦即，作者打算让某个词语或某个说法在读者那里起什么样的作用，或如何被理解。

第 7 章　从作者到读者：交流与解释

交　流

说者 ─────────── 信息 ─────────── 听者
　　　　　　对交流的模仿
　　　　　　对话，对所说之事的叙述

作者 ─ 隐含 ─ 戏剧化 ─ 戏剧化 ─ 叙事 ─ 听叙者 ─ 模范 ─ 作者的 ─ 真实
　　　 作者　 作者　 叙述者　　　　　　　　　　读者　 读者　　读者

说者 ─────────── 信息 ─────────── 听者

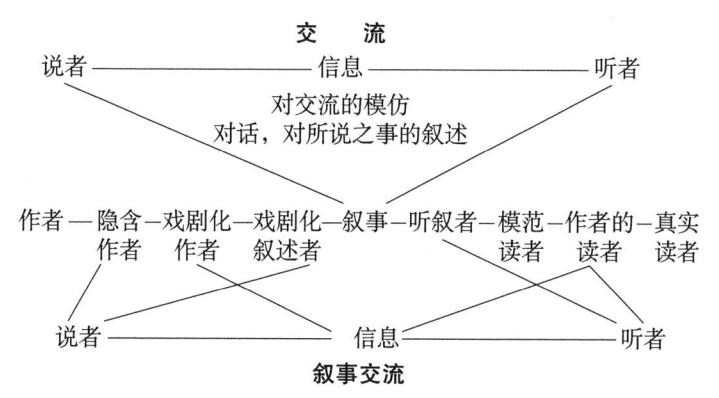

叙事交流

一篇叙事可以只有一个说者（如《幸福》），或一个隐含作者和一个戏剧化叙述者（《哈克贝利·芬》），或者像《坎特伯雷故事集》那样，有一个隐含作者、一位戏剧化作者（"乔叟"作为一位不胜任的讲故事者）、多位戏剧化叙述者。同样，也可以有一位听者或多位听者。无论何时，只要另一个说者和听者被加进这个模式之中，他们两位之间的一切就成为"信息"的组成部分。

作家（writer）：韦恩·布思（Booth，1979）论称，有血有肉的作家与隐含作者（implied author）之间的空间可以被另外两位人物占据：一位作家一生所创造的一系列隐含作者构成一位"职业作者"（career author）（见劳伦斯·利普金：《诗人的一生》）。作家也可以形成一个呈现于新闻界和公众之前的"公众人物"（public character）——一个多半是他的公开形象和对他的赞誉所强加给他的角色（参阅《博尔赫斯与我》，收入豪尔赫·路易斯·博尔赫斯《个人选集》）。

隐含/戏剧化作者（implied/dramatized author）：从定义上说，一位隐含作者绝不使用"我"这个代词或诉诸读者，但一位戏剧化作者却这么做。兰塞尔指出，前者（被她称为"小说之外的声音"）与戏剧化作者（她称为"公开叙述者"[public narrator]）的区别是程度区别，二者之间有种种中间阶段。

戏剧化叙述者（dramatized narrator）：故事中的一位人物（兰塞尔谓之"个人叙述者"[private narrator]）。

听叙者（narratee）：普林斯的术语，一篇叙事讲给谁听，谁就是听叙者。如果他不是叙事中的一个人物，那么听叙者就同于隐含读者。

隐含读者（implied reader）：一种抽象构造，用以探讨真实读者所具有的种种能力（Ong；Iser，1976，34-38 页）。为了强调能力种类的不同，批评家们可能会称此形象为理想的、超级的或内行的读者。如果除了隐含作者之外还有别的说话者，那么这一形象就可以被分为：

模范读者（model reader）：艾柯的术语，指这样的读者，其性格特点是被文本刻画出来的或由文本推测出来的（普林斯的"虚拟读者"[virtual reader]；拉比诺维茨的"叙事受众"[narrative audience]；兰塞尔的"公开听叙者"[public narratee]）。这是读者被期待去扮演的准虚构角色。

作者的读者（authorial reader）：拉比诺维茨的"作者的受众"（authorial audience）；吉布森的"假想读者"（mock reader）；兰塞尔的"小说之外的读者"（extrafictional reader）。与模范读者不同，这种读者始终意识到小说是小说（隐含作者可能会暗示这一事实），并且依据这种知识来读它。①

图 7a

---

① 此图表中的"说者"（addresser）亦译为"发送者"或"发信者"或"发者"，"听者"（addressee）亦译为"接收者"或"接受者"或"收信者"或"受者"。

所用的］；当他说"住嘴"时，他显然是在试图结束接触。一些情人的争吵的意义和一些短篇小说（例如，海明威的《白象一样的群山》）的意义存在于代码或"元语言"①功能本身之中：揭示正在发生的一切的不是信息，而是对于该信息的评论。

  作为现实主义小说世界的观众或窥视者，读者解释所发生事件的方式很像我们在日常生活中解释所发生事件的方式，即将事件、人物和动机凑合在一起。但是，作为整体的故事的目的又是什么呢？在日常话语中，一个说话者通过利用一个作为信息的故事而表达的旨意可以由上下文来澄清。一个律法师在试图盘问耶稣时问他："谁是我的邻居？"耶稣以好撒玛利亚人的故事作为回答。②但故事即使在最好的情况下也是意义含混的。因此，讲了这个故事之后，他就问那三个人物中哪一个是这位邻居，以便查看那位律法师是否理解了"代码"。律法师的回答则表明，他接收到了这一有意为之的信息。然而，作者与读者并不交换有关接触和代码的信息以保证传达的准确，而且在小说里语境也并不包含对现实的提及（如果它提及现实，我们也许能够通过核对其他信息来源而回答我们的某些问题）。

---

  ① 元语言（metalanguage），或译"后设语言"。谈论语言本身的语言是"元语言"，因为这里用以谈论语言的语言和作为对象而被谈论的语言处于不同层次之上。本书中类似术语还有"元小说"（metafiction，关于小说的小说），"元交流"（metacommunication，关于交流的交流），等等。以"元—"译"meta-"很流行（但并不统一，而"形而上学"即"metaphysics"即突出的"例外"，一个作为开端而没有被后来的翻译遵循的例外，没有遵循则是因为无法遵循），但其实并不妥帖，因为"元一"上还可以有"元一"。因此，本书中这类英语表述其实最好译为"语言之语言""小说之小说""交流之交流"等等。敬请读者谨记。

  ② 事见《圣经·新约·路加福音》第十章第25节到37节：有一个律法师，起来试探耶稣说，夫子，我该做什么才可以承受永生？耶稣对他说，律法上写的是什么，你念的是怎样呢？他回答说："你要尽心、尽性、尽力、尽意、爱主你的神，又要爱邻舍如同自己。"耶稣说，你回答的是。你这样行，就必得永生。那人要显明自己有理，就对耶稣说，谁是我的邻舍呢？耶稣回答说：有一个人从耶路撒冷下耶利哥去，落在强盗手中，他们剥去他的衣裳，把他打个半死，就丢下他走了。偶然有一个祭司从这条路下来，看见他就从那边过去了。又有一个利未人，来到这地方，看见他，也照样从那边过去了。唯有一个撒玛利亚人行路来到那里，看见他就动了慈心，上前用油和酒倒在他的伤处，包裹好了，扶他骑上自己的牲口，带到店里去照应他。第二天拿出二钱银子来，交给店主说，你且照应他。此外所费用的，我回来必还你。你想这三个人，哪一个是落在强盗手中的邻舍呢？他说，是怜悯他的。耶稣说，你去照样行吧。

第 7 章　从作者到读者：交流与解释

书面叙事作品可能包含一个隐含作者，他向读者说话，指出故事是关于什么的，为什么要讲它。如果隐含作者在说到这个故事是虚构的还是事实的时候讲的是真话，正常的交流模式就行之有效，尽管读者也许需要利用他们有关文学成规的知识来理解意义。然而，当作者之声陷于沉默时，读者对于"作为信息的故事"的目的和意义就拿不太准了。在很多现代叙事作品中，问题已经不仅仅是对于我们所理解的事件序列试加解释，而是准确地理解所发生的到底是什么——把行动、人物和动机凑合成一个可以理解的情节或故事。贝莎对于《幸福》中所发生的一切的解释可靠吗？她那非常的感情状态以及她对于性的全神贯注是否歪曲了它们呢？

在《小说修辞学》中，布思指出，面对这些问题时，叙事理论家有两条出路。他们可以坚持说小说与非文学话语是类似的，并尽力保持交流模式，其方法是指出文学成规可以成为日常话语中所用成规的代替物，用以保证意义的准确传达。或者，鉴于下述事实，即小说、叙事的意义少有公认之论，他们可以抛弃交流模式。给定了这两种可行选择，我们就不难理解，为什么绝大多数理论家会力求在这二者之间找到某个位置。

一些批评家接受甚至庆贺下述事实：解释各有不同。在他们看来，作者切断了小说与确定意义的联系，从而为读者亲自介入故事开辟了一个空间。另一些人则辩称，分派给读者的这一作为意义的创造者的地位可能比它乍看上去更受作者和文学成规的限制。也许意义的创造是一项合作事业，读者与作者都对此有所贡献；也许真正决定解释的因素是历史上特定社会的文学与文化假定，因为这些假定为作者和读者所感知和所创造的东西定性赋形。第三组批评家（这是我出于自己的目的构成的）认为，小说叙事的意义从根本上就是不稳定的。我把不讨论作者、读者、成规而讨论阅读的批评家们放在这一组中。

读者种种

有关叙事意义的意见分歧似乎与人们赋予故事的重要性以及人们解

释故事时的小心谨慎一同增长，例如有关荷马、《圣经》和《薄伽梵歌》的评论所显示的那样。只要流行小说被视为某种形式的娱乐，它们就似乎无须解释，尽管它们可以被认为是一钱不值的或有害的。旨在教训或假称要进行教训的故事可以从它们表面上提供的明确的道德教训方面来看。但是，一旦小说被列入大学课程表，作为一种重要的文学形式而与诗歌、戏剧和非虚构性散文鼎足而立，有关其解释的分歧就倍增了。法律系统和某些宗教发展了一些通过判决和权威裁定来解决这类争端的方法；教师可以利用讨论、解释或自己的权威来控制课堂上的解释；但是，在书和文章中，意见冲突却是常事。

在现在的情况中也像在其他情况中一样，对于文学史的理解有助于阐明现行的各种批评理论。18、19世纪向读者说话的作者的消失，20世纪问题性的、破碎的叙事作品的出现，已经迫使读者既参与作品的解释也参与其创造。一旦我们掌握了在没有任何详细说明的情况下为构造意义所必需的技巧，我们就可以回到更早时代的小说中去发现我们以前的阅读习惯导致我们忽视了的一些解释。（Culler，1982，38－39页；Docherty，1983，x－xiii页）

读者本身就是解释多样性的最明显的根源，因为每个读者都带给叙事一些不同的经验和期待。对于诺曼·霍兰德来说，不同个人在解释作品时的差异与一个人的心理"同一性"（identity）有关。①每个人在生活中都抵抗着和渴望着什么，这些抵抗和欲望构成一个人接近生活与文学的特定方式。根据他的精神分析学说，我们每个人都"在文学作品中发现我们最独特地渴望或恐惧的那种东西"（Holland，1980，124页）。一旦读者小心地设好防卫，以抵挡一篇叙事可能给心理平衡带来的任何

---

① 霍兰德认为同一性（identity）之于个人犹如主题之于作品。作品的千变万化的内容可统一于一个主题，同样，个人一生的各种精神和肉体变化也可以统一于一个"同一性"，即变化之中那不变的东西。在他看来，我们每个人都根据自己的同一性对作品作出不同的解释。个人所具有的同一性可被认为是通过认同而获得的，并且始终处在某种认同过程之中。而所谓认同就是认自身为同于另一者。例如，根据拉康的理论，幼儿一生中的最初的同一性就是通过其与自身的镜像"认同"而获得的。对于人而言，这样的认同没有意识的参与是不可能的，即在这一意义上是主体的或主观的。就此而言，此处正文中的"心理同一性""主体同一性"和"个人同一性"也可以译为"心理认同""主体认同/主观认同"和"个人认同"。

第7章 从作者到读者：交流与解释

潜在威胁，他（她）就能够自由幻想，而这将满足个人求愉快的内在冲动。

当然，对于弗洛伊德的解释有很多种，精神分析学家们对于主体同一性（subjective identity）的解释也不同于心理学家们的解释；人也是"文本"，也像叙事一样暴露于互相分歧的解释。但是绝大多数分析家都接受下述前提：我们每个人都有一个"脚本"——一个有关生活的叙事倾向于如何发展的总体概念——它作为我们的解释与行动的依据而起作用。更早的精神分析批评家们认为这样的脚本能在小说中发现（见本书第2章），霍兰德和另一些人则把它们从文本转移到读者：一个叙事结构始终保持着不定状态，直到有人联系于某种个人同一性主题〔个人认同主题〕来解释它。

因为这一理论意味着我们只是将自己的意义强加于叙事，所以一些人就产生了一种想拒绝这一理论的冲动。但这一冲动本身就是一种防卫机制，因为我们并不喜欢承认我们是多么经常地重复我们特有的解释活动。批评家们通过参照文本和使用公认的解释程序来使自己的阐释显得合情合理，以便不使自己在一个看重科学的、客观的方法的专业中被指责为主观（我们都是这个压抑主观性的社会的创始成员）。然而，个人之间的差异不必非从精神分析的角度来解释。戴维·布里奇建议说，种种个人的解释都可以被原原本本地接受下来，并被用来作为讨论和沟通的基础，而共享的知识就将在此基础上产生。

对于布里奇和霍兰德来说，解释是阅读过程的最后阶段。他们两人都提到在此之前的若干阶段。在这些阶段中，读者把文字转变为象征，或者放松防卫机制。但是他们几乎没有谈到这些活动的过程。（Mailloux，1982，27-32页）读完一篇故事后，读者当然可以自由地联系个人同一性主题〔个人认同主题〕或任何其他东西来解释它，但是读者阅读时所行使的自由却是一种不同的自由。读者可以选择不打开一本书，或者只要愿意就随时合上它。知道这一点，作者就必须不断地吸引他们的注意力，此即承认了他们的停止阅读的自由。但是，只要他们继续阅读，他们就自愿地与作者建立了一个非约束性的协定。作者并不把个人的观点或目的强加于他们,同时,作为回报,又要求他们把自己的实际目的也放在一边,以便为一个想象的世界赋予生命。正如萨特所说:"一方面,文学对象除了读者的主观性之外并无任何实体;……但另一方面,文字在那里又像圈套一样唤起我们的感情并将其反射给我们。……就这样,作者诉诸读者的自由,以合作生产他的作品。"(Sartre,1947,39-40页)

虽然作者可能希望使一篇叙事能为任何可能的读者所接近,但是为了引导人们感到他们自己才是它所针对的读者,有关读者的某种概念还是必需的。正如索尔·贝娄所说:"作家无法肯定他的百万[读者们]会像他一样看待事情。因此他试图对受众做出规定。通过假定任何人都应该能够理解和同意的是什么,他创造了一类人。"(Bellow,1961,118页)同样,作家也必须考虑"他所创造的自我形象,即隐含作者,是否是他的最聪明最敏感的读者能够佩服的形象"(Booth,1961,395页)。这种构筑一个将向假定读者说话的作者之声的过程并无任何虚饰和矫揉造作之处,正如在商业信函中使用一种称谓方式而在朋友便条中使用另一种方式并无不自然或不诚恳之处一样。成规不是真正交流的限制;成规使其成为可能。

当我们认为自己是隐含作者对之发言的读者时,我们就成为彼得·拉比诺维茨所谓的"作者的受众",其根据是,我们与作者心照不宣,都知道正在讲的故事是个虚构。(霍兰德也许会将这种一致解释为一种放松我们的防卫机制的手段:我们知道,读虚构作品时,我们是在玩"让我们假装……"的游戏)。然而,作为"叙事的受众",我们觉得所读的故事是真实的,意即我们认为人物和事件都是实在的。在这个[虚构]世界之内,我们区分事实与谎言、可信观点与不可靠观点。如果隐含作者显出小瞧与我们有同样背景的人的意思,或者在言及那些恰好生为女人的人、不懂拉丁语的人或开小店的人时似乎高高在上或语带嘲讽,那么我们可能干脆就拒绝认为自己是作者的读者,并且不读这本书。但我们也许还是会接受这个角色,尽管并不喜欢这个隐含作者。他也许显得像个多愁善感者或者机灵的势利鬼,但仍然是个讲了有意思的

第 7 章　从作者到读者：交流与解释

故事的人。加入叙事的受众的行列之后，我们完全可以就像叙述者那样与人物认同或认为他们讨厌。如布思所论称的，作者、叙述者、听叙者、作者的受众四者之间的诸种不同的心理"距离"对于叙事体验是至关重要的。(Booth, 1961, 155-159 页)

距离、移情、认同、欲望在小说阅读中的重要性近来被汉斯·罗伯特·姚斯和弗雷德里克·杰姆逊重新强调。这些因素有助于解释个人反应的差异，但这些因素也是决定我们作为特定社会或文化之成员的反应的有力因素。我们关于勇敢与怯懦、忠诚与虚伪的观念，以及我们关于正义、善良、公平的观念，都是我们的社会存在的组成部分。叙事在传统上一直提供对社会价值标准的肯定，而且，正如姚斯所指出的，对于传统英雄[主人公]的各种反应形式——从联想的或钦佩的认同直到反讽——起着指示历史和社会变化的索引的作用。(Jauss, 1977, 152-188 页)在无意识这一层次上，弗洛伊德派批评家们找出的是那些决定欲望的家庭和个人因素，杰姆逊则看到深藏其中的那些在各个社会经济时代发生变化的社会反应形式。

在讨论我们"相信"一个故事以及与人物认同的各种方式时，拉比诺维茨区分的三种受众——实际的受众、作者的受众、叙事的受众——是极其有用的。它们也有助于清理和区别由不可靠叙述者和意义含混的故事所造成的各种问题。人们经常可以将这些问题这样来分类，即试问哪一种读者在解释故事时遇到了困难。另一些批评家用各种不同的术语表示读者的角色，这里术语的选择取决于他们在进行分析时对读者反应的哪些方面感兴趣。一些人坚信，在一切可能的读者中，只有最好的读者，即"超级读者"或"内行读者"，才能最充分地欣赏一篇叙事。但相反，作者也可以明示——通过评论或表现方式——自己假定读者具有的是哪些态度和能力。他们也许会认为读者理所当然地有广博的学问，或者会不无帮助地提供一些读者恰好并不知道的信息。他们可以让我们分享他们的自信，例如哈克·芬之所为；他们的反问、否认、过度辩解，乃至他们的沉默，都不仅有助于刻画他们自己的特点，而且有助于表现他们对于听者的概念。(Prince, 1973b)文本内创造的读者形象被

_171

不同地称为模范读者、虚拟读者或假设读者。一些批评家论称,我们可以通过与这一形象的认同而最好地理解一篇叙事。"简言之,作者创造一个自我形象和一个他的读者的形象;他创造他的读者一如他创造他的第二自我一样,而最成功的阅读就是这样一种阅读,在此之中,这些被创造出来的自我,即作者和读者,可以发现完全的一致。"(Booth,1961,138页)

尽管试图与历史上和社会上都远离我们的读者认同的做法能够拓展我们的想象视野,但是并不一定会带来对于一本书的可能最好的阅读。一些小说并不取悦于它们自己时代的读者,一个作者可能会试图改变当时读者的阅读习惯,而不是满足这些习惯。当然,人们可以争论说,伟大作家向我们说的是永恒的人性,它完全独立于社会和文化变化。但是,如果我们查看一下有关他们作品的历代解释的话,我们就会发现,实际的一致比我们可能期待的要少。而确实存在着的某些意见的类似则部分地源于文化的自然增生过程。在这一过程中,一些文学观念被编织成传统,而传统在很大程度上决定着我们看到什么。那些过去证明是冒犯当时读者的道德观念并让他们大惑不解,从而打破了姚斯所谓的他们的"期待视野"的革命性小说,对于我们来说也许却是一个持续演化过程中的杰作。

文学传统传播普及[对于文学作品的]相似解释的方式与个人[对于文学作品的]反应之间的差异一样值得注意。读者-反应理论家们强调的一点很重要:叙事作品并不含有植根于文字之内的、有待某人发现的确定意义。意义仅仅在阅读活动中才存在。但是,得出下述结论也同样是错误的,即无论纸面上的文字如何,解释都必然"在于"读者。为了阅读文字,我们必须懂得语言——雅克布逊的交流模式中的"代码",尽管我们不必意识到其复杂的规则。同样,我们自孩提时代就在诸种讲故事的成规中受到训练。而且,正如我们懂得我们自己地区的方言一样,那些从特定批评流派获得其解释技巧的人也倾向于以同样的方式谈论和解释。社会的、文化的、文学的变化结合起来产生新的叙事类型和新的解释方法。解释有所不同是因为读者有所不同;读者之间的不同则

第 7 章 从作者到读者：交流与解释

不仅是其个性所起的作用所致，而且是其在阅读中所使用的成规所起的作用所致。当被问及我为什么会在一篇故事中发现某种特殊意义时，我通常会指出某些段落，但是这些段落之所以能够支持我的解释仅仅是因为我们有关于成规的假定：我们假定某些文字和行动蕴含某些意义。

在这些试图阐明阅读叙事的过程的理论家当中，没有一个人比沃尔夫冈·伊赛尔更成功。他认为，作者确实通过利用双方相互理解的诸种成规对于读者感受文本的方式进行控制。就此而言，他接受有关交流模式的假定。但他指出，小说叙述从根本上改变了交流的条件。"隐含读者"（他的术语，指文本所隐含的读者）是小说结构的组成部分。作为这样一个部分，这一角色不是一个我们可以毫无保留地把自己交托给它的角色。我们从文本里面推想出来的意义产生于"文本所提供的角色与真实读者的气质"之间的创造性张力。（Iser，1976，37 页）进而，他提出，隐含读者并不像交流模式所建议的那样是一篇虚构叙事的"受者"（addressee），而只是那些提供对于作品意义的透视角度的立场之一。当行动展开时，隐含作者、人物、情节都各自提供了观察这一行动的不同视点。读者的任务就是使这些透视角度汇聚起来，而它们的会集之地就是文本的意义，这一文本是从一个综合了这些透视角度的假想立场上被感受的。

因此，与日常话语中的说话者不同，叙事文本提供好几条被不同意图制约的交流通道。（这一概念与巴赫金的"多音齐鸣"有某种共同之处，见本书第 6 章最后一节有关讨论）。每一个视点都自我们在理解生活时所运用的全套成规与态度之中而来。但在小说中，我们必须通过想象文字所指涉的略图性的"现实"而把这个现实构造出来，而不是通过再去看上一眼世界或其他信息来源而填上失落的细节。这里读者的个性开始发挥作用，而作者则已经在存在于文本之内的缝隙和空白之中为之提供了用武之地。

在小说所特有的这些阅读方面之外，伊赛尔又补充了叙事的其他一些特点。在人物的相继呈现中，每一个人物和视点都成为读者注意的"专题"（theme），它是在由已经过去的东西组成的"视野"中被观看的。例如，在海明威的小说中，在感受了威尔逊对于弗朗西斯的看法——一个胆小鬼，不太像个男人——之后，我们进入弗朗西斯的视角，从而知道了恐惧能够怎样使意志瘫痪。再往后，如果读者能够同情叙述者似乎并不赞成的某种态度的话，那么他可能就会看到，从玛格丽特的视点来看，人们从猎杀大动物中感到的兴奋即使不令人作呕，至少也是不人道的。每一个透视角度都往往被随之而来的透视角度否定，从而引导读者调整他对过去行动的理解，并形成对于未来的新的期待。

当透视生活的某一角度被证明不恰当时，读者倾向于怀疑该透视角度赖以为基础的全套成规性的假定。在伊赛尔看来，叙述过程是一个否定理解世界的种种片面的与不恰当的方式的过程，它留在身后的余波不是一个构筑出来的意义，而是各种不同的假设性观点。而这有赖于读者如何填进意义，如何质疑社会成规，以及如何试图去为文本中所表现出来的不恰当看法发现积极的代替物。如果我们对于文本所提供的体验取开放态度的话，我们很可能会发现对于我们自己的某些观点的某些否定；作为结果，那个开始阅读一本书的自我可能并不与那个结束阅读时的自我一模一样。在伊赛尔看来，这就是为什么说"读者"不是隐含作者对之说话的假想形象，不是真实的阅读者，也不是二者的某种结合；相反，读者是尚未实现的超越的可能性，它仅仅在阅读过程中才存在和改变。

阅 读

伊赛尔的理论居于对于文学交流的概念分析与对于阅读的一种侧重于其过程的阐述这两者之间的中间地带。前述交流模式（图 7a）是对于可在阅读过程中被实现的所有可能性的一种综合表现。有时，戏剧化作者可能会把我们作为他意中的读者而对我们说话；有时，我们也许会无意中听到人物之间的对话，或者成为一个显然误解了他所描述的事件的叙述者向之说话的人。一种全面的读者反应理论必须考虑所有这些可

第 7 章　从作者到读者：交流与解释

能情况；但是，当它们被列在一张非时间性的图表中时，它们并没有告诉我们多少有关阅读本身的情况。这就是为什么在讨论了隐含读者这类抽象概念之后，伊赛尔试图指出它们在穿越故事的历程中是如何被调动和被改变的。他的理论通向一种对我们阅读之时所发生的一切的富有说服力的阐述，尽管他并没有试图详细地描述这一过程。

人们也可以并不先提出一种理论，然后再表明其如何可以实际奏效，而是运用一种归纳方法——直接从阅读一部作品开始，并在阅读中提出有关这一过程的一些结论。这种方法的最出色的实例是罗兰·巴尔特的《S/Z》，一种对于巴尔扎克短篇小说《萨拉辛》(Sarrasine) 的分析。简短的开宗明义之后，巴尔特就开始引用这篇小说，每次几个词或几句话，并对每一部分作出评论。在小说的标题和第一句话中，他发现了五种"代码"。当读者在文本中跟踪这些代码而前时，它们将创造出众多的意义可能性。使用这一方法的读者没有任何人能得到与别人相同的结果。查特曼和斯科尔斯用这种方法分析过乔伊斯的短篇小说《伊芙琳》(Eveline)，我将通过对曼斯菲尔德小说中几句话的讨论来试着给它一个示范。

虽然在我们读完小说后看来，标题可能证明是它们的贴切概括，但当我们开始读它们之时，标题通常都显得扑朔迷离。《幸福》——谁感到幸福？在什么情况下？有什么结果？这类问题属于诠释代码（hermeneutic code），它随着故事向真相大白的终点推进而引导着读者经历一系列的局部揭晓、延迟和模棱两可。我们从一开始就知道，"幸福"是一种感情状态，一种超乎寻常的喜不自胜；当它被联系于其他有关思想和［个人］特征的点滴信息时，所形成的总体就将是一个人物的所在之地（义素代码①）。小说的头几个词——"贝莎·杨虽然已经是三十岁的人了"——给了我们一个专有姓名，围绕着它，很多义素将会聚集起

---

① 义素代码：the code of semes。"义素"（seme，形容词 semic），语言学术语，指构成意义（meaning）的最小单位。一个意义可能由若干义素构成，如"男人"这一意义即由"人""雄性""成年"等义素构成。巴尔特在这里将义素分析方法移用于文学作品的分析。"义素代码"或可更为通俗地译为"意义代码"。"一个人物的所在之地"指小说中的人物或人物性格即存在于由所有这些信息形成的总体之中。

175

来，尽管这些义素也许永远也不会结晶为一个确定的"人物"。她的年龄——三十岁，是一个事实，我们将其理解为指涉或文化代码（referential or cultural code）的组成部分，这套代码是我们在解释日常经验时不假思索地利用的巨大的知识仓库。随着"可她还是有这个样子的时候"这句话，行动代码（code of action）或情节代码（proairetic code）就开始了。我们将把这些推着故事从头向尾移动的行动一组一组地集中起来（回家，喂宝宝）；诠释代码也以这种前后相继的形式发挥作用。"在等待着什么……就要来临的大喜事"这几个字——它们出现在这篇小说的第二页上——使这两种代码相聚，并且，就像是指向一座我们从未访问的城市的路标，它们把我们引向新的启示。

巴尔特后来（在发表于1973年的一篇论文中，这篇论文为这种方法提供了一个便于使用的简单例子）又打乱并重新排列了这前四种代码；这些代码的名称并没有它们所具有的那些普遍特征那么重要。回顾一下图5b将会表明，这些代码是可以从他更早以前的叙事结构分析中推导出来的。他的1966年论文中的"功能"序列现在一分而为两种代码——行动代码和谜的代码［诠释代码］。他以前称为"指示性标志"的静态元素有一些进入了谜的代码亦即诠释代码之中，另一些则形成了义素代码。以前理论中的"信息提供者"现已成为指涉代码。代替将诸元素安排在一个等级性的、非时间性的结构之中这一做法，他的新方法直截了当地按照诸元素在阅读中先后出现的次序而依次处理它们。

《S/Z》中第五种即最后一种代码是基于对立的象征代码。在《幸福》中，"既然一定得把这个身体当一把稀世珍宝般的提琴那样珍藏在琴盒里，那么老天给你个身体干吗呀？"这句话——这是一个贝莎一创造出来就加以否定的明喻——是一根复杂链条上的第一环，这根链条把内与外、关与开、热（她胸中的火焰）与冷（房间）以及暖色与冷色——对立起来。回翔于这些两极之间的是一系列物体——一面镜子、"一身银白色"的富尔顿小姐、火焰形梨树的银色花朵，它们轮流反映着这些对立的每一边。根据巴尔特的说法，这些象征性对立的相遇之地就是身体——在此一例子中，就是贝莎的身体。但是，当我在这篇小说中跳

第 7 章 从作者到读者：交流与解释

跃前进，离开对于小说的逐行评论而去讨论象征代码时，我就已经违反了巴尔特的方法。"如果我们想保持对于一篇文本所具有的多元性的注意"，我们就必须避免这类非时间性的"对文本的构筑：[文本中的]每一事物都不停地并且多次地表示着，却并不被交托给一个大的、最后的集合体，一个终极结构"（Barthes，1970，11-12页）。

被这样描述的阅读就像是听音乐。行动和谜是向前发展的旋律，它们就像在一首赋格曲中那样相互交织；义素、象征和文化指涉以反复出现的形式给它们添上和弦和节奏。（Barthes，1970，29-30页）有时，文本的这些层次似乎要合并为单一的主题，"尽管话语正在将我们引向其他一些可能性"；意义来回滑动，每一个同义词都给它的邻接词添上某种新特征，某些新变化。（Barthes，1970，92页）像伊赛尔一样，巴尔特也认为叙事作品利用好几条交流渠道——一个人物与另一人物之间的、叙述者与听叙者之间的、作者与读者之间的。有时读者掌握着人物正在尽力去发现的信息，有时人物所得到的信息对于读者却具有全然不同的意义。"于是，就像一个陷于混乱的电话网，各条线路互相纠缠在一起，同时又按照一个全新的接线系统被重新安排。"（Barthes，1970，132页）在现代作品中，经常没有任何可以确认的叙述者；"话语的源头愈不确定，作品就愈是多元的……由此我们看到，作品不是始于作者而达于读者的信息交流；作品就是阅读本身的声音；在作品中，只有读者说话"（Barthes，1970，41、51页）。

但谁又是读者呢？通过确认读者可能需要担任的不同角色，读者反应理论家们的意思是这个问题并没有简单的答案。沉浸于阅读之中就是忘记日常的自我，走向与人物的想象性认同，或者站开一步来旁观他们的命运。我可能会将一种不同的基调赋予我第二次阅读的一篇文本，而且第二次阅读时我已经知道了每个下一步将要发生什么。结果是，一个不同的"我"在进行第二次阅读，这个"我"看见了新的形式。在读者内部和读者之间保持恒定的是阅读活动中动用的一批习惯和成规，这些东西是我们的文学经验的积累物。"去接近作品的这个'我'本身已经是其他作品的以及诸种代码的多元复合体。这些代码是无限的，或者，

_177

更准确地说,是失落的(它们的起源失落了)。……我发现的种种意义并不是由'我'或其他人而是由这些意义所具有的系统性的标记(systematic mark)建立的:除了其系统学(systematics)所具有的性质和持久能力,换言之,除了其自身的活动,一个阅读并无任何其他证明。"(Barthes,1970,10-11页)①

如果把这段话解释为一句断言,即根本就没有对于我们每个人来说都是独一无二的自我这种东西,那么这段话可能会让人略感震惊。巴尔特的本意也许的确是想达到这一结果,但他对读者个性的这一否认被小心地限定了。"去接近作品的'我'"并不是和朋友谈话的我;这是一个乐于在阅读中失去自己的我。当我阅读时,作品可能会在我的心中激发出他人可能不会体验到的种种观念和联想。这些思想是发生的,而不是被"建立"的。②为了建立[作品的]意义——这包括向我自己和向别人解释它——我将作品的各个部分互相联系起来,而这么做我就是在假定(像其他人一样),意义产生于事物之间的联系。我所发现的这一有意义的系统可以显得不无道理(如果这一意义系统以众所周知的代码为基础的话)或稀奇古怪,但无论前者还是后者,都不是因为我说它是它就是,而是因为我对之做出解释的这一系统。

抛弃交流模式后,巴尔特让代码成为他的阅读故事中的真正英雄[主人公]。不再有"作为发送者的作者",即读者试图发现的意义的权威来源,而只有写作。他所说的我们在阅读中所用的五种代码已被写入"读者的"或"经典的"叙事之中,正如它们已被写在我们内心之中一

---

① 巴尔特此语因脱离其本来的结构主义语境而稍嫌晦涩。其略谓一个阅读在作品中发现的任何意义皆仅由阅读对于作品的系统研究来支撑:一个意义仅在其与其他意义的联系之中才是其自身,亦即才有其确定的意义,正如一个词只有在与其他词的联系之中才有其确定的意义。一个阅读之可以被证明为一个成功的阅读,仅由其对于作品的意义系统的研究之质量,而这一意义系统的建立则有赖于一个阅读所动用的诸种成规及诸种代码。因此,作品并非一有待于被发现的确定意义系统,而是一允许诸不同意义得以产生及诸不同意义系统得以建立的场地。唯其如此,作品——至少是所谓"好作品"——才可常读常新。

② 亦即,读者阅读之时虽或有所思所感,但却只鳞片爪,不成体系,故可稍纵即逝。只有将这些随时发生的思想建立为体系,其方可作为对于作品的解释——作品之意义——而站立起来并可被传达。

第7章 从作者到读者：交流与解释

样，而由于这些代码的成规性，它们限制着我们可以归之于作品的诸种意义的范围。任何系统性的解释最终都是武断的，因为文本"之中"并没有什么可与这一解释对应起来的信息。然而，在解决诸种解释为何及如何不同这一问题时，巴尔特制造了另一个问题。他的理论基于这样一个假定：这些代码始终不变，从而为叙事系统同时创造了其自由和其限制。那么，有证据支持这一结论吗？

正如弗兰克·克默德所指出的，解释的历史没有证实巴尔特的看法；文化的和解释的成规是变化的。"事实上，被我们看重到称之为经典的作品只是这样一些作品：它们，就像它们以其历久长存而证明的那样，复杂和不确定到足以给我们留出必要的多元性。"（Kermode，1975，121页）文化的与制度的传统所具有的力量就在这里：经典永远通过重新解释而获得更新，这样它们就既能有助于我们与过去保持联系，同时又能调整自身以适应当代关注的问题。有两种因素有助于我们成功地发现新意义。一是那些将以前的文学束缚于其文化语境的事实和成规的消失。"我们可以说，正是文本的异在性（alien-ness）使解释成为可能，而这种疏离是由历史活动造成的。"（Kermode，1983，29页）[①]允许我们积极参与意义创造——这种创造活动有很长的历史，而且在处理现代作品时已经成为一种必需——的解释成规则是有助于我们发现经典的现代意义的第二个因素。

在说明为什么文学永远都向着重新解释开放的时候，克默德的意思并不是说，历史的变化和个人的任性就是无论什么解释都可以存在的理由。像巴尔特和伊赛尔一样，他也认为一篇叙事为各种解释可能性标出了明确范围，但他对于其中所包括的诸种限制和自由的解释与他们不同。在他看来，去解释并不单单是去发现各种系统性的关系，如巴尔特所断言的，而是去将这些关系整合为一个系统。既然作者和读者通过连接文本的诸部分以形成一个总体来创造意义，那么巴尔特的论点——文本中没有任何系统——就不中膝理；文本并不脱离对于它的阅读和解释

[①] "疏离"（estrangement）这里指文本（作品）与其产生于其中的社会文化环境的疏离。

而存在。

由于任何叙事中都包含着极大量的信息,我们必然会赋予其中某些元素比另一些更多的重要性。在侦探小说中,我们留心情节和线索(行动和诠释代码),而置其他细节于不顾。巴尔特将这些细节——它们属于指涉代码、意义代码和象征代码——视为叙事的附件,它们为故事的可读性提供现实感和意识形态支柱。克默德则认为,这类细节始终具有合并为一些意义类型的潜能,这些结构或者补充主要序列元素所蕴含的解释或者与之相矛盾。在他对古典、现代和流行小说的解读中,他发现一些似乎偶然的元素其实暗暗指向文本中的"秘密"。他自己的解释的巧妙性和说服力为他的理论提供了令人信服的支持,并且表明了,我们在寻找更大结构时认为无关紧要的、推到一边的细节可能会将自身的意义交给耐心的分析。《幸福》中的一个这样的细节是珀尔·富尔顿到来之前的一句话,它似乎与故事的其他部分没有明显的关系:"他们大家又等了片刻,一面说说笑笑,有点儿过分悠闲、过分随便的样子。"我怀疑,叙述者的这一奇怪的介入,这标志着时间和意识的短暂中断,可能具有某种意义,它也许会改变故事所说的其他一切。如欲确定这究竟是一个小心埋下的伏笔,还是我自己的想象所生出的一粒种子,那就有必要将曼斯菲尔德的诸短篇小说作为一个更大的设计的片断来读,以便从中寻找相似的细节。

近来的各种阅读理论是批评对话的产物,其中每个参加者都相对于他人表明了自己的立场。在着手讨论他们之间的各种分歧的性质和意义之前,我想描述一下一位批评家的立场,他把那根将各种现行叙事理论捆在一起的绳索又绕了一圈。此人就是 J. 希利斯·米勒。他与巴尔特与克默德的共同之处是,他也认为,文本确立了使诸种合理解释在其中成为可能的范围,并认为"谈论作品的文字将比谈论读者本身及其反应更有所得"(Miller,1982,40、20 页)。像克默德一样,他也将推动叙事前进的那些单个的事件与其他细节区别开来,后者因为彼此之间的相似而成为系统性的意义类型的一部分。(Miller,1982,1 页)但是,他与克默德在举足轻重的一点上互相分歧。他不认为读者能在一篇文本中

第7章 从作者到读者：交流与解释

发现一个又一个的秘密，其中每一个都包含着以前的解释中所忽略的细节；没有任何秘密，因为任何细节都可以进入正相反对的系统性的阐释之中。(Miller，1982，25、51页)对于米勒的立场的任何简单化的说明都无法做到公正，但其立场的重要性使我仍想要提供这样一个说明。

当我们在故事中前进时，我们发现一些重复——词语的、事件的、意象的、行动的重复，它们可以分别被归纳为一些意义类型。文学研究中所确认的传统主题（原型、象征、冲突类型）提供了大量的不同样板，我们就倾向于根据这些样板去看叙事作品。假定了意义的各种不变的类型——这是一个为我们的文化所认可的假定——我们就有能力认出系统性的解释建立于其上的各种相似，而我们是通过忽视一事件与另一事件之间的那些偶然发生的差别而做到这一点的。但是，看待叙事和意义还有另一种方式。这种方式从有关世界的最基本的和可观察的事实出发：事物和事件都是各自分离的，一个不同于另一个，并且易于遭受改变。从这种观点来说，存在的只有差别。无论一个事件怎样分毫不差地重复了先前发生的一个事件，它们中间仍然隔着时间、环境，也许还有它们各自产生的后果。这样，相似就显得是偶然的和飘忽不定的，意即视两物或两事为相同的其实是我那将它们从时间和环境中移出的意识。(Miller，1982，1-17页)既然叙事是建立在使显得类似的那些事件相互疏离的时间距离之上的，那么叙事就始终能够给我们在"相似者之重复"(repetition of the same)中所发现的意义来个釜底抽薪，其方法是指出，这些重复其实是带着差别的重复。这两种类型似乎都是必要的，但它们是相互矛盾的。

在《幸福》的一个细节——珀尔·富尔顿的服装颜色——中，我们可以发现这两种重复在叙事中所形成的互相对立的意义类型。在小说中，贝莎视那棵可爱的、花朵盛开的梨树为她自己的生命的象征，这种象征性认同是第一种意义类型的代表性例子，它基于原型的相似。后来珀尔来了，"一身银白色"；饭后，当她们并肩而立观赏那棵开满银白色花朵的梨树时，她感到她们合为一体，无所不包，"两心相照"。现在，跨越性别的鸿沟，与丈夫真正融为一体，似乎已经可能了。但是，时间却证明这是一个幻觉。她的幸福感被珀尔和她丈夫在一起的景象击为碎片。差别消灭了基于银白色（这是相似性的一个理想象征，因为银白色像镜子一样反射，而不是肯定它自己的颜色和存在）的统一。于是贝莎做了任何一位敏感的叙事解释者都会做的事：她想起了一个令人反感的差别，是她从她与那棵梨树的认同中排斥掉的，那就是草地上的那两只猫，并且对她原来的体验做了一种新的解释。当珀尔离去，埃迪跟随其后时，她将他们看成"黑猫跟着灰猫"。先前她视珀尔的服装为银白色，像那棵梨树，现在她把它看成灰白色，像那只猫。一件银白色服装的实际色彩使这两种解释都不无道理，但它们是相互矛盾的。米勒会发现这个例子典型地代表了一般的解释。无论是叙事作品还是它们所描绘的人物，都没有提供一个确定的意义场所。珀尔（就像她以之为名的这一珠宝一样①）既是灰白色的又是银白色的。

如果各种解释都可以"在一个相互蕴含和相互矛盾的系统中被互相联系起来"（Miller，1982，40页），就像米勒说的那样，那他就已经证明了，解释的多样性并不仅仅是主观差异、历史变化或者未能以系统的严格性去进行解释的结果。这种多样性可能来源于逻辑的（非时间性的）意义与叙事的意义之间所存在的不可避免的差异。然而，即使撇开那些可以用来向这一结论发起进攻的哲学论辩不谈，这一结论似乎也与小说叙事的最明显的事实相矛盾：故事毕竟是作者写的，而他们大概是旨在言之有物的；[从作者到作品到读者的]交流模式仍然是我们思考文学的基础。

回答这种反对时，米勒和一些人会指出，一篇有意义的故事与一篇只有一种解释的故事是有区别的：后者可能是意义贫乏的，而且，诚如作者们所知，可能也不是十分有趣的。更有甚者，这一交流模式，由于其简化了阅读活动的复杂性，因而制造了有关这一过程的一幅使人误解的图画。作者并不是唯一的意义来源，读者也并不是唯一的解释者。正如对《幸福》的分析所表明的那样，人物通常也"阅读"和解释他们被

---

① "珀尔"这个名字是"Pearl"的音译，此词的本义是"珍珠"。

第7章 从作者到读者：交流与解释

牵连在内的那些事件。下述这个事实，即批评家经常就一个人物是否正确地解释了他的或她的世界而进行争论，可以成为一个明证：解释既存在于读者有关一篇故事所说的一切之中，也存在于故事之内。叙述者也是读者和解释者。最后，作者也是一个读者和解释者，正如真实的读者——通过提出和回答问题——也成为故事的作者和改写者一样。换言之，整个的交流模式存在于其各个组成部分之中。

为了表明这些吊诡之言（paradoxes）并非纯粹诡辩，回到克默德的批评和现代以前的叙事情况中去看一看不无帮助。在写《水手的故事》时，乔叟遵循了他那个时代的典型做法：取一个著名的故事，把它加工成一部艺术作品。从文学的观点看，这一故事的诸更早版本的缺点显而易见：它们没有解释人物——他们都是一些耳熟能详的形象——的动机；偶然事件——它们似乎是被设计出来制造玩笑的——没有那些使自己可信的真实细节相伴随。听过或者读到这个故事后，乔叟通过改写它而解释它。他不是抱怨它的毛病（这是作为批评家的读者的行为），而是修理它。而这一程序是过去至少两千年间创造一篇叙事的最普遍的方法：扩展继承下来的材料。在基督教传统中，这导致了使徒行传和有关耶稣生平的伪经的创作。在围绕特洛伊、忒拜、罗马的"材料"而产生的大量故事中，作家们回答了由于古典文献的脱漏缺文之处而产生的问题：奥德修回家后发生了什么？特洛伊陷落后其他英雄们命运如何？同样的过程也导致有关法国加洛林王朝和英国阿瑟王的传奇叙事的综合和加工。

在《秘密的起源》中，克默德对于四福音书的创作中的这种过程做了一个出色的分析。《马可福音》是其中最短的。它包含一些令人迷惑甚至不可理解的偶然事件，它们在《马太》《路加》和《约翰》诸福音书中得到了更令人满意的解释。他们用以澄清这个故事的方法，一个在他们那个时代很普通的方法，是释经方法的一种特定形式，叫做"midrash"[①]："代替通过评论来进行解释的做法，人们通过扩大叙事的方法

[①] "Midrash"是古希伯来语，本义为阐释、说明，特指对犹太经文中具有故事性或寓言性的难解段落的解释，因此此词亦指具有此种阐释、说明目的的犹太叙事，如后面引号中引文所说。

来进行解释"。(Kermode，1979，81页)作为结果，一个在《马可福音》中未被解释的人物在其他福音书中获得了自己的特点和动机；作为一个可以理解的人物，他可以参与新的行动，而这些行动又可能需要进一步的解释。一旦经典已被确定，很多福音书被宣布为伪经，《圣经》的解释就采取了评注而非改写的形式。解释仍然为必需，因为还有那么多有关《圣经》的问题有待于回答。但它们是否都能为一篇更完整更详尽的叙事所回答，却是可疑的。长度增加一分，整体的复杂性就增加一分；一些细节解决了一个解释方面的疑难，却经常又制造出其他的疑难。

视作者为解释者和改写者的观念似乎并不适用于现代叙事作品，这些作品之受珍视就是因为其原创性。但小说家们的笔记表明，在将一个观念萌芽发展为一篇故事的过程中，他们也使用 midrash 这一技术。行动导致人物的创造，人物引起新的行动。托尔斯泰(第2章中引用过他对这一过程的描写)曾说："一个作家内部必须有两个人——作家和批评家。"后者是一个有改写故事之特权的读者。在故事(通过版权法)成为私有财产之前，任何人都可以通过改变人物和情节，通过引入评论，而重新讲述一个故事，并将某种解释径直放进一篇文本之中。既然这种参与现在是被禁止的，我们的改写改作就不得不采取外部评论的形式(文章或论文)了。而随着一个故事在时间中的推移，它往往会让这些评论落在后面。但这样的评论总起来就构成了各种解释传统，它们的多样性使我们能够以不同的方式来看待和理解叙事作品。

本章始于一个显而易见的前提，即如果我们要理解叙事的结构和意义，那就应该去看它们如何在阅读过程中发挥作用，而不是去对它们做抽象的分析。交流模式为此努力提供了一个出发点，但是文学交流与实用交流的不同——这些不同部分源于写与说的不同——给读者在建构意义时留有比对谈者更大的活动余地。下述假定，即一致解释的缺乏产生于读者之间的差异，能够说明解释多样性的原因，但不能说明解释传统所具有的同样明显的连续性。连续性产生于人们共享的诸种解释成规，以及作者在文本之内为意中读者标出他们观看叙事的位置的诸种方式。

然而，读者仅仅占据众多解释位置之一，而人物的解释位置和叙述者的解释位置也同样重要。巴尔特并不认为这些相互分离的交流线路能被综合为一个无所不包的解释。克默德和米勒则相信，读者可以合法地将诸文本元素综合为一些总体意义系统，而任何有意义的叙事都将引起不同的解释，虽然他们二人是基于不同的理由而达到这一结论的。

我们事实上如何阅读叙事作品？从某种意义上说，这个问题是不可回答的。乔治·迪龙描述过读者用以理解文学语句的策略，但是为理解小说世界所必需的概念操作并不适合于语言学分析。正如卡勒所说，当读者详细叙述阅读中的思想过程时，其结果并不是阅读体验的转录，而是一个"有关阅读的故事"——一个事后构成的以叙事为形式的故事，充其量也不过是看似合情合理："这证明，说读者本身或某一读者的体验中有什么并不比说文本中有什么容易。"（Culler，1982，82页）

然而，过去十五年间产生的各种阅读理论还是对理解叙事做出了重要的贡献。首先，它们将作者和读者与文本一道重新恢复为任何差强人意的理论都必须加以考虑的因素。其次，通过对于文学交流的复杂性的揭示，它们鼓励了对于叙事文本的更为细致的阅读。耐心已经揭示，叙事文本完全像诗歌一样值得细密的分析。最后，某种重要的东西也许恰恰为下述尝试的失败所揭示：这一尝试就是试图确定读者和文本，作为独立的实体，各自在多大程度上有助于解释的多样性。因为任何一种这样的努力都事先假定，理论家能够走到这一分析领域之外，不受叙事活动和阅读活动的条件的限制，以便确认它们。但任何论述这一问题的文章或著作本身都是另一阅读，另一解释，另一叙事。如果这一理论努力的失败导致这样的认识，即我们不可能将我们自己与我们所分析的那些活动在分析过程中分开，那么，阅读、解释、叙述会呈现为理解的各个必要方面，而不仅仅是讨论虚构作品时才有用的概念。

第8章 参考框架：
元虚构，虚构，叙事

在发展一种有关叙事的理论或一种有关任何其他事物的理论时，首要之举都是界定研究范围。在第4章中，我讨论了一些批评家，他们将情节或行动结构确定为自己的研究对象，而他们所说的有很多既适用于叙事作品也适用于戏剧。第5章则涉及这样一些批评家，他们既分析情节，也考虑叙述中那些不为戏剧所具有的特征，例如各种描写以及通过词语来呈现人物。当理论家们考虑到叙述者的作用时，研究领域得到了进一步的扩展。正如第6章所示，叙述者为所描写的行动提供框架和形式；他或她可以作为人物之一而置身于故事之内，或者作为匿名的观看者而处在故事之外，在这些界线之外，我们碰到了有关叙述者与作者之关系的诸种问题。第7章将讨论扩展到了读者，他似乎是叙事情况的最后一个特征。他也可以身在故事之中（作为听故事的人物之一，或者作为作者向之说话的人），但他最终是在故事之外的。

研究领域的这一最后的扩展引导理论家走到我们的叙事体验之外——引导他不是作为一位读者而是作为这样一个人来发言：他谈论读者所做的事情，谈论一个历史时代的读者与另一时代的如何不同。克默德和姚斯指出，文化变化势必带来文学经典的重新解释。斯克洛夫斯基

第8章 参考框架：元虚构，虚构，叙事

将一部作品比作一座冰山，它漂向南方，进入暖流，暖流融解它的底部，直到"露出水面的上部愈来愈重，冰山终于倾覆。现在它完完全全变了一个样——尖顶变成平顶，体积显得更大、更平滑。……这就是一部文学作品的命运。理解文学作品的方式也会发生周期性的激变。一度滑稽的变成悲惨的，一度美丽的现在被视为平庸。这就好像是，一部艺术作品一直在被不断地改写"。

从对于情节的分析到对于更广阔的相关领域的思考，这样一个观念的进程可被当作一个证据：我们正向着全面理解叙事的方向前进。正如人们可以首先证明一种适用于有限现象范围的科学理论，然后再通过对那些可以解释各类其他事件的可变因素的确认而将这一理论加以扩展一样，通过思考叙事情况中越来越多的特征，我们也应该能够创造出一些具有不断增加的普遍性和准确性的理论。然而，不幸，这样的类比似乎并不成立。各种叙事理论并不一起拼合在一种整齐的、有层次的关系之中；将更多的特征纳入考虑之中可能会推翻种种得自一个较为简单的模式的结论，而不是能把它们包括进来。

科学理论与叙事理论的另一区别产生于后者所使用的框架的不稳定性。为了做出一种解释，人们必须把有待分析的各种要素固定在一个参考框架之内，从而建立科学家所谓的理论"边界条件"。某些事实被排除在其范围之外，而且理论的语言也与那用以指称事实的"对象语言"有别。然而，正如前面几章所表明的，叙事情况的很多特征都有一种捣乱倾向，它们来回穿越那条应该将在叙事内部者与在其外部者分开的边界。叙述者/作者和隐含读者/真实读者就是这类游移因素的两个明显例子。本章的第一部分将论述这样一些批评家：他们指出了文本与语境、故事与解释以及写作与阅读之间的界线如何可以变得模糊不清或颠来倒去，以致推翻一个旨在为意义定位的理论。当一个故事里面包括对诸种理论或对其他叙事或对自身的指涉之时，叙事与对其进行的诸种阅读之间的线索就会发生明显的中断。在本章第二部分中，我将讨论某些类型的虚构（例如戏拟和元虚构），它们就体现了这些两难困境。

对于很多批评家来说，近年的种种理论和叙事技巧过分复杂，违背

了决定着虚构与现实的差别或者虚假与真实的差别的那些基本事实。本章第三节将回到这些事实上来,以便看一看近来的理论能否给有关文学与生活之关系的传统观念增加一些什么。第四节则涉及一个更大的问题:叙事,无论虚构的还是事实的,是否为一种独特的和合法的解释模式,其重要性是否堪与对于其解释上的有用性提出质疑的那些自然科学理论相比。

穿越理论边界:误读模式种种

与植物和行星不同,故事及其作者知道读者在注视它(他)们。知道一个注视者在场,这会影响行为模式。因此社会科学家们经常不让作为他们的实验对象的人知道他们的目的。知道读者如何反应、批评家如何进行理论化的作家能够将他们的性情嗜好也考虑在内,并且可以试图控制他们体验文本的方式。这样文本就可以使解释它的理论失效,或者自己来挑选可以解释它的理论。

罗斯·钱帕斯在《故事与处境》中指出,很多文本都是"言及自身处境的"(situationally self-referential),它们不仅为隐含读者准备了一个角色,而且"具体指定那些让它们作为文学交流活动而成功的条件——读者与文本之间的种种必要的理解"(Chambers,1984b,25-26页)。而一旦我们认识到一个叙述者如何试图控制我们对一个故事的感受,我们就可以选择一种不同的阅读方式。"通过把这种自身处境〔的指明〕读为文本的组成部分,人们应该让自己有将它与文本的其余部分一起重新置入语境之中(也就是说,去解释它)的自由。……文本需要从不同的角度——从不同于这一文本被生产时的历史和意识形态环境中的那些可以获得的角度——被思考。"(Chambers,1984b,27

第8章 参考框架：元虚构，虚构，叙事

页)①时间的推移会造成这种变化（如克默德和斯克洛夫斯基所说的那样），对此我们的意图或作者的意图是干预不了的。

通过掩盖所有那些能够表明他们使用了叙事成规的证据，现实主义作家鼓励我们对他们的故事给予信任，而如果控制我们就是他们的目的的话，他们就必须极其小心地不让我们注意到他们那些控制我们反应的企图。要是我们开始疑心我们的轻信的投入是产生于作者玩弄的技巧，我们就会受到双重震动——不仅为（作者的）欺骗所震动，而且为角色的颠倒所震动：在这样的颠倒之中，不是我们在阅读故事，而是作者在阅读我们和解释我们。一些现代理论家反对现实主义的原因与柏拉图反对模仿的理由如出一辙：现实主义之所以是最虚假的小说形式恰恰是因为它显得真实，从而掩盖了它是幻觉这一事实。

与其去抵消或利用（批评家的）理论审查，作者也可以有意揭示故事为幻觉，从而暴露使它显得真实的那些手段。加布里埃尔·乔西普维奇认为现实主义小说是对于这样一些传统和现代叙事作品的背离，这些传统与现代叙事作品容纳作者叙述者并言及文学成规，从而承认自己的虚构身份。在他看来，最出色的现代小说家们使用现实主义技巧仅仅是为了给意识的觉醒提供一个活动场所，而意识的觉醒将震醒我们的唯我主义迷梦：

> 起初，它们［现实主义手法］诱使我们把"图画"当作"现实"，从而增强我们的习惯倾向。然后，突然，我们的注意力被集中在我们正在由之观看的眼镜上，我们被迫发现，被我们当作"现实"的东西仅仅是这个框子强加给我们的。但是，为了产生这种情况，我们首先必须受骗，而还有什么比通过小说这一媒介来欺骗读者更

---

① 这里所谓"言及自身处境"指一个文本——例如一个故事——在自身之中谈论自身，而所谓"自身处境"（self-situation）则指文本将自身置于某种处境之中这样一种"自觉行为"，因此也许应该以一个较为笨拙的表述即"置自身于其境"译之。文本谈论自身的处境或告诉读者其在某种处境之内，其意乃在欲读者根据这一特定处境来理解这一文本。这可以是文本主动控制读者对文本之理解的一种方式。读者则可以通过把文本对自身的谈论也读为文本本身的一部分而摆脱文本对其阅读的限定或控制，这就是读者让自己有将一个在自身中提及或指涉自身的文本抽离其为自身规定的语境并将其置于另一语境之中的自由。

好的方式吗？小说几乎就不是媒介，它几乎就是生活本身。……随着一个令人震惊的认识，……我们自觉了，我们突然意识到，我们模模糊糊地向来感觉到的一切，我们认为是无限开放的和"就在那里"的一切，事实上只是一个为边界所限的世界，它带着我们的想象的形状。……现代小说中对于小说形式的玩弄性颠倒以及对于语言和成规的戏拟，则具有相反的效果，即它们使我们吃惊地意识到，我们正在与之打交道的不是世界本身，而仅仅是世界上的又一种事物，一种由人创造的东西。（Josipovici，1971，297、299 页）

乔西普维奇对于现代小说能够如何影响读者所做的描述并不是通常意义上的一种理论；对于我将要讨论的其他批评家们，同样也可以这么说。通过让人注意造成这种逼真效果的眼镜和框架（技巧与结构），小说家们展示了它们的迷惑力和危险的虚假性，而且他们经常就在一个令人满意的主题似乎正在浮现的那一时刻这么来它一下。对于幻觉的揭露把意识提升到一个新的层次。现实主义的许多拥护者认为寓言、元虚构和戏拟（总之，任何一种显示一篇叙事的成规性的公开标志）都是某种形式的游戏，显示着一位作家或批评家实际上的不严肃。但这种看法是不对的，自我意识小说的提倡者们也像其他人一样，可能是轻浮的，也可能是明智的，或者可能比我们大多数人更加严肃（例如乔西普维奇）。

像乔西普维奇一样，保尔·德·曼也把 19 世纪现实主义视为对于下述叙事方法的背离：这些叙事方法"阻止那些太容易陷入神话的读者混淆事实与虚构，阻止他们忘记虚构作品本质上的否定性"（de Man，1969，219 页）。但是他并不那么乐观地认为人们有可能逃出小说和理论，从而获得有关现实的某种可靠的更高的知识。代替试图总结其立场的做法，我将简单地介绍它一下，相信感兴趣的读者将会参考其他材料（Culler，1982；Johnson，1984）和德·曼的著作，以得到一个更充分的描述。

建构一篇叙事包含两种活动：准确地命名对象和事件（这样言词就代表了被描写的现实的所有重要方面），以及安排这些名称（将言词和

第 8 章 参考框架：元虚构，虚构，叙事

语句放入一个与其发生时间相一致的序列之中）。作为上述命名和安排的结果的叙事应该有一个意义，但这一意义不是言词"添加"给故事的（如果是这样，那就意味着意义并非真在事件之中，而是被言词强加给事件的）；理想地说，是言词使某种始终存在的意义变为可见并得到突出，这样我们就能"阅读"它。

但是，如果所讲的故事是一个导致人们认识到这一命名和安排过程的虚假性的故事，那又会怎么样呢？这就是乔西普维奇可能会讨论的那种叙事：主人公或读者最终发现事件与言词并不配合，而这或者是因为主人公想象的是某种并非真正存在的东西，或者是因为约定俗成的言词和感觉并没有表现情况的实际。随这种发现而来的震惊把我们从幻觉中解放出来，使我们回到现实世界。德·曼承认，在对付这种类型的叙事作品时，"这样一种阅读是对于小说之解释的必要部分。……然而这并不意味着解释可以停在那里"（de Man，1979，200 页）。换言之，我们不能通过得出结论说叙述者或主人公误解了事件而让解释就此停住。我们必须继续思考这些事件如何可以被真实地加以重新表现，因为"这是幻觉"（即德·曼称为"虚构作品的否定性"的东西）这一结论意味着另有一种更可靠的方式去表现这些事件。

因此，我们或叙述者所必须做的就是，回到故事的开头，根据我们的新知识重读它。在我们以前看到爱情、真正的理解、外在的困难以及失望的地方，我们现在可能认识到的也许并不是对于"事实"的忠实描述，而是对于某种从一个人转移到另一个人的、无法被满足的欲望或需要的想象的（形象的、隐喻的）表现，是诸种意见的一个错误结合，是我们自己的诸种缺陷与不足向外部世界的投射，是对于我们之所欲者与事物之所是者二者之间的差距的拒绝接受。于是言词不再是真正发生的事件的记录；言词现在被视为寓言，即这样一种文本，其中每个词都代表着与它所指称的东西不同的某种观念。文本现在"叙述的是前一篇叙事的不可读〔解〕性"，文本现在讲了一个全新的故事，"一个关于阅读失败的故事"，一个关于未能把言词（或观念）与事物正确地联系在一起的故事。（de Man，1979，205 页）

191

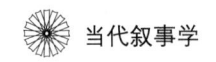

但是，知道了第一个故事是虚假的，第二个不那么骗人，这也还是解决不了文学与生活提出的实在问题——如何生活。接受对生活的新理解（我的爱情是基于生理需要的心理欲望）是令人无法忍受的；回头去相信我是一个能够理性地"知"和"行"的自觉自我又是不可能的。因此，我必须做出人为的伦理选择：既然真与伪都拿不出任何有关如何生活的规定，我就必须自己决定什么可能是正确的生活方式（相对于某种无论是真的还是假的错误方式而言）。与此同时，决定做出这一选择的决定本身却基于下述结论，即我对现实和本义（literal meaning）都有所了解。因此，这一决定让我重蹈我试图避免的那些错误假定。如果讲成故事，这一伦理选择的结果很可能显得武断、天真或者自相矛盾。的确，很多读者甚至可能认不出我讲的故事是一个寓言（我对于文学故事所具有的虚假性的"阅读"），结果他们可能就会责备我恰恰犯了我试图揭露的那些错误。

尽管上述三位批评家各不相同，但我发现他们都关心作者和读者改变边界的各种可能方式，而这些边界至少从理论上说应该将故事与其解释一分为二。这些精到的分析能够提醒人们，作者不是神灵附体的录写员［写下不属于他自己的话］，而是经验的读者和解释者。我们都试图说出一篇叙事意味着什么，而我们的说法又互相冲突，这种情况也许是由下述原因导致的：我们的种种解释都已经铭刻于故事之内，而作者却拒绝在这些解释之中做出选择，例如巴巴拉·约翰逊（Johnson, 1980）在她对于《比利·巴德》的解读中所指出的那样。如果说，一种理论是对于各种有关现象的最简解释，而我们又要解释批评家们为何能够得出有关一篇叙事之意义的种种如此不同的结论，那么我们可能就会被迫说，这篇叙事本身才是能够解释这些现象（为什么批评家们关于它所说的一切是如此之不同）的唯一"理论"。

反讽，戏拟，元虚构

作家们常常直言不讳地告诉我们，不要照直接受他们的故事。文学

第8章 参考框架：元虚构，虚构，叙事

传统和日常语言中有很多用以表示陈述与意义之间的显著差距的名称——反讽、讽刺、夸张、寓言、嘲弄、戏拟，这类词的众多证明了这种现象的普遍。而它们之与对于叙事理论的讨论有关则不仅是因为过去二十年间小说日益大量地利用这类手段，而且因为它们向任何叙事理论都提出了问题。

在"普通语言"中，我们言在此意即在此（言语-行为理论家们告诉我们说，我们是严肃的、真诚的，是忠实于我们的陈述的真实的）。叙事作者们则经常言在此而意在彼——而这就是为什么"文学解释"是必要的，但是，借助某种适当的理论，我们应能证明，他们也确实是言在此意即在此，尽管他们有一种特殊的表意方式。但是，在文学自身之内，"故意捣乱的小鬼头"（爱伦·坡起的这个名字跟任何其他名称一样好）毫无明确理由地钻出来，大肆进行理论破坏，嘲弄或摧毁种种系统的解释。在文学史中，我们发现一个源远流长的叙事作品的传统。它们讽刺或混淆种种文类成规，破坏成规与意义之间的一对一的关系。既然它们无法被纳入一个第三层理论之中，我们关于它们所能说的就仅仅是，它们破坏了其他的（普通的和文学的）东西。

为了我的目的，可以根据捣乱性叙事作品违背其创作时代的公认成规的方式，而将有意捣乱的叙事作品的技巧分为两类。我把那些通过讽刺、戏拟、反讽等手法向文学和社会成规挑战的技巧放在第一类中，第二类则包括那些与"元虚构"一词相关的技巧。如果小说中的一位人物发现自己是小说中的人物，或者感到受了虐待，以致决定杀害小说家——总之，无论何时，只要"虚构的叙事/现实"之间的关系成为公开的讨论题目，读者就被迁出了正常的解释框架。这种将叙事本身加以主题化的做法可以是含蓄的而不是公开的，这时一个故事就可以被理解为一个有关讲故事的寓言。概括描述一下这两类技巧的特点：作家们可以从另一个位置上看流行的文学与社会成规，从而对规范的有效性或真实性提出质疑；或者，他们可以走出讲故事的成规性框架而进入另一层次，在这里，正在被讲的故事，以及其听众、现实，乃至叙事理论，都可以成为讨论的题目。

虽然反讽、讽刺和戏拟之间的区别很容易解释和例证，但是一旦对之详加考察，这些区别往往就会消失。文学术语词典说戏拟本质上是一种文体现象——对一位作者或文类的种种形式特点的夸张性模仿，这种模仿以语言上、结构上或者主题上与所模仿者的种种差异为标志。戏拟夸大种种特征以使之显而易见；它把不同的文体并置在一起；它使用一种文类的技巧去表现通常与另一种文类相连的内容。玛格丽特·罗斯以一个整齐的公式概括了这些可能性：两套代码，一个信息。相反，反讽则通过一套代码传达两个信息。（Rose，1979，52-53、61页）不过传统上我们区分两类反讽——语言的和戏剧的（后者是情境反讽）。我手里的一本文学参考书则论称，戏拟属于讽刺这个大类。简言之，我们愈是仔细地区分反讽、讽刺和戏拟，它们就愈是显得一致，无论是从概念方面看还是从经验方面看。当我们在一篇叙事中发现其中之一时，其他两个经常就潜伏在它附近，而在那些把种种文类成规混在一起的小说中，它们三个都很普遍。它们可能作为局部音色或技巧出现，但也可能是涵括全篇的模式。

除了它们各自的最夸张的用法之外，它们的共同之处是，没有什么规则能告诉我们如何识别它们。我们必须领会语气，感觉故障，这故障告诉我们有什么东西出了问题——告诉我们文字与意义并不相配。因此，毫不奇怪，我们倾向于用情感的而非理论的字眼去描述它们的特点。反讽可以毫不动情地拉开距离，保持一种奥林匹斯神祇式的平静，注视着也许还同情着人类的弱点；它也可能是凶残的、毁灭性的，甚至将反讽作者也一并淹没在它的余波之中。戏拟是可笑的（除非我们恰巧是被戏拟的诗文的朋友，在这种情况中，戏拟就可能是格调低下的）。但是，即使在这里，也正如罗斯所指出的，我们的范畴也无法维持：一些古典批评家将戏拟与对一位作者的"模仿"连在一起，因为作戏拟诗文者也可能羡慕他所戏弄的那些技巧，并在别处加以利用。（Rose，1979，28-35页；Tynjanov，1921）只要两套代码，即作为戏拟对象的文本的代码和进行戏拟者的代码，同时在场，就有两种意义。戏拟作者不可能完完全全地消除原作的"严肃"意义，而且甚至还有可能同情它。

第8章 参考框架：元虚构，虚构，叙事

一旦被视为叙事方法的一个通类的诸种实例，戏拟、反讽、讽刺，甚至暗示、引语、双关、文字玩笑，也许就可以被称为"双声话语"或"陌生化"。我猜想，巴赫金和斯克洛夫斯基使用这些说法不仅是为了强调它们类型上的相似之处，而且是为了将这些技巧和使用它们的叙事作品从它们在绝大多数文学史中的从属地位上解放出来。一旦将一篇叙事的特点描述为滑稽可笑、歪模斜仿或者反语连篇，我们就等于将它与严肃的、规范的、"伟大的"文学区别开来了。然而，如果我们不是这样说，而是说这类叙事让人注意到那些制约着文学与社会的形式框架和意识形态框架——通过表明，从另一透视角度来看，包含在这些框架中的诸种成规也许就不会把世界或人类行为描绘成其所是者或所应是者——我们就有可能以一种不同的方式评价它们。于是，现实应该是这么一种东西：它可在两套代码交叉时被揭示，因为两套代码的同时在场有助于我们看到诸种成规性的框架如何制约着我们的理解。（Lotman，1977，72页）塞万提斯和马克·吐温之所以是伟大的现实主义者正是因为他们运用了戏拟，而不是相反，即尽管他们运用了戏拟，他们也仍然是伟大的现实主义者。

元虚构（metafiction）以另一种方式悬置正常意义。像反讽和戏拟一样，前缀"meta-"①指的是语言的种种非文学性用法中所见到的种种现象。正常的陈述——认真的，提供信息的，如实的——存在于一个框架之内，一个这类陈述并不提及的框架。这类陈述有说者和听者，使用一套代码（一种语言），并且必然有某种语境，就像前一章中所描述的那样。如果我谈论陈述本身或它的框架，我就在语言游戏中升了一级，从而把这个陈述的正常意义悬置起来了（通常是通过将其放入引号而做到这种悬置）。同样，当作者在一篇叙事之内谈论这篇叙事时，他（她）就可以说是已经将它放入引号之中了，从而就越出了这篇叙事的边界。于是这位作者立刻就成了一位理论家，正常情况下处于叙事之外的一切

---

① "Meta-"表示"在……后"或"超越……"，因此 meta-fiction 也可译为"超虚构（作品）"，或"超出虚构的虚构"。Metafiction 是关于虚构的虚构，关于小说的小说，故亦可译为虚构之虚构，或小说之小说。参考有关此词的前一译注。

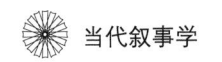

就在它之内复制出来。

也许绝大多数读者都熟悉元虚构技法,它们不仅像叙事本身一样古老,而且时常在大作家的小作品中露面。除创作大的(象征的、写实的)作品以外,霍桑、麦尔维尔、马克·吐温都写过诸如《大街》《自信的人》以及《大黑暗》这样的元虚构作品(在这里梦幻与现实变得不可区分)。《哈克贝利·芬》是作为颠倒过来的元虚构作品开始的,被马克·吐温创造的小说人物开始谈论马克·吐温。

在对付复杂的元虚构时,理论家和批评家们遇到的困难是概念方面或伦理方面的。"虚构作品"是一种假装。但是,如果它的作者们坚持让人注意这种假装,他们就不在假装了。这样他们就将他们的话语上升到我们自己的(严肃的、真实的)话语层次上来。对于具有伦理精神的批评家来说,作者对他正在假装的承认未被当作严肃诚实的证据,却被当作轻浮、玩闹、文学高级游戏的证据。作者的责任是严肃地假装,而不是严肃地或儿戏地说这是一种假装。问题的关键在这里是整个传统的分类系统:一方面是现实与虚构作品的区分,另一方面——相应地——是真实与虚假的区分。为了避免作者们在玩弄这些字眼时可能会造成的混乱,最好还是回到更坚实的基础——哲学——上来,以看看它是否能告诉我们什么有关它们的新东西。

虚构是什么?

对于"虚构[①]是什么?"这个问题,现代的诸种回答就像过去的那些回答一样,受着作者的诸种目的的制约。哲学家们似乎已经不再像柏拉图那样担心虚构可能产生的对于可靠知识与良好公民责任的威胁了。

---

① 原文为fiction,这里最好直接译成"虚构",因为本节所讨论的主要是"事实"与"虚构"的哲学关系问题。因此,"metafiction"也译为"元虚构":关于虚构的虚构。本章中的"fiction"一词多半是在上述意义上使用的。当作者强调"fiction"的"虚构作品"义时,我们相应地译为"虚构作品"或"小说"。

第 8 章　参考框架：元虚构，虚构，叙事

但是，如果他们想提出有关真实、意义和指涉的理论，他们就必须——像柏拉图一样——说明，为什么虚构，或者说，对于并不存在之物的指涉，缺少上述这三种东西。一旦这样说明了，他们对于虚构就无须再说什么了。相反，批评理论家们则经常打算证明，虚构为何能有价值，它是如何被结构的，它如何在与其他社会制度的关系中活动。L. B. 塞比克将小说分析的主要方法分为三类：认识的，审美的，启发的。G. C. 普拉多则将它们划分为逻辑的，审美的，伦理的。认识到在从一种话语转向另一种话语时我们必须换挡之后，我们也许最好是像苏格拉底那样去找哲学家们，不是去问他们真实是什么（这是一个他们争论不休的问题），而是去问他们虚构是什么？

在 20 世纪的前半叶，英美哲学家们致力于发展种种知识论，期望它们会成为自然科学中所发现的种种真实的最深基础。为了这种努力，他们需要一种充分发展的逻辑，并且需要说明如何才能靠感觉资料将语言准确地联系于世界。在这一语境中，"虚构"意味着词与物之间的错误联系，或者是对不存在之物的指涉。由于发展这种理论时所遇到的技术困难，更晚近的哲学家们已经不把真实设想为陈述与现实之间的关系，而把它设想为语言运用中所包含的种种成规的一个衍生物。陈述一个真实的命题最终只是言语的一次运用。我们绝大部分的言谈话语都包含着告知、说服、请求、表态、提醒或警告等活动。在《论言有所为》(*How to Do Things with Words*) 一书中，英国哲学家 J. L. 奥斯丁提出了于今以"言语-行为"理论著称的语言理论，其目的即在于去确定那些使言语在不同场合有意义的成规。亚里士多德早在《诗学》中就已预示了这样一种理论的发展——当他说修辞艺术包括研究"什么是命令、祈祷、陈述、威胁、问题、回答，等等"的时候（19.4）。

"言谈话语怎样才有意义？我们通过运用它们实现了什么？哪些成规决定着它们的用法？"奥斯丁用这些问题代替了"什么存在着？"和"什么是真实的？"这两个问题。从奥斯丁问题的角度来看，虚构作品并非全然都是虚假的、非存在性的或想象性的；它仅仅是空洞的——奇怪地空洞。一句话"如果被一位演员说在舞台上，或者被插入一首诗中，

或者被讲在自言自语之中，那么它就是某种方式独特的言之无物。……在这样的情况中，语言在被以某些特殊方式——可以理解地——但却并不严肃地使用着，这些方式寄生在语言的正常用法之上——这是一些被列入那有关语言如何发生种种苍白褪色的学说之中的方式"（Austin，1962，22页；亦见同书104、121页）。虽然文学热爱者可能会被奥斯丁对待虚构的态度所伤害（这种态度表明，柏拉图以来的哲学中的变化是何其微小），富有创造力的理论家们却发现他的思想暗示着定义文学的新方法。文学可以被设想为对于言语行为即语言的普通用法的模仿，而非对于现实的模仿，因为在此种模仿中，模仿的真假问题就会突出出来。

在最早使用奥斯丁的理论以重新定义虚构和文学的批评家中有理查德·奥曼、巴巴拉·赫恩斯坦·史密斯以及玛丽·路易丝·普拉特。在奥曼看来，"文学作品是悬置了通常的言内规则（illocutionary rules）的话语，是没有了通常的结果或影响的行为。……作者制造模仿的言语行为，但让它们好像是正在被某人所做出的行为"（Ohmann，1973，97-98页）。这种观点很适用于戏剧，奥曼就是用戏剧来阐明他的观点的；它适用于小说吗？史密斯（她的思想并非直接来自奥斯丁）指出，小说通常是对非小说写作行为——例如历史和传记创作——的模仿。普拉特更进一步：既然人们在日常生活中所讲的故事在结构与目的方面都与"伟大文学"中的故事相似，她就看不出有什么理由主张只有后者才是"模仿"。留给我们的只有一个范畴：叙事言语行为。这是这种理论的逻辑结果。因为，正如史密斯所论称的那样，如果"小说的本质上的虚构性不应在被提及的人物、事物、事件的非实在性中寻找，而应在提及行为本身的非实在性中寻找"（Smith，1979，29页）的话，那么小说就可以被定义为假装的言语行为。被表现的事物的非存在性或虚假性在这里是毫不相干的。由于作者与读者的相互认可，语言仍然意味着它通常意味着的东西，只是在某种特殊的意义上，它是空的、虚的、假的。（Culler，1984；Hutchison，1984）但它并不比交谈中所讲的故事更特殊。

第8章 参考框架：元虚构，虚构，叙事

一些人可能会认为，文学理论家们对于哲学的这种依赖并未让我们前进一步。说作家实在地描写一个假装的世界（传统的看法），或者说作家假装描写一个其实在性无关紧要的世界，此二者之间的区别何在？对于那些旨在指出文学如何在被使用着或如何能被使用的人们来说，区别是在这里：言语—行为理论支持了下述主张，即文学研究能够让我们看到某种有意义的东西——语言和社会如何活动（绝大部分社会活动都包含言语的运用）。对于那些兴趣在文学的其他用处之上的人们来说，这一看法的缺点在于：它并没有考虑下述可能性，即除了模仿现实，文学还能够做所有其他事情。由于压下了有关虚构（即对于不存在者之表现）的种种问题，这种理论否认文学有任何独特的作用。普拉多称这种理论为"冒牌认识者"（cognitive pretender）理论，这种理论认为，文学确实展现或者能够教给人们一些有关生活的东西，但它做这种事情的方式很奇特。这种看法也许不错，但是它必须在这样一个竞技场上确立和捍卫它的真理：在这里，其他学科声称，它们能够更好地教给人们同样的东西（挑战者中会有修辞学，哲学，语言学，也许还有社会学和政治学）。

普拉多和理查德·罗蒂的意思是，这样来捍卫文学从一开始就是个错误。它源于对这样一整个哲学传统的默认，这个传统一直致力于保证真与伪、现实与想象/虚构之间的区别的坚固可靠。这一传统本身就是一个在有关概念与世界的关系的问题上顽固信守一种模仿图画观的传统。与其让自己屈从于这种观点或与之正面战斗，罗蒂建议我们不如干脆忘掉它。我们以各式各样的方式运用语言；只要我们在谈论电子、诸种社会惯例、小说或历史时相互理解，实现了我们的目的，那么，为下述事实——夏洛克·福尔摩斯在一种意义上存在，但在另一种意义上又并不真正存在——大绞脑汁就毫无意义，而且事实上也是很奇怪的。如果我们完全接受下述观念，即词语的意义取决于它们如何被使用，那么剩下来的唯一问题——假如我们愿意研究的话——就将是有关组成我们的话语的种种不同的语言游戏中所包含的成规的问题。

罗蒂的观点确实越来越受到那些从哲学角度讨论文学的理论家们

的欢迎。在那些认为虚构的叙事只有通过经验研究而非概念分析才能被最好地理解的人们中间,一些人同时拒绝罗蒂的和言语—行为理论家们的观点。对于奥斯丁及其追随者约翰·瑟尔来说,除了小说语言的寄生性的空洞之外,普通语言用法与小说语言用法之间没有什么重要的区别。我们在所说的话中做了什么,我们以所说的话做了什么,这些都可以通过考察语句的语气(陈述的、命令的、疑问的)、所用动词的类型、语境、意图及结果等等来加以确定。当批评家们用言语—行为理论去定义文学时,他们自然而然地受到某些文学例子的吸引,这些作品使用语言的方式完全类似于语言在交谈中或在非小说写作中被使用的方式。这就是本维尼斯特所定义的"话语"(见第5章)。但是,正如我们从第6章中讨论的理论家们那里所得知的,第三人称小说叙述不是话语;它有戏剧、历史、诗歌和自传中所没有的特殊语法特征和言及方式。

卢伯米尔·多列热和托马斯·佩维尔(Pavel,1981)主张,虽然哲学家们说虚构作品语言空洞,但这种空洞中其实充满了这些哲学家们没有寻找的东西。如果给他们海明威小说的头一句话——"It was now lunch time and they were all sitting…"(现在是午饭时间,他们大家正坐在……),言语行为理论家看到的只是某人假装正在肯定,或者正在肯定一种假装,而时态的系统后移("was now")以及"they(他们)"的不合法的用法(这种用法违反了这样一条规则:在使用一个人称代词之前,我们必须确定该人称代词的所指)却不是他们的兴趣所在。这里,一位哲学家,P. E. 斯特劳森,对我们有所帮助:这句话并不肯定"他们"的存在;它只以他们的存在为先决条件。往下读这篇小说,我们发现叙述者不仅为我们提供小说信息,而且还具有一种不可能的能力:了解他人正在想些什么,并且以话语中看不到的句子形式传达他们的思想。塞比克和普拉多关于理论家由以观察虚构作品的不同立场所说的话在这里发挥了全部的威力:尽管言语—行为理论家们可以解释话语中的意义,但却没有解释,为了理解任何一篇第三人称小说叙事的意义,人们必须知道什么。(Cebik,1984,119-126页)

第 8 章　参考框架：元虚构，虚构，叙事

多列热指出，第三人称叙述者的陈述具有"证实权威"（authentication authority），因此代表着叙事的事实；而小说人物们——他们受制于奥斯丁和瑟尔提出的规则——的言语行为则没有这种可靠性。多列热、佩维尔、费利克斯·马丁内斯-博纳蒂对于小说语言的看法并不一致，但他们都同意这一点：无论我们决定将叙述者所写的东西如何分类，我们都依靠叙述者的肯定以判断人物们是否在说实话或撒谎，看得准确还是错误，等等。由此事实之中，可以产生好几种推想。首先，关于第一人称叙事作品和戏剧该怎么说呢？由于它们只用话语，人们就必须对于它们的虚构性提出不同的解释（或者接受言语—行为理论所提供的解释）。另一条思想线索为第三人称叙述中所设定的事实的本体论地位所暗示。这条思想线索通向有关"可能世界"的讨论，其基础是这样一种假定：在其他情况下，现实有可能与其现状不同。与其讨论这种可能性，我不如鼓励读者到佩维尔的迷人论文中去追寻它。

虽然可能世界理论（possible-worlds theories）有种令人不安的以假想事物充斥宇宙的倾向，但是这些理论也能够提供一些洞见，让人认识现实主义小说再造一个像我们自己的世界一样的世界的种种方式。当哲学家审视小说语句时，他们所受的训练引导他们去寻找物质对象（所指物），尤其是寻找专有名词：安德鲁·蔡斯-怀特从不存在（虚构）；都柏林存在（事实）。任何一种试图通过做出这样的区分来理解小说中发生的一切的做法都是极其无效的劳动。现实主义的效力依靠的不是所提及的实际事物和假想事物的相对数量，而是种种"指涉蕴含"（referential entailments），它们根据我们对世界之所知将二者连在一起。一句简单如"约翰的孩子们全睡了"这样的话所蕴含的不仅是约翰的孩子们的存在，而且是一般性的孩子的存在，拥有专有姓名的人们的存在，父系血缘关系的存在，睡觉的存在，等等。（Cebik，1984，137-138 页）一部写实小说的几句话就足以让人想到一个由这样的关系构成的密集网络，尽管这些关系未被提及。由于存在着如此众多的可证实的蕴含（尽管作者没有肯定它们），读者的下述做法是毫不奇怪的，即他们主要是全神贯注于重构一个与我们自己的现实如此相似的现实，而不是为没有

任何所指者的专名大伤脑筋（我们期待这些专名在虚构作品里）。

讨论了批评家们对有关虚构的哲学概念所提出的基于经验观察的反对之后，在离开这个未解决的问题——哲学家们一直就没有解决它——之前，我要提及哲学家们中间有关此问题的一个流行论点。诚如瑟尔所揭示的，我们的哲学传统是以真实为逻辑起点去定义虚构的。既然"任何限制性规则都包含犯规概念于自身之内"，而"说谎就是对支配着言语行为之完成的某一限制性规则的违反"，那么讲实话和说谎从逻辑上来看是在同一时刻诞生的。（Searle，1979，67页）人们也许会这样想过：真与伪是一起产生的，但是严肃的诚实和有意的欺骗则涉及不同的时刻，因为前一对概念和后一对之间没有必然的联系；但无论这些逻辑—时间关系究竟如何，瑟尔都已经阐明了，它们先于虚构作品的诞生。"虚构作品远比谎言精致复杂。对于一个不懂虚构作品所特有的诸种成规的人来说，虚构作品似乎仅仅是说谎"（Searle，1979，67页）。因此，虚构（无意于欺骗的假装）是正在说谎的孩子，而不是像柏拉图所说的那样是谎言的父亲。

但是，这个理论体系留待说明的问题是：如何建立它的第一个概念对立——规则与无规则之间的对立。人们在遵守或违反规则之前，首先可以决定不进行语言游戏；而在做出这一决定之前，人们又必须能够将这类游戏与其他行为相区别。创造一个规则制约的体系必然需要一个悖论。为了陈述一个规则，人们必须能够悬置该规则。太阳发光；但为了说"'太阳发光'是真的"或者"'太阳不发光'是假的"，我就必须以某种方式悬置仅仅在说这句话时就必然会涉及的真实性、诚实性以及言语行为，以便"引用"它们。为了解释真与假，我必须给出例子——假装去肯定，而实际上却并没有肯定。这就是虚构。我建立这一体系的动机是排除虚假、谎言、虚构，但我如果不在这一体系之内重复我要排除的错误，就不可能建立起这一体系。

这里的问题是一个逻辑问题，但正如瑟尔的描述所表明的，它经常以叙事的形式出现，一篇蕴含着有关人与真的特定历史的叙事。在与瑟尔的争论中，我依靠格雷戈里·贝特森，他在动物行为中发现了游戏性

第 8 章 参考框架：元虚构，虚构，叙事

的假装。使他着迷的是游戏的必要前提：" '我们现在进行的这些活动表示那些活动，但并不表示那些活动所表示的东西。'游戏性的咬表示咬，但并不表示咬所表示的东西"（Bateson，1972，180 页）。这样，动物就表演了罗素的悖论（咬是又不是"咬"这个类的成员之一），而且必须表演它，如果它们想要游戏的话。它们的行为是元交流性的[①]，而这则暗示着这样一种可能，即某种形式的元虚构在虚构与事实的区分中是逻辑地必需的。

贝特森和雅克·德里达以比我更大的哲学精确性讨论了这个问题，对此我是望尘莫及的。两个人都用画框来阐明我们所涉及的种种问题。这个框子告诉我们，在解释它里面的一切时要用不同于解释外在于它的东西的方式。但是，为了建立这一区别，这个框架就必须既是画面的组成部分又不是其组成部分。为了陈述区分图画与墙壁或者现实与虚构的规则，人们就必须违反这条规则，正如罗素不得不违反他的规则，以避免在陈述规则时陷入悖论（Bateson，1972，189 页；Waugh，1984，28-36 页）。

叙事是什么？

在哲学对于真的追求这一光亮中，虚构与叙事之间的关系变得更为清楚。正如虚构可以对立于事实和真一样，叙事对立于那些描述存在之物——无论是过去的还是将来的——的诸种非时间性的规律。任何一种解释，只要它在时间中展开，在过程中时有惊人之处，而认识则仅得之于事后聪明，那它就是一个故事，无论它如何纪实。历史和传记与小说和传奇分享的共同之处是时间安排。论文和非叙事诗至少围绕主题组织材料；它们接受这样一个责任，即说出它们所想说的，尽管它们会未能说出真理。但是，叙事作品，无论点缀多少通则概论，总是为思想提供

[①] 元交流性的（metacommunicative），指这样一种交流，它是关于交流本身的交流。在这样一种交流中，交流本身成为讨论的对象。

多于它们自己已经消化的信息和食粮。这些东西要么不值得解释（仅仅是娱乐），要么就引发过多的解释。它们的意义的多重性不是过分的批评才气的产物；从一个冷静的哲学观点来看，这是叙事本身的必然特征之一。(Cebik，1984，123-125页）当彼得·琼斯在其《哲学与小说》中论称，这些意义只能来自读者时，他无疑是正确的。这就是为什么说读者反应批评与小说叙述尤为有关的原因。

在这些情况下，诚如普拉多所说，我们对于一种有关叙事的/虚构的意义的理论的需要是"试图使虚构作品——它被认为不是'指涉性的'而是交流性的——与话语——它恰恰由于其指涉性而被认为是交流性的——相调和的必然结果。……如果虚构作品确实丰富我们的知识的话，那它必然是像描述性的、断言性的话语那样发挥作用的。就是说，它必然通过提供或'暗示'我们能够同意的内容来发挥作用。这内容必然是命题性的，即便其命题性仅仅是间接的或含蓄的"（Prado，1984，92、88页）。说虚构作品为我们提供洞见，主题，或者丰富我们的经验，这并不是否定普拉多所说的东西，因为像这样的意义最终是命题性的，无论它们被稀释到什么程度。

那么，我们是如何从叙事作品中抽取或创造意义的呢？前一章论述了众多抽取或创造方法中的少数几种；它们绝大多数都是塞比克贴切地描述过的一个过程的各种变形(Cebik，1984，111-122页）。叙事语句假定着很多有关人类行为的一般规律。为了理解一个故事中正在发生着什么，我们必须将其中各个事件联系起来，而这样做是因为我们假定存在着使它们相互联系的种种普遍法则。随后，我们也许要对这些普遍规律中的某些规律做出检验核查，将它们与我们有关世界的知识进行对比。绝大多数这样的假定（饥饿让人去吃东西，夏季之中有热天）都是不言而喻的；有些一般性结论可能会显得可疑；另一些一般性结论可能很难做出，因为事件可以被解释为不同的规律性联系的实例。

我希望有关这一过程的上述解释是显而易见到不言而喻的。指出它可能产生悖论，或找出其诸种假定之中的谬误，就像很多批评家做的那样——这可以被认为是一种值得进行的活动，因为这可以防止我们成为

第 8 章　参考框架：元虚构，虚构，叙事

某种我们知道它在某种意义上并不充分的叙事意义理论的俘虏。更重要的是，我认为，应该认识到，自从 20 世纪 50 年代以来，其他学科的理论家们一直在试图构筑一种代替物来取代这种"普遍涵盖律模式"（covering-law model），这种不仅科学家们而且绝大多数文学家们都以之作为唯一合法的解释方式来接受的模式。与其仿效或嘲笑这个假定只有一种方式去认识真理的哲学传统，我们也许最好是来共同形构一种能够更好地说明人类活动的叙事理论。

寻找替代模式的运动作为一个传统发源于 50 年代，当时 W. H. 德雷和其他一些人指出，历史解释并不是一种要陈述永恒的科学规律的不足尝试，而是某种全然不同的东西。关于这一运动我曾在第 3 章中略做讨论，保尔·利科在《时间与叙事》中对之做了令人佩服的概括。这种运动并非仅在历史学领域内才重要。在哲学中，有 G. E. M. 安斯科姆贝的意向分析和对于行动哲学（the philosophy of action）的新兴趣；在社会学中，有欧文·戈夫曼的有关行为的"戏剧"理论；在人类学中，有维克多·特纳的"社会戏剧"这一概念；在实验心理学中，则有无数人物已将这一学科从对于老鼠的条件反射的专注转移到对于认识和语言过程的强调上来；在精神分析思想中，有谢弗、斯彭斯和第 3 章中提及的其他一些人；在科学哲学中，在这个我们的知识权利始终可以获得（更好或更坏的）支持的领域里，则有 G. H. 冯·赖特，对于他对解释、理解和人类活动所做的种种讨论，人文学科的学者们知道得实在太少了。

对于这个倾向于将叙事作为一种基本解释模式、一种不可化简为普遍涵盖律模式的模式来理解的运动，一些文学理论家已经有所贡献。其中最著名者是结构主义者和符号学家；较不知名的是那些在话语分析中进行艰苦复杂的理论跋涉的人，或那些分析遥远部落的种种叙事成规的人。在晚近那些试图研究其他学科能对文学理解有何贡献的著作当中，查尔斯·奥尔提瑞的《行为与性质》（*Act and Quality*）可能是最好的。对于这一理论活动，很多人文学者的忧虑是，如果被引入文学研究，它就会消灭我们仅剩的一点人文主义，而将它变成一种降格的科学主义。

这种忧虑是可以理解的。但是，对于那些真对虚构和叙事——它们并不限于文艺复兴时代以来所写的长短篇小说，它们对于大众文化、社会行为以及我们对自己生活的认识也至关重要——感兴趣的人来说，无论是将生活的其余部分关在文学之外，还是切断文学研究与其他学科之间的任何可能的纽带，都是不可取的。

只要叙事理论家们乐于将自己的兴趣和热情限制在传统哲学和科学理论已经为之界定的场地之内，他们在大学里和社会上的安全地位就有相当的保证。必要的安排已经为对于叙事性虚构的研究做好了。但当他们开始谈论文学之外的虚构，或者哲学和科学之内的叙事时，就连他们的同事都可能会感到不安。毕竟，当我们宣称我们确从文学中学到某些重要东西的时候，这个由我们提出而别人认可的主张是以我们乐于承认下述一点为基础的：我们知道事实与虚构之间以及叙事与真实之间的那些（公认）区别。后者（真实）也许能凭细心和想象而从叙事中被抽取出来。

为了探讨——即使是假设性地——叙事是否并非普遍涵盖律模式的一个有缺陷的翻版，我们可能必须悬置我们的主张，即虚构叙事作品给予我们知识——传统意义上的知识。也许，很可能，由于叙事的无所不在，它们给我们别的什么东西，或者某种其他类型的知识；但是这一前提（即我们并不知道叙事是什么）却事先就排除了下述假定，即我们知道叙事作品给予我们什么知识。那么，叙事到底是什么呢？

在已经达到了这样一点，由此，一本真正令人感兴趣的叙事研究专著将会开始的时候，我却只能说，如果我已经知道如何回答这个问题的话，我是绝不会去从事于晚近种种叙事理论的讨论的。理解叙事是一个为了未来——不仅仅是文学研究的未来——的计划。在《时间与叙事》中，利科已经开了个头，一个很多人将会发现很有用处的开头，即使与此同时他们拆散和重建它的话。历史学家和哲学家们尚未意识到他们能从我所讨论的文学叙事理论中学到多少东西，而我们则有同样多甚至更多的东西要向他们学习。当我们等待着能给我们提供我们正在等待的理论的论文和专著时，我们也许最好还是阅读叙事作品，因为它们将是我们可能贡献给这一专题的任何有价值的东西的来源。

附 录

失而复得的情人礼物

这个传统的民间文学母题的一种口头形式是 1968 年在南卡罗来纳州采录到的。下面是根据录音记录下来的:

这男的是单身汉,住在这个大居民区。一对男女搬到他的隔壁,你知道,那女的可真漂亮——金色长发,身材美好,每天都会出来割草什么的,穿的是很短的短裤和紧身内裤,还有别的什么乱七八糟的。这个男的于是就说了:"我就是得跟她来上那么一下。"终于有那么一天,他鼓足勇气走到那边去问她。他说:"我能来你那么一下吗?"女的就说:"好吧,明天附近没人的时候你到这儿来,带五十块钱,我就让你来一下。"于是第二天他去了那儿,带了钱,于是他来了那么一下,你知道,那可真是好极了,然后他就回家了。那天晚上她的丈夫回到家里说:"旁边那家那男的今天过来了?"(她心说:"哦,我打赌他一定知道了。")她说:"唔,他来了。"他说:"他带那五十块钱了吗?"(她心说:

"我知道他现在知道了。")她说:"唔,他带了。"他说:"好啦,我还正奇怪呢,因为他今天早上到我办公室来,要借五十块钱,说他今天会把它还给你。"〔小莫兰·H. 霍根:《〈水手的故事〉的一个新类似》,《乔叟评论》第 5 期(1970—1971),245-246 页〕

这个故事的两种变体是 20 世纪 40 年代在纽约和加利福尼亚记录到的。二者之中都有一个妻子。她的爱慕者送她一件贵重的皮衣,她想保有它。她把它当了或是把它放在火车站的加锁小柜里,然后告诉丈夫说她发现了一张当票或一把钥匙,要他去取这件东西。在每一个故事中,丈夫取回来的都是一件不值钱的东西(见欧内斯特·鲍曼:《英美民间故事类型与主题索引》〔海牙:莫顿,1966〕,357 页)。

在这些笑话的后面,是欧洲、近东和远东的讲了许多世纪的故事。正如 J. W. 斯帕戈《失而复得的情人礼物:乔叟的〈水手的故事〉》(赫尔辛基:《民俗同仁通讯》,1930)指出的那样,这个故事的最早形式出现于 *Shukasaptati*(《一只鹦鹉的七十个故事》)之中。*Shukasaptati* 是 10 世纪时用梵语写成的"框套故事(frame-tale)"(即一个包含其他故事的故事,例如《坎特伯雷故事集》),讲的是一个男人,他做了一次六十九天的旅行,在此期间他把妻子留给他心爱的鹦鹉照看。每当这位妻子受到那些有望得手的情人的引诱时,鹦鹉就要她等到它讲完一个故事。故事一个接着一个,其中一些含有"失而复得的情人礼物"这一母题。在第三十五个故事中,一个商人造访一位粮商的宅第,发现他不在家中。他以赠送戒指的方式诱奸了粮商的妻子。后来,由于后悔这笔交易,他在市场上找到她丈夫,要求他交付一笔粮食,那是那位妻子说她丈夫会作为跟那个戒指的交换而给他的。一怒之下,这位丈夫就让他儿子回家去取来戒指以取消这笔交易。

到了 14 世纪,*Shukasaptati* 有了波斯语和阿拉伯语的译本,但改变极大;其中绝大多数译本都不含有使用这一母题的故事。但这一母题的确出现于 12 世纪的阿拉伯故事之中。这些故事,如斯帕戈指出的,又继续产生着中东的变体,直到 19 世纪。在欧洲,这个母题从 14 世纪的意大利传到德国、法国、英国。其中出现于薄伽丘《十日谈》、乔叟

《坎特伯雷故事集》和拉芳汀的《寓言集》（"风流骗子贪财妇"，直接取自薄伽丘）中的那些是最著名的。薄伽丘的那个故事的大意是这样的："古尔法多向瓜斯帕鲁洛借了一些钱，因为他已经和后者的妻子约好，他将和她睡觉，并且给她钱；事后，当着她的面，他告诉瓜斯帕鲁洛他已经把钱给她了，她承认这是事实。"

在这个故事的其他变体中，或者是情人不小心打坏了屋子里的一件东西，然后告诉丈夫说他妻子要了钱或值钱的东西作为赔偿，于是丈夫就让妻子退还礼物；或者是情人不认识丈夫，无意中把此事告诉了他，于是丈夫就以此质问妻子；或者是情人给妻子一钱不值的东西或假钱（史第斯·汤普森：《民间文学主题索引》修订版［布鲁明顿、印第安那大学出版社，1955—1958］，4：410-411页）。

我有些怀疑这些故事是否都能被称为"同一故事"的变体，因为它们在结构上有重要差异。如果我们决定将它们称为相同的，那么我们就应该能够准确地描述它们的共同之处。乔叟对那件逸事——让妻子说她将在床上偿还她欠丈夫的钱——的扩展似乎包含了一个有关诸种文化惯例的意味深长的陈述，即婚姻作为一种社会的和法定的制度规定夫妻为同一实体（每一方的借贷和债务都是双方共同的责任）。但在另一方面，西方社会又把婚姻定义为两人之间的契约，妻子因而依法必须只满足丈夫的性欲（违者将遭离婚之苦）。乔叟的故事使人联想到，婚姻是建立在钱与性的交换之上的。如果情况确实如此，那么故事中商人的妻子就是最早在文学中陈述这一事实的妇女之一。因此，这个故事可能仅仅在这样一些社会中才有意义，这些社会规定夫妻是一个法律上的实体，但也规定婚姻为两个法律实体之间的交换契约（钱交换性）。

不过这些考虑在乔叟的故事的巧妙和活力面前都是相形见绌的。

杰弗里·乔叟：水手的故事

圣台尼地方从前有一个商人，他的财富给他挣了个为人聪明的名声。他有一个美貌的妻子,心里多存怜悯,性喜寻欢作乐。但这种事上要花的钱可就比男人在宴会和舞会上送给这样女人的喝彩和尊敬所值的钱多多了。这样的喝彩致意和赞许目光不过是墙上的影子,立刻就会过去。可那个要为妻子的所有宴饮欢舞付账的男人,那个愚蠢的丈夫,可就苦了;他为了维持自己的体面,不得不对付她的盛装华服,让她去恣意欢舞。如果他付不出了,或者认为奢靡,不肯出了,那就须有旁人来付款,或给她金钱挥霍,那可危险了。

这位富商家中十分排场,宾客满座,为的是他手头宽松,还有一个美妻。但各位请听,他的宾客中有一个修道僧,年三十岁,倜傥风流,与他过从甚密。这位漂亮僧士自从和主人相识以来,交谊日厚,成为家中不必拘于礼节的常客。因为他俩生于同一小城,所以他又跟商人攀上了亲戚关系;商人不仅对此毫无二话,而且就像一只清晨小鸟一样快乐,因为这门亲戚关系让他满心欢喜。他俩结拜为兄弟,彼此立愿亲爱到底。

教兄约翰也很慷慨,在商人家任意花费,取得好感。家中最低贱的童仆他也记得施舍,每次来时总送些赏心悦目的礼物给主人,对其余上下人等也不空过一个。因此他们都欢迎他,像天明时的鸟儿盼着日出一样。但这些都讲够了,现在暂且搁下。到了一天,商人准备去布鲁日贩货。他派人去巴黎请教兄约翰来到圣台尼和他夫妇玩耍一天,然后出门。

我给你们讲的这位可敬僧士有僧院院长的特许,可以随时出行,因为他是一个谨言慎行之人,而且负有僧院执事之责,骑马去各地检查粮仓。所以他很便当地来到了圣台尼。还有谁比教兄约翰那样亲近有礼的人更受欢迎的?他带来了一罐马姆赛葡萄酒,一满罐意大利的美酒,以及一些野禽,正如他每次一样。这里我按下不讲,且让他们去吃喝玩耍,有一两天的工夫。

第三天商人起身,考虑他的正事。他走到账房算一算一年来他的经济出入,花去了多少,是否赚了,或是亏了。许多账簿和钱囊都放在他面前的账柜上。他的银钱财宝委实不少,因此他关紧了门,不让任何人在他算账时闯进去。他一直坐着算到了近午时分。

教兄约翰也起了身,在花园中散步,口中念念有词。

商人妻轻轻走进花园,照例向他打着招呼。她带着一个婢女。这女孩受她的管教,脱不了她的鞭笞。"啊,我的好教兄,约翰,"她道,"你这么早就起身了,怎么回事呢?"

"妹子,"他道,"一个人睡眠有五小时就足够了,除非老弱之辈,像有些结了婚的人,贪睡怕起,犹如兔子被猎犬追乏了坐在窝里一样。但是,好妹子,你为什么这样苍白?我想我们这位好兄弟使得你一夜疲劳了,你该马上去休息一下吧?"他说着笑起来,想到自己所讲的话,脸上一阵红。

那妇人摇着头。"的确,上帝知道一切,"她道,"我真叫得苦来!我生何不幸!我的处境不敢对人讲。我愿远离此地,或者一死了事。我的苦恼说不了。"

僧士向她呆看。"怎么啦,我的妹子?"他道,"上帝不许你为了苦闷而自杀!把你的烦恼告诉我,也许我能给你忠告,帮你的忙,我一定保守秘密。我在这本课经上发誓,决不泄露一字,不管是好是歹。"

"我也对你讲同样的话,"她道,"有上帝和这本课经为证,即使我被五马分尸,或进入地狱,也决不泄露你的任何一字。我讲这话不是为了你我是亲戚,其实是为的朋友可以信任。"这样他俩立着誓愿,亲吻着,彼此吐着心中的话。

"教兄,"她道,"我若有适当的机会,我要告诉你我一生的事。不过在这个地方,这样的机会是不会有的。我的丈夫,他虽是你的亲戚,自从结婚以来,我却吃过他不少亏。"

"上帝和圣马丁在上,"僧士道,"他是我的什么亲戚!他之于我还不如树上挂着的这片叶子!法国的圣台尼为证,我所以叫他亲戚,完全是为了可以有借口来认识你罢了,我爱你甚于世上所有的女子。我以我的教团为誓。赶快把你的烦恼告诉我,讲了就去,不然他要下来了。"

"我的亲爱的,呵,我的约翰哥哥!"她道,"我愿能够守住这件事,但现在再也守不住了。我的丈夫,在我看来,是自古以来最坏的一个人。但我既是他的妻,我们的私事本不该讲出来,不论是床上的事还是床下的事。我愿上帝佑护我!一个妻子除了说些敬重她丈夫的话之外,不该讲旁的,这是我很知道的,不过至少我可以对你讲这一点;愿上帝助我,因为他还比不上一只苍蝇的价值!最使人恨的就是他的吝啬。你和我一样都很知道,女人天生有六个愿望:她愿意丈夫勇敢、聪明、富有、大方、顺从妻子的意愿、行动活泼。老实说,我做衣服全是为他的体面,下星期天我必须付出一百法郎,否则糟了。我宁愿没有出生,也不愿受辱或听人的闲话。可是我的丈夫如果觉察了,我也就完了。所以我求你借给我这笔钱,不然我就死定了。约翰哥哥,我说借我这一百法郎,你若做到了,我一定感激不尽。到了那一天我必定还你,你愿意我做什么都可以,只要你说出来。我若不做的话,愿受上帝的严惩,和那背叛法国的加纳伦一样!"①

僧士这样作答:"我的亲爱的,我的确非常同情你,我愿发誓。等你丈夫去法兰德斯之后,必救你脱离这个苦境。我将拿一百法郎给你。"说罢,他抱住她吻着。"好,去吧,"他道,"赶快,早些吃饭,日晷上已指着辰时了。去吧,务必和我一样可靠。"

"上帝不容我背信。"她说着,一面走出去,快活得像喜鹊般,吩咐厨师赶快,大家好早些进餐。她上去找丈夫,大胆敲着他的账房门。"是谁?"他问。

"我的圣彼得,是我,"她道,"怎么的,你预备绝食多久呀?你要花多少时间算账记数哪?让魔鬼在你的数目字中插一只手!天赐你的福太多了!下去吧,把你的钱囊暂且放下。你怎么好意思让约翰老哥整天饿着肚子?好了,我们做过祷告就可以吃饭了!"

丈夫道:"妻子,你哪儿想得到我们这种事是何等复杂恼人啊?愿上帝助我,还有圣爱扶!② 我们十二个商人中恐怕找不出两人可以兴旺

---

① 背叛法国的加纳伦是查理曼大帝浪漫诗中出卖英雄罗兰的叛徒。
② 法国 13 世纪有个僧士,后称为圣爱扶,这里商人可能就以他为誓。布列塔尼的圣爱扶是 1347 年被尊为圣者,乔叟当然是知道的。至于第 7 世纪在英国布教的圣爱扶也许太远了一些。

到老的。我们不能不装出笑脸,世上的人千变万化,我们却要守住自己的行业,直到老死,否则只好出家朝拜圣地,或是脱离人世。因此我必须在这古怪的世路上找出一个方向,我们经商的人随时都要提防,幸运机缘是变幻莫测的。明晨天亮我就去法兰德斯,我必尽量早回。我求你,亲爱的妻子,对谁都要客气谦虚,小心看守着我们的财物,治家要循规蹈矩。在各方面说,家中日子还算好过,只要晓得节省。不需要更多的盛衣丰食,口袋里也就不会觉得缺乏银钱了。"

说着,他关上了账房门,马上下来。立即做过祷告,桌上摆出杯盘菜食,他们就进餐;商人招待僧士的这顿饭的确很丰盛。

餐后,教兄约翰一本正经地把商人叫到一边,私下对他说道:"老弟,我见你必须去布鲁日走这一趟。愿上帝和圣奥古斯丁照看你!我求你路上要小心,老弟。饮食不可过度,尤其在这热天。再会了,老弟。你我不用什么客套。上帝保佑你免遭灾厄!无论白天或夜晚,你需要我做什么,只要我做得到,一定办到,同你自己做的一样。还有一件事,在你去之前,我要求你,如果可能,请你借给我一百法郎,以一二星期为期,因为我要买几头牲口存放在我们那里。愿上帝助我,我宁愿这个地方是你的就好了!我决不会失信,一天一小时都不会差,决不会为了一百法郎而失信。但这件事要你保守秘密,我求你,我今天晚上就要买这些牲口。现在,再会吧,亲爱的兄弟。感谢你宽宏大量。"

这商人立即和颜答道:"教兄约翰,我的哥哥,这实在是一件小事。我的金钱就是你的,只要你开口,不但是我的金钱,就是我的货品也是一样。你要就拿去,上帝不容你放弃权利。不过我们商人却有一点,你也很明了的,我们的现款就是我们的犁锄。我们有信用时就可借贷,但没有了现款就不是好耍的事。你宽裕的时候再还我。我最愿意尽力来帮助你。"他立即取出了一百法郎暗中交给了僧士。世上除了他俩之外,谁也不知道这件借贷的事。他们喝酒谈天,散了一下步,又玩耍了一刻,然后教兄约翰骑马回到僧院。

第二天,商人上路去法兰德斯,由他的学徒引路来到布鲁日。在这城中他忙着办事,买进借出;他不赌不舞,一心照顾着他的商品。我且

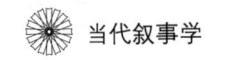

按下不提。

商人走后第二个星期天，教兄约翰到了圣台尼，他头上新剃了发。全家上下，最微贱的童仆，见他来了，没有一个不高兴。现在马上提到正题：美貌的夫人为了借到一百法郎，已许下了教兄约翰，愿意和他尽欢，他俩通夜为所欲为。次晨，教兄约翰辞了一家人而去。那里，或是城中，没有一个人生疑。且不管他是回到僧院，或去其他地方，这都不用我多讲了。

商场中交易过了，商人回到圣台尼家中，心满意足，招呼着他的妻子。他告诉她货物昂贵，不得不借了债，现在必须履行债务，要去还两万法郎，因此来到巴黎，向某些友人借款，同时也带了一些钱去。到了城中，为了交谊浓厚，先来探望教兄约翰，并不是问他要钱，不过想知道一些他的近况，并谈谈他自己的一切，这本是朋友相会时应有的事。教兄约翰热情地招待，商人告诉他买货如何顺利，感谢上帝；不过他必须借一笔债；然后就很愉快了，可以休息一下了。"当然，"教兄约翰道，"我很高兴见你安全回来。我若富有，如我所愿，你就不怕没有这两万法郎了，因为上次你好心也借了钱给我的。我真心感激你，自有上天和圣彼得为证！可是我还是付偿了那笔钱，交给了你的夫人，放在你家中柜台上的。她是很清楚的，还有某种证据，可以由她证实的。现在对不起，我不能多陪了。我们的僧院院长马上要出城，我要去伴他同行。问候夫人，我的好侄女儿，再会了，老弟，下次再见。"

商人原是一个聪明能干的人，借了些钱，在巴黎亲自清偿了那些债主，收回了债据。他像鹦鹉一样快活，回到家中。心里计算这次出门，除消费在外，应已净赚了一千法郎。

他的妻子照例在门口迎接。那天晚上他俩很快乐，因为他又发了财，又清了债。天亮的时候，商人重新抱住他的妻，吻着她的脸，不禁又想要起来。"好了，"她道，"我的天，你玩够了吧！"他俩又放肆起来，直到最后，商人说道："的确，我的妻，我实在不由得不有些气你。你知道为什么？我想你把我同教兄约翰之间的友谊弄得生疏了。你该在我去巴黎之前先告诉我一句，他已把那一百法郎付还了你，并且他还有什么证据的。我同他讲起要借钱的事，他有些不高兴，看他脸上表情就知道。可是，天在头上，我想也不必多问他了。我劝你，妻子，下次不要这样。如果我不在家的时候债户还了你什么债，你总该告诉我，否则由于你不小心，我又去问人家讨一笔已经还过了的债。"

但她并不认错，也不害怕，却立即大胆说道："该死的，我倒要同他拼一下，这个坏僧士！我管他什么证据。他是给了我一笔钱的，这是我所知道的。嘿，滚他妈的猪鼻子！天晓得，我以为他是为了你的缘故，给我这笔钱以维持我的体面，为了彼此亲戚关系，并且他常到我们家里来，大家都很有好感。现在既是如此，我就不妨老实告诉你。你有的是比我还拖欠得久的债户。我却可以逐日还你的；如果我还不出来，我反正是你的妻，记下账来好了。我还是要赶早还清。真话，我已全部用在衣饰上了，并没有乱花！因为我用得正当，又是为你的面子，也看在老天爷的面上，我说，不要生气，让我们笑一阵、玩一阵罢。我这个身子已经全部抵押给你了，我尽可在床上还清你这笔债。对不起了，好丈夫。转过脸来，好好地对我笑一下罢。"

商人知道也无可奈何，责骂也是枉然。"那么，妻子，"他道，"我饶恕你，不过你应决心不再浪费。你的钱财应该小心使用，我要求你。"

我的故事到此为止，愿上帝给我们足够的故事，好听到老死。阿门。

凯瑟琳·曼斯菲尔德：幸福

贝莎·杨虽然已经是三十岁的人了，可她有时候还是这样，不肯好好走路，偏要连奔带跑，踏着舞步在走道上蹦上跳下，滚一滚铁环，把东西扔到半空中又接住，再不就干脆楞着不走，兀自发笑——平白无故地——就那么没来由地笑一通。

要是你上了三十岁，刚拐过弯，来到你住的那条街，突然感到心花怒放——无比幸福！——浑似突然吞下了当天下午一片灿烂的阳光，于是它就在你胸膛里燃烧，在你浑身上下每个毛孔、每个指头和脚趾里都迸发一阵阵小火花，那你怎么办？……

哦，难道除了"陶醉和乱糟糟"，就没有别的法子可以表达这种心情了吗？文明社会是多么荒唐呀！既然一定得把这个身体当一把稀世珍宝般的提琴那样珍藏在琴盒里，那么老天给你个身体干吗呀？

"不，比作提琴还不能完全表达我的意思。"她心想，一面奔上台阶，一面在提包里掏钥匙——照例她又忘了带钥匙——就格拉格拉摇着信箱叫门。"我不是这个意思，因为——谢谢你，玛丽。"——她走进了门厅。"妈妈回来了吗？"

"回来了，太太。"

"水果送来了吗？"

"送来了，太太。样样都送来了。"

"你把水果送到饭厅里去吧！回头我把水果摆好再上楼。"

饭厅里暗沉沉，又是凉飕飕。不过贝莎还是脱下了大衣，她再也受不了大衣这样紧紧裹着身子，刚一脱下，两条胳臂顿时感到凉气逼人。

不过她胸中那团亮光光、红通通的东西还在——还在迸发出一阵阵小火花来。简直叫人受不了。她简直连气都不敢透一下，生怕一透气会把火苗扇得更旺，可她还是深深地、深深地透着大气。她简直不敢朝那面冰凉的镜子里看——不过她还是看了，只见镜中有个女人，容光焕发，嘴唇颤抖，含着笑意。眼睛又黑又大，那副神态像是在倾听，在等待着什么……就要来临的大喜事……她知道必定会来临的……错不了。

玛丽把水果放在托盘里端了进来，还端来一个玻璃钵、一个蓝盘子，那盘子颜色可爱极了，上面闪着一股异彩，仿佛在牛奶里浸过似的。

"要开灯吗，太太？"

"不用了，谢谢你，我看得清。"

摆着的水果有蜜橘，有皮色带浅草莓红的苹果，几只蜡黄的梨，像绸子一样光溜溜，几串凝着一层银色粉衣的白葡萄，还有一大串紫葡萄。这紫葡萄是她买来跟饭厅里新地毯配色的。是啊，这话听上去未免有点牵强可笑，不过她可真是为这个才买的。她在店里就想好了："我一定得买点紫颜色的，好让地毯的颜色和餐桌上的颜色相互衬托。"当时心里这么想好像还怪有意思呢。

她摆好了水果，把这些色彩鲜明、个儿浑圆的东西堆成了两个金字塔，往后站了站，看看效果怎么样——果然妙不可言。因为那深色的桌子似乎跟暗淡的光线融为一体了，那玻璃盘子和蓝钵就像飘浮在空中。当然，在她目前的心情看来真是说不出的美妙……她不由笑了起来。

"不，不，我真发神经病了。"她一把抓起提包和大衣，就奔到楼上育儿室里去了。

奶妈正坐在一张矮脚小桌子前，喂刚洗过澡的小贝吃晚饭。宝宝穿一件白绒布的长裙，再加上一件蓝毛线短袄，细细的黑发朝上梳成怪逗人的小尖尖儿。她抬眼看见妈妈，就乐得又蹦又跳。

"来，乖乖，做乖孩子，把这点吃了。"奶妈噘着嘴说，贝莎看见奶妈那副模样，就知道嫌她到育儿室里来得不是时候。

"她今天乖不乖，奶妈？"

"整个下午她都乖极了。"奶妈悄声说，"我们上公园去了，我坐在椅子上，把她从摇篮车里抱出来，跑过来一条大狗，一头枕在我膝盖上，她竟一把抓住狗耳朵，拉啊拉的。哦，可惜您没看见她那模样。"

贝莎原想问问她，让孩子抓住一条陌生狗的耳朵是不是有点危险，可她不敢问。她垂手站在那儿看着她们，活像个穷姑娘站在抱着洋娃娃的阔小姐面前。宝宝又抬头望她了，两眼望着望着就笑了，笑得可甜呢，贝莎不禁大声说道："哦，奶妈，让我来喂她吃饭吧，你把洗澡的东西收拾好。"

"我说，太太，她吃的时候可不该换人喂，"奶妈还是那么轻声轻气地说话，"乱了套，恐怕她就不得安宁。"

这事多荒唐。要是一定得把孩子放开——不是说当成一把稀世珍宝般的小提琴放在琴盒里——而是说放在别的女人手里，那又何苦要孩子呢？

"哦，我一定要喂她。"她说。

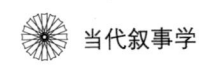

奶妈很生气，把孩子递给了她。

"好了，吃完饭别逗她。太太，要知道您就爱逗她。您逗过她，回头可苦了我。"

谢天谢地！奶妈总算拿起浴巾走出去了。

"现在你可由我自个儿带了，我的小宝贝。"贝莎说。宝宝就依偎着她。

宝宝吃得可高兴啦，噘起小嘴等着匙子，两只小手不停挥舞着。有时她还抓住匙子不放，有时贝莎刚舀满一匙，她就一扬手把匙里的东西泼得到处都是。

宝宝喝完汤，贝莎转过身去对着火炉。

"你真乖，乖极了！"她说，一面亲亲她那欢蹦乱跳的宝宝。"妈妈喜欢你。妈妈疼你。"

没说的，她非常疼爱小贝——瞧宝宝冲着身子露出一截脖子，炉火照得她十个小巧的脚趾儿透亮——她心里顿时又感到一股幸福感，她又一次不知道怎么来表达这种感觉——不知怎么办才好。

奶妈得意洋洋地走进来说："您有电话。"说着把她的小贝夺了过去。

她飞奔下楼。原来是哈里打来的。

"哦，贝儿①，是你吗？听着，我要晚点儿回家。回头我坐辆出租汽车，尽快赶回家。不过请你推迟十分钟开饭，行吗？说定了？"

"行，没问题。哦，哈里！"

"嗯？"

她要说什么？没什么可说的。她只不过想多缠住他一会儿。她总不能荒唐地大声喊叫着："今儿个天多美啊！"

"什么事啊？"话筒里卜的传来细小的声音。

"没什么。好了②。"贝莎说着挂上了听筒，心想文明社会真是荒唐透顶呢。

---

① 贝莎的爱称。
② 原文是法文 *entendu*。

他们请了客人来吃晚饭。来客有诺曼·奈特夫妇,这一对婚姻非常美满,男的准备开一家戏馆,女的非常爱好室内装饰。一个年轻人,名叫埃迪·华伦,他刚出了一本小小的诗集,大伙儿都争着请他吃饭。还有贝莎"发掘"的朋友,叫做珀尔·富尔顿,富尔顿小姐是干什么的,贝莎可不知道。她们是在俱乐部里认识的,贝莎一见就跟她投缘。贝莎碰到那些怪里怪气的漂亮女人,老是一见就投缘了。

叫人恼火的是,虽然她们常在一起,多次见面也曾谈过心,贝莎还是摸不透她。在一定分寸内,富尔顿小姐可以说坦率得出奇。不过总是有个分寸,绝不超越一步。

究竟有什么事叫人摸不透呢?哈里说,"没有了。"他认为她呆板得很,"像所有的金发女郎一样冷冰冰,也许是有点儿脑贫血吧。"贝莎可不同意他这番话,至少目前还不同意。

"不对,你没看见她坐着的模样,偏着脑袋,脸带笑容,这里一定有文章。哈里,我一定要知道这究竟是怎么回事。"

"八成是肚子大,吃不饱。"哈里答道。

他存心顺着贝莎的话作出各种各样的回答。……一会儿说:"肝受冻了,宝贝儿。"一会儿说:"胃气胀。"一会儿说:"腰子病……"说来奇怪,贝莎就喜欢听这些,她对他说的话简直欣赏极了。

她走进客厅,生起了火,把玛丽摆得妥妥帖帖的坐垫一个个拿起来,再扔回椅子和长椅上。这样就大不相同了,屋里顿时有了生气。她正要把手头最后一个垫子扔出去,忽然情不自禁地把垫子紧紧地、紧紧地抱在怀里,心里不由暗吃一惊。不过她心头那团热火还是没有熄灭,喔,反而更旺了。

推开客厅的窗子就是阳台,正好看得见花园。花园尽头墙根下,长着棵修长的梨树,正盛开着娇艳的花朵;梨树亭亭玉立,衬着碧玉般的青空,似乎凝止不动。虽然隔得这么远,贝莎还是不由觉得树上既没有一朵含苞欲放的骨朵,也没有一片凋谢的花瓣。下面园子里花坛上开着郁金香,有红的,有黄的,枝头花朵累累,压得似乎只好依偎着暮色了。有只灰猫拖着个大肚子悄悄穿过草地,一只黑猫形影不离地跟在后面。两只猫都心无二用，动作灵敏，贝莎看了不由稀奇地打个寒噤。

"猫这畜生真叫人恶心！"她结结巴巴地说着就离开窗口，开始走来走去。……

在温暖的屋里，水仙花浓香四溢。太浓了吗？哦，不浓。不过她就像被花香醉倒了似的，扑倒在一张长椅上，双手蒙住了眼睛。

"我太快活了——太快活了！"她喃喃说。

她合上眼帘也仿佛看见那棵艳丽的梨树，树上梨花盛开，这就是她自己的生命的象征吧。

真的——真的——她什么都有了。她年纪还轻，哈里跟她彼此相亲相爱，一如既往，相处十分融洽，是对真正的好夫妻。她有个可爱的小宝宝。他们用不着为钱操心。他们这所花园住宅也非常令人称心满意。朋友呢——都是时髦人物，谈笑风生，有作家，有画家，有诗人，还有热心于社会问题的人士——个个都是他们愿意结交的。家里要书有书，要音乐有音乐，她还找到了一个手艺高明的女裁缝，夏天他们还到国外去游览，他们家的新厨子做的蛋卷味道美得无以复加。……

"我真荒唐，真荒唐！"她坐了起来，可是只觉得头昏脑胀，喝醉了似的，准是春天到了的缘故吧。

是啊，春天到了。这会儿她觉得困极了，连上楼去换衣服也动不了。

穿一身白衣服，配上一串翡翠珠子，绿鞋绿袜。可她不是故意这样打扮的，她站在客厅窗口前几个钟头心里就想好这个谱儿了。

她轻曳绣着花瓣的衣裙，窸窸窣窣地进了门厅，亲了亲诺曼·奈特太太，这位太太正脱下那件怪有趣的橘黄色大衣，下摆和前身都印着一排黑猴儿。

"……唉，唉，中产阶级怎么如此庸俗——一点幽默感也没有！哎哟，我能到这儿来真是万幸呢——全亏有诺曼保驾。都是我身上这些可爱的猴儿在火车上引起了轰动，惹得有个男人瞪出眼珠，差点没把我吞下去。既不笑——又不乐——笑啊乐啊，那倒好了。不，他就这样老盯着我，把我盯得烦死。"

"可是精彩的是,"诺曼把玳瑁框的大单片眼镜按在眼窝上说,"说出来你不在意吧,脸蛋儿?"(他们俩在家里也好,当着朋友的面也好,都相互称呼"脸蛋儿"和"哭丧脸")"精彩的是她烦透了,竟然转过身去对身边一个女人说:'你以前没见过猴儿吗?'"

"哦,对了!"诺曼·奈特太太跟大家一起笑起来,"精彩极了,是不是?"

更有趣的是她这会儿脱掉了上衣。看上去当真像一只聪明伶俐的猴儿——连身上那件黄绸衣服看上去也像拿剥下的香蕉皮做的。还有那对琥珀耳环,活像晃荡晃荡的两个小果仁儿。

"好一个萧瑟的秋色啊!""哭丧脸"在小贝的摇篮车前歇下来念道,"摇篮车推进门厅里——"他挥了挥手,没把引用的那句词说下去。

门铃响了。来的是苍白瘦削的埃迪·华伦,跟往常一样,满脸烦恼透顶的神气。

他找词儿说:"我没走错门吧?"

"哦,我想没错——我希望没错。"贝莎愉快地说。

"我刚才碰到个出租汽车司机,一路上可真要命。他穷凶极恶。我简直就没法让他停下来,我越是敲敲窗子喊他,他开得越快。月光下只见那稀奇古怪的人,只顾埋着头,伏在小小的方向盘上……"

他打了个哆嗦,摘下条白绸子大围巾。贝莎看到他的袜子也是白的——漂亮极了。

"真要命!"她叫道。

"是啊,真是的,"埃迪说,一面跟着她走进客厅,"我当作自己坐在一辆开个没完没了的出租汽车里,朝着'永恒'的道路开下去呢。"

他早就认识诺曼·奈特夫妇。原来他还打算等剧场开张以后,替诺曼·奈特写个剧本呢。

"我说,华伦,剧本写得怎么样了?"诺曼·奈特说着,取下单片眼镜,让眼睛休息一下,再戴上去。

奈特太太说:"哦,华伦先生,这双袜子真是恰到好处吧?"

"你喜欢这双袜子,我很高兴。"他盯着自己双脚说,"等上了月亮,看看这双袜子就显得更白了。"他掉过那张瘦削而忧伤的脸,对贝莎看着。"今晚有月亮呢,你知道吧?"

她真想叫出声来:"甭说,准有月亮——常有——常有啊!"

他真是个挺招人喜欢的家伙。不过"脸蛋儿"也不错,她穿着那件香蕉皮似的衣服,正蜷在炉边。还有"哭丧脸"也不赖,他抽着烟卷,一面磕着烟灰问道:"新郎倌怎么磨磨蹭蹭的还不来?"

"他这不是来了吗?"

大门砰的开了又关上。哈里嚷道:"诸位好啊。我过五分钟就下来。"他们听见他冲上楼去。贝莎不禁笑了,她知道他做事就爱催命似的。其实再晚五分钟到底又有什么关系呢?不过他就爱装出一副样子,好像这事有什么了不得似的。而且他还决意在走进客厅时,要摆出一副格外镇静自若的神态。

哈里对生活就有这么股子热情。哦,她多欣赏他这股子热情呀!还有他那股子好斗的劲儿——凡是有什么过不去的事,他偏爱去闯闯,考验考验自己的本领和胆力——这一点,她也理解。不过在那些不太了解他的人看来,他这股劲儿有时也许显得有点可笑。……因为有的时候,根本没谁跟他过不去,他偏要闯去斗一斗。……她又说又笑,直到哈里走了进来(正是她想象中的那副模样),这才想起珀尔·富尔顿还没到呢。

"别是富尔顿小姐忘了吧?"

"怕是忘了,"哈里说,"打电话给她行不?"

"哦!出租汽车来了。"贝莎笑了,脸上带点儿东道主的神气,凡是她发掘的大朋友又新奇又神秘的时候,她总是摆出这副神气。"她成天在出租汽车里过日子。"

"如果她那样下去就要发福了。"哈里冷冷说。一面打铃吩咐开饭。"金发女郎最怕发福了。"

"哈里——别这样说。"贝莎抬头笑着警告他。

他们大家又等了片刻,一面说说笑笑,有点儿过分悠闲、过分随便的样子。正说笑着,富尔顿小姐笑嘻嘻地走了进来。她穿着一身银色衣服，用根银头带扎着淡金头发，脑袋稍微偏着。

"我来迟了吧？"

"没有，一点不迟。"贝莎说，"来吧。"她挽起富尔顿的胳膊，一起走进饭厅。

贝莎一挨到那条冰凉的胳膊，心头那股幸福的火焰又给什么东西扇旺了——扇旺了——还在熊熊燃烧呢，还在熊熊燃烧，真叫她不知怎么办是好，这是怎么回事啊？

富尔顿小姐并没对她看，不过她也难得正眼看人。她那沉重的眼皮总是耷拉下来遮住眼睛，唇边那丝似笑非笑的古怪笑意时隐时现，仿佛她平时做人光靠耳朵听，不靠眼睛看似的。不过贝莎突然一下子明白了，如同她俩四目对视已久，早就互通衷曲，如同彼此都已经跟对方说过："原来你也这样？"她知道珀尔·富尔顿在搅动灰色汤盘里那红艳艳的汤时，心中的感受一定和自己的感受一样。

其他的人呢？"脸蛋儿"和"哭丧脸"，埃迪和哈里，他们的汤匙一起一落，用餐巾轻轻擦擦嘴，把面包掰开，不停地持叉举杯，谈天说地。

"我是在阿尔法演出时见到她的——真是个怪人儿。她不单剪了头发，看上去好像把胳膊、大腿和脖子上面的毛都剃光了，真要命，就连可怜的小鼻子上的汗毛也剃了。"

"她不是跟迈克尔·奥特来往很密切[①]吗？"

"是写《假牙情史》的那个人吗？"

"他要为我写一部剧本。是个独幕剧。只有一个男角色。他决计自杀。列举了该自杀和不该自杀的理由。就在他决定到底死不死的时候——闭幕了。这主意不错。"

"他打算给这个剧本起个什么名字？《撑得慌》吗？"

"这个主意我觉得在一本小的法国评论杂志上看到过，这本杂志在英国根本没什么人知道。"

---

① 原文是法文 *liée*。

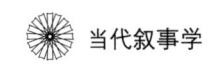

不，这些人都体会不到她的感受。他们都是些可爱的人——可爱的人——她喜欢请他们来这儿一块儿吃饭，用好酒好菜招待大家。其实，她还巴不得跟大家说他们多么讨人喜欢，大家凑在一起真是满室生春，一个赛过一个，他们让她想起了契诃夫的一出戏。

哈里正津津有味地吃着。他就爱谈吃谈喝，就爱得意洋洋地谈起自己"爱吃龙虾的白肉那股馋劲儿"，还有"爱看胡榛子①冰淇淋那种翠绿——绿油油、冷冰冰，就像埃及舞蹈演员的眼皮一样"。这是他的一种本性——哦，不，严格说来还不能叫本性，当然也不是他装腔作势，总之是——他的——一种什么爱好就是了。

他抬头看看她说："贝莎，这蛋奶酥②真好极了！"她听了就像孩子一样高兴得差点掉眼泪。

咦，今晚她怎么对一切都感到那么心软？一切都是美美满满，顺顺当当。碰到的事都像给她充满心头的幸福再来个锦上添花。

她心坎里，仍旧念念不忘那棵梨树。这会儿在可怜的好埃迪说起的月光下面，梨树一定是一片银色，就像富尔顿小姐一身打扮那样。这位小姐正坐在那儿，纤纤玉手抚玩着一只蜜橘，手指白得简直透着亮光。

她简直不能理解，真是不可思议，她怎么会一下子就这么准地猜中了富尔顿小姐的心思。因为她始终拿准自己是对的，然而她有什么根据呢？不如说什么都没有。

"我相信这种情况在女人之间是极其少有的。男人之间根本就没有。"贝莎想道，"不过回头我到客厅去弄咖啡的时候，说不定她会对我流露出一点意思来。"

这是什么意思她不知道，以后怎么样，她也想象不出。

她心里这么想着，嘴上还是有说有笑的。因为她直想笑，不说话不行。

"我不笑准死。"

---

① 胡榛子，又名"阿月浑子"，是一种落叶小乔木的果实，可食用，原产于地中海地区及亚洲西部。

② 原文是法文 *soufflée*。

不过她看到"脸蛋儿"有个怪可笑的习惯小动作,老爱把紧身胸衣朝下塞,看上去她在那儿也偷偷地藏着些果仁啊什么似的①。一看到"脸蛋儿"这模样,她就不得不用指甲掐着自己的手,以免笑得太厉害了。

好不容易散了席,贝莎说:"来看看我那台新的磨咖啡机吧。"

"我们的咖啡机两星期才换一次新的。"哈里说。

这回是"脸蛋儿"搀着她的胳膊,富尔顿小姐低着头跟在后面。

客厅里的炉火早熄了,只剩下一点忽隐忽现的红炉灰。"脸蛋儿"说:"真像火凤凰②的小窝。"

"暂时先别开灯,这情调真可爱。""脸蛋儿"说着又蜷到火炉边去了。她总那么怕冷……"当然啦,因为她没穿上那件红绒褂子③。"贝莎想道。

就在这时候,富尔顿小姐流露出一点意思来了。

那副冷冰冰、懒洋洋的嗓门问道:"你们家有花园吗?"

富尔顿小姐的口吻多么高雅,贝莎只有恭敬从命的份儿了。她穿过房间,拉开窗帘,打开了那些长窗。

"瞧!"她细声说。

两个女人就并肩站着观赏那棵亭亭玉立、开满花朵的梨树。虽然这棵树看来静止不动,可在她们眼里,梨树宛若蜡烛的火焰,在清澈的夜空中兀自扑腾闪动,往上直窜,越长越高,越长越高——几乎快碰到那轮圆圆的银月边儿了。

她们俩在窗前站了多久?可以说两个人都被天上那个光环慑住了吗?大家两心相照,都是从另外一个世界来的人儿,不知到这个世界来干什么好。大家心头都蕴藏着这种幸福的宝火,烧得心花朵朵像银花似的从她们的发际和指间纷纷撒落。

---

① 贝莎一直把"脸蛋儿"当成猴儿,猴儿性喜往怀里揣果仁。
② 火凤凰是埃及神话中阿拉伯沙漠里的不死鸟,传说此鸟每五百年自行焚死,然后从灰中再生。
③ 贝莎又把"脸蛋儿"当成穿着小红绒褂子耍把戏的猴儿。

当代叙事学

这是永远,还是一瞬间?是富尔顿小姐在嘀咕说:"是啊,就是这味儿。"还是贝莎在做梦呢?

后来灯啪的一下亮了。"脸蛋儿"在倒咖啡,哈里说道:"好奈特太太,别问我孩子的事吧。我从来不去看她。不到她有了爱人那一天,我对她是一点儿兴趣也没有的。"这时"哭丧脸"取下了单片眼镜,过了一会儿又戴上了。埃迪·华伦喝了几口咖啡,放下杯子,愁眉苦脸的,就像他已经喝醉了似的。

"我只想让那些年轻人有个露脸的机会。我相信伦敦没写出来的第一流剧本多的是,我要对他们这么说:'戏馆子开着呢,好好干吧!'"

"不瞒你说,亲爱的,我要去替雅可布·内森家装饰一间屋子。哦,我真想设计一个煎鱼的图案,椅背都做成煎锅的模样,窗帘上到处都绣满可爱的油炸土豆片。"

"我们搞写作的青年毛病还是在于太浪漫。要出海总免不了要晕船和呕吐吧。我说啊,为什么他们连给人当呕吐盆使唤①的勇气都没有呢?"

"有首糟透了的诗,写一个姑娘在小林子里遭到一个没鼻子的叫花子的强奸……"

富尔顿小姐一屁股坐在那张最矮最深的椅子上,哈里正在向大家一个个敬烟。

他站在她面前,摇着银烟盒,没好声气地说:"要埃及烟,土耳其烟,还是弗吉尼亚烟?都混在一块儿了。"看见他这副模样,贝莎领会到哈里不仅讨厌富尔顿小姐,而且的确嫌恶她。富尔顿小姐回话说:"不,谢谢,我不抽烟。"一听那声气,她就领会到富尔顿小姐也感觉到了,而且很伤心呢。

"哦,哈里,别嫌弃她。你真委屈她了。她是大大的好人儿。再说,我这么看重人家,你怎么可以对人家这么生分呢?今晚临睡,我要跟你说说。她跟我心灵有共鸣。"

---

① 这句话的意思是指责这些搞写作的青年脱离现实,耽于空想,无视现实社会中种种令人作呕的丑恶现象。

贝莎心里刚这么说着，忽然又有一股奇怪的念头涌上心头，这念头简直吓人。这糊涂念头微笑着悄悄对她说："这些客人马上就要走了。屋子里就会清静下来——清静下来了。灯都灭了。只有你跟他两口子一起待在黑洞洞的屋子里——暖乎乎的床上……"

她一骨碌从椅子上跳起来，跑到钢琴边。

"没人来弹，多可惜！"她叫道，"没人来弹，多可惜！"

贝莎·杨生平第一遭想要她丈夫。

哦，她爱着他呢——当然，她处处都一直爱着他，只是没现在这个爱法。还有，她当然也同样了解，他和她不一样。他俩那么经常地谈论这事。开头她发现自己那么冷淡还发愁呢，不过，过了一阵子似乎也就不当一回事了。他们夫妇之间向来开诚布公——真是一对好夫妻。这就是新派夫妇的最大好处。

可是眼下——这股子火啊！火啊！光这字眼就叫她火热的身子感到灼痛！难道刚才心里那股幸福感就是叫她想到这方面去吗？可是那一来……

"亲爱的，"诺曼·奈特太太说，"不瞒你说，说来惭愧，我们处处得受时间和火车的摆布。我们家住在汉普斯特①呢。今晚过得真痛快。"

"我送你到大门口，"贝莎说，"我真舍不得你们走。只是你们不能错过末班火车。真要命不是？"

"奈特，临走前再来杯威士忌吧！"哈里叫道。

"不喝了，老兄，谢谢。"

贝莎听了不由高兴地紧紧握了握他的手。

"明儿见，再见了。"她站在门前台阶上嚷着，感到自己好像跟大家永别了似的。

她回进客厅来的时候，另外几个客人也准备走了。

"……那你坐我叫的车子，陪我一段路好了。"

"我刚才单身坐车碰到那么要命的事，这回用不着再受这份罪，真

---

① 汉普斯特：在英国伦敦西北部。

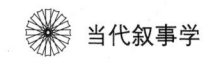

太感谢你了。"

"这条街走到底就是出租汽车站,可以叫到车。没走几步路就到了。"

"那敢情好。我去穿大衣。"

富尔顿小姐朝门厅走去,贝莎正跟在后头,哈里几乎抢上前来。

"让我来帮你穿。"

贝莎知道他后悔刚才不该那么粗鲁,就让他去了。有些地方他真像个孩子——那么任性——又那么——单纯。

这会儿只有埃迪和她留在火炉边了。

"不知道你有没有看过比尔克斯的新诗《客饭》?"埃迪轻声说,"写得好极了,就登在新出版的诗选集上。你有这本书吗?我真想指给你看看。头一行就美得不得了:'为什么老是吃番茄汤?'"

"有啊!"贝莎说。她悄没声儿地走到面对客厅门的桌边,埃迪悄没声儿地跟在她后面。她拿起那本小书递给他,他们一点声音也没出。

趁他在翻书这工夫,她掉过头来看着门厅。她看见……哈里胳膊夹着富尔顿小姐的大衣,富尔顿小姐背对着哈里,低着头。他把大衣扔在一边,双手搭在她肩膀上,猛地把她转过来面对着他。他嘴里说:"我真喜欢你。"富尔顿小姐伸出月光似的手指摸着哈里的脸庞,睡眼惺忪地微笑着。哈里的鼻孔也翕动了,咧开嘴狞笑着,一面悄声说道:"明天。"富尔顿小姐眼睫毛闪了闪仿佛说:"好。"

"找到了。"埃迪说,"'为什么老是吃番茄汤?'你看这句诗不是切中要害吗?客饭老吃番茄汤,真是的。"

"如果你要的话,"门厅里传来哈里大声说话的嗓音,"我打个电话,车子就可以开到门口来。"

"哦,不,不用了。"富尔顿小姐说。她走到贝莎身边,伸出纤纤十指跟她握手。

"再见,多谢了。"

贝莎说:"再见。"

富尔顿小姐又握了一会儿她的手。

她喃喃说:"你那棵梨树真可爱!"

说罢她就走了,埃迪跟在她后面,活像黑猫跟着灰猫。

"我来打烊了。"哈里说,神态格外镇静自若。

"你那棵梨树真可爱——梨树——梨树!"

贝莎干脆跑到长窗边。

"哦,这可怎么好啊?"她喊道。

可是那棵梨树还是照样那么可爱,照样繁花满树,恬然静立。

参考书目

初版日期出现于作者姓名之后；如果引用的是再版，其日期则列于该条目的末尾。缩略条目中的数字指本书目的其他部分（例如，"3.2"指第3章第2节）。本参考书目也收入了若干本书中虽未引入却与论题有关的书。

第1章 导 论

1.0 20世纪叙事理论参考书目

Booth, Wayne. 1961. *The Rhetoric of Fiction*. Chicago: University of Chicago Press. Booth's annotated bibliography (399 – 434) is a history in miniature of twentieth-century theories. It includes important Continental criticism overlooked by other American critics. The second edition, 1983, contains a useful supplementary bibliography for the years 1961 – 1982 (495 – 520).

Holbek, Bengt. 1997. "Formal and Structural Studies of Oral Narrative: A Bibliography." *Unifol: Årsberetning 1977*: 149 – 94.

Mathieu, Michel. 1977. "Analyse du récit." *Poétique* 30: 226 –

59. A useful, extensively annotated bibliography emphasizing formalist, structuralist, and semiotic approaches. Includes, among others, sections on major critics; narrative types (folklore, biblical narrative, popular fiction); description, temporal ordering, and point of view (*vision*) in narrative.

Pabst, W. 1960. "Literatur zur Theorie des Romans." *Deutsche Vierteljahrschaft* 34: 264-89.

Stevick. See 1.1.

1.1 小说理论种种：1945—1960

60年代出版的各种小说批评论著选集是对20世纪种种小说理论的良好介绍。这些文选大部分都列在下面了。

Allen, Walter. 1955. *The English Novel*. New York: Dutton.

Auerbach. See 3.1.

Bowling, Lawrence. 1950. "What Is the Stream of Consciousness Technique?" Reprinted in Kumar and McKean (below).

Calderwood, James, and Harold Toliver, eds. 1968. *Perspectives on Fiction*. New York: Oxford University Press. Contains essays by Austin Warren ("The Nature and Modes of Narrative Fiction"), Ian Watt, Leslie Fiedler, Mark Schorer, Percy Lubbock, Wayne Booth, Robert Humphrey, and E. M. Forster, among others.

Crane, R. S. 1950. "The Concept of Plot and the Plot of *Tom Jones*." In *Critics and Criticism*, ed. R. S. Crane. Chicago: University of Chicago Press, 1952.

Edel, Leon. 1955. *The Psychological Novel, 1900-1950*. New York: Lippincott.

Fiedler, Leslie. 1964. See Calderwood and Toliver 1968 (above).

Frank, Joseph. 1945. "Spatial Form in Modern Literature." In *The Widening Gyre*, 3-62. Bloomington: Indiana University Press, 1963. See also *Spatial Form in Narrative*, ed. Jeffrey Smitten and Ann

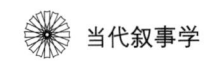

Daghistany (Ithaca: Cornell University Press, 1982).

Friedman, Melvin. 1955. *Stream of Consciousness: A Study in Literary Method*. New Haven: Yale University Press.

Girard, René. 1976. "French Theories of Fiction: 1947 – 1974." *Bucknell Review* 22.1: 117 – 26.

Halperin, John, ed. 1974. *The Theory of the Novel: New Essays*. New York: Oxford University Press. The introduction is a brief history of English theories of the novel before James.

Howe, Irving. 1959. "Mass Society and Post-modern Fiction." See Klein; Scholes (below).

Humphrey, Robert. 1954. *Stream of Consciousness in the Modern Novel*. Berkeley: University of California Press.

Klein, Marcus, ed. 1969. *The American Novel since World War II*. Greenwich, Conn.: Fawcett. The essays by William Barrett, Philip Rahv, Lionel Trilling, Alfred Kazin, and Irving Howe exemplify the commitment to realism and opposition to postwar trends in the novel discussed in this chapter; those by John Hawkes, William Gass, and John Barth show how convincingly contemporary novelists defend their methods.

Kumar, Shiv, and Keith McKean, eds. 1965. *Critical Approaches to Fiction*. New York: McGraw-Hill. Includes essays on plot, character, language, theme, setting, and technique (Schorer, Bowling, Booth's "Distance and Point-of-View," Rahv's "Fiction and the Criticism of Fiction").

Leavis, F. R. 1948. *The Great Tradition*. London: Stewart.

Levin, Harry. 1963. *The Gates of Horn*. New York: Oxford University Press.

Lukács. See 3.1.

O'Connor, William Van, ed. 1948. *Forms of Modern Fiction*.

Minneapolis: University of Minnesota Press; rpt., Bloomington: Indiana University Press, 1959. Contains Schorer's "Technique as Discovery."

Rahv, Philip. 1956. See Kumar and McKean (above).

Scholes, Robert, ed. 1961. *Approaches to the Novel*. San Francisco: Chandler. An excellent selection of twentieth-century essays on narrative modes and forms (Northrop Frye, Watt), point of view (Lubbock, Norman Friedman), plot (Forster, R. S. Crane), structure (Edwin Muir, Austin Warren), and social and technical issues (Trilling, Howe, and Schorer). The second edition, 1966, adds essays on realism by Harry Levin, and on distance and point of view by Booth.

Schorer, Mark. 1947. "Technique as Discovery." Reprinted in Calderwood and Toliver; Kumar and McKean; O'Connor; Scholes; and Stevick.

Stevick, Philip, ed. 1967. *The Theory of the Novel*. New York: Macmillan. Essays and extracts on the novel as a genre, technique (Henry James and Schorer), point of view (Booth and Norman Friedman), plot, style, character, etc. Selections from novelists, seventeenth century to the present, on the relationship between life and art. Contains a useful, lightly annotated bibliography of twentieth-century theoretical writings on the novel (407 – 28).

Trilling, Lionel. 1948. "Manners, Morals, and the Novel" (1947; reprinted in Scholes) and "Art and Fortune" (1948; reprinted in Klein) both appear in his best-known book, *The Liberal Imagination* (New York: Viking, 1950); my quotations are from the latter essay.

Watt, Ian. 1957. *The Rise of the Novel*. Berkeley: University of California Press. Chapters of this standard work are reprinted in Scholes and by Calderwood and Toliver. See also Watt's "Serious Reflections on

The Rise of the Novel,""*Novel* 1 (1968): 205 – 18, an informative discussion of critical attitudes in the 1950s and 1960s.

1.2 20世纪早期小说理论种种

除了本书中提到的作者以外，下列书目中还包括一些著作，我对于20世纪早期批评的一般论述就是基于它们而做出的。

Baker, Ernest, 1924 – 39. *The History of the English Novel*. 10 vols. London: Witherby.

Beach, Joseph Warren. 1932. *The Twentieth Century Novel: Studies in Technique*. New York: Appleton-Century. One of the best American studies of technique in the novel.

Booth, Bradford. 1958. "The Novel." In *Contemporary Literary Scholarship*, ed. Lewis Leary, 259 – 88. New York: Appleton – Century – Crofts. A concise survey of trends during the preceding three decades.

Cross, Wilbur L. 1899. *The Development of the English Novel*. New York: Macmillan.

Edel, Leon, and Gordon Ray, eds. 1958. *Henry James and H. G. Wells: A Record of Their Friendship, Their Debate on the Art of Fiction, and Their Quarrel*. Urbana: University of Illinois Press.

Forster, E. M. 1927. *Aspects of the Novel*. London: Arnold.

Friedman, Norman. 1976. "Anglo-American Fiction Theory 1947 – 1972." *Studies in the Novel* 8: 199 – 209.

Hamilton, Clayton. 1908. *Materials and Methods of Fiction*. New York: Baker and Taylor. For several decades, a standard text (later, editions were entitled *A Manual of the Art of Fiction* and *The Art of Fiction*); deserves the attention of those who think that the study of narrative technique is a recent phenomenon. "A thoroughgoing 'rhetoric of fiction'" (Booth).

James, Henry. See Edel and Ray (above).

Jameson. See 3.1.

Lubbock, Percy. 1921. *The Craft of Fiction*. London: Cape.

Lukács. See 3.1.

Martin, Wallace. 1967. "The Realistic Novel." In *"The New Age" under Orage*, 81-107. Manchester: Manchester University Press. Arnold Bennett, Joseph Conrad, James, and Wells on realism and technique in the novel.

Perry, Bliss. 1902. *A Study of Prose Fiction*. Boston: Houghton Mifflin.

Phelps, William Lyon. 1916. *The Advance of the English Novel*. New York: Dodd, Mead.

Saintsbury, George. 1913. *The English Novel*. London: Dent.

Wells, H. G. See Edel and Ray (above).

1.3 叙事理论种种：弗莱，布思，法国结构主义

这里所列的著作包括有关结构主义与形式主义叙事理论的综述。我们很难将这一论题与这两个运动的基本原则分开论述，但后者在这里不是讨论的对象。有关特定批评家和特定问题的条目出现于其他章节的书目之中（特别是第 4 章至第 6 章中有关巴尔特、热奈特和托多洛夫的条目）。亦见 1.0 中马蒂厄（Mathieu）1977 年的文章。

Booth. See l.0.

Budniakiewicz, Therese. 1978. "A Conceptual Survey of Narrative Semiotics." *Dispositio* 3.7-8: 189-217. A concise account of French structuralist theories.

Culler, Jonathan. 1975. *Structuralist Poetics*. Ithaca: Cornell University Press. An excellent survey; see esp. the chapter on "Poetics of the Novel." The bibliography lists English translations available in 1975.

Frye. 1957. See 2.1.

Hamon, Philippe. 1972. "Mise au point sur les problèmes de

l'analyse du récit." *Le Français moderne* 40：200–221.

Lévi-Strauss, Claude. 1967. *Structural Anthropology*. New York：Anchor. Chs. 2 and 3 remain among the best introductions to the use of linguistic models in anthropology and other disciplines; ch. 9, "The Structural Study of Myth" (1955), is Lévi-Strauss's best-known contribution to the theory of narrative.

Scholes, Robert. 1974. *Structuralism in Literature*. New Haven：Yale University Press. Chs. 4 and 5 contain concise summaries and commentaries on the theories of V. Propp, Lévi-Strauss, Tzvetan Todorov, Roland Barthes, and Gérard Genette, and a good introduction to Russian formalism. Useful annotated bibliography.

Striedter, Jurij. 1977. "The Russian Formalist Theory of Prose." *PTL* 2：429–70. A reliable account by a leading Slavic scholar.

Todorov, Tzvetan. 1968. *Introduction to Poetics*. Minneapolis：University of Minnesota Press, 1981. Ch. 2, "Analysis of the Literary Text," explains many of the terms used by structuralists in narrative analysis.

—. *The Poetics of Prose*. 1971. Ithaca：Cornell University Press, 1977. Contains "The Methodological Heritage of Russian Formalism," an informed survey of the movement, and several essays exemplifying how structuralists use linguistic models.

1.4 最近趋向种种

与本节有关的著作大部分列在其他各章之中。关于其他学科对于叙事的研究，见第3章（历史和精神分析）和第8章（哲学）的书目；关于叙事交流模型，见第7章。下列书目是后面章节中没有讨论到的，但也值得注意。

Douglas, Mary. 1966. *Purity and Danger：An Analysis of Concepts of Pollution and Taboo*. London：Routledge & Kegan Paul. An English example of structural analysis in anthropology, illustrating as well as any other source the methodology of structuralism.

Dressler, Wolfgang, ed. 1978. *Current Trends in Textlinguistics*. New York: Walter de Gruyter. The contributions by Teun van Dijk and Walter Kintsch, Joseph Grimes, Götz Wienold, and Ernst Grosse concern formal analysis of narrative; Grosse is especially helpful in describing and providing a bibliography of trends in France to 1976. The highly technical methods discussed in this volume will not be treated in the following chapters.

Dundes, Alan, ed. 1965. *The Study of Folklore*. Englewood Cliffs, N. J.: Prentice Hall. The essays by Axel Olrik, Lord Raglan, Clyde Kluckhohn, and Alan Dundes show the relevance of the study of folklore to literary criticism.

Gombrich, E. H. *Art and Illusion*. 1968. London: Phaidon. Gombrich's demonstration that "realistic" pictorial representation is highly conventionalized led many critics to realize that the same is true of literary realism. For his later views on this issue, see 3. 5.

Labov, William. 1972. "The Transformation of Experience in Narrative Syntax." In *The Social Stratification of English in New York City*. University Park: University of Pennsylvania Press; London: Basil Blackwell.

Labov, William, and Joshua Waletzky. 1967. "Narrative Analysis: Oral Versions of Personal Experience." In *Essays on the Verbal and Visual Arts*, 12 – 45. Seattle: University of Washington Press.

Lord, Albert. 1960. *The Singer of Tales*. Cambridge, Mass.: Harvard University Press. A standard work on the formulaic structure of orally transmitted epics. On this subject, see also Parry (below).

Miranda, Elli Köngäs, and Pierre Miranda. 1971. *Structural Models in Folklore and Transformational Essays*. The Hague: Mouton. Shows how various forms of Lévi-Strauss's narrative formula can be applied to folklore.

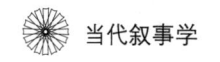

Parry, Milman. 1971. *The Making of Homeric Verse*. Oxford: Clarendon.

Santillana, Giorgio de, and Hertha von Dechend. 1969. *Hamlet's Mill*. Boston: Gambit. A brilliant argument connecting mythical narratives with archaic cosmologies; Hamlet's melancholy is traced back to Indian myths.

第2章 从小说到叙事

2.1 叙事类型种种

本节中对于口头叙事的讨论利用了斯科尔斯和凯洛格的著作，他们则部分地依赖于米尔曼·帕里和阿尔弗雷德·洛德的工作（参见1.4）关于这一论题的最近综述见约翰·福利（John Foley）的文章。有关古典叙事作品的其他著作列于2.5。

Arrathoon, Leigh, ed. 1984. *The Craft of Fiction: Essays in Medieval Poetics*. Rochester, Mich.: Solaris. Paul Zumthor, Peter Haidu, and B. Roberts discuss the differences between oral and written narratives; Tony Hunt, Douglas Kelley, and Eren Branch treat aspects of medieval narrative structure.

Dorfman, Eugene. 1969. *The Narreme in the Medieval Romance Epic: An Introduction to Narrative Structures*. Toronto: University of Toronto Press.

Foley, John. 1981. "The Oral Theory in Context." In *Oral Tradition in Literature: A Festschrift for Albert Bates Lord*, 27-122. Columbus, Ohio: Slavica Publishers.

Frye, Northrop. 1957. *Anatomy of Criticism*. Princeton: Princeton University Press. Page references in the text are to this work; the following two entries supplement his account of narrative genres.

——. 1963. "Myth, Fiction, and Displacement." In *Fables of Iden-*

tity, 21-38. New York: Harcourt, Brace & World.

——. 1976. *The Secular Scripture: A Study of Romance*. Cambridge: Harvard University Press.

Nichols, Stephen G. 1961. *Formulaic Diction and Thematic Composition in the "Chanson de Roland."* Chapel Hill: University of North Carolina Press.

Scholes, Robert, and Robert Kellogg. 1966. *The Nature of Narrative*. New York: Oxford University Press.

Vinaver, Eugène. 1971. *The Rise of Romance*. Oxford: Clarendon.

2.2 罗曼司-小说的起源：历史，心理学，生活故事

Freud, Sigmund. "Creative Writers and Daydreaming" (1908) and "Family Romances" (1909). In *The Standard Edition of the Complete Psychological Works of Sigmund Freud*, 9: 143-53, 9: 237-41. London: Hogarth, 1953-73.

Girard, René. 1961. *Deceit, Desire, and the Novel: Self and Other in Literary Structure*. Baltimore: Johns, Hopkins University Press, 1965.

Robert, Marthe. 1971. *Origins of the Novel*. Bloomington: Indiana University Press, 1980.

2.3 "小说"存在吗？

弗里德曼和科恩的文章对于各种尝试定义小说的做法进行了历史的综述，很有帮助。他们与梅尔恩和肖瓦尔特一起，对于那些仅仅依据英语材料而做出的有关小说起源的描述进行了有益的纠正。18世纪有关这一复杂问题的各种意见皆已收入林奇和威廉斯所编的书中，十分方便。关于1400年至1740年的英国小说，亦可参考施劳奇和摩尔根的书（后者的书有一张十分有用的基本参考书目）；关于伊丽莎白时代的小说，见尼尔森（2.4）和瓦尔·戴维斯（3.3）。

Adams, Percy. 1983. *Travel Literature and the Evolution of the Novel*. Lexington: University Press of Kentucky.

Blair, Hugh. 1762. "On Fictitious History." See Williams (below), 247-51.

Blanckenburg, Friedrich von. 1774. *Versuch über den Roman*. Rpt., Stuttgart: Metzlersche Verlagsbuchhandlung, 1965.

Chandler, Frank. 1907. *The Literature of Roguery*. Boston: Houghton Mifflin.

Congreve, William. 1691. Preface to *Incognita*. See Williams (below), 27.

Diderot, Denis. 1761. "Eloge de Richardson." See Lynch (below), 121.

Freedman Ralph. 1968. "The Possibility of a Theory of the Novel." In *The Disciplines of Criticism*, ed. Peter Demetz et al., 57-77. New Haven: Yale University Press.

Kern, Edith. 1968. "The Romance of the Novel/ Novella." In *The Disciplines of Criticism* (see preceding entry), 511-30.

Lynch, Lawrence. 1979. *Eighteenth Century French Novelists and the Novel*. York, S.C.: French Literature Publications.

Morgan, Charlotte E. 1911. *The Rise of the Novel of Manners: A Study of English Prose Fiction between 1600 and 1740*. New York: Columbia University Press.

Mylne, Vivienne. 1981. *The Eighteenth-Century French Novel: Techniques of Illusion*. Cambridge: Cambridge University Press.

Reeve, Clara. 1785. *The Progress of Romance, through Times, Countries, Manners*. ...New York: Facsimile Text Society, 1930.

Richardson, Samuel. Preface to *Clarissa Harlowe*. See Williams (below), 167.

Schlauch, Margaret. 1963. *Antecedents of the English Novel, 1400-1600: From Chaucer to Deloney*. Warsaw: Polish Scientific Pubs.

Segrais, Jean Regnault de. 1656. See Showalter (below), 23.

Showalter, English. 1972. *The Evolution of the French Novel, 1641 - 1782*. Princeton: Princeton University Press.

Williams, Ioan. 1970. *Novel and Romance, 1700 - 1800: A Documentary Record*. New York: Barnes & Noble.

Wolff, S. L. 1912. *The Greek Romance in Elizabethan Prose Fiction*. New York: Columbia University Press.

2.4　小说作为反对话语

Damrosch, Leopold. 1985. *God's Plot & Man's Stories: Studies in the Fictional Imagination from Milton to Fielding*. Chicago: University of Chicago Press.

Davis, Lennard. 1983. *Factual Fictions: The Origins of the English Novel*. New York: Columbia University Press.

May, Georges. 1963. *Le Dilemme du roman au XVIIIe siècle*. New Haven: Yale University Press.

Nelson, William. 1973. *Fact or Fiction: The Dilemma of the Renaissance Storyteller*. Cambridge: Harvard University Press.

Reed, Walter L. 1981. *An Exemplary History of the Novel: The Quixotic Versus the Picaresque*. Chicago: University of Chicago Press.

Richetti, John. 1969. *Popular Fiction before Richardson: Narrative Patterns 1700 - 1739*. Oxford: Clarendon Press.

2.5　关于叙事类型的形式主义和符号学理论

斯克洛夫斯基的很多著作尚未译成英文。我对他的论述一定程度上根据理查德·谢尔登提供给我的未发表的译文。托多洛夫对巴赫金的讨论是十分有用的。巴赫金讨论希腊叙事作品时得益于埃尔温·罗德（Erwin Rohde）的书《德意志帝国》（*Der griechische Roman und seine Vorläufer*，1876）。下列海格、海泽曼和佩里的书提供了有关这一材料的概括和分析。

Bakhtin, M. M. 1981. *The Dialogic Imagination*. Trans. Caryl Emerson and Michael Holquist. Austin: University of Texas Press, 1981.

Hägg, Tomas. 1983. *The Novel in Antiquity*. Berkeley: University of California Press.

Heiserman, Arthur. 1977 *The Novel before the Novel: Essays and Discussions about the Beginnings of Prose Fiction in the West*. Chicago: University of Chicago Press.

Perry, Ben Edwin. 1967. *The Ancient Romances: A Literary - Historical Account of Their Origins*. Berkeley: University of California Press.

Shklovsky, Vitor. 1917. "Art as Technique." In *Russian Formalist Criticism: Four Essays*, trans. Lee Lemon and Marion Reis, 5 - 24. Lincoln: University of Nebraska Press, 1965.

—. 1919. "On the Connection between Devices of *Syuzhet* Construction and General Stylistic Devices." In *Russian Formalism*, ed. S. Bann and J. E. Bowlt, 48 - 72. New York: Barnes and Noble, 1973.

—. 1923. "Literatur und Kinematograph." In *Formalismus, Strukturalismus und Geschichte*, 22 - 41. Kronberg: Scriptor, 1974.

—. 1925. "La construction de al nouvelle et du roman." In *Théorie de la littérature*, trans. Tzvetan Todorov, 170 - 96. Paris: Seuil, 1965.

Todorov, Tzvetan. 1981. *Mikhail Bakhtine: le principe dialogique*. Paris: Seuil. English translation, Minneapolis: University of Minnesota Press, 1984.

Tynjanov, Juri. 1927. "On Literary Evolution." In *Readings in Russian Poetics*, ed. Ladislav Matejka and Krystyna Pomorska, 66 - 78. Ann Arbor: Michigan Slavic Publications, 1978.

2.6 总结

Jameson. See 3.1.

第 3 章　从现实主义到成规

3.1　现实主义的特点

贝克尔所编的集子提供了有关现实主义的有用的文选和简要的参考书目（599－603）。参考卢森特（Lucente，1981）书中对于 20 世纪有关这一问题的讨论所做的简明书目综述。卢夫布罗（Loofbourow，1970）的论文提出了综合本节所讨论的有关现实主义的不同概念的方法。

Auerbach, Erich. 1946. *Mimesis: The Representation of Reality in Western Literature*. Garden City, N. Y.: Doubleday, 1957.

Bakhtin. See 2.5.

Becker, George. 1963. Introduction to *Documents of Modern Literary Realism*, 3–38. Princeton: Princeton University Press.

Booth. See 1.0.

Brown, Marshall. 1981. "The Logic of Realism: A Hegelian Approach." *PMLA* 96: 224–41.

Diderot. See 2.3.

Ermarth, Elizabeth Deeds. 1983. *Realism and Consensus in the English Novel*. Princeton: Princeton University Press. Ermarth's theory of the social and perceptual evolution of "realism" bears comparison with the philosophical evolution proposed by Hans Blumenberg, "The Concept of Reality and the Possibility of the Novel," in *New Perspectives in German Literary Criticism* (Princeton: Princeton University Press, 1979), 29–48.

James, Henry. 1883. "Anthony Trollope." In *The Future of the Novel: Essays on the Art of Fiction*, ed. Leon Edel, 248. New York: Vintage, 1956.

Jameson, Fredric. 1981. *The Political Unconscious: Narrative as a Socially Symbolic Act*. Ithaca: Cornell University Press.

Levin, Harry. 1963. *The Gates of Horn* (see 1.1), 32. For Levin's conception of realism, see "What Is Realism?" in *Contexts of Criticism* (New York: Atheneum, 1963), 67-75.

Levine, George. 1981. *The Realistic Imagination: English Fiction from Frankenstein to Lady Chatterly*. Chicago: University of Chicago Press.

Loofbourow, John. 1970. "Literary Realism Redefined." *Thought* 45: 433-43.

—. 1974. "Realism in the Anglo-American Novel: The Pastoral Myth." In Halperin (see 1.1.), 257-70.

Lucente, Gregory. 1981. *The Narrative of Realism and Myth: Verga, Lawrence, Faulkner, Pavese*. Baltimore: Johns Hopkins University Press. Bibliographic note, 162-64.

Lukács, Georg. 1935-39. *Studies in European Realism*. New York: Grosset & Dunlap, 1964.

—. 1936. "Narrate or Describe?" In *Writer and Critic* (below). Elsewhere this essay has been translated with the title "Idea and Form in Literature."

—. 1938. "Realism in the Balance." In *Aesthetics and Politics*, ed. Ronald Taylor, 28-59. London: New Left Books, 1977. See also Brecht's reply in the same volume, 68-85.

—. 1958. *Realism in Our Time*. New York: Harper & Row, 1964.

—. 1971. *Writer and Critic, and Other Essays*. New York: Grosset & Dunlap. Richardson, Samuel. Quoted in Nelson 1973 (see 2.4), 111-12.

Tolstoy, Leo. See Shklovsky 1919, 2.5.

Watt, Ian. See 1.1.

Wellek, René. 1960. "The Concept of Realism in Literary Scholarship." In *Concepts of Criticism*, 222-55. New Haven: Yale University Press, 1963.

3.2 视为成规的现实主义

阿洛所编的集子收入了霍桑、斯蒂文森、弗吉尼亚·伍尔芙和其他一些小说家的文选，他们在此中为他们使用非现实主义方法进行了辩护。关于形式主义和结构主义对现实主义的研究，见哈蒙（Hamon）的综述。

Allott, Miriam. 1959. *Novelists on the Novel*. New York: Columbia University Press.

Barthes, Roland. 1968. "The Reality Effect." In *French Literary Theory Today*, ed. Tzvetan Todorov, 11–17. Cambridge: Cambridge University Press, 1982.

Brown. See 3.1.

Culler. See 1.3.

Eigner, Edwin. 1978. *The Metaphysical Novel in England and America*. Berkeley: University of California Press.

Frye 1957. See 2.1.

Genette, Gérard. 1969. "Vraisemblance et motivation." In *Figures II*, 71–99. Paris: Seuil.

Gombrich. See 1.4.

Guerard, Albert. 1976. *The Triumph of the Novel: Dickens, Dostoievsky, Faulkner*. New York: Oxford University Press.

Hamon, Philippe. 1973. "Un discours contraint." *Poétique* 16: 411–45.

Jakobson, Roman. 1921. "On Realism in Art." In *Readings in Russian Poetics: Formalist and Structuralist Views*, ed. Ladislav Matejka and Krystyna Pomorska, 38–46. Ann Arbor: Michigan Slavic Publications, 1978.

Schank, Roger, and Robert Abelson. 1977. *Scripts, Plans, Goals and Understanding: An Inquiry into Human Knowledge Structures*. Hillsdale, N.J.: Erlbaum.

Schank, Roger, and Peter Childers. 1984. *The Cognitive Comput-

er. Reading, Mass.: Addison-Wesley. See "Tale-Spin," 81 – 87.

Shklovsky 1925. See 2.5.

Tomashevsky, Boris. 1925. "Thematics." In *Russian Formalist Criticism: Four Essays*, ed. Lee Lemon and Marion Reis, 61 – 95. Lincoln: University of Nebraska Press, 1965.

3.3 历史中的叙事成规

利科和怀特（1984）对于近来关于叙事与历史的论著做了最好的概括。关于这一题目的参考书目，见《历史写作》（*The Writing of History*）第151 – 158 页［列于明克（1978）条下］。曼德尔鲍姆（1967）、明克（1970）和德雷概括了克罗齐、科林伍德、莫顿·怀特和加利对于将历史作为叙事分析所做出的贡献。曼德尔鲍姆是反对这种对历史的看法的人之一。关于他为自己的区分事实的与虚构的叙事所做的富有说服力的辩护，参考利科的书。

Braudy, Leo. 1970. *Narrative Form in History and Fiction: Hume, Fielding and Gibbon*. Princeton: Princeton University Press.

Danto, Arthur. 1965. *Analytical Philosophy of History*. Cambridge: Cambridge University Press.

Davis, Walter. 1969. *Idea and Act in Elizabethan Fiction*. Princeton: Princeton University Press.

Dray, W. H. 1971. "On the Nature and Role of Narrative in Historiography." *History and Theory* 10: 153 – 71.

Gallie, W. B. 1964. *Philosophy and Historical Understanding*. London: Chatto & Windus.

Gossman, Lionel. 1978. "History and Literature: Reproduction or Signification." In *The Writing of History* (see Mink 1978, below), 3 – 23.

Hempel, Carl. 1942. "The Function of General Laws in History." *The Journal of Philosophy* 39: 35 – 48.

Mandelbaum, Maurice. 1967. "A Note on History as Narrative."

History and Theory 6: 413 – 19. Replies to this article appeared in the same journal, vol. 8 (1969): 275 – 94.

—. 1977. *The Anatomy of Historical Knowledge*. Baltimore: Johns Hopkins University Press.

Mink, Louis. 1970. "History and Fiction as Modes of Comprehension." *New Literary History* 1: 541 – 58.

—. 1978. "Narrative Form as a Cognitive Instrument." In *The Writing of History: Literary Form and Historical Understanding*, ed. Robert Canary and Henry Kozicki, 129 – 49. Madison: University of Wisconsin Press. All quotations in my text are from this essay.

Nelson. See 2. 4.

Ricoeur, Paul. 1983. *Time and Narrative*, vol. 1. Chicago: University of Chicago Press, 1984. Chs. 4 – 6 provide an excellent survey of recent theories concerning the narrative as mode of historical explanation.

von Wright, Georg H. 1971. *Explanation and Understanding*. London: Routledge.

White, Hayden. 1973. *Metahistory: The Historical Imagination in Nineteenth Century Europe*. Baltimore: Johns Hopkins University Press.

—. 1980. "The Value of Narrativity in the Representation of Reality." *Critical Inquiry* 7: 5 – 27. All quotations in the text are from this essay.

—. 1984. "The Question of Narrative in Contemporary Historical Theory." *History and Theory* 23: 1 – 33. A concise review of recent theories.

3.4 自传与精神分析中的叙事

关于我没有论述到的那些有关自传的方面,见奥尔内编的文集中收入的斯塔罗宾斯基和伦萨(Renza)的文章。保尔·德·曼在其论卢梭

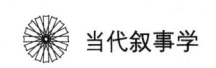

的文章中探讨了作为叙事的自传的一些更微妙的方面。

Brooks, Peter. 1984. *Reading for the Plot: Design and Intention in Narrative*. New York: Knopf. Chs. 1, 4, and 8 are especially relevant to the relation between plot and psychoanalysis; ch. 10 is the most pertinent to my citation in the text.

Culler, Jonathan. 1981. "Story and Discourse in the Analysis of Narrative." In *The Pursuit of Signs: Semiotics, Literature, Deconstruction*, 169 – 87. Ithaca: Cornell University Press.

de Man, Paul. 1979. *Allegories of Reading*. New Haven: Yale University Press.

Gusdorf, Georges. 1956. "Conditions and Limits of Autobiography." In Olney (below), 28 – 48.

Laplanche, Jean. 1970. *Life and Death in Psychoanlaysis*. Baltimore: Johns Hopkins University Press, 1976.

Olney, James, ed. 1980. *Autobiography: Essays Theoretical and Critical*. Princeton: Princeton University Press.

Pascal, Roy. 1960. *Design and Truth in Autobiography*. Cambridge: Harvard University Press.

Ricoeur. See 3.3.

Schafer, Roy. 1981. *Narrative Actions in Psychoanalysis*. Worcester, Mass.: Clark University Press. A valuable account of the differences between mechanistic and interpretive / narrative explanation in psychoanalysis.

Spacks, Patricia Meyer. 1976. *Imagining a Self: Autobiography and Novel in Eighteenth-Century England*. Cambridge: Harvard University Press.

Spence, Donald. 1982. *Narrative Trùth and Historical Truth: Meaning and Interpretation in Psychoanalysis*. New York: Norton.

3.5　成规与现实

Brinker, Menachem. 1983. "Verisimilitude, Conventions, and

Beliefs." *New Literary History* 14: 253-67.

Ermarth. See 3.1.

Gombrich, E. H. 1984. "Representation and Misrepresentation." *Critical Inquiry* 11: 195-201. Comments on widespread misunderstandings of his position concerning the conventional nature of representation.

Goodman, Nelson. 1983. "Realism, Relativism, and Reality." *New Literary History* 14: 269-72.

Littérature. 1985. Special issue on "Logiques de la représentation," no. 57 (February).

Lodge, David. 1977. *The Modes of Modern Writing*. Ithaca: Cornell University Press, 1977.

Margolis, Joseph, ed. 1978. "Representation in Art." In *Philosophy Looks at the Arts*, 223-88. Philadelphia: Temple University Press. The essays by Nelson Goodman, Richard Wolheim, and Patrick Maynard help clarify the issues discussed in this section.

Putnam, Hilary. 1981. "Convention: A Theme in Philosophy." *New Literary History* 13: 1-14.

第4章 叙事结构：诸基本问题

巴思的《迷失在游乐室》收入他的书《迷失在游乐室》(*Lost in the Funhouse*, Garden City, N. Y.: Doubleday, 1968) 中。福斯特的论述见1.2；关于列维-斯特劳斯见1.3；普罗普见4.2。

4.1 "开放形式"及其先河

Barthes 1970. See 7.3.

Forster. See 1.2.

Freytag, Gustav. 1863. *Freytag's Technique of the Drama*. Chicago: Griggs, 1895.

Friedman, Alan. 1966. *The Turn of the Novel*. New York: Oxford

University Press.

Kermode, Frank. 1978. "Sensing Endings." *Nineteenth-Century Fiction* 33: 144-58.

Miller, D. A. 1981. *Narrative and Its Discontents: Problems of Closure in the Traditional Novel.* Princeton: Princeton University Press.

Miller, J. Hillis. 1978. "The Problematic of Ending in Narrative." *Nineteenth-Century Fiction* 33: 3-7.

Shklovsky 1925. See 2.5.

Torgovnick, Marianna. 1981. *Closure in the Novel.* Princeton: Princeton University Press.

Vinaver. See 2.1.

4.2 生活、文学和神话中的结尾与开始

Campbell, Joseph. 1949. *The Hero with a Thousand Faces.* New York: Pantheon.

Cornford, F. M. 1914. *The Origin of Attic Comedy.* Cambridge: Cambridge University Press.

Forster. See 1.2.

Frye 1957. See 2.1.

Kermode, Frank. 1967. *The Sense of an Ending: Studies in the Theory of Fiction.* New York: Oxford University Press.

Miller, D. A. See 4.1.

Miller, J. Hillis. 1974. "Narrative and History." *ELH* 41: 455-73.

Propp, V. 1928. *Morphology of the Folktale.* Trans. Laurence Scott. 2d ed. Austin: University of Texas Press, 1968.

—. 1928-68. *Theory and History of Folklore.* Trans. Ariadna Martin and Richard Martin. Minneapolis: University of Minnesota Press, 1984. A valuable supplement to his better-known book.

Lord Raglan. 1963. *The Hero: A Study in Tradition, Myth, and*

Drama. New York: Vintage, 1956.

Said, Edward. 1975. *Beginnings: Intention and Method*. New York: Basic Books.

Tobin, Patricia. 1978. *Time and the Novel: The Genealogical Imperative*. Princeton: Princeton University Press.

Weston, Jessie. 1920. *From Ritual to Romance*. Cambridge: Cambridge University Press.

4.3 叙事序列的结构分析

Apo, Satu. 1980. "The Structural Schemes of a Repertoire of Fairy Tales. A Structural Analysis…Using Propp's Model." In *Genre, Structure and Reproduction in Oral Literature*, ed. Lauri Honko and Vilmos Voight, 147–58. Budapest: Akadémiai Kiadó.

Barthes, Roland. 1971. "Action Sequences." In *Patterns of Literary Style*, ed. Joseph P. Strelka, 5–14. University Park: Penn State University Press.

Bremond, Claude. 1970. "Morphology of the Folktale." *Semiotica* 2: 251.

—. 1980. "The Logic of Narrative Possibilities." *New Literary History* 11: 387–411. A translation of a 1966 essay, with a "postface" concerning the development of the theory since then.

—. 1982. "A Critique of the Motif." In *French Literary Theory Today*, ed. Tzvetan Todorov, 125–46. Cambridge: Cambridge University Press.

Bremond, Claude, and Jean Verrier. 1984. "Afanasiev and Propp." *Style* 18: 177–95.

Budniakiewicz 1978. See 1.3.

Campbell. See 4.2.

Chomsky, Noam. 1957. *Syntactic Structures*. The Hague: Mouton.

Colby, B. N. 1973. "A Partial Grammar of Eskimo Folktales."

American Anthropologist 75: 645 – 62.

Culler 1975. See 1. 3.

Doležel, Lubomír. 1976a. "Narrative Modalities. " *Journal of Literary Semantics* 5: 5 – 14.

Greimas, A. - J. 1971. "Narrative Grammar: Units and Levels. " *MLN* 86: 793 – 806.

Hendricks, William. 1973. *Essays on Semiolinguistics and Verbal Art*. The Hague: Mouton.

Labov. See 1. 4.

Lévi-Strauss, Claude. 1955. "The Structural Study of Myth. " In *Structural Anthropology* (see 1. 3), 202 – 28.

—. 1960. "Structure and Form. Reflections on a Work by Vladimir Propp. " In *Structural Anthropology*, vol. 2, 115 – 45. New York: Basic Books, 1976. See also Propp, 1966 (below).

Liberman, Anatoly. 1984. Introduction to Propp 1928 – 68 (see 4. 2).

Martin, Wallace, and Nick Conrad. 1981. "Formal Analysis of Traditional Fictions. " *Papers on Language and Literature* 17. 1: 3 – 22.

Prince, Gerald. 1973a. *A Grammar of Stories*. The Hague: Mouton.

—. 1980. "Aspects of a Grammar of Narrative. " *Poetics Today* 3. 1: 49 – 63. A concise, updated summary of the theory presented in the preceding entry.

Propp 1928. See 4. 2.

Propp, V. 1946. *Historical Roots of the Wondertale*. Two chapters of this book have been translated in *Theory and History of Folklore* (see 4. 2).

—. 1966. "The Structural and Historical Study of the Wondertale" (his reply to Lévi-Strauss 1960, above). In *Theory and History of Folklore* (see 4. 2), which also contains the Lévi-Strauss essay.

Rummelhart, David. 1975. "Notes on a Schema for Stories." In *Representation and Understanding*, ed. Daniel Bobrow and A. Collins, 211-36. New York: Academic Press.

Scholes 1974. See 1.3.

Smith, Barbara Herrnstein. 1980. "Narrative Versions, Narrative Theories." *Critical Inquiry* 7: 213-36.

Stewart, Ann Harleman. Forthcoming. "Models of Narrative Structure." *Semiotica*. An excellent summary, upon which I rely heavily.

Todorov, Tzvetan. 1969. *Grammaire du Décaméron*. The Hague: Mouton.

van Dijk, Teun. 1975. "Action, Action Description, and Narrative." *New Literary History* 6: 273-94. A concise introduction to the subject; for a more recent and detailed discussion, see his *Macrostructures* (Hillsdale, N.J.: Erlbaum, 1980).

4.4 结构分析的正用和滥用

Campbell. See 4.2.

Holloway, John. 1979. *Narrative and Structure*. Cambridge: Cambridge University Press.

Hymes, Dell. 1967. "The 'Wife' Who 'Goes Out' like a Man: Reinterpretation of a Clackamas Chinook Myth." *Social Science Information* 7: 173-99.

Kermode, Frank. 1969. "The Structures of Fiction." *MLN* 84: 891-915.

Lévi-Strauss. See 4.3.

Popper, Karl. 1935. *The Logic of Scientific Discovery*. New York: Harper & Row, 1965.

Propp 1966. See 4.3.

Ramsey, Jarold W. 1977. "The Wife Who Goes Out like a Man, Comes Back as a Hero: The Art of Two Oregon Indian Narratives."

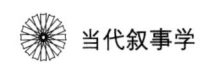

PMLA 92：9-18.

Revzin，I. I.，and O. G. Revzina. 1976. "Toward a Formal Analysis of Plot Construction." In *Semiotics and Structuralism*：*Readings from the Soviet Union*，ed. Henryk Baran，244-56. White Plains，N. Y.：Arts & Sciences.

Shklovsky. See 2. 5.

第 5 章 叙事结构：各种方法的比较

5.1 叙事理论种种

Barthes，Roland. 1966. "Introduction to the Structural Analysis of Narratives." In *Image—Music—Text*，79-124. London：Collins，1977.

Benveniste，Emile. 1966. *Problems in General Linguistics*，205-15. Coral Gables：University of Miami Press，1971.

Blanckenburg 1774. See 2. 3.

Booth 1961. See 1. 0.

Chatman，Seymour. 1969. "New Ways of Analyzing Narrative Structure." *Language and Style* 2：3-36.

—. 1978. *Story and Discourse*：*Narrative Structure in Fiction and Film*. Ithaca：Cornell University Press.

Culler 1975. See 1. 3.

Genette，Gérard. 1972. *Narrative Discourse*：*An Essay in Method*. Ithaca：Cornell University Press，1980.

—. 1983. *Nouveau discours du récit*. Paris：Seuil. A clarification of the concepts presented in *Narrative Discourse* in light of more recent theories. Contains a useful bibliography for 1972-83.

Rimmon-Kenan，Shlomith. 1983. *Narrative Fiction*：*Contemporary Poetics*. London：Methuen.

Scholes，Robert. 1982. *Semiotics and Interpretation*. New Haven：Yale University Press. Ch. 6 concerns Joyce's "Eveline."

Smith 1980. See 4.3.

Todorov, Tzvetan. 1973. "Some Approaches to Russian Formalism." In *Russian Formalism*, ed. Stephen Bann and John Bowlt, 6–19. New York: Barnes & Noble.

Tomashevsky 1925. See 3.2.

5.2 托马舍夫斯基与巴尔特理论中的功能的与主题的综合

Barthes 1966. See 5.1.

Chatman 1978. See 5.1.

Culler 1975. See 1.3.

Doležel, Lubomír. 1980a. "Narrative Semantics and Motif Theory." In *Studia Poetica*, 2, ed. Karol Csúri, 32–43. Szeged: Jozsef Attila Tudomanyegyetem. A valuable exploration of how the theories of Propp and Tomashevsky might be modified, in light of more recent theories, to create "an integrated semantic theory of narrative texts."

Tomashevsky. See 3.2.

5.3 功能和母题

Barthes. See 5.1.

Holloway. See 4.4.

Tomashevsky. See 3.2.

5.4 人物构成

Barthes. See 5.1.

Benjamin, Walter. 1936. "The Storyteller." In *Illuminations*, 83–109. New York: Schocken, 1969.

Brooks 1984. See 3.4.

Chatman 1978. See 5.1.

Docherty, Thomas. 1983. *Reading (Absent) Character: Towards a Theory of Characterization in Fiction*. Oxford: Clarendon. Contains a useful bibliography, 270–84.

Genette 1972. See 5.1.

Greimas, A.-J., and J. Courtès. 1976. "The Cognitive Dimension of Narrative Discourse." *New Literary History* 7: 433 – 47.

Honeywell, J. Arthur. 1968. "Plot in the Modern Novel." In Kumar and McKean (see 1.1, 45 – 55).

Jameson 1981. See 3.1.

Josipovici. See 8.1.

Lacan, Jacques. I think Lacan is best approached through secondary sources. Elizabeth Wright's *Psychoanalytic Criticism* (London: Methuen, 1984) is helpful; *Interpreting Lacan*, ed. Joseph Smith and William Kerrigan (New Haven: Yale University Press, 1983) contains excellent introductions to his work. See also *Lacan and Narration*, ed. Robert Con Davis (Baltimore: Johns Hopkins University Press, 1983).

New Literary History. 1974. Special issue on "Changing Views of Character," vol. 5.2.

O'Grady, Walter. 1965. "On Plot in Modern Fiction: Hardy, James, and Conrad." *Modern Fiction Studies* 11: 107 – 15. Reprinted in Kumar and McKean (see 1.1), 57 – 65.

Price, Martin. 1983. *Forms of Life: Character and Moral Imagination in the Novel*. New Haven: Yale University Press.

Rimmon-Kenan 1983. See 5.1.

Spilka, Mark, ed. 1978. "Character as a Lost Cause." *Novel* 11: 197 – 219. Comments by Martin Price, Julian Moynahan, and Arnold Weinstein.

Tomashevsky. See 3.2.

5.5 指示性标志，信息提供者，静态母题

Bland, D. S. 1961. "Endangering the Reader's Neck: Background Description in the Novel." *Criticism* 3: 121 – 39.

Genette, Gérard. 1966. "Frontiers of Narrative." In *Figures of*

Literary Discourse, 127 – 44. New York: Columbia University Press, 1982.

Hamon, Philippe. 1981. *Introduction à l'analyse du descriptif*. Paris: Hachette. The first chapter is a historical survey of critical conceptions of description.

—. 1972. "What Is a Description?" In *French Literary Theory Today*, ed. Tzvetan Todorov, 147 – 78. Cambridge: Cambridge University Press, 1982.

Hoffman, Gerhard. 1978. *Raum, Situation, erzählte Wirklichkeit*. Stuttgart: Metzler.

James, Henry. 1900. "The Art of Fiction." In *The Future of the Novel: Essays on the Art of Fiction*, ed. Leon Edel, 15. New York: Vintage, 1956.

Kittay, Jeffrey. 1981. "Descriptive Limits." See *Yale French Studies* 1981 (below), 225.

Klaus, Peter. 1982. "Description and Event in Narrative." *Orbis Litterarum* 37: 211 – 16.

Liddell, Robert. 1947. *Robert Liddell on the Novel*, 100 – 18. Chicago: University of Chicago Press, 1969.

Littérature. 1980. Special issue on "Le décrit," no. 38 (May).

Sternberg, Meir. 1981. "Ordering/Unordered: Time, Space, and Descriptive Coherence." *Yale French Studies* 1981 (below), 73.

Yale French Studies. 1981. Special issue "Towards a Theory of Description," vol. 61. In addition to the articles listed above, see those by Michel Beaujour and Michael Riffaterre.

5.6 叙事的时间性

下列著作补充了热奈特在《叙事话语》(*Narrative Discourse*, 1972, 见 5.1) 中对这一题目的论述。热奈特此书是我这里所做的讨论的依据。

Doležel, Lubomír. 1976b. "A Scheme of Narrative Time." In *Semiotics of Art: Prague School Contributions*, ed. Ladislav Matejka and Irwin Titunik, 209-17. Cambridge: MIT Press.

Holloway. See 4.4.

Lämmert, Eberhard. 1955. *Bauformen des Erzählens*. Stuttgart: Metzler, 1967. Contains informative discussions of what Genette calls "order" and "duration."

Miel, Jan. 1969. "Temporal Form in the Novel." *MLN* 84: 916-30.

Sternberg, Meir. 1987. *Expositional Modes and Temporal Ordering in Fiction*. Baltimore: Johns Hopkins University Press.

Weinrich, Harald. 1964. *Tempus: Besprochene und erzählte Welt*. Stuttgart: Kohlhammer. Paul Ricoeur (1985) provides a summary of Weinrich's book (see 8.4).

5.7 Syuzhet, 主题, 叙述

Barthes. See 5.1.

Culller. See 3.4.

Greimas. See 4.3.

第6章 视点面面观

6.0 各种全面的视点理论

在过去二十年间，在人们所提出的关于叙事方法的种种分类中，以查特曼、多列热、热奈特和斯坦泽尔提出的最有影响。由于我无法在本章的有限篇幅内对它们加以比较，因而我将基本材料和辅助材料开列于下，希望读者参照它们以补充我的论述的不足之处。有关这些理论立场的最有启发的比较可于科恩（1981）、科恩和热奈特（1985）、热奈特（1983）及斯坦泽尔（1984，46-66页）的文章或书中找到。

Barbauld, Anna. 1804. "A Biographical Account of Samuel Richardson." See Allott, 3.2.

Chatman 1978. See 5.1. Pp. 146-253 treat methods of narration in a linear progression from "nonnarrated stories" to "covert" and then "overt" narrators.

Cohn, Dorrit. 1978. *Transparent Minds: Narrative Modes for Presenting Consciousness in Fiction.* Princeton: Princeton University Press. While not claiming to present a comprehensive taxonomy, Cohn comes close to doing so (see the tabular summaries, 138–40, 184).

—. 1981. "The Encirclement of Narrative: On Franz Stanzel's *Theorie des Erzählens.*" *Poetics Today* 2.2: 157–82. A description of Stanzel's theory, comparing it with Genette's, with helpful diagrams.

Cohn, Dorrit, and Gérard Genette. 1985. "Nouveaux nouveaux discours du récit." *Poétique* 61: 101–9. Cohn responds to Genette's comments on her work in *Nouveau discours du récit* (1983; see 5.1), and Genette replies. A concise account of many terminological differences.

Doležel, Lubomír. 1967. "The Typology of the Narrator: Point of View in Fiction." In *To Honor Roman Jakobson*, 1: 541–52. The Hague: Mouton. A fuller account of the taxonomy in the following entry.

—. 1973. *Narrative Modes in Czech Literature.* Toronto: University of Toronto Press. The introduction contains a complete and cogent taxonomy of narrative modes that combines a verbal model (grammatical person, type of discourse) with a functional model (objective, rhetorical, or subjective presentation).

Genette 1972. See 5.1. The relevant chapters are those on "Mood" and "Voice." See Mosher and Rimmon (below) for convenient summaries, and Bal 1977 and 1983 (6.3) for a penetrating critique.

—. 1983. See 5.1. Replies to critics of the theory presented in *Narrative Discourse* and comments on other theories. Contains a useful bibliography for the years 1972–83.

Mosher, Harold F. 1980. "A New Synthesis of Narratology."

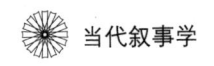

Poetics Today 1.3: 171 - 86. Compares Chatman with Genette.

Rimmon, Shlomith. 1976. "A Comprehensive Theory of Narrative: Genette's *Figures III* and the Structuralist Study of Fiction." PTL 1: 33 - 62. A tabular summary of the theory appears on page 61.

Stanzel, Franz. 1979. *A Theory of Narrative*. Cambridge: Cambridge University Press, 1984. Stanzel uses three axes (person, similar to the first-or thirdperson distinction; perspective, which is internal or external; and mode, corresponding roughly to the showing-telling distinction) for a classification which, in circular form, allows for gradations between narrative modes. Cohn 1981 (above) presentd a simplified version of the resultant diagram, the original version of which is reproduced opposite p. 1 of Stanzel's book.

6.1 英美文学批评中的视点

关于这一论题的更详尽的参考书目，见1.1。

Beach 1932. See 1.2.

Booth. See 1.0.

Cohn 1978. See 6.0.

Friedman, Melvin. See 1.1.

Friedman, Norman. 1955. "Point of View in Fiction: The Development of a Critical Concept." PMLA 70: 1160 - 84.

Genette 1972. See 5.1.

Humphrey 1954. See 1.1.

Lubbock. See 1.2.

Spielhagen, Friedrich. 1883. *Beiträge zur Theorie und Technik des Romans*. Leipzig: Staackmann.

Stanzel. See 6.0.

Uspensky. See 6.2.

6.2 叙述的语法

Bakhtin. See 6.4.

Banfield, Ann. 1982. *Unspeakable Sentences: Narration and Representation in the Language of Fiction*. London: Routledge.

Bickerton, Derek. 1967. "Modes of Interior Monologue: A Formal Definition." *Modern Language Quarterly* 28: 229–39.

Bronzwaer, W. J. M. 1971. *Tense in the Novel*. Groningen: wolters—Noordhoff.

Cohn, Dorrit. 1966. "Narrated Monologue: Definition of a Fictional Style." *Comparative Literature* 18: 97–112.

—. 1978. See 6.0.

Doležel 1973. See 6.0.

Glowiński, Michall. 1973. "On the First-Person Novel." *New Literary History* 9 (1977): 103–14.

Hamburger, Käte. 1957. *The Logic of Literature*. Bloomington: Indiana University Press, 1973.

Hernadi, Paul. 1971. "Verbal Worlds Between Action and Vision: A Theory of the Modes of Poetic Discourse." *College English* 33: 18–31.

McHale, Brian. 1978. "Free Indirect Discourse: A Survey of Recent Accounts." *PTL* 3: 249–87.

Martínez-Bonati, Félix. 1960. *Fictive Discourse and the Structures of Literature: A Phenomenological Approach*. Ithaca: Cornell University Press, 1981.

Pascal, Roy. 1977. *The Dual Voice: Free Indirect Speech and Its Functioning in the Nineteenth-century European Novel*. Manchester: Manchester University Press.

Vološinov, V. N. 1930. *Marxism and the Philosophy of Language*. Trans. Ladislav Matejka and I. R. Titunik. New York: Seminar, 1973.

6.3 叙事表现的诸种结构：焦点

Bal, Mieke. 1977. *Narratologie: Essais sur la signification nar-*

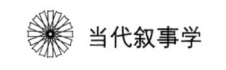

rative dans quatre romans modernes*. Paris：Klincksieck.

——. 1983. "The Narrating and the Focalizing：A Theory of the Agents in Narrative." *Style* 17：234 - 69. Translation of the first chapter of the preceding entry, containing the essentials of her theory.

Brooks, Cleanth, and Robert Penn Warren. 1943. *Understanding Fiction*. New York：Crofts.

Genette 1972. See 5. 1.

Uspensky, Boris. 1970. *A Poetics of Composition*. Berkeley：University of California Press，1973.

Vitoux, Pierre. 1982. "Le jeu de la focalisation." *Poétique* 51：359 - 68.

6.4 叙述的诸种语言与意识形态

Bakhtin, M. M. 1929. *Problems of Dostoevsky's Poetics*. Minneapolis：University of Minnesota Press，1984.

——. 1934 - 35. "Discourse in the Novel." In *The Dialogic Imagination* (see 2.5).

Cohn 1978. See 6. 0.

Uspensky. See 6. 3.

Vološinov. See 6. 2.

第 7 章　从作者到读者：交流与解释

本章所讨论的批评家们有时不约而同地对同一部小说进行解释，这样就使人们能够更详细地比较他们各自的理论。我为对进行这种比较感兴趣的读者在 7.4 节中列出了一些索引。本章引论段中提到了布思 1961 年的书（见 1.0）和 1984 年他为巴赫金 1929 年的书所作的导言（见 6.4）。

7.1 交流模式

Booth, Wayne C. 1979. *Critical Understanding：The Powers and Limits of Pluralism*，268 - 72. Chicago：University of Chicago Press.

参考书目

Eco. See 7.2.

Gibson. See 7.2.

Jakobson, Roman, 1960. "Closing Statement: Linguistics and Poetics." In *Style in Language*, ed. Thomas Sebeok, 350 – 77. Cambridge: M. I. T. Press.

Lanser, Susan Sniader. 1981. *The Narrative Act: Point of View in Prose Fiction*. Princeton: Princeton University Press.

Ohmann, Richard. 1973. "Literature as Act." In *Approaches to Poetics*, ed. Seymour Chatman, 81 – 107. New York: Columbia University Press.

Pratt, Mary Louise. 1977. *Toward a Speech Act Theory of Literary Discourse*. Bloomington: Indiana University Press.

Prince. See 7.2.

Rabinowitz. See 7.2.

7.2 读者种种

Bellow, Saul. In Booth 1961 (see 1.0).

Bleich, David. 1978. *Subjective Criticism*. Baltimore: Johns Hopkins University Press.

Booth 1961. See 1.0.

Culler, Jonathan. 1980. "Prolegomena to a Theory of Reading." In Suleiman and Crosman (below), 46 – 66. A survey of recent theories from a semiotic perspective.

——. 1982. *On Deconstruction: Theory and Criticism after Structuralism*. Ithaca: Cornell University Press.

Docherty. See 5.4.

Eco, Umberto. 1979. *The Role of the Reader: Explorations in the Semiotics of Texts*. Bloomington: Indiana University Press.

Gibson, Walker. 1950. "Authors, Speakers, Readers, and Mock Readers." In Tompkins (below) 1 – 6.

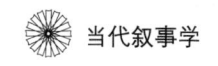

Holland, Norman. 1980. "Unity Identity Text Self." In Tompkins (below), 118 - 33. See Tompkins's annotated bibliography for Holland's other writings on reader response.

Holub, Robert C. 1984. *Reception Theory: A Critical Introduction*. London: Methuen. Contains useful discussions of Wolfgang Iser and Hans Robert Jauss. Annotated bibliography, 173 - 84.

Iser, Wolfgang. 1976. *The Act of Reading: A Theory of Aesthetic Response*. Baltimore: Johns Hopkins University Press, 1978. For conveniently brief expositions of Iser's theory, published before and after this book, see "The Reading Process: A Phenomenological Approach" in Tompkins (below), 50 - 69; and "Interaction between Text and Reader," in Suleiman and Crosman (below), 106 - 19.

Jameson. See 3.1.

Jauss, Hans Robert, 1977. *Aesthetic Experience and Literary Hermeneutics*. Minneapolis: University of Minnesota Press, 1982.

—. 1982. *Toward an Aesthetic of Reception*. Minneapolis: University of Minnesota Press.

Mailloux, Steven. 1982. *Interpretive Conventions: The Reader in the Study of American Fiction*. Ithaca: Cornell University Press. A useful survey of readerresponse theories.

Prince, Gerald. 1973b. "Introduction to the Study of the Narratee." In Tompkins (below), 7 - 25.

Rabinowitz, Peter J. 1977. "Truth in Fiction: A Reexamination of Audiences." *Critical Inquiry* 4: 121 - 41.

Sartre, Jean-Paul. 1947. *What Is Literature?* New York: Harper & Row, 1965.

Suleiman, Susan R., and Inge Crosman, eds. 1980. *The Reader in the Text: Essays on Audience and Interpretation*. Princeton: Princeton University Press. Annotated bibliography, 401 - 24.

Tompkins, Jane P., ed. 1980. *Reader-Response Criticism: From Formalism to Post-Structuralism*. Baltimore: Johns Hopkins University Press. Annotated bibliography, 233-72.

Wolff, Erwin. 1971. "Der intendierte Leser." *Poetica* 4: 141-66.

7.3 阅读

Barthes, Roland. 1970. S/Z. New York: Hill & Wang, 1974.

—. 1973. "Textual Analysis of Poe's 'Valdemar.'" In *Untying the Text*, ed. Robert Young, 133-61. London: Routledge, 1981.

Chatman 1969. For his analysis of "Eveline," see 5.1.

Culler 1982. See 7.2.

Dillon, George. 1978. *Language Processing and the Reading of Literature: Towards a Model of Comprehension*. Bloomington: Indiana University Press.

Kermode, Frank. 1975. *The Classic: Literary Images of Permanence and Change*. Cambridge: Harvard University Press, 1983.

—. 1979. *The Genesis of Secrecy: On the Interpretation of Narrative*. Cambridge: Harvard University Press.

—. 1983. *The Art of Telling: Essays on Fiction*. Cambridge: Harvard University Press.

Miller, J. Hillis. 1982. *Fiction and Repetition: Seven English Novels*. Cambridge: Harvard University Press.

Ray, William. 1984. *Literary Meaning: From Phenomenology to Deconstruction*. London: Basil Blackwell. A survey that treats from a philosophical point of view many of the theories I discuss.

Scholes 1982. For his application of Barthes's theory to "Eveline," see 5.1.

7.4 解释：理论与实践

Henry James, "The Figure in the Carpet."

Chambers, Ross. 1984a. "Not for the Vulgar? The Question of

Readership in 'The Figure in the Carpet.'" In *Story and Situation*. (see 8.1), 151-80.

Iser 1976. See 7.2, 3-10.

Miller, J. Hillis. 1980a. "The Figure in the Carpet." *Poetics Today* 1.3: 107-18.

——. 1980b. "A Guest in the House: Reply to Shlomith Rimmon-Kenan's Reply." *Poetics Today* 1.3: 189-91.

Rimmon, Shlomith. 1973. "Barthes's 'Hermeneutic Code' and Henry James's Literary Detective: Plot and Composition in 'The Figure in the Carpet.'" *Hartford Studies in Literature* 1: 183-207.

Rimmon-Kenan, Shlomith. 1980. "Deconstructive Reflections on Deconstruction: In Reply to J. Hillis Miller." *Poetics Today* 2.1b: 185-88.

Todorov, Tzvetan. *The Poetics of Prose*. Ithaca: Cornell University Press, 1977, 144-49.

Emily Bronte, *Wuthering Heights*.

Jacobs, Carol. 1979. "*Wuthering Heights*: At the Threshold of Interpretation." *Boundary* 2, 7.3: 49-71.

Kermode 1975. See 7.3, 117-34.

Miller, J. Hillis. See 7.3, 42-72.

Joseph Conrad, *Lord Jim*.

Jameson. See 3.1, 206-80.

Miller, J. Hillis. See 7.3, 22-41.

第8章 参考框架：元虚构，虚构，叙事

引论部分中斯克洛夫斯基的话引自《叶甫根尼·奥涅金（普希金与斯特恩）》，收入 *Ocherki po poetike Pushkina* (Berlin, 1923) 一书中第199-220页，英文翻译由理查德·谢尔登进行（未发表）。

8.1 穿越理论边界：误读模式种种

Chambers, Ross. 1984b. *Story and Situation: Narrative Seduc-*

tion and the Power of Fiction. Minneapolis: University of Minnesota Press.

Culler 1982. See 7. 2.

de Man, Paul. 1969. "The Rhetoric of Temporality." In *Blindness and Insight*, 2d ed. , 187 – 228. Minneapolis: University of Minnesota Press, 1983.

——. 1979. *Allegories of Reading: Figural Language in Rousseau, Nietzsche, Rilke, and Proust*. New Haven: Yale University Press.

Johnson, Barbara. 1980. "Melville's Fist: The Execution of *Billy Budd*." In *The Critical Difference: Essays in the Contemporary Rhetoric of Reading*. Baltimore: Johns Hopkins University Press.

——. 1984. "Rigorous Unreliability." *Critical Inquiry* 11: 278 – 85. On Paul de Man.

Josipovici, Gabriel. 1971. *The World and the Book: A Study of Modern Fiction*. London: Macmillan.

8.2 反讽，戏拟，元虚构

Hutcheon, Linda. 1980. *Narcissistic Narrative: The Metafictional Paradox*. Waterloo, Ont.: Wilfrid Laurier University Press.

Lotman, Jurij. 1977. *The Structure of the Artistic Text*. Ann Arbor: Dept. of Slavic Languages, University of Michigan.

Poetics Today. 1983. A special issue (vol. 4) on "The Ironic Discourse," with sections on irony in literature and language, philosophy, sociology, and psycholinguistics.

Rose, Margaret. 1979. *Parody/Meta-fiction: An Analysis of Parody as a Critical Mirror to the Writing and Reception of Fiction*. London: Croom Helm.

Scholes, Robert. 1967. *The Fabulators*. New York: Oxford University Press.

Tynjanov, Juri. 1921. "Dostoevskij and Gogol (Zur Theorie der

Parodie) ." In *Russischer Formalismus*, ed. and trans. Jurij Striedter, 301 – 71. Munich: Fink, 1971.

8.3 虚构是什么?

Altieri, Charles. 1981. *Act and Quality: A Theory of Literary Meaning and Humanistic Understanding*. Amherst: University of Massachusetts Press.

Austin, J. L. 1962. *How to Do Things with Words*. Cambridge: Harvard University Press.

Bateson, Gregory. 1972. "A Theory of Play and Fantasy." In *Steps to an Ecology of Mind*, 177 – 93. New York: Ballantine.

Cebik, L. B. 1984. *Fictional Narrative and Truth: An Epistemic Analysis*. Lanham, Md.: University Press of America, 1984.

Culler, Jonathan. 1984. "Problems in the Theory of Fiction." *Diacritics* 14.1: 2 – 11.

Derrida, Jacques. 1975. "Economimesis." *Diacritics* 11.2 (1981): 3 – 35.

Doležel, Lubomír. 1980b. "Truth and Authenticity in Narrative." *Poetics Today* 1.3: 5 – 25.

Hutchison, Chris. 1984. "The Act of Narration: A Critical Survey of Some Speech-Act Theories of Narrative Discourse." *Journal of Literary Semantics* 13: 3 – 35.

Margolis, Joseph. 1983. "The Logic and Structures of Fictional Narrative." *Philosophy and Literature* 7: 162 – 81.

Martínez-Bonati 1981. See 6.2.

—. 1983. "Towards a Formal Ontology of Fictional Worlds." *Philosophy and Literature* 7: 182 – 95.

Ohmann. See 7.1.

Pavel, Thomas G. 1976. "'Possible Worlds' in Literary Semantics." *Journal of Aesthetics and Art Criticism* 34: 165 – 76.

——. 1981. "Ontological Issues in Poetics: Speech Acts and Fictional Worlds." *Journal of Aesthetics and Art Criticism* 40: 167-78.

——. 1981-82. "Fiction and the Ontological Landscape." *Studies in Twentieth Century Literature* 6: 149-63.

——. 1983. "Incomplete Worlds, Ritual Emotions." *Philosophy and Literature* 7: 48-57.

Prado, C. G. 1984. *Making Believe: Philosophical Reflections on Fiction*. Westport, Conn.: Greenwood Press.

Pratt. See 7.1.

Rorty, Richard. 1979. "Is There a Problem about Fictional Discourse?" In *Consequences of Pragmatism (Essays: 1972-80)*, 110-38. Minneapolis: University of Minnesota Press, 1982.

Searle, John. 1979. "The Logical Status of Fictional Discourse." In *Expression and Meaning: Studies in the Theory of Speech Acts*, 58-75. Cambridge: Cambridge University Press.

Smith, Barbara Herrnstein. 1979. *On the Margins of Discourse: The Relation of Literature to Language*. Chicago: University of Chicago Press.

Strawson, P. F. For his analysis of presuppositions, see Cebik (above), 136-43.

Waugh, Patricia. 1984. *Metafiction: The Theory and Practice of Self-Conscious Fiction*. London: Methuen.

8.4 叙事是什么？

Altieri. See 8.3.

Anscombe, G. E. M. 1957. *Intention*. Oxford: Blackwell.

Cebik. See 8.3.

Dray. See 3.3.

Goffman, Erving. 1974. *Frame Analysis: An Essay on the Organization of Experience*. New York: Harper.

Jones, Peter. 1975. *Philosophy and the Novel*. New York: Oxford University Press.

Prado. See 8. 3.

Ricoeur 1983. See 3. 3.

—. 1984. *Time and Narrative*, *vol.* 2. Chicago: University of Chicago Press, 1985. The first three chapters treat the topics I have discussed in chapters 2 – 6, in the same order. Ricoeur's book appeared after I had completed my manuscript; thus I was unable to refer to his insights in my text.

Schafer. See 3. 4.

Spence. See 3. 4.

Turner, Victor. 1980. "Social Dramas and Stories about Them." *Critical Inquiry* 7: 141 – 68.

von Wright 1971. See 3. 3.

—. 1974. *Causality and Determinism*. New York: Columbia University Press.

索 引

（术语条目的中文译文为正文中所采用的译文，其中有些没有固定译法者或无法直译者采用了说明性译法。如果中文翻译中在不同上下文中采用了不止一种译法，则于该术语条目后附译文中采用的所有译法。人名条目多数仅译其姓而不译其名。条目后的页码指正文中的边码）

A

action 行动，Barthes's definition 巴尔特的定义，113，126
action sequences 行动序列，67
allegory 寓言，177-78
ambiguity 含混，意义含混，103-5，153-55，168-70
amplitude 幅度，124
analepsis 倒叙，124
anatomy 解剖，34
Aristotle 亚里士多德，72，81-82，90，100-103，107，127-28
Austin, J. L. 奥斯丁，182-83
autobiography 自传，75-78

B

Bakhtin, M. M. 巴赫金，25，50-53，147-50，152-53
Banfield, Ann 班菲尔德，141-42
Barbauld, Anna 巴鲍尔德，131-32
Barth, John 巴思，81-82
Barthes, Roland 巴尔特，24-25，112-16，163-66
Bateson, Gregory 贝特森，187
Becker, George 贝克尔，59-61
beginnings 开始，开头，87-88
Benveniste, Emile 本维尼斯特，108
Bildungsroman 教育小说，启悟小说，43，49
Bieich, David 布里奇，158
Booth, Wayne 布思，22，152-53，160
Bremond, Claude 布雷蒙，95-96
Brooks, Peter 布鲁克斯，121

Brown, Marshall 布朗, 61

C

Campbell, Joseph 坎贝尔, 88-89
Capitalism 资本主义, 20, 62
cardinal functions 基本功能, 113-15
catalyzers 催化者, 113-15
cause and effect 原因与结果, 60, 73-74, 127-28
Cebik, L. B. 塞比克, 185-88
Chambers, Rose 钱伯斯, 175
character 人物, 性格, 116-122; flat and round 扁形的和圆形的人物, 118; structuralist views of 结构主义的人物观点, 119-20
Chatman, Seymour 查特曼, 113
Chaucer, Geoffrey 乔叟, 69-70; "Shipman's Tale,"《水手的故事》66-70, 104-5, 169
Chomsky, Noam 乔姆斯基, 103
chronotope 时空, 52
class, social 社会阶级, 社会阶层, 18-20, 40, 45, 62
classics 经典: interpretation of 经典的解释, 166
closure 封闭, 结尾, 83-85
code 代码: in communication 交流中的代码, 155
codes, narrative 叙事代码: named by Barthes 巴尔特命名的叙事代码, 163-66
Cohn, Dorrit 科恩, 138-43

Communication 交流: in narrative 叙事中的交流, 152-56, 164-65
communication model 交流模式, 22, 27, 141, 153-56, 162-63, 171
competence 能力, literary 文学的能力, 27, 101
confession 忏悔录, 忏悔, 34
consciousness 意识: access to in narrative 在叙事中进入人物的意识, 69, 131, 137-40, 145-46
contact 接触, 媒介, 155
context 上下文, 语境, 155
conventions 成规, 约定俗成, cultural 文化的, 27, 30; of fiction 虚构作品的/小说的, 69, 184-86; generic 文类的, 68; historical changes in 中的历史变化, 159-60; in history 历史中的, 71-75; literary 文学的, 27, 30; narrative 叙事的, 71-75, 119, 161; realistic 现实主义的, 63-71; social 社会的, 67-68, 79-80, 100, 104
covering-law model 普遍涵盖律模式, 188
Culler, Jonathan 卡勒, 67-71, 112, 127-28

D

Danto, Arthur 丹托, 72-74
Davis, Lennard 戴维斯, 45-56
deep structure 深层结构, 99-103
defamiliarization 陌生化, 47-50, 54

索　引

de Man，Paul 德·曼，176-78
density elements 稠密元素，115，124
description 描写，122-23
desire 欲望，41，121，157
dialogue 对话，149-50
didacticism 说教，36，61
Diderot，Denis 狄德罗，58
diegesis 叙述，124
difference 差异，168
discourse 话语，108-9，113，184-85；direct 直接的，137-40；dual-voiced 双声的，138，150；ideology in 中的意识形态，148-50；indirect 间接的，137-40；kinds of 的种种类型，131
displacement 置换，移置，40，65，90
distance 距离：psychological 心理的，159；temporal 时间的，124
distributional elements 分布成分，126
Docherty，Thomas 多彻蒂，120-21
Doležel，Lubomír 多列热，100，185
double reading 双重阅读，127
drama 戏剧，109-10
dual-voiced discourse 双声话语，138，150，180
duration 持续，绵延，124-25

E

Edel，Leon 埃德尔，17
ellipsis 省略，124
empathy 移情，159
encyclopedic forms 百科全书式作品，34

endings 结尾，结束，83-88
epic 史诗，33，36-38
epilogues 尾声，84
epos 口头传诵的史诗，33
Er-Erzählung 他-叙述，135
erlebte Rede 被体验到的话语，138
Ermarth，Elizbeth 厄玛尔斯，79
Exemplum 劝谕性故事，31
exposition 展示，情节展示，125-26，128
extent 广度，124
extradiegetic 从外部来叙述的，135

F

fabula 实际发生的事件，尚未形诸语言的故事材料，寓言，故事，107-9
family romance 家庭罗曼司，41-42
fiction 小说，虚构，虚构作品，181-89；definition of 的定义，33-34，141-42；presupposition in 中的蕴涵，185-86；vs. fact 对事实，46，71-74；vs. lying 对谎言，186；vs. truth 对真实/真理，186
Fielding，Henry 菲尔丁，124
flowchart tree 流程图，96-97
focus 焦点，124，132，143-47
formalism 形式主义，25-26，97
formulaic composition 由定式性表达构成的作品，37-38
frame-tale 框套故事，32，192
Frank，Joseph 弗兰克，17
free indirect style 自由间接体，138

frequency 频率，124

Freytag, Gustav 弗赖塔格，81

Frye, Northrop 弗莱，21－22，31－35，88

function, narrative 功能，89，92－94，102，113－15，126

G

Genette, Gérard 热奈特，26，123－26，135

Girard, René 吉拉德，40－41

gnomic present 格言的现在，124

Gospels 福音书，170

Greimas, A. J. 格雷玛斯，100－01，127

Gusdorf, Georges 古斯塔夫，75

H

Hamburger, Käte 汉堡，137，141－42

Hegel, G. W. F. 黑格尔，61

Hemingway, Ernest 海明威："The Short Happy Life of Francis Macomber"《弗朗西斯·麦康伯的短促幸福生活》，125，128，144－46，148－50，153，155

Hempel, Carl 亨普尔，72

hermeneutic code 诠释代码，163－64

heterodiegetic 由不同者来叙述的，124，135

heteroglossia 多音齐鸣，51－52，149，161

histoire 故事，历史，108

history 历史：name of fictional narrative 虚构叙事作品的名称，43－44

Holland, Norman 霍兰德，157－58

Holloway, John 霍洛韦，105－6

homodiegetic 由同一者来叙述的，124，135

horizon of expectations 期待视野，160，162

hyponarration 叙述之下的叙述，135

I

Ich-Erzählung 我-叙述，135

identification 认同，159

implied author 隐含作者，135

implied reader 隐含读者，154，161

indices 指示性标志，113，123

informants 信息提供者，113－115，123

integrational elements 综合成分，126－127

interior monologue 内心独白，134，140

interpretation 解释，23－24，101，156－57，161－71

intertextuality 互文性，互为指涉，123

irony 反讽，60，179－80

Irving, Washington 华盛顿·欧文，134

Iser, Wolfgang 伊赛尔，161－63

iterative narration 对反复发生之事做一次性叙述，124－26

J

Jakobson, Roman 雅克布逊，64，155

索 引

James，Henry 詹姆斯，20，58-59，72，116
Jameson，Fredric 杰姆逊，55，60，159
Jauss，Hans Robert 姚斯，159-60
Josipovici，Gabriel 乔西普维奇，175-76

K

Kellogg，Robert 凯洛格，35-38
Kermode，Frank 克默德，86-87，166-70
kernels 核心，113-15

L

Lacan，Jacques 拉康，121
language 语言：ideology in 语言中的意识形态，147-51
Lanser，Susan 兰塞尔，154-55
Leavis，F. R. 利维斯，18
Lévis-Strauss，Claude 列维-斯特劳斯，24-25，97，105
Levin，Harry 莱文，18，62
linguistics 语言学：influence on narrative theory 对叙事理论的影响，24，27，92，94
literature 文学：classification of 的分类，31
Lodge，David 洛奇，79
logic，modal 模态逻辑，100
Lukács，Georg 卢卡契，60，62

M

Mansfield，Katherine 曼斯菲尔德：

"Bliss"《幸福》，112-18，122-25，128，136-39，163-64，168
maxims 格言，67-69
metafiction 元虚构，元虚构作品，元小说，28，181
metalingual function 元语言功能，元语言活动，155
metanarration 元叙述，后设叙述，135
Miller，D. A. 米勒，85
Miller，J. Hillis 希利斯·米勒，84-85，167-69
mimesis 模仿，124
Mink，Louis 明克，73-74
misreading 误读，175-78
modes，literary 文学样式，32-33
monomyth 单元神话，88
motif 母题，37-38，112-18
motivation 动机，事出有因，48-49，65，66，118
myth 神话，33，88-90

N

narrated monologue 叙述出来的独白，138，140
narration 叙述：authorial 作者的，132-25；definition of 的定义，in structuralism 结构主义中的，108，113，129；embedded 嵌入的 135；figural 形象的，134；first-person 第一人称的，132-35，140-42；omniscient 全知的，144-46；third-person，第三人称的，133-35，140-42，185

275

narration 叙述, French structuralist definitions of 法国结构主义的定义, 108, 113, 129

narrative 叙事（作品）, anthropological views of 人类学对叙事的看法, 23-24; classifications of 的分类, 31-40; form in 中的形式, 47-50; orally transmitted 口头传播的, 37-38; structural analysis of 的结构分析, 94-106; written vs. oral 书面叙事对口头叙事, 38

narrator 叙述者, 135; Genette's terms for 热奈特的术语, 135; reliability of 的可靠性, 141-42. See also Narration 亦见叙述

naturalization 自然化, 67-70

negation 否定, 162, 176-77

newspapers 报纸, 46, 66, 739147-48

nouvelle 短篇故事/小说, 43

novel 长篇小说, 小说: content 内容, 18-19; death of 的死亡, 19-20, 28; epistolary 书信体, 131; form in 中的形式, 16-20; as mixture of genres 作为混合文类, 37, 44, 51-53, 150; origin of 的起源, 19-21, 35-37, 40, 43-46, 51-53; as rhetorical form 作为修辞形式, 22; subject matter 题材, 18-19

novella 中篇小说, 43

noyau 核心, 113

nuclei 内核, 113

O

objectivity 客观, 客观状态, 客观性, 60

O'Connor, William Van 奥康纳, 16

Odyssey 奥德修, 37

Ohmann, Richard 奥曼, 183

open form 开放形式, 83-85

order 次序: temporal 时间的, 124-25

originality 原创性, 独创性, 38, 170

P

parody 戏拟, 48, 50-51, 70, 179-80

Pascal, Roy 帕斯卡尔, 75-76, 137

Pavel, Thomas 佩维尔, 184-85

perspective 视角, 透视角度, 124, 132

plans 计划, 67

plot 情节, 布局, 81-85, 90-99; in history 历史中的, 74

Poe, Edgar Allan 爱伦·坡, 82, 127

point of view 视点, 观点, 16-17, 124; 130-36, 143; limited 有限的, 133; omniscient 全知的, 144-46. See also Focus; Narration; Voice 亦见焦点、叙述、声音

Prado, G. C. 普拉多, 184, 188

pragmatics 语用学, 155

Pratt, Mary, Louise 普拉特, 183

Price, Martin 普赖斯, 119-20

Prince, Gerald 普林斯, 95, 160

proairetic code 情节代码, 163-64

prolepsis 预叙，124

Propp, Vladimir 普罗普，25，89-94

psychoanalysis 精神分析，心理分析，77-78，121，157

psycho-narration 心理叙述，140

Q

quoted monologue 加引号的内心独白，140

R

Rabinowitz, Peter 拉比诺维茨，159

Raglan, Lord 拉格伦，88-89

reach 所及范围，124

readable text 可读的文本，83，166

reader 读者，156-62；authorial 作者的，154；implied 隐含的，154，161；as individual 作为个人的，157-58；kinds of 的种种类型，154-62；model 模范的，154；relation to narrative 与叙事的关系，154

reader-response theories 读者反应理论，157-63

reading 阅读，解读，39，45，58-59，177-78

realism 现实主义，现实，18-19，57-70，132；as period concept 作为时代概念的，59-63

récti 叙事，108

recognition 发现，认知，承认，117

Reed, Walter 里德，44-45

referential code 指涉代码，163

repetition 重复，168

representation 再现，表现 See Realism 见现实主义

represented discourse 再现出来的话语，138

represented speech and thought 再现出来的言语和思想，138-40

reversal 逆转，117

Richardson, Samual 理查森，43-44，58

Ricoeur, Paul 利科，76，190

Robert, Marthe 罗伯特，41

role model 角色模范，40

roman 小说，一切长篇叙事作品，43

roman à clef 以虚构姓名所写的真人真事小说，43

romance 罗曼司，传奇，21-22，33，36，42-43，64

Rorty, Richard 罗蒂，184

Rose, Margaret 罗斯，179-80

S

Said, Edward 赛义德，87

Sartre, Jean-Paul 萨特，158

Satellites 卫星：narrative 叙事的，113

satire 讽刺，179-80

scene 场景，场面，124-26，131-34

Schlegel, Friedrich 施莱格尔，53

Scholes, Robert 斯科尔斯，35-38

Schorer, Mark 肖勒，16

Scripts 脚本，67-68，157

Searle, John 瑟尔，186-87

self 自我，自己，41，75－78，121，141，157－58；linguistic basis of 的语言基础，148－50

semic code 义素代码，意义代码，163－64

sequence 序列：narrative 叙事的，112－13，126

setting 背景，122－23

Shklovsky, Victor 斯克洛夫斯基，25，47－50

Showing 显示，124

skaz 含有向一位听者说话的讲故事人的故事，142

Smith, Barbara Herrnstein 史密斯，90－91，183

Speech-act theory 言语-行为理论，182－84

Stanzel, Franz 斯坦泽尔，134－35，231

Stewart, Ann Harleman 斯图尔特，95－97

Story 故事，本事：distinguished from discourse 与话语相区别的，108－9

stream of consciousness 意识流，17，134，140

stretch 伸长，124

structuralism 结构主义，23－26，119－20

style 文体，148－50；low 低级的，62

style indirect libre 自由间接体，自由间接话语，138

stylistic contagion 文体上的传染，149－50

subjectivity 主观状态，主体性，157－58

summary 概括，124－26，131－34

surface structure 表层结构，表面结构，99，103

symbolic code 象征代码，164

syuzhet 讲出或写出的叙事，故事，情节，107－8，115，126

T

telling 讲诉，124

tense, grammatical 语法的时态：in narration 叙述中的，131－34，136－40

theories 理论：limits of 的限度，173－74；nature of 的性质/本质，15，23，30；scientific 科学的，174

time 时间：in narrative 叙事中的，74－76，86－87，123－29，136－39

Todorov, Tzvetan 托多洛夫，26

Tolstoy, Leo 托尔斯泰，65

Tomashevky, Boris 托马舍夫斯基，112－18

tree structures 树形结构，95－97

Trilling, Lionel 特里林，18

truth 真，真实，真理，182，186－87

Twain, Mark 马克·吐温：The Adventures of Huckleberry Finn《哈克贝利·芬历险记》/《哈克贝利·芬》，54－55，68－70，126

U

Uspensky, Boris 乌斯本斯基, 136, 146

V

voice 声音, 124, 131, 135
vraisemblance 逼真, 64, 67-68, 73

W

Wellek, René 韦勒克, 59-61
Wells, H. G. 威尔斯, 20
White, Hayden 怀特, 72-74
writable text 可写的本文, 83
writing 书写, 写作, 作品, 28-29

汉英术语对照表

百科全书式作品 encyclopedic forms
背景 setting
被体验到的话语 erlebte Rede（德语）
逼真 vraisemblance（法语）
边界条件 boundary conditions
表层结构，表面结构 surface structure
不可靠叙述 unreliable narration
插叙 flashback
忏悔录 confession
场景，场面 scene
成构 figuration
成规 convention
成规性的自然而然者 the conventionally natural
程式化的 stylized
持续，绵延 duration
稠密元素 density elements
传说，故事 tale

从外部来叙述的 extradiegetic
催化者 catalyzers
代码 code
单元神话，单一神话 monomyth
倒叙 analepsis
第三人称叙述 third-person narration
第一人称叙述 first-person narration
吊诡之言 paradoxes
读者 reader
读者反应理论 reader-response theories
短篇故事 nouvelle
短篇小说 short story
对反复发生之事做一次性叙述 iterative narration
对话 dialogue
多音齐鸣 heteroglossia
发现，认知，承认 recognition
反讽 irony

范式，范型 paradigm
范式改变，范型改变 paradigm change
非个人化的叙述 impersonal narration
分布成分 distributional elements
讽刺 satire
否定 negation
符号学 semiotics
幅度 amplitude
福音书 Gospels
概括 summary
哥特式小说 gothic novel
格言 maxims
格言的现在 gnomic present
功能 function
故事 story
故事素 narreme
故事线索 story line
观点 point of view
惯例 practice
广度 extent
含有向一位听者说话的讲故事人的故事 skaz（俄语）
行动 action
行动代码 code of action
行动理论 theory of action
行动序列 action sequences
行为主义 behaviourism
合理化 rationalization
核心 kernels
核心 noyau（法语）
互文性，互为指涉 intertextuality
话语 discourse

话语分析 discourse analysis
话语与文本分析 discourse and text analysis
基本功能 cardinal functions
计划 plans
技巧 techniques
加引号的内心独白 quoted monologue
家庭罗曼司 family romance
假定 assumption
讲出或写出的叙事，故事，情节 syuzhet（俄语）
讲诉 telling
交流 communication
交流模式 communication model
焦点 focus
角色模范 role model
脚本 scripts
教育小说，启悟小说 *Bildungsroman*
接触，媒介 contact
结构语言学 structural linguistics
结构主义 structuralism
结尾，结束 endings
解剖 anatomy
解释 interpretation
解释成规 convention of interpretation
解释假定 assumption of interpretation
经典 classics
精神分析，心理分析 psychoanalysis
距离 distance
开放形式 open form
开始，开头 beginnings
可读的文本 readable text

可写的本文 writable text
客观，客观状态，客观性 objectivity
口头传说 oral tale
口头传诵的史诗 epos
框套故事 frame-tale
礼貌，社会习俗 manners
理论 theories
理论参考框架 theoretical frames of reference
历史，故事 histoire（法语）
历史 history
流程图 flowchart tree
罗曼司，传奇 romance
谜的代码 code of enigmas
描写 description
模范读者 model reader
模仿 mimesis
模态逻辑 modal logic
陌生化 defamiliarization
母题 motif
目的 purpose
内核 nuclei
内心独白 interior monologue
逆转 reversal
频率 frequency
普遍涵盖律模式 covering-law model
期待视野 horizon of expectations
奇幻小说 fabulation
嵌入叙述 embedded narration
情节，布局 plot
情节代码 proairetic code
全知的叙述 omniscient narration

全知视点 omniscient point of view
诠释代码 hermeneutic code
劝谕性故事 Exemplum，31
人工智能 artificial intelligence
人物 character
认同 identification
上下文 context
社会惯例 social practices
社会阶级，社会阶层 social class
伸长 stretch
神话 myth
声音 voice
省略 ellipsis
诗歌 poetry
时间次序：temporal order
时间距离 distance temporal
实际发生的事件，尚未形诸语言的故事材料，寓言，故事 fabula（俄语）
史诗 epic
事出有因，动机 motivation
视点 point of view
视角，透视角度 perspective
书写，写作，作品 writing
书信体小说 epistolary novel
疏离 estrangement
树形结构 tree structures
双声话语 dual-voiced discourse
双重阅读 double reading
说教 didacticism
所及范围 reach
他-叙述 Er-Erzählung（德语）
题材 subject matter

汉英术语对照表

尾声 epilogues
文本 text
文化惯例 cultural practices
文类 genre
文体 style
文体上的传染 stylistic contagion
文体学 stylistics
文学能力 literary competence
文学样式 literary modes
我-叙述 Ich-Erzählung（德语）
误读 misreading
戏剧 drama
戏拟 parody
系统学 systematics
细密的叙事结构分析 detailed structural analysis of narrative
显示 Showing
现实主义，现实 realism
现实主义的，写实的 realistic
象征 symbol
象征代码 code of symbols
象征代码 symbolic code
象征主义小说 symbolist novel
小说，长篇小说 novel
小说 roman
心理的距离 psychological distance
心理小说 psychological novel
心理叙述 psycho-narration
信息提供者 informants
形式主义 formalism
形象叙述 figural narration
性格 character

虚构，虚构作品，小说，fiction
虚构，虚构作品 fiction
虚拟空间 virtual space
序列 sequence
叙事 narrative
叙事 narrative sequence
叙事 récti（法语）
叙事代码 codes of narrative
叙事的卫星 narrative satellites
叙事交流 narrative communication
叙事情况 narrative situation
叙事形式 narrative form
叙事中的交流 Communication in narrative
叙事作品 narrative
叙述 narration
叙述 diegesis
叙述 narration（法语）
叙述出来的独白 narrated monologue
叙述者 narrator
叙述之下的叙述 hyponarration
言语-行为理论 Speech-act theory
移情 empathy
以虚构姓名所写的真人真事小说 roman à clef
义素代码，意义代码 code of semes
义素代码，意义代码 semic code
异在性 alien-ness
意识流 stream of consciousness
意图 intention
意象 image
隐含读者 implied reader

283

隐含作者 implied author
隐喻 metaphor
由不同者来叙述的 heterodiegetic
由定式性表达构成的作品 formulaic composition
由同一者来叙述的 homodiegetic
有目的行为 purposive action
有限视点 limited point of view
语法的时态 grammatical tense
语境 context
语言 language
语言学 linguistics
语言中的意识形态 ideology in language
语用学 pragmatics
预构 prefiguration
预叙 prolepsis
欲望 desire
寓言 allegory
元虚构，虚构之虚构，元小说，小说之小说 metafiction
元叙述，后设叙述 metanarration
元语言，语言之语言 metalanguage
元语言功能，元语言活动 metalingual function
原创性，独创性 originality
阅读，解读 reading
再现，表现 representation
再现出来的话语 represented discourse

再现出来的言语和思想 represented speech and thought
在叙事中进入人物的意识 access to consciousness in narrative
展示，情节展示 exposition
真，真实，真理 truth
真实性 authenticity
指涉代码 referential code
指示性标志 indices
置换，移置 displacement
中篇小说 novella
重复 repetition
重构 refiguration
主观状态，主体性 subjectivity
主题 theme
主题与类型研究 studies of themes and types
专题 theme
自传 autobiography
自然化 naturalization
自我，自己 self
自由间接体，自由间接话语 style indirect libre（法语）
自由间接体 free indirect style
综合成分 integrational elements
作者的读者 authorial reader
作者叙述 authorial narration
作者议论 authorial commentary

译后记

　　翻译本书时遇到的主要困难是术语翻译。首先，从书名中就开始出现并且一直贯穿全书的关键术语 narrative 似乎就无法翻译，因为我怎么也找不到一种完美的译法，能够准确地传达出此词的全部含义及其在当代文学理论中日益增加的重要性。我手边的一本文学词典（*A Dictionary of Modern Critical Terms*，Roger Fowler 编，中译本由四川人民出版社 1987 年出版，书名为《现代西方文学批评术语词典》）将此词译为"叙述"，似乎略显不妥。因为"叙述"在汉语中指动作或活动，是动词或表示动作的名词（类似英语中所谓的"动名词"），而 narrative 则主要指被叙述出来的东西，因此是一种事实而非活动。这个区别十分重要，因为当代叙事理论或叙事学的基本贡献之一，就是区分了 narrative 和 narration，即"所叙之事"和"叙述活动"。我们可以这样假定：世界上实际发生的一切（事）在尚未被人形诸语言之前，是按照"本来"面貌存在着的，但这样存在的事件不是 narrative，而是 story，即故事（表现为本来面貌的"故"事，而不是我们通常意义上的"故事"。当然，所谓本来面貌的故事只能是一个为了研究的便利而做出的理论虚构）。当这种意义上的故事被用特定语言加以表述之后，所得的结果才是 narrative，即存在于语言之中的以一定方式结构起来的并由一位叙述者从特定角度传达给读者（听众）的一系列事件。而使这一结果成为可能的活动则谓之 narration，即叙述活动。为了行文方便，也为了使译名更具有术语性，我在本书中把 narration 基本上都译为"叙述"，指活动，而将 narrative 勉强译为"叙事"，指叙述活动的结果，即"所叙之事"，或者更准确地说，"叙述所得之事"，因为"所叙之事"可能让人想到前面所说的未经叙述的"故"事，而不是已经叙述出来的"故事"。有时，根据上下文情况，也将 narrative 译为叙事作品，以强调其名词性含义。

"叙事"一词在当代西方文学理论和批评中获得重要地位的历史并不很长。卡登（J. A. Cuddon）编写的那本颇有权威性的《文学术语词典》（*A Dictionary of Literary Terms*）甚至在其1977年的修订版中都没有收入这一词语。文学批评看重叙事研究恐怕部分要归功于结构主义者以及开其先河的形式主义者。他们根据现代结构语言学提供的洞见对古典和现代叙事作品进行了史无前例的深入而广泛的研究，由此形成了一门崭新的文学研究——叙事学（narratology）。为什么要专门研究叙事？对此，结构主义者的回答也许是，正像我们可以通过语法研究而更好地理解人们的日常言语和说话一样，对于叙事法则的研究有助于我们更好地理解叙事性的文学话语的活动方式和意义。因此，狭义的叙事研究可以说是有关文学叙事的语法学。但是，当人们意识到"叙事"并非仅仅是文学——叙事文学——的特权时，叙事的重要性就增加了。现在人们已经公认，并不存在原原本本的客观事实，因为任何事实或现象都已是经过描述的，而不同的观察点和参考框架和描述语言就决定着一个事实或现象将以何种方式和面目呈现给我们。于是，理论家们发现，甚至在自然科学领域也存在着"叙事"问题。而当我们从自然科学领域进入历史学领域时，我们发现，这里"叙事"几乎就是一切。在杰姆逊这样的理论家看来，我们无法理解错综复杂、千头万绪的社会历史，除非把它讲成一个有头有尾的、向着一个未来发展的、情节统一的大故事。弗洛伊德及其后的精神分析学家们则发现，叙事对于个人的自我理解和

译后记

自我认识也是至关重要的。我们理解和认识自己的方式就是讲一个有关我们自己的有意义的故事,而精神分裂则部分地源于未能把个人的过去组织成一个完整的叙事。在我们的日常社会生活中,新闻报道、奇闻逸事、小道消息、人物特写等等都在叙事,而我们就通过这些叙事来把握和理解我们的现实及历史。因此,"叙事"首先不是一种主要包括长篇和短篇小说的文类概念,而是一种人类在时间中认识世界、社会和个人的基本方式。而这在一些理论家看来就是我们研究叙事的最根本的原因。

作为一本文学理论著作,本书当然不是专门从上述的哲学或认识论角度来研究叙事的。作者自云他的目光主要集中于文学叙事理论,但是分析的需要又经常推动他越出文学进入历史、精神分析、社会、文化和哲学。因此,摆在读者面前的不是一本有关狭义叙事学的书,而是一部有关广义的叙事理论的著作。与同类著作不同的是,这本书是力图"通百家之变",而不是追求"成一家之言"。在纵向上,作者列出有关同一问题的不同观点,从而造成不同理论之间的对话或"多音齐鸣",在横向上,作者则层层推进,从有关叙事的起源和性质的研究,进到叙事的结构分析和话语分析,再进到传达和交流模式(接受和阅读研究),最后则以关于叙事的哲学探讨结束全书。

这里似乎无须画蛇添足地重复本书的基本内容。我想指出的只是下述两点:第一,作者似乎深受他所研究的叙事理论的影响,以至于经常在本书中有意识地运用不同的叙事手法,同时又不断向读者揭示他的技巧。这里我们看到,文学技巧影响了理论写作。第二,我觉得,在本书的多元面貌之下,读者可以发现一种占据支配地位的理论主导着作者全书的结构与安排,那就是巴赫金的对话理论。正是在对话理论的影响下,作者才把他的书组织为一场有关叙事的大对话。在这一对话中,作者允许不同理论家发出自己的声音,作者并不试图将自己的声音强加于这些声音之上。这一点是非常可取的。理论为了自己的体系性经常容易自我封闭起来,从而成为一个危险的陷阱。避免理论片面性的最好办法就是让不同理论同时并存,形成对话。这样,一种理论在孤立状态中呈现出来的唯一性和统一性就会被打破，继之而来的将是对于不同理论的批判性思考，而不是盲目的接受。

翻译此书是因为译者感到国内文学批评界对于叙事理论的兴趣日增，而苦于有关材料的不足。由于此书视野广阔，因此可以作为一本很好的入门读物。不过必须提请读者的是，本书并不是一本以通俗为目的的入门书，因此需要读者有一定的背景知识，并且按照作者所提供的线索进一步追溯。在这一领域中，已经出版的一些中译本值得参考，如布恩的《小说修辞学》、托多洛夫等的《叙事美学》等。

为了便于阅读，我对于一些难解之处和术语、人名做了一些解释，以脚注形式出现。正文中方括号内的话是译者为中文阅读习惯而做的文义补足。正文中引文后面的括号中的人名是该引文所出之书（文）的作者，年份为书（文）的发表年份，数字为页码。正文中所涉及的著作皆列于参考书目之内。书目是分专题而列的，很便于查找。书后人名和译名对照表为译者所做，以便读者进行对照。

译者学力有限，错误之处在所难免，冀望同行先进，不吝批评指正。

最后，我要在此向张文定同志和北京大学出版社表示深切的感谢，没有他们的努力，这本书是不会出版的。

伍晓明
1989 年 2 月 16 日于北京大学

再版后记

在《当代叙事学》中译本初版后记中，我曾说过："翻译此书是因为译者感到国内文学批评界对于叙事理论的兴趣日增，而苦于有关材料的不足。由于此书视野广阔，因此可以作为一本很好的入门读物。"十五年后的今天，这些话已经部分过时了。自那时以来，国内文学批评与文学理论界在对西方各种叙事理论的介绍与中国叙事问题的研究方面，都已经取得了一定的成就。然而，重读此书，我仍然感到其不失为叙事研究的"很好的入门读物"。当然，这一"入门"并非从零开始的初级入门，而是为有一定学术准备者提供的高级入门。因此，我非常感谢北京大学出版社，尤其是张文定先生，让本书的中译本有这样一个再版的机会。这一方面让我有机会发现和改正旧译中的错误，另一方面也让感兴趣的读者有机会重新接触和拥有这一著作。

此次再版，我根据英文原著对旧译进行了仔细校定，调整了若干术语的译法，修正了若干中文表述，并将原来的"术语对照表"和"西文中文人名对照表"统一为原书所提供的索引。为了方便读者利用这一中译索引，我还为中译本加上了页边原书页码。

翻译，在其最严格的意义上，乃是既绝对必要而又不可能的工作。

因此，从事认真的翻译乃是学术上和文化上的一种"知其不可为而为之"。我远不敢说这一再版的中文译本已经尽善尽美，而只是希望，此书中译在十五年后的再版仍能对国内叙事研究——不仅是文学中的叙事，而且也是非文学性写作中的叙事——的进一步发展有所帮助，因为真正的向前发展经常是通过回到过去已经取得者的方式实现的。

伍晓明

2005 年 1 月 5 日于北京

中国人民大学出版社再版后记

本书中译本的第一版和第二版由北京大学出版社于 1990 年和 2005 年出版。中国人民大学出版社于 2016 年获得康奈尔大学翻译版权，拟将此书再版，嘱译者修订。我利用这一机会对照原文重读了全部译文，作了不少修订，主要是文体上的，但也纠正了过去未曾发现的错误，故自以为已使译文在准确性和可读性上皆小有改善。感谢中国人民大学出版社让本书的中译本有机会再次问世。

自本书中译本问世以来，国内的叙事学研究已经有了不可同日而语的长足发展。译者去国多年，且已不再以文学和文学理论研究为主，如今由于这一机缘而得以重温旧译，颇有抚今追昔之感。

书中所附乔叟《水手的故事》的翻译出自王科一先生之手，曼斯菲尔德《幸福》的翻译则为刘文澜女士之笔。二位译者皆汉语翻译届前辈。中国人民大学出版社因联系原译者不便，本嘱我重译，但重读其译文之后，我自觉文笔拙陋，不能及前贤之万一，故未敢为添足续貂之作，而仅对原译做了些许修正。所以，两篇译文仍全为原译者之作，我不敢掠美。王科一先生不幸于 1968 年去世于"文革"之中，故重附其译文于此书中，也算是对原译者的一点纪念。至于刘文澜女士所译《幸福》，因尚未联系到译者本人，故只好先斩后奏，希望以后能够补获同意。

伍晓明
2017 年 12 月 7 日于新西兰基督城

当代世界学术名著·推荐书目

阿蒂亚论事故、赔偿及法律	[澳]波得·凯恩
保护主义:美国经济崛起的秘诀（1815—1914）	迈克尔·赫德森
报纸的良知	[美]利昂·纳尔逊·弗林特
比较媒介体制——媒介与政治的三种模式	[美]丹尼尔·C·哈林 [意]保罗·曼奇尼
并非有效的市场:行为金融学导论	安德瑞·史莱佛
博弈学习理论	[美]朱·弗登伯格等
不确定条件下的投资	[美]阿维纳什·迪克西特等
成人学习的综合研究与实践指导(第2版)	[美]雪伦·B·梅里安
传播学概论(第二版)	[美]威尔伯·施拉姆等
传播与劝服:关于态度转变的心理学研究	[美]卡尔·霍夫兰 欧文·贾尼斯等
传播与社会影响	[法]加布里埃尔·塔尔德
传媒的四种理论	[美]弗雷德里克·S·西伯特等
创新及其不满:专利体系对创新与进步的危害及对策	亚当·杰夫等
创造目的王国克里	斯蒂娜·M·科斯嘉德
当事人中心治疗——实践、运用和理论	[美]卡尔·罗杰斯等
道德情操与物质利益:经济生活中合作的基础	赫尔伯特·金蒂斯 塞缪尔·鲍尔斯等
第三波:20世纪后期的民主化浪潮	[美]塞缪尔·P.亨廷顿
动机与人格(第三版)	[美]亚伯拉罕·马斯洛
对真理与解释的探究(第二版)	[美]唐纳德·戴维森
遏制民族主义	[美]迈克尔·赫克特
法国近代早期的社会与文化	娜塔莉·泽蒙·戴维斯
法国行政法(第五版)	[英]L.赖维乐·布朗等
法兰西与圣心崇拜——近代一个具有重大历史意义的故事	[美]雷蒙·琼纳斯
法益概念史研究	[日]伊东研祐

符号学历险	[法]罗兰·巴尔特
个人形成论——我的心理治疗观	[美]卡尔·R·罗杰斯
公共行政的合法性——一种话语分析	[美]O. C. 麦克斯怀特
公司目标	安德鲁·凯伊
故事的语法	[美]杰拉德·普林斯
故事与话语:小说和电影的叙事结构	[美]西摩·查特曼
雇员与公司治理	玛格丽特·M·布莱尔 等
管理思想史(第六版)	丹尼尔·A·雷恩 阿瑟·G·贝德安
过程与实在(修订版)——宇宙论研究	[英]怀特海
黑格尔的变奏——论《精神现象学》	[美]弗雷德里克·詹姆逊
话语和社会心理学——超越态度与行为	[英]乔纳森·波特等
恢复金融稳定性:如何修复崩溃的系统	[美]维拉尔·V·阿查亚 [美]马修·理查森
货币政策、通货膨胀与经济周期:新凯恩斯主义分析框架引论	若迪·加利
激励与政治经济学	[法]让-雅克·拉丰
嫉妒的制陶女	[法]克洛德·列维-斯特劳斯
计算与认知——认知科学的基础	[加拿大]泽农·W·派利夏恩
竞争策略与竞争政策	柳川隆 川滨升
卡尔·罗杰斯:对话录	[美]霍华德·基尔申鲍姆等
卡尔·罗杰斯论会心团体	[美]卡尔·R·罗杰斯
科学实在论与心灵的可塑性	保罗·M·丘奇兰德
科学与文化	[美]约瑟夫·阿伽西
空间与地方:经验的视角	段义孚
理解金融危机	[美]富兰克林·艾伦等
理解全球贸易	E. 赫尔普曼
理性市场谬论:一部华尔街投资风险、收益和幻想的历史	贾斯汀·福克斯
历史学的理论和历史	[意]贝内德托·克罗齐
历史与心理分析——科学与虚构之间	[法]米歇尔·德·塞尔托

利益集团社会(第5版)	[美]杰弗里·M·贝瑞
利益集团与贸易政策	G.M.格罗斯曼等
论民主	[美]罗伯特·A·达尔
迈向新法律常识——法律、全球化和解放(第二版)	[英]博温托·迪·苏萨·桑托斯
贸易保护主义	贾格迪什·巴格沃蒂
贸易与贫穷:第三世界何时落后	杰弗瑞·G·威廉姆森
美国的知识生产与分配	弗里茨·马克卢普
美国会计史——会计的文化意义	加里·约翰·普雷维茨等
美国宪法的民主批判(第二版)	[美]罗伯特·A·达尔
美国刑事法院诉讼程序	[美]爱伦·豪切斯泰勒
美学的理论	[意]贝内德托·克罗齐
面具之道	[法]克洛德·列维-斯特劳斯
民主及其批评者	[美]罗伯特·A·达尔
民主进程与金融市场:资产定价政治学	威廉·本哈德 戴维·利朗
民主理论的现状	[美]伊恩·夏皮罗
模仿律	[法]加布里埃尔·塔尔德
欧洲自由主义的兴起	[英]哈罗德·J·拉斯基
拍卖:理论与实践	[英]柯伦柏
奇怪的战败——写在1940年的证词	[法]马克·布洛克
乔姆斯基:思想与理想(第二版)	[英]尼尔·史密斯
全球公民社会?	[英]约翰·基恩
诠释学与人文科学——语言、行为、解释文集	保罗·利科
让全球化造福全球	[美]约瑟夫·E·斯蒂格利茨
人格体 主体 公民——刑罚的合法性研究	[德]米夏埃尔·帕夫利克
人际影响:个人在大众传播中的作用	[美]伊莱休·卡茨 保罗·F·拉扎斯菲尔德
人类文明的结构:社会世界的构造	[美]约翰·塞尔
人民的选择(第三版)——选民如何在总统选战中做决定	[美]保罗·F·拉扎斯菲尔德等
社会的构成——结构化理论纲要	[英]安东尼·吉登斯

社会科学方法论	[德]马克斯·韦伯
神话、仪式与口述	[英]杰克·古迪
生产力:工业自动化的社会史	[美]戴维·F.诺布尔
时间与传统	[加]布鲁斯·G.特里格
实验经济学:如何构建完美的金融市场	[美]罗斯·米勒
使民主运转起来:现代意大利的公民传统	[美]罗伯特·D.帕特南
世界大战中的宣传技巧	[美]哈罗德·D.拉斯韦尔
术语评论:小说与电影的叙事修辞学	[美]西摩·查特曼
通向富有的屏障	斯蒂芬·L.帕伦特等
统一增长理论	[美]O.盖勒
万物简史	[美]肯·威尔伯
文学、通俗文化和社会	[美]利奥·洛文塔尔
文学批评:理论与实践导论(第五版)	查尔斯·E.布莱斯勒
现代竞争分析(第三版)	[美]沙伦·奥斯特
现代企业:基于绩效与增长的组织设计	约翰·罗伯茨
现代条约法与实践	[英]安托尼·奥斯特
现代性与自我认同:晚期现代中的自我与社会	[英]安东尼·吉登斯
现代政治分析(第六版)	[美]罗伯特·A.达尔 等
心灵的再发现(中文修订版)	[美]约翰·R.塞尔
心灵与世界 新译本	[美]约翰·麦克道威尔
新古典金融学	[美]斯蒂芬·A.罗斯
新企业文化——重获工作场所的活力	特伦斯·E.迪尔等
新史学	[美]鲁滨孙
信息技术经济学导论	哈尔·R.范里安
刑罚、责任与正义:关联批判	[英]艾伦·诺里
刑法概说(各论)(第三版)	[日]大塚仁
刑法各论(新版第2版)	[日]大谷实
刑法理论的核心问题	[英]威廉姆·威尔逊
刑法总论(新版第2版)	[日]大谷实
行政法的范围	[新西]迈克尔·塔格特
形而上学的逻辑基础(中文修订版)	[英]迈克尔·达米特

叙事学:叙事的形式与功能	[美]杰拉德·普林斯
演化与制度:论演化经济学和经济学的演化	杰弗里·M.霍奇逊
养老金改革反思佛	朗哥·莫迪利亚尼
移民报刊及其控制	[美]罗伯特·E·帕克
意大利刑法学原理(评注版)	[意]杜里奥·帕多瓦尼
意识形态和乌托邦——知识社会学引论	卡尔·曼海姆
意向(第2版)	[英]G.E.M.安斯康姆
英国刑事诉讼程序	[英]约翰·斯普莱克
有意识的心灵:一种基础理论研究	大卫·J·查默斯
语言与心智(第三版)	[美]诺姆·乔姆斯基
真正的伦理学——重审道德之基础	约翰·M·瑞斯特
正义的制度:全民福利国家的道德和政治逻辑	[瑞典]博·罗思坦
知识和社会意象	[英]大卫·布鲁尔
知识与国家财富——经济学说探索的历程	戴维·沃尔什
重读《资本论》	[美]费雷德里克·詹姆逊
资本主义与社会民主	[美]亚当·普热沃尔斯基
自由市场经济学——一个批判性的考察(第二版)	安德鲁·肖特
自由之声:19世纪法国公共知识界大观	[法]米歇尔·维诺克
组织理论:理性、自然与开放系统的视角	[美]W·理查德·斯科特等
组织文化与领导力(第四版)	埃德加·沙因
新闻:幻象的政治(第9版)	[美]兰斯·班尼特
型法总论(第3版)	[日]山口厚
经济增长的决定因素	罗伯特·巴罗
并非完美的制度:改革的可能性与局限性	思拉恩·埃格特森
资本主义的多样性:比较优势的制度基础	波浔·A·霍尔等

Recent Theories of Narrative, by Wallace Martin, originally published by Cornell University Press.

Copyright © 1986 Cornell University

This edition is a translation authorized by the original publisher

Simplified Chinese edition copyright:

2018 China Renmin University Press Co. , Ltd.

All Rights Reserved.

图书在版编目(CIP)数据

当代叙事学/（美）华莱士·马丁（Wallace Martin）著；伍晓明译.—北京：中国人民大学出版社，2018.8
（当代世界学术名著）
书名原文：Recent Theories of Narrative
ISBN 978-7-300-25939-0

Ⅰ.①当… Ⅱ.①华… ②伍… Ⅲ.①叙事学 Ⅳ.①I045

中国版本图书馆 CIP 数据核字（2018）第 139754 号

当代世界学术名著
当代叙事学
[美] 华莱士·马丁（Wallace Martin） 著
伍晓明 译
Dangdai Xushixue

出版发行	中国人民大学出版社		
社　　址	北京中关村大街 31 号	邮政编码	100080
电　　话	010-62511242（总编室）	010-62511770（质管部）	
	010-82501766（邮购部）	010-62514148（门市部）	
	010-62515195（发行公司）	010-62515275（盗版举报）	
网　　址	http://www.crup.com.cn		
	http://www.ttrnet.com（人大教研网）		
经　　销	新华书店		
印　　刷	天津中印联印务有限公司		
规　　格	155 mm×235 mm　16 开本	版　次	2018 年 8 月第 1 版
印　　张	19.5 插页 2	印　次	2021 年 5 月第 2 次印刷
字　　数	266 000	定　价	69.00 元

版权所有　侵权必究　　印装差错　负责调换